Todo va a ir bien

Jojo Moyes

Todo va a ir bien

Traducción de
Laura Vidal

Título original: *We All Live Here*

Primera edición: junio de 2025

© 2025, Jojo's Mojo Ltd
© 2025, Penguin Random House Grupo Editorial, S. A. U.
Travessera de Gràcia, 47-49. 08021 Barcelona
© 2025, Penguin Random House Grupo Editorial USA, LLC
8950 SW 74th Court, Suite 2010
Miami, FL 33156
© 2025, Laura Vidal, por la traducción
«I Know the End» © Phoebe Bridgers, Christian Lee Hutson,
Conor Oberst y Marshall Vore, *Punisher*, Dead Oceans, 2020.
«No Surprises» © Radiohead, *OK Computer*, Parlophone, 1998.

La editorial no se hace responsable por los contenidos u opiniones publicados en sitios web o plataformas digitales que se mencionan en este libro y que no son de su propiedad, así como de las opiniones expresadas por sus autores y colaboradores.

Penguin Random House Grupo Editorial apoya la protección de la propiedad intelectual y el derecho de autor. El derecho de autor estimula la creatividad, defiende la diversidad en el ámbito de las ideas y el conocimiento, promueve la libre expresión y favorece una cultura viva. Gracias por comprar una edición autorizada de este libro y por respetar las leyes del derecho de autor al no reproducir, escanear ni distribuir ninguna parte de esta obra por ningún medio sin permiso previo y expreso. Al hacerlo está respaldando a los autores y permitiendo que PRHGE continúe publicando libros para todos los lectores. Por favor, tenga en cuenta que ninguna parte de este libro puede usarse ni reproducirse, de ninguna manera, con el propósito de entrenar tecnologías o sistemas de inteligencia artificial ni de minería de textos y datos.
En caso de necesidad, contacte con: seguridadproductos@penguinrandomhouse.com
El representante autorizado en el EEE es Penguin Random House Grupo Editorial, S. A. U.,
Travessera de Gràcia, 47-49. 08021 Barcelona, España

Printed in Colombia – Impreso en Colombia

ISBN: 979-8-89098-433-3

25 26 27 28 29   10 9 8 7 6 5 4 3 2 1

A Saskia, quien ya entiende mejor la naturaleza humana de lo que lo haré yo nunca

1

Lila

En la mesilla de noche de Lila hay una fotografía enmarcada que aún no ha tenido ánimos de quitar, o quizá es que no quiere. Son cuatro caras muy juntas delante de un gigantesco acuario durante unas vacaciones en algún país extranjero, ahora mismo no recuerda cuál, con un banco de enormes peces de rayas iridiscentes que miran inexpresivos desde detrás del cristal. Violet tiene la nariz levantada y los párpados bajados en una mueca que le da aspecto de figura de cera grotesca; Celie lleva camiseta de rayas y también hace una mueca, aunque, dado que en la foto debe de tener trece años, algo más tímida; Lila sonríe coqueta, como confiando que aquella va a ser una encantadora foto de familia a pesar de todas las pruebas en contra, y Dan posa con una sonrisa que no acaba de llegarle a los ojos, una expresión enigmática y una mano en el hombro de Violet.

Esta última instantánea familiar es lo primero y lo último que ve Lila cuando se despierta y cuando se acuesta, y, aunque sabe que debería guardarla en algún sitio para que no le estropee el día, por algún motivo que no logra entender es incapaz de meterla en el cajón. A veces, cuando no puede dormir y la luz de luna proyecta franjas en el techo de su dormitorio, la mira y piensa con tristeza en la familia que podría tener, en fotografías de vacaciones que ya no vivirá: fines de semana lluviosos en Cornualles, playas exóticas con todos vestidos de blanco, una alegre graduación delante de una universidad de ladrillo rojo, quizá posando orgullosos en la boda de Celie. Son imágenes fantasmales, efímeras de una vida que se ha evaporado ante sus ojos.

Y a veces también considera la posibilidad de coger un pegote de Blu Tack y embadurnar con él la cara de Dan.

Lila está peleándose con un atasco especialmente resistente en el váter del primer piso cuando llama Anoushka. Dan y ella compraron esta casa dos años atrás —una espaciosa vivienda «con personalidad» (en la jerga inmobiliaria equivale a «nadie más quiere comprarla») y a reformar en una zona arbolada del norte de Londres— y Lila se había enamorado de los baños en suite de varias décadas de antigüedad y decorados en tonos menta y frambuesa. Tanto ellos como su empapelado le habían resultado encantadores y pintorescos. Dan y ella habían recorrido cada habitación e imaginado el aspecto que tendría la casa cuando estuviera terminada. Aunque, si se paraba a pensarlo, en realidad había sido ella la que había paseado e imaginado mientras Dan se limitaba a decir «Ajá, ajá» en tono indiferente y sin apartar la vista de su teléfono.

El día inmediatamente posterior a que les dieran las llaves, los encantadores y delicados cuartos de baño habían decidido enseñar su verdadera cara en forma de malévola sucesión de atascos y humedades. En el cuarto de baño rosa, el que usaban las niñas, hay ahora un desatascador y una percha retorcida junto a la cisterna, dispuestos para que Lila (porque al parecer es tarea suya) acometa lo que sea que haya decidido encajarse en las profundidades de la taza.

—¡Lila, querida! ¿Cómo estás?

La voz de Anoushka suena amortiguada y Lila consigue oír:

«No, Gracie, sin claveles. Son unas flores de lo más ordinarias. No, gerberas ni hablar. Las odia».

Lila se inclina y usa la nariz para poner el altavoz en su teléfono. Le da una arcada cuando el nivel del agua supera el borde de su guante de goma.

—¡Muy bien, estupendamente! —dice—. ¿Tú qué tal?

—Pues aquí, dándolo todo por mis maravillosos autores, como siempre. Te va a llegar otro cheque por las liquidaciones. Debería habértelo mandado la semana pasada, pero Gracie está embarazada y se pasa el día vomitando, tal cual. En serio, he tenido que tirar tres de las papeleras de la oficina. Eran un peligro para la salud.

En el piso de abajo, el perro, Truant, ladra impaciente. Es un perro que ladra a todo lo que se le pone por delante: ardillas del jardín, palomas, basureros, visitas, el aire.

—Ah, pues qué alegría. —Lila cierra los ojos y hunde más la percha en la taza—. Lo del embarazo, digo. No los vómitos.

—Pues no sé qué decirte, querida. Para mí es un verdadero incordio. No entiendo por qué no hacen más que tener hijos estas chicas. La oficina parece un desfile de asistentes. Empiezo a preguntarme si no habrá algo en el circuito del aire acondicionado. Bueno, ¿y cómo están esas preciosidades de hijas que tienes?

—Fenomenal. Están fenomenal —dice Lila.

No están fenomenal. Celie se echó a llorar durante el desayuno después de ver algo en Instagram, al parecer, y, cuando Lila le preguntó qué pasaba, Celie contestó que no lo iba a entender y se fue al colegio sin despedirse. Violet la miró con furia silenciosa cuando Lila le dijo que sí, en efecto, tenía que ir a casa de su padre el jueves —era la noche que le tocaban las niñas— y a continuación se bajó sin hacer ruido del taburete e hizo todo el camino al colegio sin dirigirle la palabra.

—Pues muy bien —dice Anoushka en ese tono distraído que delata que no se habría enterado si Lila hubiera dicho que ambas hijas habían sido decapitadas esa misma mañana—. A ver, quería hablarte del manuscrito.

Lila saca la percha de la taza del váter. El nivel del agua sigue justo por debajo del asiento. Se quita los guantes de goma y se recuesta en el armario. Oye que Truant sigue ladrando y se pregunta si tendrá que llevar otra botella de vino a los vecinos. En los últimos tres meses ya les ha llevado siete solo para que no la odien.

—¿Cuándo vas a tener algo para mandarme? El mes pasado parecías muy segura.

Lila infla las mejillas.

—Eh..., estoy en ello.

Hay un breve silencio.

—A ver, querida, no quiero ponerme seria —dice Anoushka con voz seria—. *La reconstrucción* funcionó estupendamente. Y el mal comportamiento de Dan fue un empujón maravilloso para tus ventas, supongo que al menos por eso debemos estarle agradecidas. Pero no nos interesa perder visibilidad. No nos interesa esperar tanto al próximo libro que parezca que estamos lanzando una ópera prima.

—Te..., te lo voy a mandar muy pronto.

—¿Cómo de pronto?

Lila pasea la vista por el cuarto de baño.

—¿Dentro de seis semanas?

—Mejor tres. No tiene que estar perfecto, querida. Solo necesito hacerme una idea de lo que estás escribiendo. ¿Va a ser por fin una guía para ser soltera y feliz?

—Eh..., sí.

—¿Con un montón de consejos sobre cómo vivir bien sin tener pareja? ¿Historias divertidas sobre citas? ¿Anécdotas sobre sexo caliente entre solteros?

—Sí, sí. Con todo eso.

—Qué ganas. Estoy impaciente. ¡Me haré la ilusión de que llevo una vida emocionante gracias a tus aventuras! Por el amor de Dios, Gracie, en la papelera nueva no. Tengo que dejarte, Lila… ¡Espero tu correo! ¡Besos a todas!

Lila cuelga el teléfono y mira la taza del váter suplicando al agua que baje. Oye a Bill por las escaleras. Se detiene en el rellano y coge aliento antes de subir el siguiente escalón. La madre de Lila y él vivían en un chalé de una planta de la década de 1950 a diez minutos andando de allí —con pocos muebles, mucha luz y líneas limpias— y los múltiples pisos y el desorden de esta casa destartalada constituyen un desafío diario para él.

—¿Niña querida?

—¿Sí? —Lila pone cara animada y alegre.

—Odio ser portador de malas noticias, pero los vecinos han venido otra vez a quejarse del perro. Y el techo de la cocina ha empezado a rezumar algo con muy mala pinta.

El fontanero de urgencia había sorbido entre dientes, levantado cuatro tablones del suelo y al parecer descubierto la gotera en la tubería de desagüe. Había vaciado la cisterna, informado a Lila de que necesitaba cambiar toda la instalación —«Aunque imagino que estará deseando renovar ese baño. Tiene más años que mis abuelos»—, se había bebido dos tazas de té con azúcar y cobrado trescientas ochenta libras. Lila ha empezado a llamarlo el impuesto Mercedes. En cuanto un técnico ve el sobrevalorado deportivo *vintage* acechando en la entrada, añade automáticamente un recargo del veinticinco por ciento a la factura que traía preparada.

—Entonces ¿eso es lo que causaba el atasco? —había preguntado Lila mientras metía el número pin de su tarjeta de crédito e intentaba no pensar en cómo descabalaría ese gasto su presupuesto mensual.

—Qué va. Debe de ser otra cosa —había contestado el fontanero—. Aunque evidentemente, ya no lo pueden usar. Y hay que cambiar todas las cañerías. Y ya de paso, yo cambiaría el suelo de tarima. Se hunde con solo empujar con el dedo.

Bill le había puesto una mano encallecida en el hombro a Lila antes de cerrar la puerta cuando el hombre salió.

—Todo va a ir bien —dijo con un pequeño apretón. Eso para Bill equivalía a un profunda muestra de apoyo emocional—. Ya sabes que te puedo echar una mano.

—No hace falta —dijo Lila con una gran sonrisa—. Lo tengo bajo control. No te preocupes.

Bill había suspirado levemente y a continuación se había marchado a su habitación con la espalda muy erguida.

Bill llevaba nueve meses viviendo con ellas; se mudó poco después de la muerte de la madre de Lila. Siendo como era Bill, no se lo habían encontrado llorando histérico o matándose de hambre o con la casa hecha un desastre. Simplemente se había encerrado en sí mismo, transformándose en una versión cada vez más pequeña del orgulloso diseñador de muebles que Lila había conocido los treinta últimos años, hasta ser una mera sombra. «Es que la echo de menos», decía cuando Lila se presentaba a tomar el té y se ponía a hacer cosas en un intento por inyectar algo de energía a las excesivamente silenciosas habitaciones.

—Ya lo sé, Bill —contestaba Lila—. Yo también la echo de menos.

Lo cierto era que Lila tampoco terminaba de levantar cabeza. El anuncio de Dan de que la dejaba había sido una conmoción. Después, cuando por fin supo de la existencia de Marja, comprendió que la marcha de Dan no había sido más que una pequeña sacudida, algo que apenas la había rozado comparado con aquello. Había estado seis meses casi sin dormir, con la cabeza convertida en un remolino tóxico de piezas de puzle que por fin encajaban, de recriminaciones, de miedo y de furia contenida, de dar vueltas a un millón de discusiones no mantenidas, esas que Dan siempre se las arreglaba para evitar: «Delante de las niñas no, por favor, Lila».

Y entonces, solo meses después, incluso esto había pasado a segundo plano con la súbita muerte de Francesca. De modo que,

14

cuando Lila le sugirió a Bill que se mudara una temporada a su casa, ambos se aseguraron mutuamente que en realidad era para ayudar con las niñas, para echar una mano en casa mientras ella se acostumbraba a ser madre soltera. Bill conservó el chalet y la mayoría de los días se iba a trabajar al pulcro cobertizo que tenía allí en el jardín, donde arreglaba sillas de vecinos o lijaba balaústres nuevos para que las hijas de Lila no se cayeran por entre los huecos de la barandilla de la escalera. Ninguno de los dos hablaba de cuándo volvería a su casa. Tampoco es que tener a Bill con ella interfiriera en la vida de Lila (¿qué vida?), y su amable presencia prestaba a lo que quedaba de familia una muy necesitada sensación de estabilidad y continuidad. Un ancla para aquella barquita de remos que cabeceaba sin rumbo y que la mayoría de los días daba sensación de estar agujereada e inestable, como si de repente y sin previo aviso se encontrara a la deriva y en alta mar.

Lila va andando al colegio. Es la primera semana de clase después de las vacaciones y Bill se ha ofrecido a ir, pero necesita aumentar su recuento de pasos (las piernas interminables y la cintura aún definida de Marja no se le van de la cabeza). Además, salir de casa para recoger a Violet le da una excusa para no sentirse culpable por no haber escrito aún una sola línea.

Los dos saben por qué Bill se ofrece: Lila odia ir a recoger a su hija al colegio. Llevarla por la mañana no le importa, todo el mundo va con prisa, puede dejar a Violet y marcharse corriendo. Pero recogerla le resulta demasiado doloroso: la intensa vergüenza que le produce sentirse el centro de las miradas mientras espera con las otras madres a la puerta del colegio. Cuando ocurrió todo, hubo un mes de ladear cabezas —«Estás de broma. Dios, qué horror. Lo siento muchísimo»— o quizá, a su espalda, de: «La verdad es que tampoco se le puede culpar a él, ¿no?». Y, por supuesto, la horrible broma cósmica del momento en que ocurrió todo: justo dos semanas después de publicarse *La reconstrucción*, acompañada de un montón de entrevistas promocionales con consejos para reavivar un matrimonio que languidece víctima de las exigencias del trabajo y de los hijos.

Dos días después de irse Dan, destrozada, Lila había ido al colegio y se había encontrado a tres madres leyendo el artículo de *Elle*, irónicamente titulado «Cómo blindé mi matrimonio». Philippa Graham, esa bruja recauchutada, se lo había encondido deprisa detrás de la espalda al ver a Lila y había pestañeado con inocencia fingida mientras sus dos acólitas, cuyos nombres Lila nunca lograba recordar, contenían la risa a duras penas. «Ojalá vuestros maridos estén ahora mismo contrayendo una enfermedad venérea resistente a los antibióticos por acostarse con chicos profesionales del sexo menores de edad», había pensado Lila mientras se preparaba con una sonrisa para recibir a Violet arrastrando su mochila.

Durante semanas había sido consciente del murmullo de fascinación consternada en el patio, de las cabezas que se giraban y de los comentarios entre dientes. Había mantenido la cabeza alta a pesar de que la piel le escocía y le dolía la mandíbula de mantener la rígida y leve sonrisa que llevaba adherida a la cara como si fuera permafrost. Su madre se había hecho cargo de las invitaciones para jugar, explicando tanto a las niñas como a las madres de las amigas de estas, cuando las recogía en su pequeño Citroën, que Lila tenía mucho trabajo y que la próxima vez no faltaría. Pero ahora su madre no estaba.

Con el habitual pellizco en el estómago, Lila se sube el cuello del abrigo y se sitúa lejos de los grupitos dispersos de madres, niñeras y algún que otro padre solitario y se pone a mirar su teléfono y a simular estar concentradísima en un correo verdaderamente crucial. Es el protocolo estos días. Eso o llevarse a Truant, que ladra histérico si alguien se acerca a menos de veinte metros.

«Mañana —piensa—. Mañana no habrá interrupciones. Me sentaré en mi mesa a las nueve y cuarto de la mañana, cuando vuelva de dejar a Violet, y no me moveré hasta haber escrito dos mil palabras». Decide no pensar en que es la misma promesa que lleva haciéndose por lo menos tres veces a la semana en los últimos seis meses.

—¡Lo sabía!

Un grito de alegría sale del grupo de madres cerca del banco pintado de los colores del arcoíris, junto a los columpios. Lila ve a Marja entre ellas, diciéndoles alguna cosa mientras Philippa le aprieta el brazo y sonríe de oreja a oreja. Lleva un abrigo largo de cachemir color camel y deportivas, y el pelo rubio en un recogido desenfadado y elegante sujeto con un gran pasador de carey.

—Porque en casa de Nina no bebiste alcohol, ¿a que no? ¡Tengo un sexto sentido para estas cosas! —Philippa ríe. Le está poniendo la mano a Marja en la barriga cuando ve a Lila y vuelve a cabeza con gesto teatral. Dice moviendo los labios—: Ay, Dios. Perdón.

Marja gira también la cabeza. Se está poniendo colorada.

Lila nota en los huesos lo que está pasando antes de que a su cerebro le dé tiempo a procesarlo. Se pone a mirar fijamente la pantalla de su teléfono con el corazón desbocado. «No. No. No puede ser. No después de todo lo que dijo Dan. No nos haría esto». Pero el rubor en las mejillas de Marja no da lugar a dudas.

Lila tiene náuseas. Está mareada. No sabe qué hacer. El cuerpo le pide recostarse contra un árbol que hay a pocos metros, pero no quiere que las otras madres la vean hacer algo así. Nota la presión ardiente de sus miradas, de manera que se pega el teléfono a la oreja y finge tener una conversación. «¡Sí, sí, soy yo, sí! ¡Qué alegría oírte! Genial, ¿qué tal estás?». Sigue hablando sin ser consciente de lo que dice y se gira para no ver a nadie, con la cabeza a punto de explotar.

Se sobresalta cuando Violet le tira de la mano.

—¡Cariño! —Se quita el teléfono de la oreja y ve que su hija viene acompañada de la señora Tugendhat—. ¿Todo bien? —dice en tono alegre y con voz demasiado aguda y demasiado alta.

—¿Por qué hablas por teléfono sola? —dice Violet mirando la pantalla con el ceño fruncido.

—Han colgado —se apresura a decir Lila.

Tiene la sensación de que va a estallar. Nota una presión dentro de ella que es demasiado grande para que un cuerpo la contenga.

La señora Tugendhat lleva una chaqueta de punto exageradamente peluda con mangas murciélago y una insignia de cartulina hecha a mano en la solapa con las palabras «Feliz cumpleaños» escritas en rotulador verde indeleble.

—Estaba hablando con Violet de la obra de fin de año. ¿Le ha dicho que va a ser la narradora?

—¡Genial! ¡Estupendo! —dice Lila con una sonrisa forzada.

—Preferimos no hacer un Belén viviente..., ahora somos pluriconfesionales. Y sé que todavía falta mucho... Bueno, en realidad no tanto, cuatro meses, pero ya sabe cuánto se tarda en organizar estas cosas.

—¡Desde luego! —dice Lila.

—Estás rara —añade Violet.

—Y usted es nuestra Madre de la Industria del Entretenimiento titular desde que Frances dejó *Emmerdale*. Aunque tampoco es que tuviera un papel fijo. Así que a Violet se le ha ocurrido que podría ocuparse.

—¿Ocuparme?

—Del vestuario para los protagonistas.

—El vestuario —repite Lila sin reaccionar.

—Es una adaptación de *Peter Pan*.

Marja se está alejando del grupo de madres. Se cierra el abrigo camel a la altura de la cintura y mira a Lila por el rabillo del ojo y con una expresión incómoda. Su hijo, Hugo, le tira del brazo cuando cruzan la verja.

—¡Por supuesto! —dice Lila.

Ha empezado a notar un zumbido en la parte posterior de la cabeza. Casi no le deja oír nada. Piensa que es posible que tenga lágrimas en los ojos porque lo ve todo extrañamente vidrioso.

—¿De verdad? Qué maravilla. Violet no estaba segura de que fuera a decir que sí.

—No le gusta venir al colegio —dice Violet.

Lila se obliga a prestar atención a su hija.

—¿Cómo? Pero ¡qué dices, Violet! ¡Si me encanta venir! ¡Es el mejor momento del día!

—La semana pasada le pagaste cuatro libras a Celie para que viniera ella.

—No, no. Le di cuatro libras a Celie porque las necesitaba. Lo de venir al colegio no tenía nada que ver.

—Mentira. Le dijiste que preferirías comerte los pies y Celie dijo que venía ella si le dabas dinero para comprarse un café con malvavisco de Costa, y tú dijiste: «Vale, muy bien», y...

La sonrisa de la señora Tugendhat empieza a desdibujarse.

—Ya está bien, Violet. De acuerdo, señora Tugendhat. A eso. Lo que ha dicho. ¡Por supuesto que me ocupo!

Algo le pasa a su mano derecha. No hace más que agitarla para dar énfasis. Es como si se hubiera independizado del resto del cuerpo.

La señora Tugendhat sonríe.

—Bueno, pues seguramente empezaremos después de las vacaciones de octubre, así le dará tiempo de tener el vestuario, ¿sí?

—¡Sí! —dice Lila—. ¡Sí! Tenemos que irnos, llevamos un poco de prisa. Pero... hablamos. Hablamos sin falta. ¡Feliz... cumpleaños!

Señala el pecho de la señora Tugendhat y a continuación da media vuelta y echa a andar calle abajo.

—¿Por qué vamos por aquí? —pregunta Violet corriendo para alcanzarla—. Siempre vamos por Frobisher Street.

Marja se ha ido por Frobisher Street. Lila presiente que se morirá si tiene que ver una vez más ese pelo rubio cuidadosamente despeinado.

—Me..., me apetecía cambiar —dice.

—Estás muy rara —dice Violet. Se para y saca de su mochila

una bolsa de chips de tubérculos que ha debido de meterle Bill en sustitución de una de patatas Monster Munch. Está intentando que lleven una dieta más saludable. Violet afloja el paso para comer, lo que obliga a Lila a caminar más despacio también—. Mamá.

—¿Sí?

—¿Sabes que Felix tiene gusanos en el culo? En el recreo se metió un dedo para sacar uno y enseñárnoslo. Se le enroscaba en la uña.

Lila se para y digiere esta información. En circunstancias normales, habría gritado. Pero ahora mismo le parece lo menos horrible que ha oído en todo el día. Mira a su hija.

—¿Lo tocaste?

—Puaj. No —dice Violet antes de meterse otra chip en la boca—. Le dije que a partir de hoy iba a estar siempre a quince kilómetros de él. Y de los otros chicos también. Son asquerosos.

Lila se pasa despacio la palma por la cara y deja escapar un suspiro largo y tembloroso.

—No cambies nunca, Violet —dice cuando recupera el habla—. Eres muchísimo más sensata de lo que he sido yo nunca.

2

Desde la marcha de Dan y la muerte de su madre, Lila ha desarrollado una serie de estrategias para sobrevivir a cada día. Cuando se despierta, a alrededor de las seis de la mañana, se toma un antidepresivo, citalopram, con un vaso de agua, se viste antes de que le dé tiempo a pensar y sale a pasear una hora con Truant. Camina hasta el Heath, en cuyos senderos embarrados los paseadores de perros más madrugadores se cruzan con bebedores de café solitarios y corredores con cara adusta y auriculares puestos. Pasea mientras escucha audiolibros o pódcast parlanchines y anodinos, cualquier cosa que le impida estar a solas con sus pensamientos.

Al volver, despierta a las niñas, las soborna y las convence de que se levanten de la cama y se preparen para ir al colegio, tratando de no tomarse como algo personal los gruñidos y los gritos de desesperación por un calcetín o un teléfono desaparecidos. Desde que Bill vive con ellas, se ocupa él del desayuno e insiste en que las chicas tomen gachas con frutos rojos y semillas variadas en lugar de las tartaletas de tostadora y los bagels revenidos con mermelada que les daba Lila. Bill es riguroso con la alimentación y se pasa el día hablando de aceites de pescado y de las propiedades depurativas de las lentejas, sin hacer caso de los ojos en blanco de las chicas ni de la avidez con la que miran la caja de Choco Pops. Por las noches prepara comidas nutricionales que incluyen hortalizas poco conocidas e intenta no parecer dolido cuando las chicas murmuran que preferirían un sándwich de jamón y queso fundido.

Cuando vuelve de dejar a las niñas, Lila se sienta en lo que llaman irónicamente su despacho, una habitación en el último piso todavía llena de cajas de libros medio rotas que nunca llegaron a abrirse, y acomete las gestiones más urgentes del día. Esto, con los consiguientes cálculos económicos, suele dejarla tan agotada que a menudo tiene que echarse una siesta en el sofá cama; de vez en cuando se tumba en la alfombra con un pódcast de meditación que la tranquilice, intentando que no la desconcentren los ladridos de Truant en el piso de abajo. Procura comer de forma regular para que no le baje el nivel de azúcar y, con él, el estado de ánimo. Cuando se despierta de la siesta, se toma una taza de té para espabilarse y a continuación sale a hacer la compra. Para entonces ya suele ser la hora de recoger a Violet, momento en el cual se convierte de nuevo en «mamá», una persona, por tanto, en alguien sin tiempo para pensamientos invasivos e inmersa en una guerra doméstica sin cuartel contra el desorden, la ropa sucia, los deberes y las exigencias diarias de cada una de sus hijas hasta que es hora de irse a la cama. Entonces se toma dos antihistamínicos (el médico se niega a seguir recetándole sus pastillas para dormir; al parecer, ahora se consideran un «fármaco sucio») o, en ocasiones, se fuma medio porro asomada a la ventana. Por fin, cuando medio intuye que el sueño empieza a rondarla igual que un caballo asustadizo, se pone un pódcast de meditación para dormir —en el que actores de voz suave y monótona leen historias aburridas— y reza por no despertarse en por lo menos dos horas.

No quiere pensar en su exmarido y en su indefectiblemente impecable nueva pareja. No quiere pensar en la casa inmaculada que tiene Marja calle arriba, con su selección minimalista de elegantes objetos y una mesa de centro de Noguchi. No quiere pensar en su madre muerta, quien, de haber estado allí, habría hecho mucho más llevadero todo este desastre.

Algunos días, Lila tiene la sensación de estar en una batalla constante contra todo: el contenido furioso y escurridizo de su cerebro, sus hormonas cambiantes e impredecibles, la báscula, su exmarido, los intentos de su casa por caérsele encima, el mundo en general.

Cuando las chicas se levantan de la mesa esa noche y dejan a Bill mirando con expresión de reproche los cuencos sin terminar de estofado de venado y cebada perlada («Es una comida sanísima, alta en proteínas y baja en grasas»), Lila cae en la cuenta, con un pellizco en el estómago, de que acaba de abrirse un frente nuevo: el hijo que va a tener Dan. Ese niño será medio hermano de sus hijas, una presencia constante en la vida de todos. Tendrá los mismos derechos a lo que tiene que ofrecer su padre: dinero, tiempo, amor. Ese niño, más que nada, hace más real el hecho de que Dan no va a volver, por poco probable que creyera Lila que fuera eso. Ese niño será otra cosa más a la que tendrá que enfrentarse Lila, es posible que a diario, durante los próximos dieciocho años. Y solo de pensarlo le entran ganas de meterse los nudillos en la cuenca de los ojos.

Dan llama a las ocho y cuarto. Sin duda cuando hace ya por lo menos una hora que Hugo, el dócil hijo de seis años de Marja, se ha ido obedientemente a la cama, bañado, con el pijama y los dientes limpios. Violet, en cambio, está con las piernas colgando por entre los barrotes de la barandilla de la escalera, cantando una canción rap que, según el recuento de Lila, incluye once alusiones distintas a órganos genitales.

—Lila.

Siente el mordisco automático en el estómago que le provoca oír su voz. Respira antes de contestar.

—Estaba esperando tu llamada.

—Marja está muy disgustada. —Dan suspira—. Mira, ninguno queríamos que te enteraras así.

—De manera que Marja está disgustada, vaya por Dios. —Las palabras salen de la boca de Lila antes de que le dé tiempo a contenerlas—. Pobrecita.

Hay un breve silencio antes de que hable Dan.

—A ver, está de dieciocho semanas. Pensamos que era mejor esperar a después de las vacaciones de verano para…

—Pero las madres del colegio sí pueden saberlo.

—No porque se lo dijera Marja. Esa dichosa mujer… ¿cómo se llama? Lo adivinó. Y Marja fue incapaz de mentir, así que…

—Sí, claro. Porque una mentira es lo último que queremos en esta situación. ¿Cuándo tienes pensado decírselo a las niñas?

Dan vacila. Lila lo imagina pasándose la mano por la coronilla, su gesto acostumbrado cada vez que algo le resulta difícil.

—Pues…, a ver. Habíamos pensado… Había pensado que igual se lo toman mejor si se lo cuentas tú.

—Uy, eso sí que no. —Lila se levanta de la mesa y va hasta el fregadero—. De eso nada, Dan. Esto te toca a ti. Te toca a ti decirles a tus hijas que las vas a reemplazar.

—¿Qué quieres decir con lo de que las voy a reemplazar?

—Bueno, ya te has ido a hacer de papá de otro niño. ¿Cómo quieres que lo interpreten si no?

—Sabes que eso no es así.

—¿Ah, no? Eras su padre. Ahora te dedicas a llevar al hijo de otra persona al colegio por las mañanas. A cenar con él todas las noches.

—Sigo siendo su padre, joder. Si pudiera, cenaría con ellas todas las noches.

—Pero no si eso implica vivir con nosotras, claro.

—Lila, ¿por qué te pones así?

—Así, ¿cómo? Yo no he hecho nada. Tú eres el que se largó. Tú eres el que empezó a acostarse con una vecina. El que se dedica a criar al niño de otra persona y solo ve a sus hijas dos días a la semana. —Se odia por su tono de voz, por las palabras que salen de su boca, pero no puede contenerse—. Y también el que decidió tener otro puñetero hijo con una mujer doce años más joven. Un hijo que, si no recuerdo mal, me dejaste claro que no íbamos a tener por mucho que yo lo quisiera ¡porque no dabas abasto con las dos que teníamos ya!

Llegado este punto, algo la empuja a volver la cabeza. Celie está junto a la nevera. Tiene un envase de zumo de naranja en la mano y mira fijamente a su madre.

—¿Celie?

Celie está pálida. Deja el envase y sale corriendo de la cocina.

—¿Qué? —dice Dan—. ¿Qué pasa?

—¡Celie! —grita Lila. A continuación dice al teléfono—: Luego te llamo.

La puerta del cuarto de Celie está cerrada con pestillo y tiene la música a todo volumen. Lila intenta abrirla, la aporrea, pero por toda respuesta obtiene un «Déjame». Vacila un momento, sin saber qué hacer, y luego se desliza hasta sentarse en el suelo con la espalda pegada a la puerta y escucha el ritmo machacón de la música.

Empieza a entrarle una ristra de mensajes de Dan. No tiene energías para leerlos ahora mismo, pero sí ve:

Te empeñas en hacer las cosas más difíciles que

como he dicho ninguno queremos causar a las niñas

y con el tiempo aprenderán a querer a su

Activa el modo «No molestar» en su teléfono y se concentra en controlar la respiración.

Por fin la música baja de volumen.

—Me voy a quedar aquí hasta que quieras hablar conmigo, cariño —dice Lila en voz lo bastante alta para que Celie la oiga.

Sus palabras resuenan en el silencio—. No me pienso mover. Y ya sabes lo pesada que puedo llegar a ser.

Otro largo silencio.

—Tengo un termo, un saco de dormir y chocolatinas de menta. Si hace falta, puedo resistir hasta el jueves.

Por fin oye pisadas acercándose a la puerta. Escucha a Celie descorrer el pestillo y alejarse. Lila se pone de pie con un esfuerzo y la entorna. Su hija adolescente está tumbada en la cama con la larga melena negra desplegada teatralmente alrededor de la cabeza y los pies con los calcetines apoyados en la pared.

—Le odio.

—No le odias. Es tu padre —dice Lila mientras piensa: «Pero yo sí le odio».

—Es patético. ¿Sabías que ella ha publicado el resultado del test de embarazo en Instagram?

—¿Cómo?

Celie levanta su teléfono. Y ahí está, una fotografía de la varita de plástico blanco con una raya azul y un «OMG» en texto que pasa en bucle por debajo.

—Menos mal que no se lo iban a contar a nadie. —Lila devuelve el teléfono a su hija, se sienta en la cama y le pone una mano en la pierna—. Lo siento mucho, cariño. Siento muchísimo que tengas que pasar por esto. —Traga saliva—. Y siento no..., no llevarlo demasiado bien siempre.

Celie se enjuga furiosa una lágrima y repite el gesto cuando se ve el dedo sucio de rímel.

—No es culpa tuya.

—Pues desde luego tuya tampoco.

Celie la mira de reojo.

—¿Cuándo te has enterado?

Lila menea la cabeza.

—He oído a una de las madres del colegio hablando hoy con Marja. Por eso ha llamado papá. Siento que hayas tenido que oír la conversación.

Celie niega con la cabeza.

—Yo ya lo sabía.

—¿Cómo que lo sabías?

—Tiene vitaminas prenatales en el cuarto de baño. Desde hace meses. ¿Para qué las tomas si no vas a tener un niño?

Lila siente un nuevo mordisco. Así que esto es algo planeado. Cierra los ojos un momento, aprieta los dientes, relaja la mandíbula y dice:

—Bueno, igual cuando nazca le coges mucho cariño. Igual es una novedad preciosa y descubres que tener una familia ampliada es una maravilla. Todo se solucionará, Celie. De hecho, estoy segura de que te va a encantar tener un hermanito o una hermanita. Alguien más que te adore. Como hacemos todos los demás.

Hay un breve silencio.

—Por Dios, mamá, qué mala actriz eres.

Lila la mira.

—¿En serio?

—Se te da de pena disimular.

Se quedan calladas. Lila suspira.

—A ver, vale. Durante un tiempo se nos hará raro. A todos. Pero sé que vuestro padre os quiere mucho. Y estas cosas tienden a salir bien.

Celie se arrima a ella y le aprieta la mano. Enseguida se aparta, pero es suficiente.

—¿Estás bien, mamá? —pregunta al cabo de un instante.

—Estoy perfectamente —dice Lila con firmeza—. Os tengo a vosotras dos. La única familia que siempre he querido.

—Y a Bill.

—Y a Bill. ¿Qué haríamos sin Bill?

—Aunque nos obliga a comer unas cosas asquerosas. Mamá, ¿puedes decirle algo de las lentejas? Ayer me tiré un pedo superfuerte en la clase de geografía de por la mañana y te juro que todo el mundo supo que había sido yo.

—Hablaré con él.

Lila va a su dormitorio y se toma un segundo citalopram antes de bajar. La doctora insistió muchísimo en que no superara la dosis recomendada, pero el exmarido de esta doctora no se ha dedicado a dejar embarazada a la mitad de la población del norte de Londres. Así que Lila se toma un segundo citalopram.

—¿Todo bien?
Bill está fregando los platos y la suave música clásica de Radio 3 llena el silencio de la cocina. Por mucho que Lila le diga que ya los fregará ella luego, empezará a ponerse nervioso mientras ella ve la televisión y se ausentará sin hacer ruido del cuarto de estar para reaparecer media hora después con un trapo de cocina húmedo y una expresión de silencioso alivio. A Bill le gusta el orden. Durante los últimos meses, Lila ha comprendido que necesita sentirse útil, aunque también opina que, a sus setenta y ocho años, debería descansar más. Ahora se vuelve hacia Lila con el trapo en el hombro.
—Muy bien —dice esta. Y prosigue en tono despreocupado—: Dan va a tener un hijo. Con la Amante Joven y Flexible.
Bill tarda un momento en digerir la noticia.
—Lo siento mucho —dice con su tono seco propio de habitante de casa señorial.
Hay un breve silencio. A continuación añade:
—La verdad es que no sé qué decirte. Tu madre sí habría sabido. —Se acerca a Lila y esta piensa que va a abrazarla. Pero entonces Bill vacila, le pone una mano en el brazo y se lo aprieta—. Es un necio, Lila —dice con voz amable.
—Ya lo sé. —Lila traga saliva.
—Y se arrepentirá en cuanto empiecen las noches en vela y los pañales —afirma Bill—. La dentición. Las rabietas. Todo ese desorden y caos.
«A mí me encantaba ese caos —piensa Lila con tristeza—. Me encantaba vivir en ese follón continuo, con mis bebés churreto-

sas, la casa llena de juguetes de plástico y de cestos de ropa sucia. Quería tener cinco hijos. Una minitribu. Y una casa en el campo llena de perros y botas embarradas y cestillos con leña recogida en el bosque».

—Desde luego —dice.

Cuando levanta la cabeza, Bill la está mirando. Acto seguido baja la vista a sus zapatos relucientes. Bill siempre lleva zapatos relucientes. Lila no está segura de haberlo visto alguna vez sin una camisa perfectamente planchada y zapatos brillantes.

—Ahora que lo pienso, tu madre habría dicho que es un capullo —dice Bill de pronto.

Lila abre mucho los ojos. Piensa un momento y responde:

—Es muy probable.

—Un puto capullo gilipollas. Seguramente.

Bill jamás dice palabrotas, y oír estas palabras salir de su boca es tan inesperado que los dos se miran y Lila deja escapar una risa breve de sorpresa. Le sigue otra, y un hipido. La risa de Lila se convierte en una especie de sollozo. Se tapa la cara con las dos manos.

—Es una detrás de otra, Bill —dice llorando—. Joder, si es que no se acaba nunca.

Bill le aprieta el hombro.

—Se acabará. Ya se acabado, de hecho. Ya han pasado las tres cosas.

Lila se sorbe la nariz.

—¿Desde cuándo eres supersticioso?

—Desde que no saludé a una urraca solitaria y al día siguiente a tu madre la atropelló un autobús.*

—¿En serio?

—Bueno, tengo que echarle la culpa a algo. —Bill espera a que Lila haya dejado de llorar—. Vas a estar bien, niña querida —susurra.

---

* En Reino Unido existe la superstición de que ver una urraca sola da mala suerte. (*N. de la T.*).

—Vamos a estar bien —repite Lila, y se retira el pelo de los ojos. Se sorbe la nariz y se seca las lágrimas—. ¿Tengo buen aspecto?

—Por supuesto.

Lila le estudia la cara y hace una mueca.

—Por Dios, Bill, disimular se te da todavía peor que a mí.

3

Estas son las cosas que he aprendido en mis quince años de matrimonio: no pasa nada si no sientes adoración todos los días. En algún momento vamos a gruñir por calcetines desparejados, olvidar pasar la ITV, llevar seis semanas sin sexo. Tal y como dice la gran Esther Perel, amar es un proceso. Es un verbo. Todos los matrimonios tienen picos y valles, y con los años adquieres perspectiva y comprendes que el tuyo participa de los altibajos de tu particular, especial y única vida sentimental. Un matrimonio puede contener multitud de emociones en un solo día. Te puedes despertar junto a un hombre que ronca y tener ganas de ahogarlo con una almohada y, a las once de esa misma mañana, estar deseando que la limpiadora se marche para abalanzarte sobre él y pasar una hora deliciosa en la cama. En el transcurso de media hora, puedes sentir cariño, irritación, deseo y gratitud. El secreto es comprender este proceso, estos altibajos y no asustarte de tus emociones. Porque mientras estéis juntos en esto, mientras seáis un equipo, sabrás, en lo más profundo de tu ser, que todo forma parte de esa gloriosa experiencia en que consiste ser humano. Dan es mi equipo y estamos juntos en esto, y no pasa un día sin que dé las gracias por esta certeza.

A veces Lila recuerda este párrafo, que un periódico nacional publicó a modo de adelanto de su libro justo catorce días antes de que Dan la dejara, y entonces tiene ganas de hacerse una bola pequeñita y dura, como una cochinilla de humedad atrapada en un lavabo.

Cuando lo escribió estaba convencidísima. Recuerda estar en casa redactando la última frase y rebosando amor por su marido, por su vida (a menudo experimentaba este sentimiento cuando escribía sobre el Dan ficticio, alguien mucho menos complicado que el real). Dan solía menear la cabeza con expresión de afecto cada vez que Lila hablaba de su padre; le tenía prohibido repetir su acostumbrado mantra: «Al final, todos te abandonan».

La primera vez que Lila la pronunció, llevaban poco tiempo y, reacia a comprometerse, estaba aterrada por la continua insistencia de Dan en tener una relación seria. Dan le cogió una mano y le dijo: «Tienes que reescribir esa historia. Que tu padre se portara como un capullo no significa que todos los hombres vayan a hacer lo mismo». Aquel había sido un momento trascendental y durante un tiempo lo consideraron la piedra angular de su matrimonio.

Ahora Lila piensa que lo más probable es que fueran más o menos felices durante los diez primeros años, exceptuando los malabarismos que exigía ser padres y las competiciones por quién de los dos estaba más cansado cuando las niñas eran muy pequeñas. Desde luego recuerda, durante unas vacaciones familiares en las que escribía su libro, estar sentada en la playa mirando a sus hijas jugar en el agua con su madre (Francesca era una entusiasta del mar) y sentirse, mientras se abrazaba las rodillas enarenadas, increíblemente afortunada. Era como estar alojada en el corazón de algo bueno, fuerte y sólido. Su madre salpicando a sus nietas, Bill animándola desde debajo de su sombrero playero, sus preciosas niñas riendo, su marido. Estabilidad económica, una casa nueva, sol y olas centelleantes. Lila había tenido la sensación de que la vida le sonreía.

Y entonces —¡giro argumental!— Dan se fue. Y, menos de un año después, también su madre.

Lleva veinte minutos rumiando esto, con los auriculares antirruido puestos y mirando por la ventana, cuando repara en que al final del jardín delantero hay un hombre mirando hacia arriba. Lila lo observa con el ceño fruncido y espera a que se vaya. Pero lo que hace el hombre es dar dos pasos a la derecha, apoyar una mano en el tronco del árbol de la entrada y poner cara pensativa. Viste un plumas, vaqueros algo sucios y gorro de lana. Lila no le ve la cara. Siente una pequeña punzada de inquietud: dos semanas antes le robaron el coche al vecino del camino de acceso. Quiere que el hombre se ponga a hablar por teléfono, se vaya, haga algo que le permita decidir que no es un ladrón ni alguien planeando algo siniestro. Pero allí sigue, mirando la casa con expresión meditativa. Lila continúa sentada hasta que no aguanta más y entonces se quita los auriculares y baja corriendo, cuatro, cinco pisos, le pone la correa a Truant para no salir sola y abre la puerta principal. El hombre se vuelve para mirarla.

—Este camino es propiedad privada —dice Lila lo bastante alto para que el hombre la oiga.

Este no contesta, se limita a seguir mirándola mientras Truant emite una sucesión de ladridos apremiantes y ensordecedores. De pronto Lila recuerda que sigue en pijama y bata y que son las once de la mañana. Se había prohibido vestirse antes de escribir mil palabras en un intento por obligarse a trabajar. Ahora le parece una pésima idea.

—¿Cómo? —grita el hombre.

—¡Que es un acceso privado! ¡Márchese!

El hombre arruga un poco el ceño.

—Solo estoy mirando su árbol.

Qué excusa tan ridícula.

—Pues no lo haga.

—¿El qué? ¿Mirar su árbol?

—Exacto.

Truant tira de la correa, gruñe y salta. Lila lo adora por este despliegue de agresividad.

El hombre parece impertérrito. Levanta las cejas.

—Si me quedo en la acera, ¿puedo mirar el árbol?

Retrocede dos pasos, salta a la vista que está ligeramente divertido. A Lila le hace sentir furiosa e impotente al mismo tiempo la seguridad despreocupada de este hombre, el hecho de que parezca saber lo nerviosa que la está poniendo la situación.

—¡Que deje de mirar mi árbol! ¡No mire mi casa! ¡Váyase!

—Pues sí que es usted amable.

—No tengo por qué ser amable. Solo por ser mujer no estoy obligada a ser amable. Está usted en mi jardín delantero sin haber sido invitado. Así que no, no tengo por qué ser amable.

Le ha salido una voz aguda y los ladridos de Truant son ensordecedores. Por el rabillo del ojo, Lila ve moverse las cortinas de la ventana mirador de la casa de al lado. Sin duda el incidente pasará a engrosar su lista de fechorías vecinales. Levanta una mano pidiendo disculpas y la cortina se cierra.

—Bonito coche —dice el hombre admirando el Mercedes.

Lila se compró un coche deportivo porque le pareció algo que habría hecho su madre: impulsivo y optimista. Lo compró en un concesionario especializado porque en la primera tienda de coches a la que llamó no le devolvieron las llamadas. Y eligió el modelo de gama superior y precio más alto que le permitió la herencia de Francesca —un Mercedes-Benz 380 SL de 1985— porque el elegantemente trajeado comercial del concesionario en el que había terminado no la creía con nivel adquisitivo suficiente para permitírselo. («Bueno —había dicho con ironía Eleanor, la amiga de toda la vida de Lila, cuando esta se lo contó—, pues ahora ya le habrá quedado claro»).

—Tiene rastreador —grita Lila.

—¿Qué? —El hombre no la oye con la algarabía.

—¡Que tiene rastreador! ¡Y sistema de alarma!

El hombre frunce el ceño.

—¿Cree que le voy a robar el coche?

—No, no creo que me vaya a robar el coche. Porque la policía lo rastrearía y acabaría usted en la cárcel. Solo le estoy informando de que no es una opción. Y, por cierto, en la casa no hay dinero. Por si se lo estaba preguntando.

El hombre se mira las zapatillas deportivas con el ceño fruncido y a continuación a Lila.

—Así que ha salido solo para decirme que no puedo mirar su árbol, que no puedo robarle el Mercedes porque iría a la cárcel y que no tiene dinero.

Tal y como lo ha dicho, suena ridículo, lo que irrita todavía más a Lila.

—Pues más o menos. Igual si no se dedicara usted a allanar jardines delanteros no haría falta decirle nada.

—La verdad es que estoy en su jardín delantero porque he quedado con Bill.

—¿Cómo?

—He quedado con Bill. Quiere que arregle el jardín. Pero no ha contestado nadie al timbre, así que supongo que no está.

Lila se queda cortada.

—Ah —dice, y justo en ese momento Truant, claramente furioso por este prolongado allanamiento, empieza a retorcer la correa, dudando entre abalanzarse contra el hombre o salir huyendo. Lila forcejea con él en un intento por tranquilizarlo, pero salta a la vista que su tono de voz lo ha ido poniendo cada vez más nervioso y no quiere estarse quieto—. Bill ha ido a su casa. —Lila tiene que repetirlo a gritos porque la primera vez el ruido ahoga sus palabras—. ¡Su casa! Está bajando por esta misma calle. Escuche, perdóneme. Pase y le llamo. Está claro que se ha olvidado.

Pero el hombre da dos pasos atrás hasta llegar la acera.

—No se preocupe, ya lo llamo yo.

Y echa a andar calle abajo mientras se saca el teléfono del bolsillo.

—No me extraña que saliera corriendo. Desde que Dan se fue, estás en plan... matona.

—¿Cómo que matona?

—La mayor parte del tiempo vas por ahí con cara de querer asesinar a alguien.

Lila mira el tenedor que ha estado agitando mientras le contaba a Eleanor la historia del intruso del jardín que resultó no serlo y lo baja despacio.

—De eso nada. No parezco ninguna matona.

Eleanor no trabaja esta semana, lo que quiere decir que va perfectamente maquillada. Cuando tiene trabajo —es peluquera y maquilladora de televisión— dice que pasa de arreglarse ella también. Lila la mira y se pregunta si Eleanor no está envejeciendo mejor que ella. La encuentra... radiante.

—Bueno...

—Me estás diciendo que tengo pinta de trastornada.

—No. —Eleanor pincha un trozo de sushi y se lo mete en la boca usando un único palillo—. Lo que te digo, como amiga tuya de toda la vida que soy, es que últimamente.... tienes la mecha algo corta. —Cuando ve la cara de abatimiento de Lila, añade—: Algo comprensible teniendo en cuenta por lo que has pasado y todo eso. Pero yo reservaría esa actitud para Dan. No te interesa dar malas vibraciones a la gente en general.

—¿De qué vibraciones me hablas?

—Pues de que siempre tienes esta cara.

Eleanor entorna los párpados y mira a Lila con expresión implacable. Lila empuja su plato.

—¿Se supone que esa soy yo?

—Bueno, más o menos. También sacas la mandíbula. Pero creo que a mí no me sale.

—Ah, vaya. Pues muchas gracias.

—Te lo digo con cariño, Lils. Y hay un montón de gente que

se merece esa vibra, empezando por Dan. Pero un humilde jardinero que se ha puesto a mirar un árbol mientras espera a tu anciano padrastro quizá no tanto. ¿Qué tal si pruebas esto?

Sonríe despacio y de forma exagerada.

—Muy graciosa.

—Lo estoy diciendo en serio. Pruébalo.

—Sé sonreír, El.

—Puede. Pero ya casi nunca lo haces. Y no quiero que termines como una de esas divorciadas de labios apretados. Con rictus es complicadísimo pintarse los labios. —Frunce los suyos y señala las finas líneas resultantes—. ¿Qué tal está Bill, por cierto?

Lila suspira y bebe agua.

—Pues no sé qué decirte. Podrían arrancarle una pierna y seguiría diciendo que está bien. —A Lila le parece verlo caminar despacio por la casa, con los auriculares puestos escuchando Radio 3. Bill parece necesitar un suministro continuo de música clásica, es su barrera frente al resto del mundo—. Creo que está bien. Obliga a mis hijas a comer muchísimas legumbres.

—Tienen que estar encantadas.

—Imagínate. No sé. Mamá y él llevaban un régimen de vida muy estricto. Horarios, comida sana, orden y... organización. Así que vivir con él a veces es difícil. No me malinterpretes, me alegro de que esté. Creo que nos viene bien esa... continuidad. Pero me encantaría que fuera un poco menos rígido. —Lila ve que Eleanor consulta su reloj—. ¿Vas a alguna parte? Estás guapísima, por cierto.

—¿De verdad? —dice Eleanor con la despreocupación de quien conoce la respuesta a su pregunta. Su espesa melena castaña ondulada tiene un mechón blanco en la parte delantera que consigue resultar natural y al mismo tiempo ridículamente guay. Lleva una blusa de seda color escarlata intenso y seis pulseras de plata—. He quedado con Jamie y Nicoletta.

—¿Con quién?

—La pareja de la que te hablé. Vamos a un hotel a Notting Hill. Me apetece muchísimo.

—Ah, la *trieja*. —Lila hace una mueca.

—Preferimos llamarlo *ménage à trois*. «*Trieja*» es muy del *Daily Mail*.

En los tres años que Eleanor lleva soltera, ha emprendido una suerte de odisea sexual y cada semana se embarca en lo que llama sus «aventuras». «Es divertidísimo», le dice a Lila. Sin inseguridades sobre el grado de compromiso o sobre si tienes un cuerpo perfecto, si la relación tiene o no futuro, todas esas cosas. Solo risas y buen sexo. Dice que le gustaría haber empezado a hacerlo mucho antes en lugar de seguir con Eddie.

Ahora, cada vez que la ve, Lila tiene la sensación de que su amiga se está transformando en alguien irreconocible.

—Pero ¿no se te hace raro? Me refiero a que ¿tenéis que planearlo todo de antemano? ¿Quién va a poner qué parte del cuerpo y dónde? ¿Os turnáis?

A Lila le da repelús solo pensarlo. Ya casi ni concibe enseñar a alguien la espinilla, y mucho menos meterse alegremente en la cama con dos desconocidos.

—La verdad es que no. Me gustan, yo les gusto. Quedamos..., tomamos unos vinos, nos reímos. Lo pasamos bien.

—Tal y como lo cuentas parece un club de lectura. Pero con genitales en vez de libros.

—Pues más o menos. —Eleanor se mete un trozo de jengibre en la boca—. Y con menos deberes también. Deberías probarlo.

—Antes prefiero la muerte —contesta Lila—. Aparte de que no me imagino en la cama con nadie que no sea Dan. Era feliz con él.

—Pero si me decías que podíais estar hasta seis meses sin tener relaciones sexuales.

—Odio tu buena memoria. Pero bueno, eso era solo al final.

Eleanor levanta las cejas y salta a la vista que ha decidido no continuar con esa conversación.

—Yo solo digo que necesitas un poco de alegría en tu vida, Lils. Necesitas reírte, echar un polvo, relajar esos hombros. Sigues siendo guapa. Estás buena.

—No pienso ir a una orgía contigo, Eleanor.

—Pues regístrate en una app, entonces. Queda con alguien. En plan experimento.

Lila niega con la cabeza.

—Me parece que no. Lo que sí intentaré es parecer menos matona. Por el amor de Dios, ¿cuántas veces le he pedido la cuenta al camarero? ¡Al final voy a tener que ir a quitársela de la mano, joder!

Bill ha hecho pescado al vapor para cenar. El olor fétido golpea a Lila en cuanto abre la puerta principal y se obliga a pararse un momento en el recibidor con los ojos cerrados, recordándose que es una muestra de cariño lo de cocinar para ellas. Que la casa vaya a oler igual que la lonja del Billingsgate las próximas veinticuatro horas no es más que un daño colateral desafortunado.

«Pero por las lentejas no pases», decide, y se inclina para saludar a Truant, que la recibe como si fuera la única persona de fiar de todo el universo.

—Hola, cariño. He hecho pescado y lentejas para cenar —la saluda Bill con el delantal de la madre de Lila puesto—. He añadido jengibre y ajo. Ya sé que a las chicas no les gustan, pero son excelentes para el sistema inmunitario.

—¡Vale! —contesta Lila mientras se pregunta si podría pedir comida a domicilio sin que se enterase Bill.

—¿Qué tal tu día, Lila?

Bill está preparando un aliño para una ensalada verde y Radio 3 suena de fondo. Los zapatos le relucen igual que dos castañas y viste camisa y corbata a pesar de llevar trece años jubilado.

—Ah, pues bien. He comido con Eleanor y después había

quedado con el gestor. —No quiere hablar de la reunión con el gestor. Mientras este repasaba columnas de ingresos previstos y plazos de pago de impuestos, Lila había puesto la mente en blanco—. Y tú ¿qué tal? Por Dios, ¿qué es eso? —Mira sorprendida un cuadro que hay sobre la encimera. Es el retrato semiabstracto de una mujer desnuda. Una mujer que tiene los mismos rizos grises y las mismas gafas de montura de carey de su madre—. Por favor, dime que no es…

—… tu madre. La echo de menos y he pensado que podríamos colgarlo en el cuarto de estar.

—Bill, pero si está desnuda…

—Oh, eso a tu madre nunca le importó. Ya sabes que era muy relajada con su cuerpo.

—Ya te digo que las chicas no van a tomarse bien la idea de tener a su abuela desnuda encima del televisor.

Bill se despega un momento las gafas de la nariz, como si acabara de oír algo sorprendente.

—No entiendo por qué os centráis en el desnudo. En realidad es un retrato de la personalidad interior.

—Bill, lo del interior está bastante a la vista. Oye, ya sé que echas de menos a mamá. ¿Por qué no lo cuelgas en tu habitación? Así será lo primero que veas cuando te despiertes y lo último cuando te acuestes.

Bill mira el retrato.

—Es que me pareció bonito tenerla con nosotros, como un miembro más de la familia. Protegiéndonos.

—Eso si llevara bragas. Un miembro más de la familia, pero con bragas.

Bill suspira y aparta la vista.

—Lo que tú digas.

De pronto, Lila se siente culpable y lo abraza en un gesto de disculpa. Bill se pone un poco rígido, como si el contacto físico fuera una agresión. Lila piensa que es posible que su madre fuera la única persona con la que Bill se relajaba por completo.

—Podríamos poner una foto. Desde luego hacen falta más fotografías de mamá en esta casa —dice.

—Es como si no hubiera existido —dice Bill con voz queda—. A veces miro a mi alrededor y es como si no hubiera existido.

Entonces Lila lo mira, ve el dolor y la pérdida grabados en su cara y siente que, en comparación, los suyos no son más que una pálida sombra. Ella ha perdido a su madre, sí, pero Bill ha perdido a su alma gemela.

—Tengo una caja con fotografías en la otra casa —dice Bill con un suspiro—. Fotografías y más cosas. Si no quieres el retrato.

Lila se da cuenta —con una punzada de algo que no consigue identificar del todo— de que Bill ya no se refiere a su antigua casa como suya.

—¿Sabes qué? —dice—. Cuélgalo aquí de momento. Con la cantidad de horas que pasan las chicas enganchadas a sus pantallas, es probable que ni lo vean.

4

La llamada se produce a las diez y cuarto, justo once minutos después de que Lila haya conseguido escribir el primer párrafo en meses, y nueve después de atreverse a pensar que, después de todo, es posible que vuelva a escribir. Contesta el teléfono, pero sin fijarse en la pantalla, de manera que no sabe quién es.

—¿Hablo con la señora Brewer?

—Kennedy. Es señora Kennedy ahora.

Qué aburrimiento. Preferiría ser mademoiselle Kennedy. O lady Kennedy, algo elegante y glamuroso. Que la hiciera sentir un poco menos anodina.

—Ah, sí. Perdón, no hemos actualizado los datos. Llamo de la secretaría del colegio. Queríamos saber si Celie tenía hoy una cita de la que no teníamos noticia.

—¿Perdón?

—Celie. No estaba cuando han pasado lista esta mañana. ¿Quizá tenía dentista?

A Lila se le queda la mente en blanco. ¿Se ha olvidado de alguna cita médica? Comprueba el calendario en su teléfono. Nada.

—Perdón, ¿qué quiere decir con que no está?

—No ha venido al colegio.

—Pero si la he dejado allí esta mañana. Bueno, no la he dejado, pero la he visto subirse al autobús.

Hay un breve silencio. Ese silencio que te dice que tu interlocutor se ha dado cuenta de que no tienes ni idea de lo que te habla.

—Pues, según sus compañeros de clase, no ha llegado. Últimamente ha tenido tantas citas en el dentista que no sabíamos si había empezado un tratamiento nuevo del que no teníamos noticia.

—¿Citas en el dentista?

Otro silencio.

—Ha traído justificantes de no asistencia a las clases de la tarde... tres veces este mes.

—No ha... No le han hecho ningún tratamiento dental. Voy a llamarla. Les llamo. Les... Ahora les vuelvo a llamar.

A Lila le está entrando el pánico. De pronto se le llena la cabeza de titulares: «Chica desaparecida encontrada muerta en un canal. Los padres afirman no entender nada».

Llama a Dan, aporreando las teclas del teléfono.

—Lila, estoy en una reu...

—¿Sabes dónde está Celie?

—¿Qué?

—En el colegio no está. Acaban de llamarme.

—Pero hoy le tocaba contigo.

—Ya lo sé, Dan. Solo quería saber si te había dicho algo. Si habíais quedado en alguna cosa sin decírmelo.

—No, Lila. Yo te lo cuento todo.

«Todo no», quiere decir Lila, pero no es el momento.

—Vale, voy a llamarla.

Llama a Celie, quien no contesta. Después de intentarlo cuatro veces, le manda un mensaje:

Celie, dónde estás? Por favor, dime si estás bien

Pasan cuatro largos minutos antes de que Celie conteste. Cuatro minutos durante los que Lila no deja de mover nerviosa una pierna debajo de la mesa, cuatro minutos en los que todas las situaciones posibles le han recorrido el cuerpo y revolucionado el corazón y las terminaciones nerviosas:

Necesitaba tiempo para mí. Estoy bien.

Hay un nanosegundo de alivio mientras Lila parpadea tras leer el mensaje. Pero entonces el pánico da paso a una irritación profunda. ¿Cómo que «tiempo para mí»? ¿Qué es eso? ¿Desde cuándo necesita una adolescente «tiempo para mí»? Coge aire antes de escribir: Deberías estar en el colegio. Han llamado preguntando dónde estás

No puedes decirles que tengo dentista o algo así?

¿Dónde estás? Haz el favor de volver a casa. Ahora mismo

Lila mira los tres puntitos parpadear en la pantalla, y a continuación desaparecer. Mira fijamente el teléfono. AHORA MISMO, Celie. Los puntos reviven de nuevo, y luego nada.

En toda su infancia, Lila solo amenazó con desaparecer una vez. Tendría ocho o nueve años y había habido alguna clase de altercado, ya no se acuerda. Su madre nunca había sido de preocuparse por los cuartos desordenados («¡Todo es creatividad! ¡Incluso el desorden!») y tampoco era estricta con las reglas, de manera que a Lila se le ha olvidado. Sí recuerda hacer una mochila pequeña y anunciar con cierta grandilocuencia a su madre que se iba. Su madre estaba trabajando en el jardín, arrodillada en un cojincito bordado por la abuela de Lila. Se volvió con una mano enguantada sobre los ojos a modo de visera y parpadeó a la luz del sol.

—¿Te vas? ¿Para siempre?

Lila, furiosa, asintió con la cabeza.

Entonces Francesca miró al suelo pensativa.

—Vale —dijo—, pues necesitarás provisiones. —Se quitó los guantes y condujo a Lila a la cocina, donde empezó a abrir armarios—. Necesitarás galletas, creo… ¿Igual algo de fruta?

Lila abrió su mochila mientras su madre buscaba por la cocina.

—Igual también un plato. Porque sin plato es difícil comer. ¿Qué tal si te pongo unos de papel que sobraron del pícnic? No pesarán tanto.

Lila recuerda sentirse vagamente desorientada a medida que progresaba la situación, su furia que se disipaba, el entusiasmo práctico de su madre, como si Lila hubiera sugerido una aventura de lo más razonable.

—¡Ya sé! —anunció Francesca justo cuando cerraba la mochila y con Lila sin saber muy bien ya qué hacer a continuación—. ¡Monster Munch! No pesan nada y te encantan. No te interesa que la mochila te pese.

Las patatas Monster Munch con sabor a cebolleta encurtida eran la comida preferida de Lila. Asintió con la cabeza mientras Francesca buscaba en los armarios, abriendo y cerrando puertas.

—Ay, qué pena. Parece que no quedan. ¿Vamos a la esquina a comprar?

Lila nunca consigue recordar cómo terminó su plan de fuga. Sí recuerda a su madre yendo con ella a la tienda, el calor que desprendía la acera, que la dejó comprar varias bolsas de Monster Munch y anunció que también ella iba a comprarse una. Volvieron dando un paseo mientras se comían las patatas crujientes y hablaban del gato atigrado y gordo del número ochenta y uno de la calle, del episodio preferido de Francesca de *Doctor Who* y de si debían o no pintar de rojo la puerta principal. Lila entiende ahora que su madre no solo le quitó la idea de la cabeza, sino que lo hizo de una manera que le permitió salir airosa de la situación. «¿Cómo sabía siempre lo que había que hacer?», se pregunta. Y, a continuación: «¿Seguirán haciendo Monster Munch con sabor a cebolleta encurtida?».

Ve a Celie antes de que esta la vea a ella. Está en la isleta peatonal del área de tiendas, donde envases vacíos de comida para llevar revolotean con la brisa y unas pocas mesas y sillas de plástico tratan de remedar la terraza de un café. Celie está sentada en el borde de una jardinera alta con la cabeza inclinada, mirando el teléfono. Últimamente Lila no tiene gran cosa que agradecer a Dan, pero, cuando le mandó un mensaje recordándole que tienen el móvil de Celie en Find My Phone, le salió del alma contestarle con un «Gracias a Dios».

—¿Celie?

Se sienta a su lado y le toca el brazo.

Su hija da un respingo y se sonroja ligeramente. Hay un momento de vaga confusión. Entonces Lila ve que Celie ha recordado Find My Phone y se pregunta cuánto tardará en eliminarlo de su teléfono.

—¿Qué pasa?

Lila ya no está enfadada. Solo preocupadísima.

—No me apetece hablar.

Lila mira a su hija, su pelo largo negro, tan distinto del suyo. Desearía que sonriera con la frecuencia de antes; esas sonrisas radiantes que en otro tiempo le iluminaban la cara. Últimamente Celie está casi siempre callada, encerrada en su cuarto o absorta en su teléfono, en algún lugar inalcanzable para sus padres, que ahora mismo ni son de fiar ni están a la altura.

—Vale.

Se sienta a un metro de Celie en la jardinera e intenta dar con la mejor manera de gestionar la situación. ¿Qué habría hecho su madre? Para cuando hace la única pregunta que se le ocurre, tiene la impresión de que han transcurrido varias horas.

—¿Estás bien?

La voz de Celie le sale de algún punto cercano al pecho y engullida por las cortinas de pelo.

—Perfectamente.

—¿Quieres hablar de por qué has estado haciendo pellas?

Celie no dice nada. Al cabo de unos instantes, se encoge de hombros. Se mira algo en el dedo y a continuación fija la vista en el horizonte.

—Me han llamado del colegio para decírmelo.

Ve que Celie suspira un poco, quizá pensando en que a partir de ahora la vigilarán más de cerca en el colegio.

—No es buen momento para hacer pellas, mi amor. No cuando falta tan poco para los exámenes.

Prácticamente oye a Celie poner los ojos en blanco. Las dos guardan silencio. Celie vuelve a morderse las uñas, Lila ve que tiene las cutículas rojas y estropeadas. Celie la mira y separa un poco los labios. Entonces a Lila le suena el teléfono.

—Lila, ¿sabes dónde está el abrillantador para la plata?

—¿Qué?

Por un momento la voz de Bill suena amortiguada y a continuación dice:

—El abrillantador para la plata. He traído el juego de té de tu madre para que podamos tomar el té como es debido. Pero está muy deslustrado y no encuentro ningún producto para limpiarlo debajo de tu fregadero. Ni en la despensa.

—Creo que no tenemos. Y me pillas en un...

—¿No tienes limpiador para plata? ¿Y cómo limpias la plata?

—Creo que no tenemos plata. Bill, tengo que dejarte.

Bill suspira decepcionado.

—Supongo que puedo ir a comprarlo a la tienda esa de la calle principal. ¿Crees que tendrán?

—Me... No lo sé, Bill. Lo miro a la que vuelva a casa. —Lila cuelga el teléfono y, con cautela, le pone una mano en el brazo a Celie—. ¿Es por papá y por mí?

—Por Dios, mamá, que papá y tú no sois el centro del universo.

Hay algo raro en su manera de hablar, es un poco más pastosa, más lenta de lo que debería. Por un instante, Lila se pregunta si Celie está intentando contener las lágrimas. Entonces le llega el olor, dulce y acre.

—Celie, ¿has estado fumando hierba?

Su hija la mira furiosa de reojo, pero es una mirada que le dice a Lila todo lo que necesita saber.

—¿Será posible? ¡Celie, no puedes fumar hierba! ¡Tienes dieciséis años!

Siente, más que oír, la palabrota que murmura Celie.

—¿Qué...? ¿De dónde la has sacado? ¿La está vendiendo alguien en el colegio?

—¿Por qué? ¿Quieres comprar?

—¿Qué?

—Dios, mamá, qué hipócrita eres. Sé que fumas porros por la noche. Me tratas como si yo fuera una especie de monstruo cuando tú haces lo mismo.

—No es verdad.

—Ay, por favor. No mientas. Lo huelo por la ventana de mi cuarto.

—Me... Lo... Es distinto. Solo lo hago cuando no puedo dormir.

—Y yo cuando no puedo relajarme. ¿Qué diferencia hay?

—¡Pues que tú tienes dieciséis años y yo cuarenta y dos!

Le suena otra vez el teléfono.

—Bill. Ahora mismo no puedo hablar.

—Ya lo sé, cariño. Es solo un momento. He pensado que si pasas por la ferretería, podrías comprarme también Bar Keepers Friend.

—¿Perdón?

—Es un limpiador muy útil. Me he dado cuenta de que algunos rincones de la cocina están un poco... sucios. Y sé que estás muy ocupada, así que, si me compras un bote, lo puedo limpiar yo y verdaderamente...

—Vale. De acuerdo, Bill. Te he entendido.

Deja el teléfono y, llevada por un impulso, coge el bolso de Celie.

Esta se lo quita de inmediato.

—¿Se puede saber qué haces?

—¿Dónde está?

—¡Que lo sueltes!

—¡La hierba! ¿Dónde la tienes?

Lila tira del bolso de Celie, pero esta se resiste y, por un momento casi cómico, las dos interpretan un tira y afloja con el bolso de lona sentadas en la jardinera.

—¡Que pares de una vez!

Celie consigue recuperar el bolso y salta del muro con la cara desencajada de furia.

—¡No puedes fumar hierba, Celie!

—Por Dios, siempre montando números. ¿Se puede saber por qué no me dejas en paz?

—¡Porque soy tu madre!

Sigue en la acera llamando a gritos a su hija mientras esta se encaja el bolso debajo del brazo y se aleja medio corriendo, medio caminando, en dirección a la parada de autobús.

—¡Es mi trabajo! —grita Lila, y el viento arrastra su voz junto con los envases de comida para llevar y la hace desaparecer.

Es entonces cuando vuelve a llamar Bill.

—Estaba pensando que igual me traigo unos posavasos de la otra casa. Me he fijado en que las chicas dejan los vasos encima las mesas de madera y hay unos cercos muy feos. ¿Puedes comprar limpiamuebles cuando vayas a la tienda? La cera, no ese espray horroroso. En cuanto me lo traigas, me pongo con ello.

5

Lila no está segura de cómo empezó la cosa —es probable que con su incapacidad para combinar la selección de mandos a distancia y las opciones de televisión desde que Dan, o el centro tecnológico, como lo llamaban las niñas, se fue—, pero el caso es que lleva varios meses viendo un culebrón en español. La mayoría de las noches, si consigue arañar una hora entre el momento de acompañar a las niñas a la cama y el momento en que está demasiado cansada, se hace un ovillo en el sofá y ve un capítulo subtitulado de *La familia Esperanza*, una historia infinitamente retorcida con mujeres glamurosas hasta decir basta que hablan español y están siempre inmersas en intensas guerras las unas contra las otras y con los hombres que aman. Todos visten colores vivos, siempre hace calor y los personajes se lanzan insultos y muebles con el mismo alegre desenfreno de unos niños pequeños jugando en una piscina de bolas. El personaje preferido de Lila es Estella Esperanza, una mujer menuda y fiera de su misma edad que recuerda un poco a Salma Hayek. Durante los seis primeros episodios era un ratoncito oprimido, hasta que descubrió que su marido, Rodrigo, la engañaba con su secretaria adolescente. Después de numerosos capítulos de llorar por las esquinas, ser consolada por sus hermanas y rezar en la iglesia del pueblo, se ha transformado en un ángel vengador que se dedica a seguir a su marido y a su amante y a idear maneras cada vez más estrambóticas de sabotear su nueva vida juntos.

Esta semana, después de saber que Rodrigo e Isabella se van de escapada romántica a un complejo junto al mar, Estella Esperanza se las ha arreglado para que la contraten de limpiadora temporal en el hotel de lujo y les ha puesto laxante en las cápsulas de Nespresso de su habitación. En el episodio anterior, contrató a un *escort* para que coqueteara con Isabella en el bar, asegurándose de que Rodrigo los sorprendiera. Mientras tanto, Estella ha estado aprendiendo a disparar en el club de tiro del pueblo con ayuda de, como no podía ser de otra manera, un instructor macizo a la par que comprensivo, y por supuesto es cuestión de tiempo que saque su elegante pistolita de su bolso de marca y le dé su merecido a su esposo. Pero, de momento, Rodrigo no sospecha nada porque cree que su mujer no es más que un ratoncito oprimido. A veces, Lila se imagina en la piel de Estella, vestida de negro, con un look estiloso y doliente a la vez, cruzando el parque y esparciendo fotografías incriminatorias de su exmarido mientras grita insultos que suenan mucho mejor en español o, en los días especialmente malos, sacando una pistola de su bolso de marca (Lila no tiene ningún bolso de marca) y..., bueno, dándoles un susto.

No habla con nadie de esta pequeña fantasía, no desde que se la confesó a Eleanor una mañana y esta reaccionó parándose en seco y preguntándole: «¿Estás bien?». Pero Lila sigue sentándose a ver la serie, vestida con un pantalón de chándal todo lleno de pelos de perro y la melena recogida con un coletero, deseando que Estella haga cosas más locas y terribles aún.

Celie está tres días sin dirigirle la palabra. Llega a casa del colegio casi de forma clandestina, entrando con tal sigilo que a veces Lila no se entera hasta que oye a Bill preguntarle si quiere beber algo y recordándole que tiene que tomar más agua. Una de las noches, Celie se ha saltado la cena con la excusa de que tenía demasiados deberes, y las otras dos se ha sentado a la mesa con los ojos fijos en el plato como si estar allí fuera lo último que le apeteciera. Lila le ha registrado la habitación en dos ocasiones, sin encontrar ni rastro de drogas y sintiéndose culpable. Una parte de ella tiene miedo de hablar con Celie por si se delata.

—Tú eras igual, cariño —dice Bill cuando Celie se levanta un momento de la mesa para ir al baño.

—De eso nada.

—Claro que sí. Estuviste unos dos años sin hablar. Tu madre casi se vuelve loca. Y cuando cumpliste diecisiete, empezaste a hablar otra vez. Ya se le pasará. Los dieciséis son muy complicados.

Lila no le cuenta a Bill lo de la hierba. Bastante mal lleva ya que las niñas beban refrescos de cola. Además tiene otras cosas en la cabeza. Ha decidido, anuncia mientras están cenando, que le gustaría arreglar el jardín.

—He pensado que podemos convertirlo en un jardín conmemorativo. Al menos un rincón. Estaría bien tener un sitio donde sentarnos en comunión con la naturaleza y recordar a vuestra abuela.

—El gato de los vecinos hace caca en nuestro jardín —dice Violet, que ha estado encondiendo en silencio trozos de zanahoria debajo del pollo hervido—. En ese rincón hay un MONTONAZO de naturaleza.

—Bueno, pues lo rociaré con un poco de citronela. Suele ahuyentarlos.

—Pero sigue habiendo mucha caca en la tierra. Montañas. Podríamos hacer un bebé de caca con toda la que hay en el jardín. Un bebé de caca gigante.

Bill parece temporalmente desconcertado por este giro de la conversación y Lila lo agradece. Arreglar el jardín supondrá gastar dinero, y ha llegado a un punto en que no puede pensar en el dinero sin que se le haga un nudo grande como una bola de jugar a los bolos en el estómago. Los fontaneros de urgencias están cobrando cientos de libras al mes solo para mantener los váteres en funcionamiento. Las sumas que necesita para hacer frente a estos gastos son vertiginosas. Y sigue sin tener un bosquejo de su nuevo libro sobre la en teoría dicha sin fin de ser madre soltera.

—¿Qué te parece lo del jardín conmemorativo, Celie? —pregunta Bill con amabilidad.

Celie ha vuelto y ha dejado en silencio sus cubiertos en el centro del plato.

—Muy bien.

—¿A que sería bonito tener un sitio donde sentarse y recordar a la abuela?

—Podemos hacer un banco de caca seca —dice Violet antes de echarse a reír— y sentarnos en él.

—Eres asquerosa, Vi.

Celie se levanta y lleva su plato al cubo de la basura mientras lo tapa para que nadie vea toda la comida que está tirando.

—Tengo un banco de madera bastante bonito —continúa Bill, inasequible al desaliento—. Lo hice tres meses después de que muriera Francesca. Es un banco modelo Lutyens. De roble, así que está envejeciendo muy bien. Puedo traerlo y ponerlo en el rincón junto al lilo.

—¿Tenemos un lilo? —pregunta Lila.

—Estaría bien arreglar el perímetro. Es un jardín bastante grande. Quizá incluso podríamos poner unos macizos elevados al fondo con hortalizas.

—Pero calabacines no —dice Violet mientras le da subrepticiamente trocitos de pollo a Truant—. Odio los calabacines.

—He estado hablando con Jensen. Vive al final de la calle, en la otra casa. Hemos estado analizando el jardín mientras tú estabas con el gestor, Lila. Tiene un montón de ideas para arreglarlo un poco.

—¿Jensen?

—El paisajista. Lo conociste la semana pasada. Al parecer no te gustó que mirara un árbol. Le hizo mucha gracia.

—No sabía quién era.

—Está muy solicitado, pero quería mucho a tu madre, así que dice que nos hará un hueco en cuanto pueda.

—Qué majo —dice Lila mientras se pregunta cuánto cobrara Jensen por hora.

—Y tiene mucha conciencia ecológica. Plantas que gustan a las abejas, cultivos respetuosos con el clima, nada de pesticidas dañinos y materiales reciclados siempre que sea posible.

—Pero ¿qué opina de los bancos de caca? —pregunta Violet en voz bien alta.

Bill elige no contestar.

—Bueno, el caso es que se pasará el viernes para charlar. Cuanto antes demos el pistoletazo de salida, mejor, ¿no?

Lila no está muy segura de a dónde va a llevar ese pistoletazo. Durante las últimas semanas se ha fijado en que Bill, a pesar de no exponer sus intenciones de forma explícita, parece estar convirtiendo su estancia allí en algo permanente. Lila no hace más que encontrarse objetos nuevos en la casa, ya de por sí atestada de cajas de mudanza que aún no ha tenido fuerzas para abrir o de cosas que las chicas no saben dónde colocar, pero de las que no quieren deshacerse y que, por tanto, cogen polvo en rincones. En el recibidor, apoyada contra la pared, hay una bicicleta infantil. Es demasiado pequeña para Violet, pero, cuando sugirió llevarla a la tienda de beneficencia, sus dos hijas dijeron gimiendo que era parte de su infancia, y Lila ya se siente bastante culpable por cómo se ha roto la familia para contravenir sus deseos.

Y, en medio de todo este barullo, ha encontrado cosas que antes no estaban: una colección de partituras para piano, una mesa de madera de cedro con un mapa de Sudamérica tallado, el equipo estéreo y su correspondiente colección de la década de los setenta de elepés de música clásica de Bill. Un día de la semana anterior en que se asomó a la habitación de invitados cuando él no estaba, vio que había trasladado, sin que ella se enterara, un armario de caoba con todo su contenido. Ahora ocupa todo el hueco que hay a la derecha de la chimenea, y el bonito frontal pulido refleja la luz en la cama hecha con precisión geométrica de Bill. Dentro hay colgada una hilera de camisas perfectamente planchadas y separadas entre sí por dos centímetros y medio exactos. En el armario del baño hay ahora una fila de frascos y cajas alineadas con cuidado que contienen la medicación de Bill: anticoagulantes y pastillas para el colesterol y el corazón, así como un surtido interminable de vitaminas y suplementos alimenticios.

Lila no está muy segura de sus sentimientos respecto a esto. Sabe que necesita a Bill allí. Las niñas necesitan que haya un adulto en casa cuando ella no está y, con sus discretas labores de limpieza y cocina, Bill mantiene algo parecido a un orden del que ella no siempre es capaz. Pero su presencia es a veces un mudo reproche, en especial cuando Lila llega a casa y se encuentra con que los platos del desayuno no están en la pila, sino colocados a la perfección en el escurridor, o que la ventanilla de la estufa de leña reluce cuando antes estaba oscurecida por el hollín. Que Bill cocine y limpie, así como su insistencia en mantener la paz y el orden, son un recuerdo constante de lo que al parecer ella no está en condiciones de proporcionar. Y, aunque el sentido común le dice que las actividades de Bill son una ayuda, una parte oscura dentro de ella las percibe como un doloroso recordatorio de su fracaso.

Y es que tiene que haber fracasado; de lo contrario, Dan no se habría ido.

—El caso es que Jensen viene mañana para empezar con el diseño —dice Bill mientras empieza a llenar el lavavajillas con platos que previamente ha aclarado—. Así que muy bien, ¿no?

Esta semana Celie se ha negado a ir a casa de Dan, así que, cuando este llama, Lila medio se espera una invectiva sobre cómo ha envenado a las niñas en su contra. Pero el tono de Dan es extrañamente vacilante, conciliador casi.

—No puedo obligarla a ir, Dan —empieza a decir Lila, pero él la interrumpe.

—No llamo para hablar de eso. Aunque evidentemente preferiría que viniera. Es mi hija.

—No les gusta no tener una habitación para cada una. Celie está en esa edad...

—La casa es muy pequeña, Lils.

«No me llames Lils», quiere decir Lila, pero se muerde la lengua.

—Bueno, pero a Celie le afectan más esas cosas, es lo único que digo.

De pronto se pregunta qué pasara cuando nazca el niño. ¿Habrá sitio para las niñas? Verlas irse dos noches a la semana siempre le resulta agridulce: sí, quiere que tengan una relación con su padre; sí, a veces es un alivio descansar de los volátiles estados de ánimo de Celie y las exigencias sin fin de Violet, pero son sus niñas y no hay un solo día en que no tenga ganas de empezar la mañana con ellas.

—Ya lo sé. Y estoy intentando encontrar la manera de hacer sitio para todos.

Lila se da cuenta de que no menciona al bebé. Siempre es una referencia imprecisa. Se pregunta si Dan no albergará dudas sobre ser padre otra vez. La frase siguiente la obliga a concentrarse en la conversación.

—Y por eso llamaba en realidad.

—¿El qué?

Dan suspira de manera exagerada, como si tener que hablar del tema le resultara doloroso.

—En algún momento es probable que tengamos que cambiarnos de casa. A una un poco más grande. Y la revista no va demasiado bien ahora mismo. Se habla de despidos. Estoy bastante seguro de que no me voy a quedar sin trabajo, pero mis obligaciones mensuales son una auténtica barbaridad.

«Así que ahora somos una obligación mensual», piensa Lila.

—Lo que quiero decir es que, cuando nazca el niño, probablemente no pueda pagar lo mismo que hasta ahora.

Hay un corto silencio.

—¿Qué?

—Ahora mismo estoy pagando más de lo que estipula la ley.

—Dan, son tus hijas.

—Ya lo sé. Y sé que vas retrasada con tu libro, por esa razón estoy pagando todo lo que puedo. Pero he hablado con una abogada y me ha dicho que mi obligación legal es asegurarme de que todos los niños son tratados igual...

—¿Cómo que «todos los niños»?

—Bueno, Marja y yo somos pareja ahora, así que tengo que incluir a Hugo. Y tampoco es que se pueda contar demasiado con su padre. De manera que son cuatro hijos que mantener, que es mucho, y Marja y yo necesitamos otro dormitorio. Esta casa solo tiene tres, como sabes, y en la tuya hay cinco dormitorios...

—Dan, no voy a vender esta casa.

—No te estoy pidiendo que vendas la casa.

—La he pagado con el dinero del libro. Es el hogar de nuestras hijas.

—Ya lo sé. No estoy diciendo nada de tu casa. Solo que no voy a poder pagar tanto de manutención como hasta ahora.

Lila parpadea.

—¿Cuánto menos?

—Pues como unos quinientos al mes.

La suma deja a Lila sin palabras.

—Voy a tener que pedir una segunda hipoteca. Y tal y como están los tipos de interés, es poco probable que me den una buena cantidad. Lo siento muchísimo, Lils. Pero la situación económica es la que es. Tú siempre fuiste la que más dinero ganaba y yo no puse pegas a la hora de dejaros la casa a ti y a las niñas.

—Mi casa. Nuestra casa. Y ahora mismo no estoy ganando casi nada.

—Bueno, solo quería avisarte. Voy a informarme de lo que estoy legalmente obligado a pagar y espero poder darte un poquito más.

Le cuelga el teléfono. Le falta la respiración. Calcula los gastos a los que apenas podía hacer frente con la aportación de Dan. ¿Y ahora? «¿Cómo puede ser esto? —tiene ganas de gritar—. ¿Cómo puede ser que te largues a formar una nueva familia y nosotras tengamos que sufrir?». Apoya la cabeza en las manos.

Entonces la cara de Bill asoma por la puerta.

—Perdona que te interrumpa, Lila, querida, pero ha llegado Jensen.

Lila levanta la vista y parpadea.

—El jardinero paisajista.

Aparece la cara de un hombre detrás de la de Bill. Tiene rasgos más suaves de los que recordaba y está ligeramente sucia de tierra y rematada por una mata de pelo rubio.

—Hola, ¿tienes cinco minutos para salir y ver lo que hay que hacer? Por cierto, el árbol de la entrada se está inclinando. Vas a tener que hacer algo al respecto.

—Ya lo sé. Tengo que hacer algo respecto a todo.

La voz le sale cortante y ve que Bill arquea las cejas. Jensen no parece darse cuenta.

—Creo que igual se está muriendo. En cualquier caso, yo llamaría a un médico de árboles para que le eche un vistazo. Conozco a uno que no cobra un dineral.

Lila apenas oye lo que dice Jensen sobre el jardín. Es una tarde inusualmente cálida y un sol dorado se filtra por entre las ramas mientras Jensen camina y dibuja en el aire imágenes de macizos elevados y caminos de grava. Mientras habla, a Lila le zumba la cabeza con las consecuencias de lo que le ha dicho Dan. No es solo la angustia económica, sino la injusticia que supone. Quiere gritarle: «¿Cómo puedes hacernos eso?», a modo de lamento en bucle, por la ranura para cartas de la puerta de su casa.

—Y había pensado que igual podéis poner aquí un elemento acuático. En Kent hay un mercadillo de jardinería de segunda mano que tiene algunas piezas muy bonitas que quedarían muy bien. Ya no son tan baratas como antes. La gente se ha dado cuenta de que la segunda mano es la mejor opción, pero sería un punto de fuga precioso.

—Y el banco podría ir al lado —dice Bill.

—¿El banco de caca? —pregunta Violet, esperanzada.

Se las ha arreglado para encontrar el refresco de cola sin azúcar que Lila había escondido en la cocina con los productos de limpieza y sorbe ruidosamente de la lata.

—¿Banco de caca? —pregunta Jensen.

—No quieras saberlo —dice Bill—. Igual podíamos tener dos fuentes. Una a cada lado de este arce tan encantador. Seguro que si quitamos algunas de esas trepadoras quedará un espacio muy bonito.

«Ay, Dios mío», piensa Lila. ¿Y si Dan decide que ya no puede vivir cerca de allí? El hijo de Marja es lo bastante mayor para cambiar de colegio. Si buscan una casa más grande y el dinero es un problema, es posible que se muden a las afueras. Entonces Celie y Violet tendrán que coger autobuses para ir a casa de su padre. No vivirán en la misma calle, sino en otro distrito postal. ¿Y si se van a otro país? ¿Y si Marja termina viviendo en la casa que siempre ha querido Lila, en mitad del campo, con matas de perifollo y chimenea de leña y cocina con suelo de ladrillo?

—¿Lila?

Bill le ha puesto una mano en el brazo. Lila levanta la vista, sobresaltada, y se da cuenta de que la está mirando a la espera de una respuesta.

—Eh..., sí —dice sin saber muy bien qué le han preguntado. «Sí» suele ser la respuesta adecuada en casos así.

Es entonces cuando por el rabillo del ojo ve a Celie cruzando la cocina. Lleva una chaqueta *bomber* corta y raya de ojos ahumada color negro.

—Bueno, no.

—¿No?

—¿Celie? —grita Lila. Su hija la mira, pero se da la vuelta, claramente con la esperanza de salir corriendo de la casa—. Celie, ¿a dónde vas?

Celie se para.

—Por ahí.

—Por ahí ¿dónde?

—¿No quieres elementos acuáticos? —pregunta Bill—. Te encantaba la fuente de la otra casa.

Lila echa a andar hacia las puertas acristaladas.

—Celie, ¡no te atrevas a irte sin hablar conmigo!

Celie levanta la barbilla como dando a entender que su paciencia es infinita.

—Madre mía, ¿qué eres? ¿Mi carcelera?

—Solo quiero saber a dónde vas.

—¿Por qué?

—No tiene por qué ser un elemento acuático —dice Bill con entonación ascendente—. Lo que pasa es que poner una estatua de tu madre me parecía un poco excesivo.

—¿Estás fumando hierba otra vez?

—¿Hierba? —pregunta Bill.

Jensen da unos pasos hacia Lila.

—Puedo venir otro día, si es mal momento.

—Nunca es buen momento —dice Lila—. Ahora mismo nunca es un buen momento para nada. Ni para que se caiga un árbol, ni para que se atasquen los váteres, ni para que mi libro me convierta cada día en el hazmerreír de todos. Y desde luego tampoco para que mi marido deje embarazada a su joven amante encima de su puta mesa de centro diseñada por Noguchi.

—Vale —dice Jensen.

Celie se acerca a Lila hecha una furia y se encara con ella.

—Voy al parque a cogerme un pedo, ¿vale? Voy a colocarme muchísimo con esa hierba que eres tan hipócrita como para decir que no me conviene, aunque tú la consumes tranquilamente. Voy a beber muchísimo alcohol, a fumar un montón de hierba y luego voy a dejar que me metan mano unos desconocidos mientras estoy en un estado de ebriedad inducida por las drogas. ¿Te parece bien? ¿O también me vas a montar un pollo por eso?

—¡Suena apetecible el plan! —dice una voz.

Lila da media vuelta. Mira al hombre que acaba de entrar por la verja trasera. Arrastra una maltrecha maleta de ruedas y su ancha sonrisa deja ver una hilera de dientes blanquísimos. Hay un breve silencio.

Celie mira al hombre y a continuación a Lila, quien está muda y con la boca entreabierta.

—¿Mamá? —dice Celie, volviéndose a Lila con expresión vacilante.

—¿Gene? —dice Lila.

Entonces Truant sale de las puertas acristaladas igual que una bala peluda y, sin dudarlo un segundo, hunde los dientes en la pierna del hombre.

6

Celie

Celie se queda en un rincón de la cocina mientras el jardinero venda la herida del hombre, arrodillado a sus pies igual que un siervo medieval. Tiene una gasa entre los dientes y está rociando generosamente la pierna del hombre con un espray antiséptico.

—Las mordeduras de perro pueden tener muchas bacterias —dice—. La he limpiado con suero salino, pero conviene que la vigile y vaya derecho a urgencias si no se le cura.

El hombre mayor está recostado en la silla de la cocina con una expresión extrañamente alegre. Celie supone que es de esos hombres a los que les gusta ser el centro de atención, incluso si eso implica que te muerda un perro.

—Son peores los gatos —está diciendo con marcado acento estadounidense—. Una vez trabajé con un tipo en Tennessee al que le arañó un gato salvaje en un plató, entre tomas. Se le hinchó todo el brazo y estuvo semanas sin poder ir al rodaje. El director le dio sus diálogos a un extra. Claro que el tío era un capullo. De haberlo sabido, le habría llenado la caravana de gatos. Me habría ahorrado muchos sufrimientos.

Mientras el hombre mayor sigue hablando, la madre de Celie está junto a la tetera con rostro impenetrable. Aunque el suyo es un recibimiento caluroso comparado con el de Bill. Celie no recuerda haber visto nunca así a Bill. Está de pie con los brazos cruzados delante del pecho, las piernas algo separadas y las rodillas un poco dobladas, igual que un político de medio pelo. No le ha quitado el ojo al americano desde que ha llegado, como si medio esperara que en cualquier momento se levantara y huyera con las joyas de la familia.

Meena sigue mandándole mensajes para preguntarle cuándo llega, pero Celie no hace caso del teléfono que le vibra en el bolsillo de los vaqueros. Ahora mismo, Meena es una veleta y no sabe si fiarse de ella.

—Pues ya está —dice el jardinero poniéndose de pie. Es la única persona en la habitación que sonríe, aparte del hombre mayor. Incluso Violet está callada, cosa rara en ella—. Como he dicho, igual debería ir a urgencias de todas maneras. Es una herida bastante profunda para una mordedura.

—Menudo perro guardián tienes, Lila —dice el hombre mayor examinando el vendaje.

—Es la primera vez que muerde a alguien —se apresura a decir Violet.

—Es un perro con un gusto exquisito —murmura Bill, y Violet gira la cabeza.

Bill jamás dice nada mezquino a nadie.

—Me alegro de verte, Bill —contesta el hombre mayor.

—Me gustaría poder decir lo mismo, Gene —añade Bill.

Gene parece no oírlo. Se vuelve al jardinero y le tiende una mano ancha y bronceada. Las venas le sobresalen igual que el humus de lombriz—. Te debo una, muchacho. Gracias por tus cuidados.

—De nada.

Celie mira a su madre, quien sigue con rostro impenetrable.

—¿Eres de nuestra familia? —pregunta Celie por fin.

—¡Lo soy! Y tú debes de ser Celia. La última vez que te vi me llegabas por la rodi...

—Era un bebé —lo interrumpe Lila—. La última vez que la viste era un bebé. Y su nombre es Celie. Siempre lo ha sido.

Bill es el único anciano que le queda a Celie en la familia. Tiene otro abuelo, el padre de su padre, pero los abuelos Brewer viven en Derby, en una casita aterradoramente pulcra que rara vez visitan porque a la abuela Brewer no le gustan ni la suciedad ni el caos y la vivienda es demasiado pequeña para acoger invitados, mucho menos a niños que manchan visillos y embarran alfombras. La última vez que fueron, Violet era pequeña y se hizo pis en la cama de invitados, que no tenía protector de colchón, y les dijeron que la próxima vez que fueran tendrían que alojarse en el Premier Inn. Nada que ver con este hombre grande, vibrante, con una mata de pelo negro y patas de gallo como de estrella de cine y... ¿es eso una camiseta de Nirvana?

—¡Entonces tú eres la pequeña Violet! ¡Ven aquí, cielo! —dice abriendo mucho los brazos, y Violet, como si estuviera en piloto automático, se deja abrazar—. ¡Qué alegría conocerte por fin!

Celie mira cómo la cara de su madre permanece inmutable mientras todo esto pasa. Bill cambia de postura y suelta un pequeño gruñido, como si estuviera esforzándose para no intervenir.

—Bueno..., pues me voy —dice el jardinero haciendo ademán de coger su chaqueta.

—No —dice Bill—, quédate a tomar una taza de té, Jensen.

—No te preocupes, Bill, voy a...

—Quédate —dice Bill con firmeza.

Al cabo de un momento, Jensen busca una silla tras él y se sienta con expresión incómoda. Bill se pone a llenar el hervidor y su espalda rígida emana desagrado.

—¡Eres una preciosidad! —le está diciendo Gene a Violet—. Igualita a tu abuela. Cuando era joven, tenía esos mismos ojazos azules. —Se vuelve a Celie—. ¡Y tú también! ¡Eres como un gran vaso de agua fresca! ¡Menudas dos bellezas!

—¿Qué haces aquí, Gene? —pregunta la madre de Celie con voz fría.

—¡Cariño! ¡Tengo unas funciones en un teatro de Londres y he querido venir a ver a la familia! ¡Es increíble cómo han crecido estas niñas!

—Sí —dice mamá—. Es lo normal después de dieciséis años.

—A ver, me encantaría haber venido antes, pero el trabajo estaba complicado y...

—¿Y Barb?

—¿Barb? —El hombre arruga el ceño—. Ah, no. Barb y yo no duramos gran cosa. Se volvió a Ohio..., ¿cuándo fue? En 2007, creo.

—¿Y Brianna? ¿No fue la siguiente?

—No. Con Brianna... Bueno, aquello no terminó bien.

—No me digas más, se volvió al club de *striptease*. ¿Y Jane?

—¡Con Jane sigo en contacto! —dice el hombre casi con alivio—. Ha vuelto aquí, como sabes. Creo que la costa oeste no iba con ella.

—La costa oeste —repite la madre.

—El estilo de vida.

La madre asiente en silencio.

—¡Club de *striptease*! —dice Violet, encantada, y lo repite dos veces mientras mira a los adultos para ver si reaccionan.

—Pero, bueno, el caso es que me alegra muchísimo veros a todos y espero poder conocer mejor a estas niñas tan preciosas mientras estoy aquí.

—¿Mientras estás dónde? —pregunta Bill tendiendo una taza a Jensen, quien se apresura a cogerla, aparentemente agradecido por tener algo en que fijar su atención.

—Pues aquí —dice Gene—. En Reino Unido.

—Pero ¿en concreto dónde en Reino Unido? —pregunta Bill. Qué raro está.

—Pues en Londres. Oye, ya que estás, ¿me harías un café?

—Lo hago yo —dice enseguida la madre, relevando a Bill,

quien tiene cara de querer estar en cualquier otro sitio, pero al mismo tiempo se muestra reacio a irse. Y añade—: No me acuerdo de cómo lo tomas.

—Ah. Solo, por favor, cariño. Dejé la leche en cuanto los médicos me dijeron que tenía que cuidarme el corazón. ¿No tendrás unas patatas fritas o algo así? Llevo sin comer desde que me bajé del avión.

La madre se pone un poco rígida y luego abre el armario y coge la lata de las galletas. La deja en la mesa sin abrirla.

—No tenemos patatas fritas.

Guardan silencio. Jensen, el jardinero, se bebe el té lo más deprisa que puede, y eso que se ve que está hirviendo. Celie lo mira sorber, hacer una mueca y sorber otra vez. Del piso de arriba llegan los ladridos furiosos y amortiguados de Truant, encerrado en la habitación de mamá. Celie se pregunta si el señor mayor pedirá que sacrifiquen al perro.

—Truant es un perro muy bueno —se oye decir a sí misma—. No suele morder. Ha debido de ser porque nadie entra nunca por la verja de atrás.

—No tenía mala intención. Nunca le guardaría rencor a un perro viejo. —El hombre mira un momento a Bill—. Bueno, casi nunca.

—Pero no estaría mal que lo viese un médico —dice Bill—. Hay riesgo de bacterias.

—Bah, no te preocupes. Estoy seguro de que aquí el amigo Jensen ha hecho un gran trabajo.

Gene se da unas palmaditas en la pierna.

—Me refería al perro —dice Bill, y sale de la habitación.

Celie manda un mensaje a Meena desde el baño y le dice que no puede ir al parque, que tiene una emergencia familiar. No hay ninguna emergencia, pero el ambiente en la casa es verdaderamente raro y Celie siente curiosidad.

Mamá jamás habla de su familia. En las escasas ocasiones en que ha surgido el tema, pone esa cara de cerrarse en banda, igual que cuando va papá a recogerlas. Como si tuviera un millón de pensamientos en la cabeza, pero no quisiera mostrar ninguno.

Pero no, esto es peor que cuando está papá. Esto tiene pinta de vieja herida, como si mamá se estuviera pellizcando una costra sin darse cuenta de que le ha empezado a sangrar.

Tienes que venir. Está Spence y ha traído tema!

«Lo siento», teclea Celie, y lo acompaña de varios emojis haciendo una mueca.

Además, tampoco está segura de que hoy le apetezca fumar hierba en el parque. No está segura de querer ver a las chicas. Últimamente le duele el estómago cuando se acerca a ellas y empiezan las miradas silenciosas, los elogios que no suenan a elogios. La sensación de que mantienen docenas de conversaciones a sus espaldas. Ya nadie chatea por el grupo de WhatsApp y Celie tiene el terrible presentimiento de que han abierto uno sin ella. Todos los días se le presenta el mismo dilema: ir a sentarse con ellas y sentirse todo el rato objeto de un chiste que nadie le explica, o sentarse en otro sitio y serlo igualmente. Se guarda el teléfono en el bolsillo.

Cuando baja, Bill está cocinando de espaldas a los demás. Normalmente lo hace en la isla de la cocina, con su encimera de madera gastada, para poder hablar con ellas, pero hoy se ha instalado en el hueco junto al escurreplatos y, de espaldas y con la cabeza gacha, trocea con determinación, sin ni siquiera música clásica de fondo. Mamá está sentada en la butaca de respaldo rígido de Bill. (¿Por qué les gusta a las personas mayores sentarse igual que estatuas por las noches? Celie y su madre suelen tirarse en los sofás, bien con los pies en el viejo puf de cuero, bien tumbadas del todo y con un cuenco de palomitas entre ambas). Jensen parece haberse escabullido. En cambio, Gene ha ocupado el sofá, tiene la pierna herida en el puf y está soltándole un monologo a mamá sobre la casa: lo pintoresca que es, la personalidad que tiene y lo feliz que debe de ser viviendo allí.

—Necesita bastantes arreglos —dice mamá cuando se hace evidente que tiene que decir algo.

Gene levanta la vista cuando Celie se acerca.

—¡Hola, cielo! Qué bien que vengas. Tu madre me ha invitado a cenar. Ha dicho Jensen que me conviene tener la pierna en alto un rato más, ¿sabes?

Celie mira a su madre, cuya expresión da a entender que Gene se ha autoinvitado.

—¿Qué hay de cena? —le pregunta Celie a Bill.

—*Risotto* de guisantes y espárragos —contesta Bill, y Celie deja escapar un pequeño suspiro de alivio. Ni pescado ni lentejas. De pronto la velada se anima—. Con ensalada de achicoria e hinojo.

Celie vuelve a desanimarse.

—¿Y cómo es que cocinas tú, Bill? —pregunta Gene.

Bill no se vuelve y sigue cortando verdura.

—Cocino todas las noches —dice secamente. Chas, chas, chas.

—¿Vienes todas las noches?

—No, vivo aquí.

Celie mira a su madre. Nadie ha dicho esas palabras hasta ahora, pero su madre ni se inmuta.

—Estoy... echando una mano con las chicas. Lila tiene mucho encima ahora mismo.

La expresión afable de Gene parece desinflarse un poco al oír esto.

—Ah —dice. Y, a continuación, añade—: ¡Pues qué agradable!

—¿Os conocéis desde hace mucho? —Celie mira a cada uno de los dos hombres.

—Lo suficiente. —Es todo lo que contesta Bill.

—Desde luego —dice Gene, y todos guardan silencio.

Truant está a los pies de mamá, con los ojos fijos en Gene, como si esperara la más mínima excusa para abalanzarse otra vez sobre él. Celie se sienta a su lado con las piernas cruzadas y le acaricia cerca del collar, por si acaso. No quiere que sacrifiquen a su perro por culpa de este hombre, da igual lo que haya dicho antes. Gene cambia de postura en el sofá y Truant gruñe un poco a modo de advertencia.

—¿Has dicho que eres actor? —pregunta Celie.

La sonrisa de Gene vuelve automáticamente. La proyecta sobre Celie igual que un rayo de sol.

—¡Sí! ¿Has visto *Escuadrón Estelar Cero*?

Celie niega con la cabeza y ve un atisbo de decepción en la cara de Gene.

—Me pasé años haciendo de capitán Troy Strang, líder de las Fuerzas Estelares Unidas. Deberías verla en YouTube o lo que veáis los jóvenes ahora. Fue una serie muy famosa. «El capitán Strang presentándose para el servicio intergaláctico», era mi frase estrella. La gente me la sigue diciendo por la calle.

Levanta la mano para hacer el saludo militar y Truant gime en protesta.

—¿*Escuadrón Estelar Cero*?

—Por eso tuve que quedarme en Los Ángeles, Celia. Tuve la suerte de dar con un filón. Eso no ocurre muchas veces en la vida de un actor. A la mayoría no les pasa nunca. Ocho años estuve interpretando al condenado capitán. Un año me nominaron al Emmy. Las audiencias en el índice Nielsen eran una barbaridad.

Violet ha entrado en el salón y se ha sentado al lado de Gene. Este le pasa un brazo por los hombros.

—¿Quieres verlo, Violet?

Ella asiente con la cabeza. Está claro que Gene le gusta.

—¿Tienes móvil?

—Mamá no me deja.

—Porque tiene ocho años —dice Celie a la defensiva.

—¿Tú sí tienes, Celia?

—Se llama Celie —dice mamá entre dientes.

—Es verdad.

Celie no quiere dejarle su teléfono al hombre. No sabe qué mensajes pueden entrarle mientras lo tiene. Así que menea la cabeza y se mete más el móvil en el bolsillo delantero de la sudadera.

Hay un breve silencio. Mamá suspira.

—Violet, ve a por el iPad.

Cuando por fin Gene localiza el extracto después de guiñar mucho los ojos, pues está claro que no ve bien pero no usa gafas, Celie se sienta en el sofá a su otro lado para verlo. Se siente una traidora, aunque no sabe muy bien por qué. Su madre, que sin duda ya ha visto el vídeo, se va a la cocina para ayudar a Bill. Celie no oye lo que se susurran, pero hay un momento en que Bill le pone una mano en la espalda a mamá.

Entonces suena una banda sonora en el iPad y Gene exclama de placer:

—¡Esto es! En la época de máxima audiencia lo veían veinticuatro millones de americanos cada semana. ¿A que la música es buenísima? Da-dadadada-da-DAAA… Da-DAAA

Agita el brazo derecho como un director de orquesta.

Y ahí está, con la cara más delgada y sin arrugas, el pelo negro y muy pegado a la cabeza. Lleva una chaqueta azul de nailon con hombreras doradas y la insignia de un planeta en el pecho. «Pensé que no volvería a verte después del desastre en Saturno», dice con su acento estadounidense y voz grave y aterciopelada.

Una mujer afroamericana joven y guapa con el pelo pintado de plata lo mira con los ojos muy abiertos. «Me dijeron… que había muerto en combate, capitán. ¿Por qué lo harían?».

—¿A que es un bombón? Se llama Marni Di Michaels. Estuvimos... muy unidos durante un tiempo. Después se casó con un jugador de fútbol americano. ¿Conocéis a los Chicago Bulls? ¿O eran los Braves? ¿Cómo se llamaba...?

Celie estudia a la mujer, que mira al Gene joven como si quisiera comérselo. Cosa que probablemente hizo. Observa de reojo al Gene viejo, quien mueve los labios diciendo en silencio los diálogos, absorto una vez más en su mundo de ficción.

—Los episodios en los que salían el capitán Strang y Vuleva fueron los mejor valorados de toda la serie. A ella la mataron en la tercera temporada y le dije al director que era una equivocación. ¿Y sabéis qué? Que tenía razón, porque...

—La cena —dice Bill en voz muy alta mientras empieza a poner los platos en la mesa con gran estrépito.

Ya llevan un buen rato comiendo en silencio cuando mamá por fin habla.

—Entonces ¿cómo es que no supe nada de ti cuando murió mamá?

Hay un breve pausa y Gene suspira.

—Lo siento mucho, cariño. Tenía muchísimo trabajo y no encontraba vuelo, así que...

—Fue tu mujer.

—No durante mucho tiempo.

—¿Cómo has dicho? —pregunta Celie con el tenedor suspendido en el aire.

—Claro que sí. Durante diez años. Yo soy la prueba. Venir habría sido un signo de respeto. Por una vez en tu vida.

Las niñas miran a Gene y a continuación la una a la otra.

—¿Eres el padre de mamá? —dice Celie. Está a punto de añadir: «Creíamos que estabas muerto», pero se da cuenta de que puede no resultar demasiado amable—. Pero ¿por qué no sales en las fotos de la boda de mamá?

Gene se frota una oreja.

—Bueno, estaba fuera, rodando. Era... complicado. La industria del cine es así. Una fuerza de la naturaleza. No pude hacer nada.

La cara de mamá parece esculpida en mármol. No hay movimiento en ella. Violet cierra la boca como si acabara de recordar que tiene una, y luego dice despacio:

—No pareces un abuelo.

—Ah, nunca me ha gustado esa palabra. Podéis llamarme Gene.

—Por lo que recuerdo, tampoco te gustaba demasiado «papá».

Mamá habla sin levantar la vista del plato.

Celie está en shock. Lo único que sabe de su abuelo es esto: que mamá no bebe nunca alcohol porque su padre bebía; que se marchó cuando mamá era pequeña; que no se podía contar con él y la abuela tuvo que hacerlo todo sola, pero de eso no hace falta que hablemos. Que Bill es lo opuesto a él, y que por eso la abuela y él fueron tan felices. No está segura de haber pensado que Gene estaba muerto, pero hasta ahora ni siquiera sabía cómo se llamaba.

La sonrisa de Gene es conciliadora; su voz, suave.

—Venga, cariño. Todo eso ya es agua pasada. ¿No puedo disfrutar de una cena con mis chicas?

Bill dice, en un tono de voz que Celie no le ha oído nunca:

—No son tus chicas.

La voz de Gene se endurece un poco.

—Tampoco tuyas, amigo.

Los dos hombres se miran desde los lados opuestos de la mesa y Celie se siente abrumada por la emocionante sensación de que se van a pegar.

Entonces mamá alarga el brazo para coger la ensaladera.

—¿Quién quiere más achicoria?

Y el momento pasa.

Celie nunca ha estado en una cena así. Jamás ha visto esa vena que le late a Bill en la mandíbula, ni oído el tono extrañamente cortante de su madre. ¡Es su abuelo! ¡Su abuelo de sangre! No deja de mirarlo de reojo en busca de un parecido familiar, pero ese pelo tan oscuro, esos dientes y ese bronceado no parecen guardar relación alguna con ellas. Gene no deja de hablar, con una voz profunda y rítmica, de sus últimos trabajos (papeles pequeños, seguramente no se han visto aquí); le cuenta cosas a mamá sobre personas llamadas Hank y Betsy, que ella no recuerda conocer, pregunta a Celie y a Violet por el colegio, por sus amigos, a «qué se dedican» en su tiempo libre. Resulta fascinante e interminable a la vez.

Por fin mamá se levanta y recoge los platos, y Celie, que jamás ayuda a no ser que se lo manden, le echa una mano; el ambiente es tan peculiar que necesita hacer algo. No está segura de que su madre se dé cuenta siquiera. Detrás de ellas, Violet se ha aburrido y enciende la televisión; pone un canal infantil que normalmente no la dejan ver.

Mamá termina de fregar, deja con cuidado el trapo de cocina en la encimera y vuelve a la mesa. Espera un momento antes de apoyar las dos manos en ella, como si quisiera hacer saber a todos que la cena se ha terminado y que no va a sentarse.

—Bueno, Gene, ¿dónde te alojas? Podemos pedirte un Uber si no tienes ganas de andar con la pierna así.

A Gene le tiembla un poco la sonrisa.

—Ah, sí, de eso quería hablarte, cariño. Resulta que en el hotel se han equivocado con la reserva y me preguntaba...

—Ah, no —dice Bill—. Eso sí que no.

—Pero bueno, ¿qué tenemos aquí? —dice Gene de pronto, mirando el horrible retrato de una mujer mayor desnuda que Bill colgó en la pared—. Pero ¡qué ven mis ojos! ¡Si es Francesca!

Ese fue el momento, pensó Celie después, en que las cosas se habían puesto verdaderamente feas. Bill, que se había levantado de un salto, agitó las manos delante del cuadro y le prohibió a Gene mirarlo. Se lo prohibió.

—¿Estás de broma? —había dicho Gene—. ¡Pero si es un cuadro!

—¡Francesca no querría que la miraras estando desnuda! —Bill tenía la voz extrañamente ronca—. ¡No te atrevas a mirar! ¡Renunciaste a ese derecho hace muchos años!

—¿Pero sí se la puede colgar con sus cosas al aire para que la vea todo el mundo? Por Dios, Bill, sácate el palo del culo antes de que se te calcifique.

En algún momento, Violet había vuelto a la mesa y ahora miraba la pared como si no hubiera visto nunca el cuadro.

—¿Esa es la abuela? —preguntó, y dio la impresión de que no sabía si reír o llorar—. ¡Pero si se le ve el cucu!

Al parecer esa fue la gota que derramó el vaso para Bill. Fue hasta el cuadro, arrancó con violencia el marco de la pared y salió con él del cuarto de estar. Lo oyeron subirlo a trompicones por las escaleras, resoplando un poco por el esfuerzo. Después de una pausa preocupantemente larga, habían escuchado cerrarse de golpe la puerta de su dormitorio.

Lila se deja caer en la silla.

—Por Dios, Gene.

—¿Qué pasa? ¿Qué he hecho? ¿Cuelga en la pared un cuadro de tu madre en pelotas y el malo soy yo?

—Creo que deberías irte —dice mamá, y cierra los ojos durante una auténtica eternidad.

Gene va hasta ella. Le crujen las dos rodillas igual que dos pistolas cuando se inclina hasta tener la cara justo delante de la suya.

—Cariño. Cielo. Necesito una cama para esta noche. El hotel se ha equivocado con la reserva y los otros sitios del centro se salen un poco de mi presupuesto. Y ponerme ahora a dar vueltas con esta pierna…

—No tengo habitación.

—No necesito habitación. Puedo dormir aquí mismo, en el sofá.

Mamá lo mira y su cara tiene esa expresión de alguien a punto de hacer algo que no quiere hacer en absoluto. De pronto, Gene da un poco de pena.

—Por favor —dice percibiendo quizá un momento de flaqueza—. Estoy muy dolorido. Me ayudaría mucho. Y... me encantaría poder pasar unas pocas horas más con las chicas.

Mamá mira a Celie y a continuación a Violet.

—Es nuestro abuelito —dice Violet.

Celie no está tan convencida, pero se encoge de hombros. Quizá le venga bien no tener a mamá encima por una noche.

—Vale —dice la madre levantando las manos—. Muy bien. Pero tienes que irte mañana temprano, antes de que se levanten las niñas para ir al colegio. No quiero teneros a Bill y a ti discutiendo otra vez.

—¿Dos noches? —pregunta Bill con cara esperanzada.

—No te pases —dice mamá, y desaparece al fondo del jardín.

7

Lila

Lila Kennedy tenía siete años cuando Bill McKenzie entró en su vida. Una tarde llegó a casa de jugar con su amiga Jennifer Barratt y se encontró a su madre sentada en el sofá del cuarto de estar con un hombre desconocido de pelo rapado y vestido con un jersey de lana de colores; delante de ellos, en la mesa baja, había una bandeja con tazas de café vacías. Cuando Lila entró, los dos se separaron unos centímetros de una forma que la impulsó a quedarse en la puerta.

—Hola, cariño —dijo la madre alegremente—. Ven a saludar a Bill. Acaba de ponernos unas estanterías maravillosas en el despacho.

Lila no concebía que algo tan aburrido como una estantería pudiera calificarse de «maravilloso», pero su madre hacía siempre comentarios exagerados sobre cosas, de manera que asumió que aquel era un ejemplo más. Francesca Kennedy era, le diría Bill tiempo después, «una entusiasta de la vida». El cielo nunca era azul, sino «de un añil perfecto, como el que se vería desde una isla griega». El gato de los vecinos era «un gruñón absolutamente encantador. Lo adoro». Lila se moría de la vergüenza cuando su madre comía, sobre todo quesos blandos, porque cerraba los ojos, sonreía y decía cosas del tipo «¡Ay, Dios mío, qué cremosidad! ¡Es orgásmica!» mientras emitía ruiditos de placer.

Después de varias semanas de repetidas visitas de Bill a la casa para arreglar armarios, encajar puertas descolgadas y reparar un grifo que no dejaba de gotear, Francesca anunció que era «el hombre más bueno y encantador del mundo. Cada vez que está aquí, tengo la sensación de que el mundo gira mejor sobre su eje». Lila comprendió que aquel ebanista algo envarado y de dicción perfecta había llegado a sus vidas para quedarse.

En realidad no le molestó. Para entonces Lila apenas recordaba a su padre, quien se había ido a trabajar a su Estados Unidos natal cuando ella tenía cuatro años y no había vuelto. Recordaba unas pocas llamadas telefónicas exageradamente alegres, siempre interrumpidas por: «Ay, cariño, me llama el primer ayudante de dirección. Tengo que dejarte. ¡Te quiero!». Volvía a su vida en forma de cortas visitas, cada seis meses más o menos, y le traía juguetes estadounidenses caros, además de malvavisco y bombones Hershey's. Lila se sentaba con él en la salita y la madre se quedaba en la puerta, mirándolos con una expresión extraña, o bien «los dejaba un rato solos» mientras se iba a hacer recados. Pero las visitas se fueron espaciando cada vez más, y la última estuvo interrumpida por una discusión susurrada y llorosa con Francesca en el recibidor. Para cuando apareció Bill, el padre de Lila había dejado de ir por allí y solo la felicitaba por algún cumpleaños, con una tarjeta con una semana de retraso o un juguete que no era para su edad.

Aun así, al principio a Lila le costó encajar que la estrecha unión que tenía con su madre se viera interrumpida por aquel hombre, con sus cuellos almidonados y su música clásica (antes de que llegara, su madre y ella acostumbraban a bailar en la cocina al son de los Beatles y de Marianne Faithfull), su gimnasia matutina y sus salidas a correr, de las que volvía empapado en sudor y de lo más eufórico. Compraba muesli, que a Lila le recordaba a lo que cubría el suelo de la jaula del loro del colegio, e ingredientes extranjeros como tahini y hoja de curri, y les preparaba comidas que hacían que mamá adoptara esa expresión suya tan ridícula y proclamara que era «un genio culinario. Qué hombre tan listo». A Bill se le ponían las orejas rosas de placer y miraba a su madre con expresión de ir a derretirse. Verlo daba bastante corte.

Pero Lila también tuvo que reconocer que la vida era mejor desde que Bill vivía con ellas. Las averías de la casa se arreglaban en un periquete, su madre no volvió a llorar y Bill era siempre muy cuidadoso con Lila: le pedía su opinión y nunca interfirió ni trató de comportarse como si fuera su padre. En su octavo cumpleaños, cuando una vez más su padre no mandó ni una mísera tarjeta de felicitación (Lila se había dicho a sí misma que le daba igual), volvió a casa y se encontró con que Bill le había hecho una casa de muñecas con luz eléctrica y ventanitas de guillotina que se abrían y cerraban. La esperaba en un rincón de su cuarto igual que un portal a otra dimensión. Lila se había quedado fascinada. Había soltado la cartera del colegio, se había arrodillado delante de ella y había empezado despacio a recolocar los muebles, a retirar las diminutas colchas guateadas y a comprobar qué partes se movían como en una casa de verdad. (¡Un armarito de baño con espejo en el que había un tubo diminuto de dentífrico hecho de madera! ¡Una escalerita que daba a un desván!). Así había estado casi diez minutos, ajena al mundo a su alrededor. Y cuando por fin se volvió para mirar a las dos personas en la puerta de su habitación, esperando que su madre anunciara: «¡Qué exquisitez más absoluta! ¡De ensueño!», se encontró con que Bill tenía un brazo pasado por sus hombros con una cara que parecía un signo de interrogación y su madre se frotaba los ojos con expresión algo llorosa y decía: «Sí, ya lo sé, soy tonta. Pero es que esto es lo que siempre he querido para ella».

Lo que su madre estaba diciendo era bonito. Pero hasta ese momento —Lila se dio cuenta luego— no había sido consciente de que les faltara algo.

Al final Gene no duerme en el sofá. Lila no se cree capaz de soportarlo roncando hasta media mañana mientras Bill faena por la casa con la lengua fuera.

De manera que abre el viejo sofá cama de su despacho, en la última planta de la casa, empuja su mesa a un lado para poder extenderlo del todo y localiza el edredón de repuesto en una de las cajas de mudanza todavía sin abrir. Hace la cama mientras Gene la mira desde la puerta y exclama lo mucho que le gusta estar allí, lo amable que es alojándolo y cuánto se lo agradece. El mero sonido de su voz pone a Lila de mal humor. Decide, con una ira sorda que le zumba dentro de la cabeza y que ahoga el ruido de la conversación, que casi podría perdonarle sus ausencias, que no se pusiera en contacto con ella cuando nacieron sus hijas, su pésimo comportamiento como abuelo. Pero que no hiciera acto de presencia cuando murió Francesca es algo que tiene alojado en el pecho igual que una bala radioactiva y ha anulado todo posible sentimiento de generosidad o amabilidad. Francesca, que jamás se había portado mal con Gene, que había criado sola a su hija para que él pudiera largarse a llevar la vida hedonista de mierda que había elegido en Los Ángeles. Francesca, quien había luchado sola con su sueldo de profesora de apoyo durante tres largos años hasta que sus padres murieron y le dejaron dinero suficiente para comprar una casita. Delante de su tumba, flanqueada por sus hijas, Lila había visto cómo bajaban el ataúd de mimbre de su madre con una peonía rosa colocada encima. Había mirado la figura rota de Bill al otro lado, sus esfuerzos por mantenerse erguido bajo el peso del dolor, y había notado cómo los pocos sentimientos que podía aún albergar hacia su padre biológico se volvían hielo.

—¿A qué hora te irás mañana? —pregunta tratando de que su voz no delate lo que siente.

Gene se ha dejado caer en el sofá cama y se está quitando la gastada chaqueta de cuero.

—Ah, pues por la mañana, en algún momento.

—Las niñas se levantan a las siete y media. Igual te despiertan, porque el único baño que funciona está en esta planta.

—No lo creo, cariño. Nunca abro un ojo hasta las once.

—Ya me lo imagino. —Es todo lo que dice Lila. Pero luego añade—: Entonces ¿tienes ensayo?

—Sí, pero no empiezan hasta las doce o algo así. Así que haced como que no estoy y yo ya me organizo.

Lila extiende los brazos para darle dos toallas, como si no quisiera acercarse un solo paso.

—En el armario del baño hay un cepillo de dientes sin estrenar, por si lo necesitas.

Lo mira coger las toallas y repara en la piel flácida de la mandíbula, en la trama de patas de gallo alrededor de los ojos, a pesar de que la camiseta de Nirvana sugiera que no quiere reconocer que las tiene.

Gene la mira con una expresión repentinamente sentimental.

—Me ha encantado ver a las niñas.

—Sí —dice Lila—. Son estupendas.

—Lo que dice mucho de ti. Y siento muchísimo lo de tu matrimonio.

Lila traga saliva.

—Sí —dice con tono frío—. Yo también.

La mirada de Gene escruta la suya como buscando un resquicio por el que colarse dentro de la armadura. Pero Lila tiene claro que no se ha ganado ese derecho.

—Te agradezco mucho esto, Lila. —Gene calla un instante—. Porque, bueno..., ya sé que no he sido precisamente...

Lila junta las manos.

—Me tengo que ir a la cama. Porque mañana madrugo y todo eso.

—Ah. Muy bien.

Lila ahuyenta una punzada de culpa instintiva al ver la cara del anciano, la incomodidad y la melancolía que atraviesan sus facciones. Hasta que no cierra la puerta después de salir, no cae en la cuenta de que Gene ha subido cuatro pisos sin quejarse en ningún momento de su pierna lesionada.

8

Pero ¿no te hace un poco de ilusión? ¿Volver a verlo?
—Pues no.
Lila se hace a un lado del camino para dejar pasar a una mujer. Truant gruñe un poco al labradoodle que la acompaña y Lila sonríe a modo de disculpa a la dueña, que aprieta el paso nerviosa. Es un paseo que Eleanor y ella hacen dos veces a la semana, cuando Lila no tiene a las niñas y porque Eleanor es incapaz de dormir después de las cinco después de veinte años de ser maquilladora en la industria del cine.
—No ha cambiado nada. Se presentó como si los últimos quince años no hubieran transcurrido. Como ni nuestra relación adulta no se limitara a seis tarjetas de cumpleaños, la mayoría de las cuales llegaron el día que no era. En serio, El, lo miraba mientras cenábamos y solo veía su ausencia en el funeral de mamá. Le odio.
Después de irse a la cama, Lila había visto dos episodios de *La familia Esperanza* en la cama. Era posible que Estella se hubiera acostado con el instructor de tiro macizo, no se acuerda de nada.
—¿Qué les ha parecido a las niñas?
—Ah, pues las encandiló. Como siempre. Sacó sus viejos ví-

deos de YouTube: «¡El capitán Strang presentándose para el servicio intergaláctico!». —Lila imita el acento de Gene—. A Violet le encantó. Claro que a Violet le encanta cualquier persona que piense que puede corromper. Celie no estaba tan convencida, pero es probable que ahora mismo Gene esté camelándosela. No soporta que no le quieran. Es patológico. Si nota la más mínima resistencia, insiste hasta encontrar un punto débil.

—Bueno, solo van a ser dos días.

Han llegado a una parte del bosque donde no hay nadie. Lila le quita la correa a Truant y lo mira trotar bajo las hojas que empiezan a ponerse marrones, volviendo de vez en cuando la cabeza para asegurarse de que ella sigue allí, siempre pendiente.

—Pues sí. Y luego estaré diez años sin volver a verlo. Es posible que hasta que me llegue la invitación a su funeral. Al que no creo que me moleste en ir.

—Por Dios, recuérdame no pelearme nunca contigo. —Eleanor se termina el café y guarda la taza vacía en la mochila.

Lila da un sorbo del suyo. Eleanor le tiende la mano para coger su taza y la mete en la bolsa de Lila.

—Voy a estar pegada a ti para siempre. Igual que la caca de zorro. Jamás te librarás de mí.

—Qué bonito lo pintas.

Lila coge del brazo a su amiga y tira de ella para abrazarla.

—Necesito tenerte en mi vida para siempre, El. Creo que me moriría con todo lo que me está pasando si no te tuviera ahí para evitar que me vuelva loca.

—No sé yo si mis superpoderes dan para tanto.

—Son muchas cosas, ¿verdad? Joder.

—Es la edad. Se nos junta todo —dice Eleanor con una sonrisa alegre—. Por eso necesitas salir a divertirte un poco. Para equilibrar.

—Ay, por Dios. Por favor, no me pidas que haga un trío. No tengo ánimos para tus escarceos sexuales.

—Es que no sabes qué bien lo pasé. Fuimos a una fiesta fetichista. La ropa de látex no me entusiasmó. Daba muchísimo calor y tuve que usar cantidades industriales de talco para ponérmela, pero la gente era encantadora. Luego fuimos a un restaurante vietnamita. Los chicos querían curri, pero les dijimos que nos preocupaba no poder quitarnos luego la ropa de látex. Yo es que con los *biryanis* me hincho igual que un globo.

—Tal y como lo cuentas, parece una pesadilla febril de lo más desagradable. Me niego a usar curri y trajes de látex en una misma frase. —Lila ha empezado a odiar estas conversaciones. No sabe muy bien si le hacen sentir que su amiga se está alejando de ella o que está perdiendo el tren de la vida. Posiblemente las dos cosas—. ¿No te sientes aunque sea un poquito rara haciendo esas cosas, El? ¿De verdad eres tú esa persona?

—¿Que si soy yo? —Eleanor piensa antes de contestar—. Pues no lo sé. Últimamente no estoy segura de quién soy. Creí que tenía planeado el resto de mi vida: con Eddie, dos hijos, una bonita casa con jardín. O por lo menos un buen apartamento en la zona centro. Y mira lo que ha pasado. Así que ahora intento vivir cada día con el corazón y la mente abiertos, a ver qué pasa.

—Incluso si eso implica curri y desconocidos vestidos de látex.

—Sé que no son tus gustos, Lila, pero no vas a pasar página si no empiezas a mirar hacia delante. Lo digo en serio. Dan ha hecho unas cosas horribles, pero, si te quedas estancada ahí para siempre, vas a ser muy desgraciada. Te lo digo con todo el cariño.

—O sea, que debería olvidar todo lo que me han hecho él y mi padre y ser encantadora con ellos por muy mal que se porten conmigo.

—Es una idea que merece consideración.

—Ay, por Dios, estás a seis meses de montar un pódcast de autoayuda.

Eleanor sonríe otra vez.

—Uy, qué buena idea. Cómo liberarse mediante orgasmos tántricos.

—Cómo tratar rozaduras en las ingles cuando no consigues quitarte el traje de látex.

Eleanor la mira fijamente y sigue hablando:

—Por qué abrirte a experiencias nuevas te hará feliz.

—Por qué abrirte a un turbio vendedor de seguros llamado Sean te acarreará una enfermedad pélvica inflamatoria.

—Eres como un rayo de sol, Lils —dice Eleanor, y aprieta el paso.

—Por eso me quieres tanto —dice Lila mientras corre para alcanzarla.

A veces, cuando está en modo masoquista, Lila piensa en que la relación de su marido con Marja debió de empezar cuando en teoría él estaba siendo especialmente colaborador en casa. Se había cogido tres meses en el trabajo. La revista *Get Ripped!* se los concedía a todos los empleados con más de diez años de antigüedad, y Dan lo solicitó coincidiendo con la fecha límite para la entrega del libro de Lila. De manera que, durante lo que para ella habían sido tres meses maravillosos, cada tarde entre semana, en lugar de tener que dejar el ordenador y correr a la puerta del colegio, había podido quedarse en casa y escribir —una libertad inusitada— mientras su marido confraternizaba con las otras madres esperando a que sus revoltosos hijos salieran por la puerta roja. Algunos días incluso había llevado a las niñas al parque después. «Para que tengas más tiempo para escribir», había dicho, y Lila se había sentido desbordada de gratitud y de amor. Hasta que, por supuesto, dedujo que Marja tenía que haber estado en el parque con él. Y que, durante esos tres meses, había ocurrido algo más serio que matar el tedio parental o el compañerismo lógico derivado de los ratos en un banco del parque compartiendo pañuelos de papel y envases de zumo, quejas infantiles y rodillas arañadas. Quizá Marja se había esforzado especialmente por estar guapa, vistiendo ropa de yoga para presumir de silueta esbelta, rociándose con perfume caro antes de salir a recoger a Hugo. Quizá también Dan se había esmerado; en su momento, Lila solo había tenido ojos para el número de palabras escritas al día, el pánico de no cumplir el plazo de entrega.

Debió de haber un día en que, sentado en un banco del parque o mirando a Violet en los columpios, Dan le confesara a Marja que no era feliz, que se sentía desatendido o, sencillamente, que se había desenamorado. Tal vez habían hablado de sexo, o de la ausencia de él. Marja lo habría mirado con sus ojos límpidos, le habría puesto una mano de uñas perfectas en el brazo. Tal vez se había retratado a sí misma como una valerosa madre soltera cuya pareja había vuelto a los Países Bajos y ahora prácticamente no la ayudaba. Habría sonreído. Qué heroica le habría parecido a Dan comparada con la mujer gruñona y en chándal que tenía en casa, la cual refunfuñaba porque un día más se había olvidado de comprar las pastillas del lavavajillas.

Y entonces, un día habrían cruzado el límite. Lila no sabe exactamente cuándo fue, era probable que ya terminado el periodo sabático de Dan, en el curso de una comida «de trabajo» o durante una de las muchas noches en que había afirmado tener que quedarse en la oficina hasta tarde. No sabe cuándo empezaron a acostarse, o cuándo se declararon su amor por primera vez. Solo conoce detalles sueltos: la fecha en que Dan le dijo, con formalidad casi cómica, que su matrimonio se había terminado. El momento, unos días después de aquello, en que Lila comprendió, después de verlos a él y a Marja sentados con las frentes tocándose en un coche aparcado en Garwood Street, lo que había pasado en realidad.

En ocasiones desea que alguien le reconozca el esfuerzo que hace al presentarse en la puerta del colegio cada día, al menos sin un lanzallamas y un pequeño ejército de mercenarios. Considera que tiene mucho mérito seguir en pie. Opina que se merece una medalla por conseguir que sus piernas caminen cada día al colegio, por sonreír y comportarse como si todo esto casi no la hubiera matado. Desde fuera, incluso cree que es posible que ya ni se le note.

De lo que no ha sido capaz es de volver a pisar el parque. Eso no.

Lila llega al colegio cuando pasan diecinueve minutos de las tres, lo más tarde posible antes de que salgan los niños. Violet le ha suplicado por la mañana que le compre un bollo de canela de la encantadora pastelería escandinava y se siente un poco culpable por no haber resistido la tentación de comprarse ella uno también y habérselo comido en la puerta de la tienda. Desde la llegada de Bill, las niñas y ella comen dulces con ansia y a hurtadillas, en el coche o en la puerta de los comercios, igual que yonquis chutándose droga.

Marja está con las otras madres y tiene en la mano un táper con magdalenas para una venta benéfica cuyo correo informativo sin duda Lila ha pasado por alto. Alguien habla de juntar a los niños para jugar y Lila de inmediato se va a la otra punta de la zona de espera y se concentra en su teléfono.

Ha pensado mucho en lo que le dijo Eleanor, intentando enfocar su vida de manera más positiva. «Lo hago cada día —se repite—, cada día doy un paso más hacia una existencia mejor. Cada día estoy más cerca del momento en el que Dan, Marja y mi pequeño psicodrama serán parte del pasado». Se lo ha repetido a sí misma en las horas que debería haberse dedicado a escribir. Excepto que, piensa de pronto, cuando nazca el niño, también vendrá aquí cada día con el bebé y esas mujeres le harán arrumacos. Quizá hasta vaya Dan el primer día, como hacen a menudo los maridos, lleno de orgullo y en plan protector de su maravillosa pareja, «que fue valiente, tan fuerte. De verdad que me tiene admirado».

—Perdón.

Hay un hombre delante de ella. Es alto y delgado, y tiene el pelo lacio rubio oscuro y unos ojos tristes tras las gafas. Tiene ese atractivo lánguido que tan irresistible le resultaba antes de conocer a Dan. Lila pestañea. Se da cuenta de que el hombre ha dicho algo que no ha entendido.

—¿Sí?

—Quería preguntarte dónde lo has comprado. —El hombre señala la bolsa con el bollo de canela—. A mi hija le encantan esos bollos. Llevamos poco aquí y no conozco los sitios buenos.

—Ah. —Lila mira la bolsa. Cuando levanta la vista, se da cuenta, con cierta incomodidad, de que es posible que se haya ruborizado un poco. El hombre tiene una mirada de lo más directa—. Es de Annika.

—¿Annika es tu hija?

—No, no. La pastelería. Se llama Annika. No creo que trabaje en ella ninguna Annika. Se lo pusieron porque es sueco. Para que sepamos que es un sitio sueco. Y hacen bollos de canela. Está al final de la calle principal. Creo que hay otra en Finchley, que también se llama Annika... —Se interrumpe—. ¿En qué clase está tu hija?

El hombre contesta, pero no es la clase de Violet y alrededor de Lila todo se ha convertido en una especie de zumbido. Se da cuenta de que no le ha escuchado, así que sonríe y asiente con la cabeza. Y asiente otra vez, por si acaso.

—¿Cuándo ha empezado?

—La semana pasada. Le está costando un poco y quería animarla.

—Vaya, lo siento.

El hombre se encoge de hombros.

—Es..., bueno, han sido muchos cambios en los últimos dieciocho meses.

El hombre se mira los pies. A Lila no se le ocurre qué decir. Así que le da el bollo.

—Quédatelo.

—¿Qué?

—Para tu hija. Yo ya compro otro en el camino de vuelta. Está a menos de un kilómetro en la otra dirección.

—No..., no, no puedo. —El hombre sonríe y por un instante pasa de caóticamente atractivo a insoportablemente guapo—. Pero te lo agradezco muchísimo.

—Insisto. —Le pone el bollo al hombre en las manos, obligándolo a cogerlo—. Por favor. Además, no debería dárselo a Violet. Normalmente comemos pescado y lentejas.

—Nosotros pedimos tanto a Deliveroo últimamente que debo de tener el equivalente a la tarjeta de oro.

«¿Por qué se alimenta de comida a domicilio? ¿Quiere eso decir que no hay una mujer en la casa?». Lila se maldice a sí misma por su misoginia interiorizada. Este hombre parece demasiado encantador para tener misoginia interiorizada. Intenta pensar en un comentario sobre Deliveroo, pero está saliendo Violet.

—¡Violet! Ay, Dios, que no vea el bollo. Nunca me lo perdonaría. Mejor me..., adiós. Encantada de conocerte...

—Gabriel.

—Gabriel. Yo soy... —No se acuerda de cómo se llama—... ¡Lila! Ay, y eso que el pescado es bueno para la memoria. ¡Se me ha olvidado cómo me llamo!

Suelta una risa aguda que no reconoce y echa a andar hacia Violet insultándose a sí misma. «¿Cómo puedo comportarme como una quinceañera cuando tengo el cuello a un paso de ser un pellejo colgante?».

—¿Me has traído el bollo de canela? —dice Violet tirándole la mochila.

Lila nota cómo la miran de reojo las madres que rodean a Marja. «Sí, soy yo, hablando con el tío bueno nuevo —les dice en silencio—. Chupaos esa, brujas».

—He pensado que podemos comprarlo camino de casa.

—¡Ay, mamá, por Dios, qué pesada eres! —Violet echa la cabeza hacia atrás y gime de desesperación—. Está lejísimos de casa. ¡Y estoy supercansada!

Lila sonríe a las otras madres. Marja está de espaldas a ella, algo a lo que acostumbra últimamente.

—Pues entonces paramos en el supermercado y compramos un dónut de mermelada.

Quizá sea muestra de la escasa atención masculina que ha recibido Lila en los últimos dieciocho meses que durante el paseo hasta el supermercado y de vuelta a casa sienta pequeñas descargas de placer al recordar su conversación con Gabriel. Su mirada directa. Su media sonrisa casi tímida cuando le dio la bolsa con el bollo. Aprovecha para pensar en ello en los breves momentos en que la cháchara incesante de Violet queda interrumpida por el dónut, que se come con un placer forense, chupándose el azúcar de los dedos mientras camina. Ha habido chispa entre los dos, ¿no? ¿Habría abordado a Lila de no haberse sentido un poco atraído por ella? Podría haber recurrido a las otras madres. Y no hacía falta que sonriera tanto, ni que le hiciera confidencias. Entonces se da cuenta de lo que está haciendo y se siente ridícula. Es una mujer de cuarenta y dos años obsesionándose igual que una colegiala. Después de todo por lo que ha pasado. No era más que un hombre en busca de un bollo. Se mantiene firme en su determinación durante veinte pasos. Entonces recuerda cómo se le arrugaban los ojos detrás de las gafas, la encantadora mata de pelo, la ilusión de pensar en ir otra vez al colegio a recoger a Violet.

El circuito de placer y abruptas autorreconvenciones se termina cuando llega a la puerta de casa y se acuerda. Está Gene. Gene, con su infinita necesidad de atención y aprobación, presentándose en su vida sin avisar y sin hacer el más mínimo amago de disculparse por su fracaso como padre.

Cierra los ojos un momento, respira hondo, mete la llave en la cerradura y entra en casa.

—Está aquí el fontanero de emergencia —anuncia Bill en cuanto Lila pasa a la cocina.

Violet va derecha a desplomarse delante del televisor y coge el mando a distancia sin mirarlo siquiera, así que la conversación entre Bill y Lila tiene lugar con un trasfondo de adolescentes americanos pasados de vueltas y dando voces en los pasillos de un instituto.

—¿Cómo? ¿Por qué?

Bill está pelando una colección de terrosos y sin duda orgánicos colinabos. Lila se pregunta, con cierta inquietud, algo que le parece egoísta pero enteramente justificado: qué irá a hacer de cena.

—Este señor ha atascado el váter con papel. No entiendo por qué necesita usar medio rollo solo para sus abluciones matinales. Pero no he conseguido desatascarlo.

La expresión de Bill da a entender la doble afrenta que supone tener que solucionar los desperfectos de Gene, tanto literal como metafóricamente.

—Por Dios, ¿cuánto nos va a costar? —Lila se sienta con gesto derrotado al lado de Violet, quien ni se inmuta—. ¿Dónde está?

—Ni idea. Espero que de camino a Los Ángeles.

Lila levanta la cabeza.

—Dijo que volvería después de los ensayos —advierte Bill con el mismo asco que si Gene hubiera anunciado que iba a una lapidación pública—. Supongo que tengo que contar con él para la cena.

—Solo es una noche más, Bill.

El silencio de Bill y su espalda algo tensa transmiten su opinión sobre el plan. Luego dice:

—Te agradecería que hablaras con él sobre… el problema de fontanería. No me gustaría tener que llamar a otro fontanero mañana.

Lila anuncia que va a trabajar un par de horas antes de la cena. Pero cuando llega a su despacho y ve el sofá cama y el edredón arrugado encima del delgado colchón, se da cuenta con amargura de que con Bill y Gene allí no tiene un espacio propio en la casa. Va a su habitación y, cansadísima de pronto, rodea la cama, se tumba en la alfombra y se pone a mirar el techo mientras oye el murmullo de la conversación de Bill con el fontanero en el último piso. «Me gustaría tener una vida en la que ahora mismo estuviera coqueteando con alguien en una terraza. Quizá con una botella fría de rosado delante. Y no escuchando a un hombre mayor enfadado que negocia con un fontanero sobre un váter atascado, y sin otra expectativa en el futuro próximo que una permutación de colinabo». Suspira. Seguro que Marja nunca se tumba en el suelo sin ganas de volver a ver a otro ser humano. Lo más probable es que esté ahora mismo tumbada en el sofá mientras Dan le da un masaje en los pies. Siempre se le dieron bien los masajes de pies para embarazadas. O igual es una de esas mujeres cuyas hormonas se disparan los primeros meses y ahora mismo están en la cama…

Lila cierra los ojos y cuenta hasta diez. Luego coge el teléfono. Comprueba los e-mails del colegio —cosa que rara vez hace— y ve el anuncio de que hay una alumna nueva en quinto, Elena Mallory. Duda un momento y a continuación escribe «Gabriel Mallory» en el buscador y espera a ver qué aparece.

> El arquitecto Gabriel Mallory gana un premio por su «revolucionaria» casa de acogida. El jurado alaba su «diseño humano y socialmente vanguardista».

Mira la fotografía de Gabriel con el premio en la mano. Por supuesto que es un arquitecto premiado. No podía ser de otra manera. Se tumba bocabajo y busca «Gabriel Mallory mujer». No sale nada, al menos bajo ese nombre. Hay otros Gabriel Mallory, hombres con gafas de sol envolventes marca Oakley y tablas de surf, desarrolladores de software con barba, niños pequeños en brazos de orgullosas madres. Escribe «Gabriel

Mallory divorcio» y, cuando no obtiene resultados, «Gabriel Mallory mujer muerte trágica».
—¿Qué haces?
Lila se sobresalta.
Violet está delante de ella mirándole el teléfono.
—Por Dios, Violet. No me des esos sustos.
—Cuando estás tumbada se te aplastan mucho las tetas.
—Gracias.
Lila se incorpora hasta sentarse. Se mira los pechos y se pregunta si los tiene más aplastados de lo normal.
—Ah. Y dice Bill que ya está la cena, y ha vuelto Gene y dice Bill que huele a borracho. Y yo no pienso cenar porque hay nabos, así que ¿puedo pedir una pizza?

Durante unos pocos años, cuando las niñas eran pequeñas, Lila y su madre iban juntas al supermercado una vez a la semana. Francesca la acompañaba para ayudarla, echarle una mano si una de las niñas se ponía a llorar o recoger lo que tiraban al suelo desde el carro. Algunos días, si los congelados lo permitían, se iban después a tomar un café.

La costumbre se prolongó después de que las niñas empezaran a ir al colegio, a pesar de que no había una razón lógica para que hicieran la compra a la vez. Francesca se mostraba siempre inasequible al desaliento, enfocando la tarea semanal como si fuera una oportunidad increíble de descubrir cosas nuevas y exóticas. Lila se dirigía resuelta a la sección de los cereales tratando de calcular por cuál se pelearían menos las niñas, sopesando el aterrador contenido de azúcar y las probabilidades reales de que lo comieran mientras oía a Francesca exclamar a veinte metros: «¡Lils, mira esto! ¿Cómo crees que se pronuncia *'nduja*? ¡Anda, lichis! ¡Llevo sin comer uno desde que era pequeña! Tengo que llevarle unos pocos a Bill». Un día en que Lila estaba de especial malhumor después de una noche en vela o una discusión con

Dan, Francesca la había urgido varias veces a animarse, a mirar la abundancia de cosas ante sus ojos y a pensar en lo afortunadas que eran, hasta que Lila saltó y le dijo que la dejara en paz. «Yo no soy como tú, mamá. No me paso el puto día contenta».

Francesca la había mirado como sin entender, con el pelo gris rizado rozándole los hombros y, acto seguido, había dicho alegremente: «¡Vale, eso haré!». Entonces Lila la vio coger impulso con el carrito, levantar los pies del suelo y transportarse sobre ruedas hasta el final del pasillo, obligando a los compradores a apartarse brusca y malhumoradamente de su camino. Mientras se alejaba, se había vuelto a mirar a Lila y había levantado un brazo en actitud teatral. «¡Adiós! ¡Te dejo en paz!».

Lila había mirado atónita a su madre doblar la esquina, dudando entre sentir vergüenza o admiración por lo poco que le importaba lo que pensara la gente en la tienda. Estaba estudiando la composición de los Weetos de chocolate de marca blanca cuando oyó un silbido y apareció Francesca sobre ruedas. «¡Yum Yums! —exclamó bajándose del carrito antes de que este se estrellara contra la sección de pasta—. Es biológicamente IMPOSIBLE estar de mal humor después de comerte un Yum Yum. Toma».

Lila se había comido el lazo de masa glaseada mientras su madre la miraba con la atenta expectación de un científico a punto de demostrar que está en lo cierto. «¿Lo ves? —había dicho mientras Lila se chupaba los dedos con una sonrisa de arrepentimiento en los labios—. ¿Lo ves? ¿A que sientes felicidad pura? Sabía que no podrías resistirte».

Lila observa ahora a los dos hombres mayores sentados en los extremos opuestos de la mesa, que evitan mirarse mientras comen un plato de buñuelos especiados de colinabo, y se pregunta cómo una mujer capaz de extraer tamañas cantidades de felicidad de cualquier situación pudo terminar con cualquiera de ellos. Bill tiene los labios apretados en un rictus y solo habla para ofrecer la jarra de agua o para preguntarle a Lila si los buñuelos tienen suficiente sal. No le dirige la palabra a Gene, como si así este fuera a entrar en combustión espontánea y desaparecer.

En cuanto a Gene, salta a la vista que está algo borracho. Sus movimientos tienen un punto meditado y asiente de forma periódica y con las cejas arqueadas, como si mantuviera una conversación con alguien visible solo para él. Violet, a quien han dicho que no puede cenar pizza, no deja de lanzar miradas furiosas a Lila, como si fuera la culpable de esta traición culinaria.

—Bueno, ¿y qué tal los ensayos, Gene? —pregunta Lila.

Se da cuenta de que adopta un tono de alegre despreocupación cada vez que se dirige a él. El que usaría con un vecino al que te ves obligada a dar conversación cuando coincidís en el andén de una estación.

—Ah. Bien. Estupendamente. El director está encantado.

—¿Qué estáis ensayando?

Gene parpadea y mastica pensativo unos segundos.

—Pues… es un director sueco. No sé si lo vais a conocer.

—¿Director o autor?

—¿Qué?

—Has dicho que es un director sueco.

—No, es inglés.

Lila mira fijamente su plato.

—¿Qué obra es?

—Una cosa, ¿tenéis kétchup? Echo de menos un poco de salsa.

Bill levanta la vista.

—Son buñuelos especiados. Con un acompañamiento de yogur natural. No necesitan kétchup.

Gene lo mira y pestañea despacio.

—Es que me gusta el kétchup.

—No están pensados para comerlos con tomate. Y mucho menos tomate procesado con un montón de azúcar.

—Igual es que me gusta el tomate procesado con un montón de azúcar.

Lila los mira a los dos. Nadie se mueve. Acto seguido, con un suspiro, se levanta y va a la despensa. Encuentra el kétchup al fondo de un armario, entre latas de leche de coco que llevan allí tres años. Lo acerca a la mesa y se lo da a Gene. Bill la mira como si hubiera cometido alta traición.

—Si quiere kétchup, que tome kétchup, Bill.

—Claro que sí, por mí no os preocupéis. Solo soy el tonto que se ha pasado una hora combinando cuidadosamente ingredientes para reproducir un delicado equilibrio de sabores concreto. ¿Por qué me va a importar que los bañe en pringue industrial?

—¿Puedo tomar un poco de pringue industrial? —dice Violet cogiendo el bote con avidez y echándose kétchup en el plato.

Bill está muy quieto.

Lila se inclina hacia delante.

—Están riquísimos, Bill —dice—. Gracias.

El timbre suena a las ocho y cuarto, cuando Lila está retirando los platos de la mesa y Bill ya está en el fregadero, con la espalda muy recta en un reproche silencioso por lo ocurrido en la última hora. Gene se levanta, pues es quien más cerca está del recibidor, y Lila oye una conversación murmurada, seguida de una voz más alta. Deja los platos y sale a ver qué pasa.

—Te dije que iría yo a tu casa. Más tarde.

Una mujer sube los escalones tirando de una maleta. A continuación hace lo mismo con dos cajas de cartón, que deja caer con satisfacción en el suelo de baldosa.

—Bueno, como tenía el coche, he decidido asegurarme.

La mujer ve a Lila en el umbral.

—Ah, hola, Lila. ¿qué tal estás?

Lila entorna los ojos intentando recordar de qué le suena esta mujer. ¿Jane? La primera novia inglesa de su padre —o la primera de la que tuvo ella noticia— después de su madre. Jane, masajista, con pelo largo y rubio ondulado, que fue pareja de Gene por temporadas en Inglaterra y Estados Unidos durante unos quince años, se ofrecía a tratar los moratones de Lila con árnica y tenía una casa que olía siempre a pachuli. Aceptaba el comportamiento de Gene como algo del todo esperable en un hombre de su talento y siempre tenía una sonrisa serena. Era la persona más equilibrada que había conocido Lila. El pelo de esta mujer es largo y gris, pero todavía abundante, y tiene brazos fibrosos y fuertes. En los anchos pies calza unas sandalias rojas parecidas a las que usan los niños.

Empuja una caja hacia Gene y se endereza; se retira el largo pelo hacia atrás y se frota las manos como si estuviera encantada de haberse quitado un peso de encima.

—No sé cuánto tiempo llevaban en mi desván. He comprobado la maleta antes de venir y, cosa increíble, no hay nada mohoso ni comido por las polillas. Creo que ha sido por la lavanda que puse dentro.

—¿Qué...? ¿Qué pasa aquí?

—Gene me llamó y me dijo que está viviendo aquí. Así que me pareció un buen momento para convencerlo de que se llevara las cosas que dejó en mi casa hace..., uf, ¿veintitrés años? Si te vale algo de la ropa, será un milagro, Gene. Aunque supongo que, si te hace falta, puedes vender las camisetas de Grateful Dead en el mercadillo de Camden.

—¿Perdón? —dice Lila sin entender nada—. ¿Cómo que viviendo aquí?

—No dije viviendo —contesta Gene, que se ha puesto serio.

—Sí lo dijiste —dice Jane—. Me dijiste que estabas viviendo con tu hija. Ayer, cuando me llamaste. Fue lo primero que dijiste. Y, por cierto, hay un par de cajas más, pero no he podido traerlas.

—No, no. Un momento —dice Lila—. Solo está de visita. Una noche más.

Jane mira fijamente a Gene. En sus ojos hay algo que a Lila no le gusta demasiado.

—Entiendo —dice Jane—. Así que de visita.

Gene se vuelve a Lila con la sonrisa a voltaje máximo.

—Te lo iba a preguntar, cariño, si podía quedarme unos días más. Ha habido un problema con el hotel y tengo…

Lila oye el «No, por favor» procedente de la cocina antes de que a Gene le dé tiempo a terminar la pregunta.

—Solo mientras tengo los ensayos —dice Gene todavía sonriendo de oreja a oreja.

Lila mira a Jane y a Gene alternativamente y sintiéndose acorralada.

Jane es quien rompe el silencio.

—Creo que esto tenéis que arreglarlo vosotros —dice en tono alegre—. Y he quedado con un cliente a las ocho y media, así que me voy. Lila, me ha encantado volver a verte. Me acuerdo mucho de ti. Preciosa casa. Gene, me…, en fin, buena suerte.

Le da una palmadita en el brazo, se despide de Lila con un gesto de la mano y se va.

Lila y Gene se quedan en el recibidor.

—La verdad es que tengo algún problemilla —dice Gene—. En el apartado económico.

Lila mira al cielo.

—Es una cosa temporal. Muy temporal. Hasta que cobre. Pero es un poco complicado conseguir hotel porque perdí la tarjeta de crédito y parece que no tengo dinero suficiente para pagar la fianza de un alquiler.

Lila parece tener la mandíbula encajada. Nota cada uno de los dientes.

—Así que, cariño, si me dejas quedarme hasta que cobre, te lo agradecería mucho. Es una cosa temporal. Así estoy con las niñas y contigo.

Cuando Lila no contesta, sigue hablando:

—No os molestaré. Dormiré arriba y no estorbaré. Puedo ayudar a cuidar a Celia y…

—Celie. Se llama Celie. Como en *El color púrpura*. Y Violet.

—No necesitamos ayuda —dice la voz de la cocina.

Lila sigue sin moverse.

—Es eso o dormir en la calle —dice Gene, que juega su mejor baza con la seguridad, o la desesperación, de alguien que sabe que dejar en la calle a un hombre de setenta y tantos años requiere una disciplina mental o una frialdad que es improbable que Lila posea.
—¿No puedes quedarte en casa de Jane?
—No le caigo bien a su pareja.
—Qué raro —dice la voz de la cocina.
—¿Y no tienes otros amigos?
—Prefiero estar en familia.
—Ah, o sea que ahora son familia —dice la voz.
—¿Quieres callarte, Bill? —dice Gene—. Estoy hablando con mi hija.
—Renunciaste al derecho a llamarla hija hace muchos años.
—Pues desde luego tú tampoco lo tienes.
Lila oye pisadas. Bill aparece en la puerta de la cocina con un trapo al hombro.
—No tienes derecho a pedirle nada a Lila. Nada en absoluto.
—Oye, colega, pírate. Si mi hija quiere dejarme una cama en la que dormir, no es asunto tuyo. Además, por lo que veo, tú también estas aquí de okupa.
—¿Cómo que de okupa? Llevo treinta y cinco años formando parte de esta familia. Tres veces más tiempo del que estuviste tú.
—¡Tú qué sabrás!
Gene se ha puesto a dar golpecitos a Bill en el pecho con un dedo largo y grueso. Bill, sorprendido, da un paso atrás.
—¡Pues sé muchísimas cosas!
Bill se quita el trapo del hombro y le pega con él a Gene. Le da en la barbilla con un restallido de lo más audible. Gene abre mucho la boca y se lleva una mano a la cara. Truant, sin duda oliendo alguna clase de conflicto, llega corriendo desde la cocina y se pone a mordisquear los tobillos de los dos hombres.
—¿Me acabas de pegar en la boca, colega? ¿Será posible? Te voy a patear ese culo arrugado.

Los dos hombres han empezado a empujarse. Bill agita el trapo delante de la cara de Gene mientras Lila intenta evitar que el perro muerda a alguien.

—¿Cómo que patearme el culo? Estás demasiado borracho para aguantar quince minutos de pie.

—¡Ahora sí que te la has ganado!

Tienen los puños en alto y se mueven de un lado a otro. Lila, con la cabeza a punto de estallar, se interpone y los separa.

—¿Queréis hacer el favor? —grita—. ¡Por el amor de Dios!

—¡Ha empezado él!

Lila intercepta un puñetazo débil de Gene, quien cabecea y da saltitos igual que un boxeador en la cubierta de un barco que se bambolea.

—Sí, y como llevo haciendo treinta y cinco años, voy a ser el que lo termine.

—¡Bill!

Lila empuja a Bill.

—¡Mamá!

Hay un breve silencio. Y entonces una voz dice:

—¿Mamá?

Violet está en la puerta del cuarto de estar con expresión de incertidumbre, algo poco usual en ella. Lila vuelve a separar a los dos hombres, los mira furiosa como para transmitirles que va en serio y se agacha para tirar de Violet hacia ella con una gran sonrisa en la cara. Violet mira a un hombre y después al otro.

—No pasa nada, amor. Están jugando a pelearse.

La voz de Violet es trémula.

—No parecía un juego.

El silencio dura una milésima de más. Pero entonces Gene sonríe.

—¡Pues claro que sí, cariño! Bill y yo os conocemos de toda la vida, ¿verdad, Bill? Siempre de broma.

Bill tarda un poco más en recobrar la compostura. Se coloca

bien la corbata, que con el revuelo se le ha salido del cuello del jersey.

—Siempre de broma —dice con una sonrisa que no termina de llegarle a los ojos—. No hay nada de qué preocuparse, Violet. No es más que una pequeña broma entre Gene y yo.

—Eso. Una broma —dice Gene.

—Porque a Gene en realidad le encanta que le haga esto.

Bill pega otra vez a Gene con el trapo. Le da en la nariz. Lila ve la mirada de Gene volverse un poco vidriosa. Pero entonces recupera la sonrisa.

—Desde luego. Somos unos gansos. ¡A Bill le encanta que le haga esto!

Le saca la corbata a Bill de dentro del jersey y la agita de manera que la cabeza de Bill desaparece dentro del cuello y pestañea varias veces.

—Ja, ja, ja —dice Bill.

—Ja, ja, ja —dice Gene.

—Es que me parto con este hombre —añade Bill.

—Y ahora van a dejar el juego. Ya nos hemos divertido bastante por una noche —dice Lila—. ¿No os parece? ¿Dejamos ya la pelea?

Gene es el primero en hablar. Sonríe mucho y da un paso hacia su nieta.

—Pues claro. ¿Ves, Violet? Aquí todos somos amigos. ¿Qué te parece si vemos un capítulo de *Escuadrón Estelar Cero*? Te va a encantar el del motín marciano.

Violet estudia las caras de los tres adultos y parece tranquilizarse un poco. Mira a Lila como pidiéndole permiso y esta le sonríe alentadora, recordando de pronto que Violet, a pesar de su aplomo, sigue siendo una niña pequeña con la vida patas arriba ahora mismo.

—Pues claro que sí. Id los dos al sofá a ver *Escuadrón Estelar Cero*. Yo voy a ayudar a Bill en la cocina.

—Una noche más —le dice a Gene moviendo los labios al

pasar junto a él y trata de hacer caso omiso a su mirada de perplejo horror.

—Deberías decirle que se vaya ahora mismo —murmura Bill cuando Lila deja a Gene y a Violet con el iPad. Oye la sintonía metálica de la serie y a Gene tarareándola.

—Una noche más —dice, y trata de no desanimarse cuando Bill dobla el trapo de cocina despacio y con meticulosidad encima del escurridor y se va derecho a su habitación.

9

Por mucho que digan que son distintas, hay una curiosa uniformidad en las zonas de recepción de todas las editoriales y agencias literarias: los suelos de madera clara, el expositor con los últimos superventas y no tan superventas reordenado a diario para halagar y reconfortar al autor que esté citado esa fecha concreta. Un sofá de un color vivo, posiblemente de IKEA. Y, en el caso de Anoushka Mellors, agente de producción audiovisual y literaria, un desfile interminable de recepcionistas idénticas: chicas de veintitantos años, encantadoras, de bonito pelo y sonrisa pronta cuyos nombres Lila nunca logra memorizar. Se sienta en el alegre sofá color turquesa, comprueba que *La reconstrucción* está en el expositor de best sellers y rechaza el café que le ofrecen. Lleva despierta desde las cinco y se ha tomado ya tres cafés antes de salir de casa. Uno más podría transformar su estado de «ligera agitación» en «ataque de nervios».

—Enseguida sale —dice la recepcionista encantadora por tercera vez—. Ha tenido que atender la llamada de un editor muy importante.

—No pasa nada —dice Lila.

La mañana siguiente a la pelea, Bill se ha levantado como de un humor de perros. Y lo ha demostrado, acorde a su estilo, con silencios bastante pertinaces y unas gachas tan espesas que las chicas han clavado sus cucharas en ellas para comprobar si se mantenían verticales. Y así era. Violet empezó a interrogar a Lila sobre la pelea de broma en cuanto Bill salió de la cocina, preguntando si se consideraba jugar cuando te pegaban superfuerte en la nariz con un trapo de cocina (sí), si Gene y Bill se caían bien (¡pues claro que sí!) y qué habría dicho la abuelita de haber estado allí (para eso Lila no tuvo respuesta).

Después, cuando se asomó a su estudio camino de lavarse los dientes, se llevó una sorpresa. Gene y su bolsa habían desaparecido.

Lila se había quedado mirando la habitación vacía, la cama —por supuesto sin hacer—, y se había preguntado cómo era posible sentirse tan aliviada pero también, por algún extraño motivo, molesta. Su padre había vuelto a desaparecer. Genio y figura. Siempre huyendo de las conversaciones incómodas, no fuera alguien a pedirle que se responsabilizara de una situación difícil. Lila se preguntó si habría encontrado a algún miembro del reparto que lo alojara, o quizá a una divorciada aburrida que aún lo viera rociado de polvo de estrellas. De pronto se había apoderado de ella una casi insoportable melancolía. Hasta que las chicas empezaron a discutir a grito pelado por la propiedad de un cepillo de pelo y entonces la desaparición de Gene se le fue de la cabeza. Aun así, se había tropezado con sus cajas al salir, algo que le resultó en cierto modo simbólico.

Hace dos días que Gabriel Mallory no aparece por la puerta del colegio.

—Espero que no le moleste que se lo diga, pero me encantó su libro.

Lila levanta la cabeza. La chica está inclinada sobre el mostrador de recepción y sonríe con unos labios perfectamente delineados.

—Espero que no le parezca poco profesional por mi parte.
—Para nada. Gracias —dice Lila—. Eres muy amable.

—Mi novio y yo estábamos teniendo algunos problemas en ese momento..., nos sacamos mucho de quicio. Él es del tipo apego ansioso y yo del estilo apego evitativo..., y leí varias veces lo que escribió sobre cómo habla a su marido y nos ayudó bastante.

A Lila se le encoge un poco el corazón.

—Me alegro mucho —dice, y se pone a mirar su teléfono.

—Ojalá seamos igual que ustedes cuando llevemos veinte años juntos. —La chica sonríe de oreja a oreja y con expresión cómplice—. Eso de contar hasta quince antes de reaccionar a algo ahora lo hago siempre. Y ha cambiado muchísimo las cosas. Y lo de la aceptación radical y no intentar cambiar a tu pareja... Qué sabios son los dos.

Lila abre la boca y la cierra sin decir nada.

La chica la mira expectante.

Hay un breve silencio.

—La verdad es que ya no estamos juntos —dice por fin Lila.

A la chica se le borra la sonrisa.

—¿De verdad? ¿Se han separado? ¿Han roto?

—No. Quiero decir, sí.

—Pero ¿por qué?

Lila sonríe.

—Se... fue con otra.

La chica abre mucho los ojos.

—Me está tomando el pelo.

—Qué va. Está embarazada, van a tener un hijo.

La chica la mira fijamente como si aquello fuera una broma pesada y estuviera esperando el remate.

—Ah —dice por fin—. Vaya.

—Lo siento —dice Lila.

No está muy segura de por qué pide perdón, pero tiene la impresión de que ha decepcionado a la chica.

—No pasa nada. —A la joven le tiembla el labio inferior—. Es que me da mucha pena. Ay, Dios mío, ¿no tenían hijas?

Lila traga saliva.

—Estoy bien. De verdad. Ellas también. Estamos todos bien. —Cuando la chica no parece convencida, añade—: De hecho estoy escribiendo otro libro. Por eso he venido a ver a Anoushka.

Hay un breve silencio. La chica mira un papel que tiene en la mesa.

—Yo odiaba estar soltera. Me sentía muy triste.

Suena el teléfono. La chica sale de su ensimismamiento y se pone los auriculares.

—Agencia literaria de Anoushka Mellors —dice con voz cantarina—. Un momento, por favor, le paso con el departamento de derechos.

—Querida, ¿cómo estás? Te veo fantástica.

Lila no está fantástica. Después de dormir cinco horas se parece a la mujer que bebe cerveza Tennent's Extra en la boca de metro de Camden Town y lleva bolsas de plástico en los pies, pero sonríe y asiente como si se lo creyera.

—¿Qué tal esas preciosidades de hijas que tienes?

—Muy bien —contesta automáticamente Lila—. He tenido a mis dos padres de visita. Así que lo hemos pasado fenomenal.

—¿Cómo que a tus dos padres?

Anoushka la mira pestañeando, olvidando por un momento su pantalla. Lleva una blusa de un turquesa intenso con pendientes a juego, es de esas mujeres para quienes la forma de vestir es siempre una declaración de principios.

—Mi padrastro, Bill, a quien conoces. Y mi padre biológico, Gene, a quien no.

—¡Oh, cielos! ¡Qué moderno! ¡Dos abuelos! Seguro que las chicas están felices.

Lila sonríe sin convicción mientras recuerda a los dos hombres empujándose y atacándose con trapos de cocina en el estrecho recibidor.

—Ha sido… interesante. Pero bueno, mi padre «de verdad» se ha vuelto a casa. Así que estamos solas con Bill otra vez.

Bill, cuyo animo ha mejorado visiblemente, que ahora silba por las mañanas, que ha retomado el proyecto del jardín con fervor renovado.

—Qué maravilla. Bueno, ¡a trabajar! Tengo buenísimas noticias.

—¿Ah, sí?

—En Regent House están como locos por leer tu manuscrito. Al parecer, la menopausia sexy es el último grito.

—¿Cómo que la menopausia? —Lila se inclina hacia la mesa—. Pero si yo no estoy menopaúsica.

—A caballo regalado no le mires el diente, querida. Para cuando se publique, probablemente lo estarás. Y están locos por publicar historias de maduritas sexis pasándoselo bien ahora que se han deshecho de sus aburridas parejas. Les he dicho que tu libro está llenito de aventuras románticas y después del éxito de *La reconstrucción* están considerando ofrecerte directamente un buen anticipo sin entrar en subasta con otros editores.

Lila cambia de postura en su silla de vivos colores.

—¿Sin haber leído nada?

—Estás en la lista de más vendidos del *Sunday Times*, querida mía. Saben que sabes escribir. Y vas a darles justo lo que quieren. A ver, necesitarán leer los tres primeros capítulos. ¿Por dónde vas?

Lila pone cara pensativa, como si llevara tanto escrito que le costara calcular cuánto exactamente.

—Pues… no llega a los tres capítulos.

—Bueno, pues te sugiero que termines el tercero lo antes posible. Ahora mismo es un tema candente y nos interesa aprovecharlo. Si puedes mandarme algo para finales de semana, sería maravilloso. Así podríamos tener un contrato firmado a mediados de octubre.

—¿De cuánto dinero estamos hablando? —pregunta Lila.

—Ah, pues de un número de seis cifras —contesta Anoushka.

—¿Seis?

Anoushka sonríe efusiva.

—Como te he dicho, hay mucha demanda del tema. Igual incluso podemos vender los derechos en Estados Unidos. Ah, y si metieras algo sobre cómo consigues conciliar tus obligaciones con el cuidado de tus padres mayores, mejor que mejor. Ahora mismo hay muchas mujeres que tienen que cuidar de hijos y de padres. Y tú serías el ejemplo perfecto de una que lo tiene todo. —Levanta una mano—. *Salvaescaleras, rutas escolares y escarceos sexuales. Soltarse la melena en la mediana edad.* Lo estoy viendo. Si tenemos suerte, nos lo publicarán por entregas en el *Mail*. No sabes lo bien que pagan esas cosas.

—No estoy exactamente en la mediana...

—Igual tienes que ponerte unos de esos horribles vestidos azul cobalto que siempre obligan a las mujeres a ponerse y unas espantosas sandalias de cuña, pero es un precio pequeño a pagar.

—Claro —dice Lila, pensando en la última factura del fontanero de urgencia—. Seis cifras.

—Los hombres tipo tu Dan el travieso llorarán por haber dejado escapar a sus mujeres. Estarás haciendo un servicio a la sociedad. ¡Así que perfecto! Quedamos en que el viernes, ¿entonces? —Anoushka se inclina hacia delante con expresión cómplice—. Y ahora, dime la verdad. ¿No huele un poco a vómito aquí? Gracie ha vuelto a echar el desayuno. Y ni siquiera le ha dado tiempo a llegar a la papelera. Te juro que a este paso vamos a tener que cambiar de oficinas.

Seis cifras. Seis cifras solucionarían sus problemas. Mitigarían la catástrofe de la reducción de la manutención que le pasa Dan, pagarían la reforma de los baños, le proporcionarían un colchón económico, aunque fuera a plazos. Seis cifras significarían que sigue siendo una autora de éxito. Lila piensa en la cantidad de seis cifras durante todo el camino de vuelta a casa y está tan distraída asignando su dinero imaginario que casi se choca con Jensen, quien está en el tramo que comunica los jardines delantero y trasero con una carretilla llena de ramas de arbusto podadas cuyos zarcillos se derraman suavemente sobre los bordes metálicos igual que los tentáculos de un pulpo. Se para al ver a Lila y se protege los ojos del sol. Tiene el pelo rubio oscuro y alborotado de un colegial y medias lunas de tierra debajo de las uñas.

—Bill ha ido a su casa. Me ha dicho que podía empezar a trabajar. Espero que te parezca bien.

—Muy bien —dice Lila.

Trata de mostrarse más cordial de lo que se siente. Aún no tiene claro que le guste la idea del jardín conmemorativo ni de que Bill tome decisiones sobre su casa.

—Ah, y hay un pequeño problema con el cobertizo.

—¿Cuál?

Jensen empieza a hacer la mueca propia de los contratistas cuando están a punto de presupuestarte un dineral. Hay que tirar el cobertizo y construir uno más caro. El pavimento de hormigón está agrietado y es peligroso y hay que cambiarlo. Hay instalado un ejército de ratas y habrá que llamar a un exterminador carísimo. En una milésima de segundo, Lila toma una decisión: ahora no. No cuando acaban de ponerle delante la posibilidad de la salvación económica. Ahora no.

—No quiero saberlo.

Jensen se pone recto.

—¿No quieres saberlo?

—No —dice Lila abruptamente. Lleva dos días tranquilos y una reunión que ha ido bien. Y ella más que nadie sabe que hay que salvaguardar las pequeñas victorias cuando llegan—. Pero gracias.

Jensen se la queda mirando y ella entra en la casa.

Qué maravilla encontrarse la casa en silencio. Lila se detiene un momento en el recibidor absorbiendo la quietud absoluta del aire, solo perturbada por los suaves movimientos de la cola de Truant cuando sale feliz y sigiloso a recibirla. Lila se inclina y le rasca las orejas, se siente repentina e inesperadamente feliz. No hay nadie en casa y dispone de cuatro horas para escribir los capítulos que la catapultarán a la próxima etapa de su vida. No hay tarea imposible.

Quince minutos después está sentada a su mesa meditando sobre el primer capítulo. ¿Debería escribir sobre *La reconstrucción*? ¿Debería confesar todo lo que le ha pasado? Lila sabe bien que a los lectores les chiflan las mujeres con vidas amorosas catastróficas. Nadie quiere leer sobre una mujer que lo tiene todo: les hace sentir que no se han esforzado lo suficiente. Quieren leer sobre lo imposible que es todo, sobre corazones rotos y cataclismos sentimentales, quedarse boquiabiertos ante tanta desgracia mientras van rumbo a unas vacaciones. El éxito irrita. Con una vida de batacazos y desastres, en cambio, es más fácil identificarse.

> Hace tres años escribí un libro sobre el que creía que era mi matrimonio feliz. Dos semanas después de que se publicara, mi marido me dejó.

Mira fijamente las palabras que ha escrito, con los dedos sobre las teclas. Si hace esto, piensa, Dan se pondrá furioso. La odiará por llevar su vida privada a la esfera pública. Las chicas también se enfadarán. Es todo demasiado personal, demasiado íntimo. No puede escribir sobre su matrimonio sin aludir a sus hijas. «¿Y qué otra cosa tengo?». Recuerda una cita que leyó una vez en internet: «Si no querías que escribiera cosas feas sobre ti, ¿por qué no te portaste mejor conmigo?». Toma aire.

> Pocas cosas hay más humillantes que invitar al mundo a tu matrimonio para dar lecciones de cómo preservar la felicidad y enterarte de que todo lo que has descrito era mentira.

De pronto las palabras fluyen, le vienen a la cabeza y salen de la yema de sus dedos en un río incesante, imparable, vivo. Elige y descarta metáforas, escribe alusiones sucintas y humorísticas a su arrogancia. Desaparece en un mundo habitado solo por su pantalla y su teclado, pierde la noción del tiempo. Esto es lo que necesitaba para escribir: una catarsis. Las palabras siempre han sido su herramienta para procesar el mundo y ahora se da cuenta de que las necesita para digerir esto. Escribe mil, dos mil, tres mil palabras. Hace una breve parada para prepararse un té y se le queda frío encima de la mesa, absorta como está en sus reflexiones. Para cuando se levanta otra vez, ha escrito 3.758 palabras y tiene terminado el primer capítulo.

Mira el recuento de palabras y suelta algo impropio de ella y triunfal:

—Puedo hacerlo —dice en voz alta—. Puedo hacerlo, joder.

Se siente un poco culpable por cómo ha tratado antes a Jensen, así que le prepara un té y sale al jardín. El jardinero está al fondo, subido a una escalera de mano y podando con esmero un lilo, vestido con una camiseta desvaída y unos pantalones de camuflaje que le llegan hasta las rodillas. Tiene moreno de albañil, interrumpido en el cuello y las mangas, y las partes bronceadas son del color caramelo oscuro propio de alguien que se pasa la vida al aire libre. Lila va hasta al fondo del jardín seguida de Truant y espera al pie de la escalera a que Jensen la vea.

Este deja de podar y baja de la escalera. Acepta la taza agradecido.

—Tiene buena pinta —dice Lila con tono alegre, aunque lo cierto es que no tiene ni idea de si el arbusto tiene o no buena pinta.

Jensen lo mira.

—Sí, no lo voy a podar muchísimo, aunque son auténticos rebeldes. Puedo quitarles tres metros tranquilamente y el año que viene estarán igual que ahora.

Lila asiente, como si supiera de que está hablando.

—Perdona por lo de antes. A ver, últimamente casi nunca tengo la casa para mí sola, así que tengo que aprovechar y... los plazos de entrega...

Jensen menea la cabeza como si no tuviera importancia y da un sorbo al té. Lila experimenta una sensación de paz, una que no recuerda haber sentido nunca. Es como recuperar un olor de infancia, el recordatorio de que una vez, hace mucho tiempo, existió otra versión de ella que casi había olvidado.

—He leído tu libro.

Lila tarda un momento en comprender.

—¿Has leído mi libro?

—No entero. No leo muy deprisa. Pero sí bastante. Más bien lo hojeé.

—Pues casi mejor que no lo leas entero. Resulta que era casi todo ficción.

Lila sonríe. Hoy se siente capaz de hablar del tema con una sonrisa. Gracias a las palabras nuevas que lleva escritas, *La reconstrucción* empieza a perderse en el horizonte.

—Sí, ya me contó Bill. Lo siento. Anda, mira. Una ardilla.

Lila espera a que le haga más preguntas, pero Jensen se ha puesto a mirar la ardilla y parece haberse olvidado de la conversación. Es entonces cuando Lila ve la alianza que lleva en el dedo. Se pregunta si de ahora en adelante se pasará la vida comprobando qué hombres llevan alianza y cuáles no. Sigue echando de menos la suya. La única joya que no ha perdido nunca.

—¿Cuánto tiempo llevas haciendo paisajismo?

—Cuatro años más o menos.

—¿Es lo que siempre has querido hacer?

—No, quería ser modelo. Pero David Gandy hizo que me echaran de la ciudad. No le gustaba tener competencia.

—He oído hablar de él —dice Lila—. Tiene muchas inseguridades.

—Pero muchísimas. Lo aterroriza que yo sea fofisano.

Lila se echa a reír.

—¿Qué pasa? ¿No te lo crees?

Jensen se mira la barriga. No tiene mucha, pero la hincha un poco para seguir con la broma.

Lila ladea la cabeza.

—También siento mucho el numerito que te monté cuando estabas mirando el árbol. Ha habido unos cuantos robos por esta zona y…

—Y tengo cara de delincuente. Lo sé. Pero no tienes por qué preocuparte. Tienes a Bill.

Lila lo mira de reojo.

Jensen da un último sorbo a su té.

—Hablo en serio. Sabe poner cara de sargento. Yo no me atrevería a meterme con él.

—Puede ser muy estricto.

—Antes de empezar, me dio una buena charla. Sobre que estabas pasando por un momento muy difícil. Y que teníamos que darte espacio.

—¿Eso dijo?

—Te quiere.

Lo dice con toda sencillez.

De pronto Lila cae en la cuenta de lo inusual que es oír a un hombre hablar del amor en términos francos, sencillos. Pasada la primera fase de su relación, Dan casi nunca le decía que la quería. Si se lo preguntaba, la miraba con una expresión de perplejidad teñida de leve irritación, como diciendo «¿A qué viene esa pregunta?». A veces piensa que siempre se sintió un poco excesiva para él, demasiado dependiente, demasiado enfadada, demasiado triste, demasiado histérica.

Siente una repentina oleada de cariño hacia Bill, hacia su sencillo afecto.

—Soy muy afortunada de tenerlo —dice cuando no se le ocurre nada mejor.

Jensen le da la taza vacía.

—Pues sí. Pero igualmente te voy a robar el coche, que lo sepas.

Lila ríe. Ha dado media vuelta para cruzar el jardín cuando Jensen le dice:

—Oye, lo que te he comentado antes. El cobertizo...

Entonces Lila lo nota, el pellizco repentino, la sensación de que nunca le van a dejar disfrutar de unas pocas horas de felicidad sin complicaciones. Y la palabra sale de su boca antes de que se dé cuenta.

—No —dice.

—¿No?

Se para un momento y se vuelve.

—No quiero hablar del cobertizo. No quiero hacer nada respecto al cobertizo. Puede esperar.

Le sale con algo más de vehemencia de la que era su intención emplear, pero es que le ha salido del alma. No quiere oír cuál va a ser su siguiente obligación. Quiere un día tranquilo. ¿Es mucho pedir?

—Mira, entiendo que es tu trabajo. Para ti es un proyecto. Y seguramente piensas que debería de gastar dinero en hacer esta casa mejor o más funcional o más bonita, pero ahora mismo no puedo. ¿Vale? Ni siquiera sé si debería meterme en esto. No tengo la disponibilidad mental necesaria y desde luego tampoco el dinero.

—No iba... —empieza a decir Jensen, pero Lila lo interrumpe.

—Ese puto cobertizo lleva aquí unos veinte años, a juzgar por su aspecto. Lo que sea que le pasa... puede esperar.

Esta vez la expresión de Jensen no es amable. Mira un momento a Lila a la cara, como si la estudiara, y a continuación cierra la boca, arquea las cejas, asiente para sí y se va a buscar su carretilla frotándose las manos.

—Tengo que ir a recoger a Violet —dice Lila un poco incómoda. Y odiándose a sí misma por ello. Es su casa. Tiene derecho a poner límites a lo que está dispuesta a hacer.

—Gracias por el té —dice Jensen levantando una mano. Sin volver la cabeza.

Por supuesto es una casualidad que Lila vaya a buscar a Violet totalmente maquillada y con el pelo limpio sin el coletero de turno. Y por qué no seguir con la ropa que se puso para ir a ver a Anoushka en vez de los vaqueros o el pantalón de chándal que lleva siempre (el uniforme del escritor, lo llamaba Dan). Y también es posible que no sea casualidad que, cuando llega y va a la izquierda, hacia los columpios, donde está Gabriel Mallory solo, en lugar de hacia el edificio del colegio, donde se reúnen las otras madres, este la reciba con un:
—Qué guapa.
—¿Ah, sí? —contesta Lila con tono de sorpresa.

Ha olvidado ya la conversación incómoda del jardín. Gabriel Mallory lleva una camisa azul claro y deportivas caras, de una marca eco sobre la que Lila ha leído en una revista. Usa unas bonitas gafas de montura metálica que, sospecha, le favorecen especialmente y le dan más aspecto de arquitecto.
—Bueno —añade despreocupada—. He tenido una reunión en el centro esta mañana y luego me ha dado pereza cambiarme.
—Pues deberías tener reuniones todos los días —dice él—. Te sienta bien. *Luminosa.* —Le tiende una bolsa—. Ah, esto es para ti.

Lila baja la vista. Es una bolsa de papel de Annika. Por cómo pesa, debe de contener dos rollos de canela.
—Para tu hija y para ti —dice Gabriel con una sonrisa ladeada—. Perdona. No me acuerdo del nombre.
—Violet —dice Lila tratando de no ruborizarse de placer.
—Fuiste muy amable. Animó mucho a Lennie.
—¿Lennie?
—Bueno, se llama Elena. Pero ahora mismo quiere ser chico, así que prefiere que la llamen Lennie.

—Pues tomo nota. —Lila juguetea con la bolsa de papel tratando de no mirar a Gabriel. Este hombre tiene algo que la abruma físicamente, como si todo su cuerpo quisiera abalanzarse sobre él, pegar la boca a su suave camisa. Es una sensación de lo más perturbadora—. ¿Qué tal está? —pregunta para disimular su turbulencia interior.

Gabriel ladea un poco la cabeza y mira hacia la puerta del colegio.

—Está… bien. Echa de menos a su madre.

Lila abre la boca para preguntar, pero Gabriel la mira de soslayo, con expresión incómoda, y dice:

—Ya… no está con nosotros.

—¿Quieres decir que…?

Gabriel asiente con la cabeza y Lila se queda un momento sin respiración.

—Vaya por Dios, lo siento muchísimo.

—No pasa nada. —Gabriel ríe sin humor—. Bueno, sí pasa, es horrible. Pero… es lo que hay.

—Pues por si te hace sentir mejor, esa de ahí es la novia de mi exmarido. Está embarazada de él.

Gabriel levanta las cejas.

—Ah. —Hay una breve pausa—. Así que los dos estamos pasando por un momento difícil —dice Gabriel.

—Ya te digo.

—Pues tú claramente lo estás llevando como una auténtica señora.

Lila abre la boca para contestar, ruborizada, pero en ese momento se abre la puerta del colegio y empiezan a salir niños, que esquivan a la profesora en un pequeño revoltijo de mochilas de vivos colores y ya maltrechos dibujos que han hecho hoy, y de inmediato se dirigen hacia sus respectivos padres igual que pingüinos cruzando el hielo.

—Por los bollos de canela —dice Gabriel, y le hace a Lila un pequeño saludo militar antes de echar a andar hacia el gentío.

—¡Por los bollos! —responde Lila con una voz que le sale aguda y rara.

Durante todo el camino a casa, no deja de repetir la palabra «bollos», en ocasiones con furia, otras con desesperación.

La carpintería terapéutica a la que ha dedicado Bill estos últimos días parece haber afianzado su buen humor: sonríe a Lila y a Violet en cuanto entran en casa y menciona, solo por tercera vez, que habría estado bien que Gene se hubiera molestado en quitar las sábanas o, por lo menos, en hacer su cama antes de irse. Lila, que acaba de limpiarse el azúcar del bollo de canela de los labios con sentimiento de culpa, sube los peldaños de entrada y le devuelve la sonrisa. Ha sido, piensa, un placer inesperado, un día bastante agradable. Celie está de un humor razonablemente bueno —al menos se digna a hablar dos veces durante la cena—, hay pollo asado y ensalada, en lugar de pescado y lentejas, y Violet, todavía bajo el efecto benéfico de los bollos de contrabando, consigue hacer una única referencia escatológica mientras están comiendo. Ni siquiera que Dan llame en mitad de la cena para pedirle que le cambie los días esta semana porque la madre de Marja viene de los Países Bajos de visita estropea el bienestar reinante. Las niñas comen sin protestar, Bill habla de un amigo de sus años de formación como profesor al que le faltaba una pierna y con quien ha recuperado el contacto a través de Facebook y Lila se pasa casi toda la cena perdida en los imaginarios brazos de un hombre con sonrisa ladeada y un par de bollos glaseados.

Tan absorta está en sus pensamientos que tarda en darse cuenta de que Truant se ha puesto a ladrar. La puerta trasera está abierta y ve que el perro ha adoptado ya el ladrido entrecortado que reserva para carteros y repartidores incautos. Lleva dos días portándose mal, como si estuviera en modo de alerta máxima, siempre advirtiendo de que el cielo está a punto de desplomarse.

—Tienes que llevar ese perro a adiestrar, Lila —murmura Bill.

—Ya lo sé —contesta ella—. Lo haré en las horas libres que normalmente reservo para hacerme la pedicura, depilarme y meditar.

Cuando ya no lo soporta más, se levanta de la mesa y sale al jardín, que sigue pareciendo una zona de guerra con la tierra recién cavada y las losas de piedra de York que ha dejado Jensen. Truant está frente a la puerta del cobertizo, con los pelos del pescuezo erizados y enseñando los dientes. «Ay, Dios mío —piensa Lila—. Hay ratas». Jensen ha intentado decírselo y no le ha hecho ni caso. Y ahora va a pagar por ello. Ve el bate de béisbol azul chillón de Violet en la hierba y lo coge, por si las ratas son de esas que te saltan al cuello. No sabe muy bien si las ratas saltan a los cuellos, pero las considera muy capaces.

Los ladridos de Truant son cada vez más apremiantes y Lila intenta tranquilizarlo; la preocupa abrir la puerta y presenciar una horrenda masacre animal. Lo sujeta por el collar y, cuando no sirve de nada, se acerca más a la puerta. Oye a Bill desde la cocina: «¿Qué pasa, Lila? ¿Por qué ladra?», y le hace un gesto con la mano para darle a entender que no pasa nada y que no se preocupe. Entorna la puerta unos centímetros y oye un estrépito procedente del interior. Con el corazón desbocado, abre de par en par y se encuentra a Gene, que la mira pestañeando, recostado en los cojines del sofá del jardín.

—¿Gene?

Va vestido con sudadera, cazadora de cuero y unos calzoncillos de aspecto raído. Se endereza. Por desgracia, el cambio de postura descoloca los cojines del jardín y derriba una lata de pintura vacía, que cae de una balda y le da en un hombro.

—¡Au! Hola..., hola, cariño —dice Gene con una sonrisa vidriosa mientras deja con cuidado la lata a un lado.

—¿Se puede saber qué haces aquí?

Gene la mira como si necesitara pensar su respuesta con cuidado. Luego parece olvidársele. Tiene una bolsa de patatas vacía encima de la barriga y mira a Lila como si fuera la primera vez que la ve, antes de intentar vaciarse las migas en la boca y errar la puntería.

—¿Sabes qué? —dice recostándose otra vez despacio en los cojines—. La maría que venden en este país es demasiado fuerte. Debería estar regulada por ley.

Si a los vecinos les molestaban los ladridos de Truant, no eran nada comparado con el espectáculo de un hombre de setenta y cinco años en calzoncillos dejándose conducir por el jardín mientras canta «Go Tell It on the Mountain». Las cortinas del número cuarenta y siete de la calle se mueven tanto que es como si la casa entera tuviera un ataque epiléptico. Por fin Lila consigue subir a Gene al estudio del último piso, donde vuelve a hacer la cama que apenas dos horas antes había deshecho y plegado, y, tras prometerle otra bolsa de patatas, lo convence de que se duerma un rato.

—Qué alegría estar juntos otra vez, ¿verdad? —dice Gene cogiendo con sus dos manos venosas la de Lila como si fuera un sándwich—. El viejo equipo.

Lila le asegura que desde luego que es una alegría y que ahora, si no le importa, es momento de echarse esa siesta.

Bill lleva otra botella de vino a los vecinos para disculparse por el alboroto y está fuera un rato preocupantemente largo. Mientras lo esperan, Celie y Lila se sientan en el cuarto de estar y escuchan la desconcertantemente buena imitación que hace Violet de Gene dando tumbos por la habitación y recitando con gran énfasis los mismos versos de la canción una y otra vez.

Después de tranquilizar a Bill, de asegurarle que no, no tenía ni idea y de que sí, se cerciorará de que Gene se marcha en cuanto esté sobrio, Lila huye a su habitación.

¿Era Gene el problema del cobertizo?

La respuesta de Jensen llega enseguida. Sí, estaba dormido como un tronco. Intenté decírtelo. Pasan unos segundos y empieza a escribir otra vez. Lila mira los puntitos moverse en la pantalla. Creo que lleva allí un par de días

Lila se queda con la mirada clavada en el mensaje. A continuación, cierra los ojos y se tumba en el suelo.

10

Penelope Stockbridge lleva horquillas de pelo con maripositas de cristal verdes y azul turquesa. Son de esas que suelen llevar las niñas pequeñas, pero Penelope Stockbridge no parece seguir los códigos de vestimenta habituales para personas de más de sesenta, y cada vez que trae una fuente de pasta con atún gratinada —y esta es la decimotercera en este año— siempre hay un elemento excéntrico en su indumentaria que a Lila le resulta extrañamente atractivo. Dos semanas atrás fueron unas botas de agua floreadas; en otra ocasión, una bufanda de moer rosa y morada que le llegaba a las rodillas, y, de tanto en tanto y para alborozo de Violet, un bolso cruzado con forma de cara de gatito.

—Es para Bill —dice con su voz suave y precisa, como siempre—. No sé si se está alimentando bien. Desde que no está Francesca, ya sabes.

Siempre pronuncia el nombre de Francesca en un susurro, como si su mero sonido pudiera despertar demasiada tristeza.

—Eres muy amable, Penelope —dice Lila aceptando la fuente rectangular cuidadosamente tapada con papel de aluminio. La base está aún caliente—. Bill se va a poner contentísimo. ¿Quieres que vaya a buscarlo?

—Uy, no, no quiero molestar —dice Penelope, y se queda expectante en la puerta con sonrisa dolorosamente esperanzada.

Lila llama a Bill, que estaba colgando un cuadro sobre el televisor en sustitución de *Francesca desnuda*. Llega por el pasillo sujetando el martillo con su ancho puño y esta demostración de masculinidad desinhibida pone a Penelope algo temblorosa.

—Penelope —dice Bill cortés—, qué alegría verte.

Penelope ladea la cabeza y las mariposas atrapan la luz. Lila detecta perfume, floral y dulzón.

—He venido... Nada. Se me ha ocurrido traer esto por si tenías hambre.

—Qué amable eres —dice Bill—. Me siento muy honrado. Pero de verdad que Lila me cuida estupendamente. Y no quiero que te tomes tantas molestias.

Sonríe a Lila como dando a entender que hace toda clase de tareas domésticas para cuidarlo.

—No es molestia. En absoluto. Ya veo que estás ocupado —dice Penelope señalando el martillo con la cabeza—. ¿Estás haciendo alguna pieza interesante?

—Bueno. Cositas.

Lila está entre los dos y se pregunta si debería irse. Pero a Bill sigue costándole trabajo conversar, sobre todo con vecinas que le llevan regalos, así que se siente obligada a quedarse.

—¿Y qué tal se portan los alumnos? —pregunta Bill cuando el silencio se alarga demasiado.

Penelope Stockbridge es la profesora de piano del barrio. Lila intentó una vez apuntar a Celie a sus clases, pero las protestas diarias le resultaron insoportables y al cabo de seis lecciones desistió.

—Bueno, la mayoría inventándose excusas para no practicar. A veces me resultan de lo más entretenidas. Tuve una alumna la semana pasada que me dijo que no tenía tiempo porque su carpa necesitaba tratamientos faciales diarios. ¿Te lo puedes creer?

—Tratamientos faciales para carpas —dice Bill—. Menuda imaginación.

Penelope no hace más que mirarse los pies, en un gesto propio de alguien que no quiere abusar de la hospitalidad brindada. Tiene una cara estrecha y seria, con ojos grandes y expresivos. Estuvo casada, le contó a Lila. Él murió antes de que pudieran tener hijos. De leucemia. Seguía recordando la devastación de esos primeros meses de viudedad como si fueran ayer. Ahora sonríe con timidez.

—Bueno, no quiero entreteneros. Solo…, bueno. Espero que os venga bien. Si no es así, por favor decídmelo.

—Por supuesto que nos viene bien —dice Bill con amabilidad—. Es muy amable por tu parte. Y gratificante que seas tan atenta con nosotros.

Al oír esto, a Penelope se le ponen rojas las orejas.

—Te llevo la fuente cuando nos la comamos —añade Lila—. Gracias.

—No corre prisa —responde Penelope agitando una mano esbelta—. Podéis quedárosla hasta la próxima, si queréis.

La próxima. En ocasiones, Lila piensa en la expresión esperanzada de Penelope cada vez que llama a la puerta, en la vaga adoración implícita en las fuentes de pasta con atún —que a Bill en realidad no le gustan—, y se le encoge el corazón. ¿Será ella así dentro de veinte años? ¿Tan necesitada de compañía, de afecto, que su vida se reducirá a dejar platos de comida en la puerta de casi desconocidos?

—Adiós, entonces —dice Penelope.

Se toca una de las horquillas, quizá para comprobar que sigue en su sitio. De pronto Lila se pregunta si estas excentricidades no son únicamente gestos de una mujer que viste como quiere, sino pequeñas llamadas de atención, y el corazón se le encoge todavía más.

—Un placer verte —dice Bill cortésmente.

En cuanto Penelope se aleja por el camino, da media vuelta y lleva la fuente de pasta a la cocina con expresión resignada. No tendrá más remedio que servirla esta noche. A las chicas les encantará. Un día más que se libran del pescado y las lentejas.

Lila está esperando a Gene cuando este sale del baño a las once y media. Lo hace sentada en el sofá cama, cuyas arrugadas sábanas llenas de migas de patatas fritas delatan un sueño inquieto resultado del consumo de hierba y alcohol, y Gene se sobresalta al encontrársela allí. Lleva una toalla enrollada alrededor de la cintura que es demasiado pequeña para su ancho tronco y, por su forma de meter rápidamente la tripa, da a entender que no le gusta que lo vean así, ni siquiera su hija.
—Bueno —dice Lila.
Gene suspira un poco, como preparándose para una regañina, y entra en la habitación. Lila lo ve buscar ropa limpia con la mirada y le señala la camiseta de Grateful Dead que le ha lavado, planchado y colgado detrás de la puerta.
—Te he lavado todo lo de la bolsa —dice—. Estaba llena de bichos. Y de restos de patatas fritas.
—Gracias —murmura Gene, y le da la espalda para vestirse—. Escucha —dice cuando termina. Se sienta en el extremo opuesto de la cama—, sé que… fue una tontería por mi parte meterme ahí a dormir, pero, como te dije, he tenido problemas con el hotel y no encuentro mi tarjeta de crédito, así que me pareció una buena solución para un par de días. Es solo hasta que cobre por la obra, y ya sabes cómo son estas cosas. Siempre tardan muchísimo en pagar…
—¿Qué obra es? —pregunta Lila.
—¿Cómo?
—La obra en la que vas a actuar. Me gustaría ir a verla.
Es una vacilación mínima, pero que le dice a Lila todo lo que necesita saber. Se pone las manos en las rodillas y suspira con fuerza.

—No existe ninguna obra, ¿verdad, Gene?
—Pues claro que...
—No, por favor. Prácticamente no has dicho una verdad desde que llegaste. Creo que lo mínimo que me merezco es una explicación de por qué estás aquí.

Gene traga saliva. Cuando levanta la vista, trata de sonreír. La sonrisa se le borra un poco al ver la expresión de Lila.

—A ver, lo que es existir, la obra existe...
—Gene.
—Bueno, vale. —Levanta la palma de las manos—. He tenido unos problemillas en casa. Nadira me echó y le debo dinero a unos tipos, que empezaron a cabrearse porque no se lo pagaba. Me pareció buena idea venirme a trabajar aquí un tiempo, aprovechar la doble ciudadanía, hasta que las cosas se tranquilizaran. Así que necesitaba...
—¿Cuánto dinero?
—¿Cómo?
—¿Cuánto dinero debes? Y ¿a quién?
—No es gran cosa.
—¿Cuánto?
—Unos cincuenta mil. —Gene mira a Lila—. Pero dólares, no libras. Así que no es tanto.
—¿Cincuenta mil dólares?
—Los tipos no son demasiado majos. De Florida. En mayo se me ocurrió ir a un casino de allí. Creo que me pusieron un sedante en la copa. Y el trabajo flojea últimamente. No tenía demasiadas ofertas y me salió este papel en una producción de bajo presupuesto, pero el director era un poco capullo, discutimos y me despidió. Y después de lo del accidente, tenía que pagar las facturas de hospital del tipo, aunque estoy seguro de que no le pasaba nada, y se me había olvidado renovar el seguro del coche y, aunque no le había dado más que un golpecito, el hombre estaba amenazando con ponerme una demanda, y luego empezó Nadira con que necesitaba dinero para que su hijo estudiara y...

—Nadira. Esta es nueva. No me lo digas. ¿Tiene menos de treinta años?

—¡No!

—Treinta y cinco entonces.

Gene menea la cabeza.

—Bueno, vale. Treinta y cuatro. ¡Pero es muy madura! ¡Hacíamos muy buena pareja!

Lila deja caer la cabeza en las manos.

—¿Qué quieres, Gene?

—Solo que me dejes quedarme aquí una semana. Dos como mucho.

—Voy a repetirte la pregunta.

—Vale. Un mes. Dame un mes. En ese tiempo debería conseguir algún *casting*, refrescar quién soy a los directores de *casting* de aquí, y entonces podré buscar otro alojamiento y...

Lila sigue un rato con la cabeza apoyada en las manos, lo bastante para que Gene deje de hablar. Pero entonces añade:

—Puedo ayudar con las chicas. No te molestaré. Solo necesito un poco de tiempo.

Lila nota sus ojos en ella. Levanta la cabeza con desgana.

—¿De verdad crees que puedes conseguir trabajo aquí?

—Estoy seguro. El viernes he quedado con un agente. Dice que hay muchas oportunidades para alguien con mi perfil. Y con la experiencia de *Escuadrón Estelar Cero*...

Cada célula del cuerpo de Lila le dice que se niegue. Bill se pondrá furioso. No será solo un mes. No sabe si Gene está diciendo la verdad con lo de las oportunidades de trabajo. Pero es un hombre de setenta y cinco años lo bastante desesperado para dormir en un cobertizo. Y es su padre. Mierda.

Coge aire muy despacio y lo suelta.

—De momento puedes quedarte —dice—, e iremos viendo qué tal va la cosa.

—¿En serio? Cariño, eres la mejor. Ni te vas a enterar de que estoy aquí.

Lila levanta una mano para interrumpirlo.

—En esta casa ni se bebe ni se fuma hierba. Si en algún momento sospecho que estás haciendo una de esas cosas, te echaré de inmediato sin importarme dónde terminas, porque tengo dos hijas vulnerables. —En ese momento, Lila recuerda que esta mañana ha tenido que pedir a Violet que dejara de cantar alegremente «Smack My Bitch Up» de camino al colegio y ahuyenta el pensamiento—. Tu conducta cuando estés con ellas debe ser impecable. Y tienes que ser amable con Bill, que sigue en duelo.

—Oye, que no es el único que…

—Amable de verdad. Estuvieron casados mucho tiempo y es un buen hombre. Y tienes que guardar la cama todas las mañanas para que yo pueda usar mi estudio y ayudar en casa cuando no estés buscando trabajo. Esas son mis reglas.

—Las acepto —dice Gene con una gran sonrisa y le da a Lila un abrazo de oso antes de que esta pueda reaccionar. Lo acepta con el cuerpo rígido.

—Lila —dice Gene—, eres buena gente.

«Lo que soy es idiota», piensa Lila, y muy a su pesar se dispone a bajar para darle la noticia a Bill.

11

El matrimonio, he aprendido durante estos quince años, es una sucesión interminable de negociaciones cambiantes. Tu pareja no va a comportarse siempre como a ti te gustaría. Tú probablemente no te comportas como le gustaría a ella. El secreto está en tener una visión global y preguntarse: ¿cómo pasamos página? Pensar en la primera persona del plural. Porque mientras sigáis viéndoos como un equipo, entonces vuestro objetivo será el mismo: estar juntos y ser felices juntos. Eso es, en esencial, lo más importante. ¿De verdad importa que prefirieses estar viendo *Algo para recordar* cuando él ha puesto el rugby? ¿Que se empeñe en llenar el lavaplatos de una manera que te irrita? ¿Cambiará mucho las cosas que su padre o su madre se instalen una semana en vuestra casa y tengas que morderte la lengua y convivir con alguien con quien no te apetece? Es fácil caer en la tentación de ver estas cosas como un callejón sin salida: si cedo ahora, ¿no terminaré cediendo en todo? Siempre que estés en una relación basada en el respeto mutuo, la respuesta es no. La clave para pasar página, he comprobado, es preguntarme en esos momentos: ¿quiero tener la razón? ¿O quiero ser feliz?

—Estás de puta broma —dice Lila.

—Quiero seguir viviendo cerca de las chicas. Quiero que puedan venir a verme andando después del colegio, como hacen ahora. Y la única manera de permitirnos una casa más grande es con una hipoteca más grande también. Como te expliqué, mi abogada me ha dicho que estoy pagando más de lo que me corresponde legalmente.

—Qué magnánimo por tu parte, Dan.

—Así que lo siento, pero es lo que tengo que hacer. Con un poco de suerte firmarás pronto un contrato para otro libro, lo que te facilitará mucho las cosas. Pero mientras tanto, tengo que contar con que Marja estará un tiempo sin trabajar después de que nazca el niño.

—O sea, que más me vale conseguir más trabajo a mí porque Marja pasa olímpicamente.

—Está embarazada, Lila. No rascándose la barriga. Venga, sabes lo agotador que era todo cuando las niñas eran pequeñas.

—¡Yo trabajaba, Dan! Seguí trabajando, por si se te ha olvidado. Seguí trabajando aunque hubiera dormido dos horas y tuviera el sujetador lleno de hojas de repollo. Seguí siendo autónoma para poder trabajar desde casa. Y ahora mis ingresos van a caer en picado solo porque tu novia no quiere trabajar. Esto es peor de lo que me dijiste al principio, y eso ya era malo.

—Te estoy pagando lo que puedo permitirme.

—¡Si reduces tanto la cantidad, no nos da para vivir!

—Pues entonces tendréis que iros a una casa más pequeña.

Lo ha dicho. Al final lo ha dicho. Hay un breve silencio mientras ambos procesan el hecho de que Dan, esta vez sí, ha puesto el tema encima de la mesa.

La voz de Lila, cuando por fin habla, es glacial.

—Muy bien. Entonces, para que yo me aclare. Quieres que tus hijas y yo vendamos nuestro hogar familiar y nos compremos una casa más pequeña para que tú puedas comprarte una más grande para tu nueva familia.

—¡Venga ya! No manipules mis palabras...

Pero Lila ya ha colgado el teléfono.

Esa tarde escribe tres mil palabras más. Le salen sin casi esfuerzo.

Es justo decir que las dos primeras semanas de estancia de Gene en la casa no son precisamente un éxito.

Duerme hasta tarde y sale de la cama igual que un oso de hibernar, tropezando con los muebles y dejando regueros de toallas mojadas y café derramado. Parece incapaz de cuidarse solo, más allá de una higiene básica, y esta es variable. Se alimenta de cigarrillos, galletas y bolsas de patatas. Lila le ha explicado tres veces cómo funciona la lavadora y en todas Gene ha dicho: «Sí. Vale, cariño, lo he entendido» para a continuación reducir sus camisetas a talla infantil o sacar la ropa sin centrifugar. Todos los días le asegura a Lila que está buscando trabajo, pero enseguida se desconcentra. Es como un viejo bufón en búsqueda constante de público y, o bien sale al jardín a entretener a Jensen con historias del viejo Hollywood, o bien se pone a esperar ansioso a que lleguen las chicas para ver *Escuadrón Estelar Cero* con Violet acurrucada a su lado. Al final de la tarde empieza a ponerse nervioso y se va al fondo del jardín a fumar lo que Lila confía que sea solo tabaco, o se escapa al Crown and Duck en la esquina de la calle principal para beberse un par de cervezas y tranquilizarse. Vuelve, por lo común, tarde, a la hora de la cena, todo sonrisas y locuacidad, y la mandíbula de Bill, ya de por sí tensa, da la impresión de ir a pulverizarse.

A Lila le irrita que Gene salga, que tenga dinero para cerveza pero no se haya ofrecido a pagar nada en concepto de comida y alojamiento. Pero el alivio que le produce tenerlo fuera de casa un par de horas es mayor, de manera que evita dirigirse a él si no es para explicarle que las latas se reciclan o para pedirle que guarde la cama para que ella pueda usar su mesa. Reza por que pueda irse pronto.

Y es que incluso con el sofá cama cerrado, hay algo en su presencia en el despacho de Lila —el aroma de su loción para después del afeitado y los montones de ropa desperdigada— que la desasosiega profundamente. Es como que te visite un fantasma del pasado. Muchas veces trabaja en el cuarto de una de las niñas cuando estas no están.

—¿Qué tal lleva Bill tenerlo en casa? —pregunta Eleanor.

Está cayendo un chaparrón y se han refugiado bajo unos árboles mientras Truant mira la lluvia con rencor.

—Pues no muy bien. —Lila piensa en la boca de Bill, siempre apretada en señal de desaprobación, en cómo sale de una habitación si entra Gene. En cómo a menudo se dirige a ella, aunque es evidente que Gene puede oírle. «¿Crees que cenará en casa esta noche? ¿Si se lo permite su horario de bebida?».

—Bill tuvo a tu madre para él solo treinta años. ¿Por qué está tan cabreado con Gene?

—Ninguno da su brazo a torcer. Es agotador. Gene odia a Bill porque creo que había supuesto que volvería con mi madre, igual que hace con sus novias. Pero Bill le estropeó el plan. Bill odia a Gene por haber hecho sufrir tanto a mi madre. Y supongo que mamá le contaría lo mal que se había portado siempre Gene. Mi madre lo conocía perfectamente. Así que creo que Bill solo lo ve desde ese prisma.

Lila se quita la sudadera de la cabeza y sacude el exceso de agua.

—Buf —dice Eleanor—. Pues las semanas se te van a hacer eternas.

—A Violet le gusta. Por lo menos hay algo bueno...

—Seguramente le está enseñando a liarse un porro. Oye, ¿qué ha sido del arquitecto buenorro? ¿Hay noticias?

Hay irritantemente escasas noticias referidas al arquitecto

buenorro. Gabriel Mallory manda muchos días a una canguro a recoger a su hija, una joven de menos de veinte años y aspecto mediterráneo que parece conocer bien a Lennie, a juzgar por cómo se cogen enseguida de la mano y se van charlando. A veces quien va es una mujer que Lila supone que es la madre de Gabriel, enérgica, de pelo gris y atuendo formal, con el aire eficiente y práctico de una enfermera veterana. Las dos veces que ha ido Gabriel al colegio ha saludado a Lila, pero quedaba tan poco tiempo antes de que salieran las niñas que no han podido hablar. Lila ha empezado a sentirse un poco ridícula al haber creído percibir un atisbo de interés por ella.

Y, en cualquier caso, a Lila cada día le cuesta más ir al colegio con la barriga de Marja en aumento. Cuando hay una embarazada, no existe otro tema de conversación para las madres y, desde donde está Lila, al otro extremo del patio, tiene que soportar diariamente cómo le tocan La Tripita, oír conversaciones sobre ecografías y asistir al intercambio de ropa de recién nacido. Cada vez que ve algo, se siente muerta y fría por dentro. Lleva unos días pidiendo a Bill que vaya él al colegio, aduciendo excusas varias. A continuación se refugia en la habitación con menor población de señores mayores enfadados o adolescentes emocionalmente volátiles y escribe, dando poco a poco forma a los tres capítulos que la sacarán de al menos uno de los muchos aprietos que conforman ahora mismo su vida.

El mensaje llega a las diez menos cuarto de una noche, cuando Lila está en la bañera con los auriculares antirruido intentando olvidarse de la cena, durante la cual Bill y Gene han discutido sobre el hecho de que Bill ha trasladado al cobertizo las cajas de Gene que estaban en recibidor. Según Gene, en esas cajas había vestuario y otros recuerdos de valor incalculable de *Estación Estelar Cero* y no deberían estar en un chamizo húmedo e infestado de escarabajos, por el amor de Dios. Según Bill, Gene ha debido de quedarse repentinamente manco, de lo contrario no entiende por qué no es capaz de ir al cobertizo, coger las cajas y llevárselas a su habitación.

En opinión de Lila, esta discusión ha sido francamente agotadora y no se explica cómo ha terminado con dos niños más en casa. Según Celie, ella no es una niña, joder, y el hecho de que se la trate como tal es una de las razones por las que odia vivir en esta casa. Según Violet, no quedaba helado de Ben & Jerry's, pero sí que había un envase vacío y una cuchara en el cuarto de Gene. Es posible que, por primera vez, los sentimientos de Violet hacia Gene se hayan enfriado un poco.

Hola, espero que no te importe que haya cogido tu número del WhatsApp de padres. Es que no te he visto últimamente en el colegio y espero que estés bien. Gabriel

Lila mira el mensaje y a continuación se sienta más recta para leerlo otra vez. Piensa un momento y escribe: Estoy bien, el caos de siempre. He tenido mucho trabajo

La aventura de ser padre soltero no termina nunca, verdad? Me alegra conocer a una compañera de trinchera

Jajaja, aquí el fuego de artillería es constante.
Espero que estés mejor!

Hablar contigo ayuda, responde él, y a Lila se le eriza el vello de placer.

Lo mismo digo

Resiste, la respuesta. Quizá nos veamos mañana.

Lila pone los emoticonos de dos besos y los borra. Se pasa el resto de la noche preguntándose si debería haberlos mandado.

12

Celie

Celie lleva cuarenta y dos minutos mirando la nuca de Meena. La tiene ladeada hacia la izquierda, y su larga melena castaña asoma entre las dos filas de asientos que hay delante. Parece mirar algo en el teléfono de China. Cada pocos minutos ríen cómplices y se miran o se echan a reír. Con cada gesto, a Celie se le encoge un poco más el estómago, convencida de que, o se están riendo de algún chiste privado, o, peor aún, que se ríen de ella. De cuando en cuando, Ellie y Suraya se levantan y van a ver de qué se ríen las otras, y se unen a las risas hasta que el señor Hinchcliffe, sin paciencia después de una excursión que ha durado todo el día, les grita que tienen que estar sentadas mientras el autobús esté en marcha. Ha sido el viaje en autocar más largo que ha hecho Celie en su vida.

El frío atmosférico ha bajado estas últimas semanas, pero, desde que decidió quedarse en casa en lugar de ir al parque a fumar hierba la noche que llegó su abuelo, la atmósfera se ha vuelto glacial. No hay signos de vida en lo que solía ser el chat de WhatsApp de sus amigas. El último comentario es del 3 de marzo, un quejumbroso «¿¿¿Dónde quedamos???» suyo que quedó sin respuesta.

Las chicas han formado un grupo impenetrable que no reconoce ni la presencia de Celie ni la existencia de algún tipo de problema. El resto de la clase le sonríe débilmente, la saluda, pero con ojos inexpresivos y fríos. Celie no sabe qué ha hecho mal ni por qué se comportan así. Lleva la ropa adecuada, escucha la música adecuada. Dos meses atrás intentó en un par de ocasiones mandarle un mensaje a Meena por privado para preguntarle qué pasaba, si seguían siendo amigas suyas. Por toda respuesta recibió un «Todo bien». Ahora no se atreve a mandarle nada más, por miedo a que el gesto termine siendo objeto de risas despectivas. Simplemente, y a ojos de sus amigas desde hace casi cinco años, Celie ha dejado de existir.

Mira su teléfono fingiendo leer algo, pero sin ver nada. A veces se le llenan los ojos de lágrimas, pero ahora le da miedo que alguien del autobús se dé cuenta, así que pestañea furiosa y se las seca disimuladamente con la manga. Es la única persona sentada sola en el autocar. Ha tenido que recorrer el zoo sola, unos metros por detrás de Meena, Ellie, Suraya y las demás, con la cremallera subida hasta la boca para no parecer tan desvalida y al mismo tiempo consciente de que sus compañeros de clase saben que es una apestada. Por las mañanas se levanta sintiéndose enferma y lo mismo le ocurre cuando se va a dormir, sabedora de que ha sido desterrada, pero sin estar segura de la razón de este extrañamiento. Ha hecho pellas un par de días—le parece más fácil—, pero, desde que mamá la pilló fumando, los profesores la vigilan más y no tiene más remedio que ir a clase y sentarse sola al fondo del aula, con miedo a contestar preguntas, no sea que la tomen por empollona, y también a quedarse callada por si salta a la vista que la tienen acobardada.

«Pero sí que es, ¿a que sí?». Más carcajadas dos asientos delante de ella. Celie mira el teléfono, se desplaza ciegamente por Instagram tratando de concentrarse en las palabras. En el zoo ha comido sola, en el baño, para disimular que no tenía nadie con quien sentarse, hasta que la señora Baker fue a buscarla y le preguntó si le pasaba algo.

«No, señorita. No me pasa nada».

¿Qué iba a decirle? ¿Las otras chicas no me hablan? ¿O sí, pero es distinto? En el colegio les han dado charlas sobre el acoso online, les han advertido lo cruel, lo horriblemente efectivo que es. Pero esto no es eso, ¿verdad? A veces Celie piensa que ojalá que alguna de las chicas le pegara para así comprender qué pasa, para tener algo concreto a lo que enfrentarse.

Se acuerda de Charlotte Gooding, una chica agradable y sensata que fue de su grupo hasta séptimo curso: alguien reparó un día en que Charlotte hacía un ruido raro al comer, una especie de «mmm-mmm» del que no parecía ser consciente. El ruido se comentó y a continuación pasó a ser lo único de Charlotte en que todas se fijaban. Cada vez que se sentaba con ellas a comer, Celie recordaba las miradas silenciosas intercambiadas igual que un testigo, las risas apenas contenidas. La manera en que aquel ruidito condujo a más comentarios terribles sobre Charlotte: que si se ataba los cordones con doble nudo, que si a veces tenía legañas («¿es que no se lavaba?»), el ridículo color con que se pintaba las uñas los días en que no había que ir de uniforme. En la atmósfera asfixiante del colegio, los crímenes contra la humanidad de Charlotte fueron señalados uno a uno hasta que no hubo espacio para ella en la mesa del comedor. Se quedó flotando fuera del grupo y nadie de los que podrían haber sentido simpatía por ella le dirigía la palabra por miedo a ver también empañada su imagen. Charlotte se convirtió poco a poco en un fantasma y terminó por cambiarse de colegio. Celie lo recuerda y se le encogen los dedos de los pies de vergüenza y de miedo. Porque ahora le toca a ella. Algo ha hecho y nadie se lo va a contar. Todo su cuerpo irradia ansiedad, cada movimiento que hace es inseguro, cada mirada al espejo es un examen desesperado por identificar lo que la ha marginado. Solo se siente mínimamente normal cuando fuma hierba, que la relaja y le hace olvidar la realidad en la que vive. Pero su madre no hace más que buscar excusas para entrar en su habitación y está convencida de que la registra en busca de drogas cuando ella no está, de manera que ahora mismo no es una opción.

Contarle a su madre lo que le pasa no servirá de nada. Le dirá que se busque otras amigas —«No son amigas de verdad si se portan mal contigo, amor»— o se disgustará y llamará a las otras madres para que obliguen a sus hijas a portarse bien con Celie. Lo que no ayudará en absoluto. O, lo que sería aún peor, se culpará a sí misma y se pondrá más triste todavía por lo de papá, el divorcio y el nuevo hermanito, como si la verdadera víctima fuera ella.

No tiene sentido contárselo a nadie. Solo conseguirá parecer tonta. Después de todo, no tiene pruebas de nada. Es como luchar contra la niebla. Una ausencia, susurros vagos, la sensación continua de que algo va muy mal. Es la pared con la que no deja de darse cabezazos. Estas cosas no les pasan a las chicas como ella. Así pues, ¿cómo es posible?

Celie se da cuenta de que lleva demasiado tiempo pegada al teléfono. De pronto tiene náuseas. Mira la hora. Aún quedan veinticinco minutos de autobús hasta el colegio. Levanta la vista, pero todos están pendientes de sus móviles o hablando entre sí. Es la única persona con un asiento vacío al lado. Las náuseas van a más y tiene la sudorosa certeza de que va a vomitar. Normalmente no lee en el teléfono cuando va en coche porque se marea. Le pica el arranque del pelo y está sudando. Cierra fuerte los ojos rezando por que se le pase el mareo. «Por favor, aquí no. Por favor, ahora no». El autobús coge un bache y le sube bilis por la garganta. «Ay, Dios, voy a vomitar». Abre los ojos llorosos y se concentra un momento. Delante de ella hay una bolsa de papel con algo impreso. La mira y a continuación levanta la vista. Quien le ofrece la bolsa es Martin O'Malley, el chico pálido y pelirrojo con el que todos se metían en quinto. Celie lo mira a los ojos, que transmiten una suerte de indiferencia compasiva, le dicen que sabe por lo que está pasando y que es lo que hay. Otra arcada, esta vez imparable. Es todo imparable.

Coge la bolsa y vomita.

Celie está tumbada en su cama bocarriba cuando entra su abuelo en su habitación. No llama a la puerta. Jamás llama antes de entrar en los sitios. Se limita a gritar su nombre —sigue llamándola Celia— a modo de aviso y pasa directamente con esa sonrisa tonta en la cara. Seguro que lo ha mandado su madre para ver cómo está.

—Hola, cariño, ¿qué tal te encuentras?
—Bien.

No está bien. En realidad se quiere morir. Martin la ocultó del grupo girándose para taparla lo mejor que pudo, pero el olor a vómito resulta inconfundible y, a los pocos minutos, a pesar de que Martin cerró la bolsa y le dio un paquete de pañuelos de papel, había empezado a recorrer el autobús un murmullo, un «¿Ha echado alguien la pota? Ay, por favor, ¿lo oléis? QUÉ FUERTE» susurrado. Kevin Fisher se puso a simular arcadas y a gritar al señor Hinchcliffe que el olor le estaba dando ganas de vomitar, y las chicas se habían puesto a chillar y a hiperventilar. Aunque nadie se lo ha dicho, Celie sabe que la historia de que vomitó y apestó el autobús estará mañana en boca de todo el colegio. Había esperado a que todos se bajaran del autocar antes de hacerlo ella, encorvada, llorosa y deseando que la tierra se la tragara. Martin se había metido la bolsa dentro de la cazadora y la había tirado discretamente a una papelera. Celie le está agradecida, pero, a ver, ¡es Martin! Alguien tan poco guay que una pequeña parte de ella teme haber perdido estatus solo por haberlo tenido sentado a su lado.

—Quería preguntarte si te apetece dar un paseo con tu viejo amigo Gene. —Gene jamás se refiere a sí mismo como «abuelo». Es como si pensara que llevar camisetas roqueras desteñidas enmascara el hecho de que es básicamente un carcamal—. Enseñarme el barrio. A mí todas las calles me parecen iguales. Con esas casas de piedra rojiza.

—No, gracias.

Gene no se va. Se sienta en la cama sin pedir permiso y se pone a mirar la habitación, los pósters y las fotografías. Celie aún conserva junto a la cama un corcho con fotos de ella con todas sus amigas, a pesar de que mirarlo le da ganas de llorar. Pero quitarlo sería como admitir que ya no tiene amigas.

—Bonito cuarto. —Gene se vuelve para mirar a Celie, como si su comentario requiriera respuesta. Ella se encoge de hombros—. Cuando yo tenía tu edad...

¿Por qué la gente mayor empieza todas las frases con «Cuando yo tenía tu edad...»?

—¿... los dinosaurios se comieron tu habitación?

Gene parpadea y se ríe.

—Más o menos. Supongo que para vosotras soy un dinosaurio. Iba a decir que cuando tenía tu edad, tenía la habitación llena de fotos de mis actores preferidos. Marlon Brando, Jimmy Dean, Steve McQueen..., todos los rebeldes. Y que es bonito que tú tengas a tus amigas.

—No son mis amigas.

Cuando quiere darse cuenta, ya lo ha dicho.

Gene la mira a ella y después la foto.

—Pues parecen muy simpáticas.

—Pues no lo son. Ya no.

—¿Os habéis peleado?

—Ay, Dios mío, ¿por qué tienes que hacer tantas preguntas? Estás viviendo aquí solo porque no tienes a donde ir. No tienes que fingir que te importamos. Además, es evidente que no te interesamos para nada.

Celie está sorprendida por la ferocidad de sus palabras. En cambio, Gene no parece molesto en absoluto. Cuando Celie levanta la vista, él sigue mirando las fotografías.

—Pues sí —dice Gene—. La verdad es que por ese lado no he hecho las cosas bien. Pero, oye, nunca es tarde, ¿no te parece?

—Igual eso deberías hablarlo con mamá.

—Bueno, lo estoy hablando contigo.

—Igual yo no quiero que lo hagas.

—Estás de malas pulgas, ¿eh? —Celie lo mira furiosa, pero Gene parece divertido—. No pasa nada, peque. Supongo que yo a tu edad tampoco habría querido que viniera un señor mayor a preguntarme por mi vida. Oye, ¿te apetece ir a tomar una Coca-Cola? Aquí el abuelete Bill solo tiene infusiones y agua y ¡necesito un poco de azúcar!

Entonces Celie casi se ríe porque Gene llame «abuelete» a Bill, como si él fuera un jovenzuelo.

—Venga, cariño. Necesito un poco de vidilla. Este caserón es demasiado tranquilo y tristón para pasarse el día aquí metido. —Se ajusta el cuello de la camiseta—. Además, necesito una dosis de patatas fritas antes de comerme otra dichosa ensalada.

Quizá sea porque la idea de pasarse otra tarde encerrada en su habitación con la fotografía de cómo era su vida antes la supera. Quizá sea porque Gene es la única persona que no ha intentado ofrecerle una maldita solución. O quizá sea porque le apetece de verdad una Coca-Cola. El caso es que Celie se baja de la cama —sin sonreír, claro, para eso no está aún preparada— y sigue al anciano escaleras abajo.

Después Celie recordará esa tarde como una sucesión de imágenes borrosas: el viaje en metro hasta el Soho, cómo Gene (no se siente capaz todavía de llamarlo «abuelo») se dedicó a charlar con la gente del vagón como si la conociera de toda la vida, la manera en que una mujer mayor lo miró fijamente y le preguntó: «Perdone, ¿es usted el actor ese de *Escuadrón Estelar Cero*?».

Y cómo Gene pareció crecer quince centímetros cuando le contestó: «¡Capitán Strang, presentándose para el servicio intergaláctico, señora!», e hizo ese saludo militar tan hortera y la mujer se puso roja de felicidad, le cogió del brazo y obligó a su hija a hacer fotos de los dos juntos. No les importó que el vagón entero los mirara.

Y luego el Soho, donde Celie había estado una vez años atrás, de pequeña, un laberinto de calles sucias atestadas de bebedores diurnos que salían de los pubs y abarrotaban las aceras obligándolos a ir por la calzada, Gene metiéndola en cafés y bares y hablando de cómo era antes el barrio y con quién solía salir por allí, nombres de actores que Celie no conoce. Y cómo se detuvo delante de un *sex shop* gay, con sus arneses y tachones, cómo había fruncido el ceño, ladeado la cabeza y dicho: «Tal y como es el clima aquí, más les valdría añadir un jersey a todo ese cuero, ¿no te parece?». Y a continuación la desafió a entrar con él.

«Ay, madre mía, ¿para qué?», había dicho ella roja de vergüenza y de risa, mirando a aquel hombre mayor que escudriñaba la puerta de cristal tintado.

Gene se había encogido de hombros.

—¿Por qué no? Hay que ser curioso, ¿no? Si no, ¿qué sentido tiene estar aquí?

Le había cogido el brazo y habían entrado, haciendo esfuerzos por no reír delante del musculitos aburrido con bigote a lo Freddie Mercury que estaba detrás del mostrador. Por supuesto, este supo en cuanto los vio que no eran clientes.

—¿Querían algo? —había murmurado con un suspiro acompañando cada sílaba.

—Pues no sé, amigo. ¿Tienen algo que favorezca a los hombres maduros? —había contestado Gene con acento exageradamente norteamericano.

Y el muchacho del bigote había preguntado:

—¿Tiene alguna idea en especial?

Y Gene había mirado a Celie y dicho:

—Pues no sé. Voy a preguntar a mi nieta. ¿Qué crees que me puede quedar bien, cariño?

Y Celie pensó que se iba a hacer pis, porque Gene le había

hablado con cara completamente seria y con un dedo en los labios como si de verdad estuviera pensando, así que ella dijo:

—Pues... no estoy segura. Creo que deberíamos preguntárselo a mamá. Se le dan mejor estas cosas.

Después salieron a la luz del otoño y no podían parar de reírse, y Gene sonreía como si nunca en la vida se hubiera divertido tanto. Después, tras comer en una cafetería minúscula un pastel de nata con un café tan asquerosamente fuerte que le dio taquicardia a Celie, habían cruzado Chinatown y parado a la puerta de un estudio de tatuajes donde Gene le dijo que se había hecho su tercer tatuaje, que se empeñó en enseñarle, levantándose la camiseta y explicando que estaba dedicado a la abuela, a la que él llamaba «Francie», pero el tatuador oyó mal y escribió «Francia». El tatuaje era un borrón azul oscuro en la piel del antebrazo y no tenía nada de francés. «Es posible que me hubiera tomado una copa —murmuró Gene mirándose el tatuaje con el ceño fruncido—. Pero, bueno, ¡a lo hecho, pecho!».

Después habían comido fideos en un sitio vietnamita que servía por una ventanilla y Gene le había enseñado todos los teatros en los que había trabajado al tiempo que le explicaba qué estrellas eran unas gilipollas y de cuáles se había enamorado. «Nunca salgas con un actor, cariño —le comentó—. Nos enamoramos con demasiada facilidad». Cuando lo dijo, tenía un trozo de fideo en una de las comisuras de los labios. Y en el metro de vuelta, dos personas lo reconocieron y Gene volvió a posar como si fuera famoso, y después, mientras caminaban hasta la casa, se había llevado un dedo a los labios como sugiriendo: «No se lo digas a nadie», pero eran las ocho y cuarto, se habían perdido la cena y mamá estaba histérica y les había gritado: «¿Se puede saber dónde os habíais metido? ¡Estaba a punto de llamar a la policía!». Fue entonces cuando Celie cayó en la cuenta de que ni se había acordado del teléfono. Ni una sola vez. Y Gene levantó las manos y les dijo a todos que se tranquilizaran, que es justo lo que tienes que decir cuando quieres que alguien se ponga como loco. Y Truant gruñía y en la mesa había un cuenco de lentejas frías, y de pronto Celie se sintió verdaderamente feliz por haber cenado fideos. Y fue en ese momento cuando mamá vio el tatuaje que Celie tenía en la cara interior del brazo.

—Por favor, no me digas... —empezó a decir y se interrumpió. Era como si se le hubiera ido el color de la cara—. Ay, no.

—No me lo puedo creer. Se necesita ser irresponsable... —empezó a decir Bill.

—La culpa es mía —dijo Gene con voz amable y totalmente calmada, y Violet, que estaba al lado de Celie, abrió los ojos como platos.

—¡Si no tiene ni dieciocho años! —gritaba mamá tirándose del pelo—. ¿Cómo se te ocurre llevar a mi hija a hacerse un tatuaje?

—¿Te ha dolido?

Violet está pegada a ella pasando el dedo por el tatuaje.

—Ven arriba y te lo cuento —dice Celie.

Y echan a correr escaleras arriba dejando a Gene con los gritos y el revuelo en el piso de abajo. Y ya encerradas con llave en el cuarto de Celie, le cuenta a su hermana pequeña lo que Gene y ella han acordado no decir a los demás. Que no es un tatuaje de verdad: es tinta lavable, un regalo del artista tatuador cuando reconoció a Gene de treinta años atrás. Decidieron que sería más divertido no decirlo. Violet chilla de felicidad y hace dos volteretas en la cama de Celie.

—¡Yo también quiero! —grita con los pies contra la pared—. ¡Yo también quiero!

Y mientras el ruido del piso de abajo da paso poco a poco a recriminaciones malhumoradas, cuando Gene por fin cuenta la verdad, y su hermana se va a su cuarto, sin duda para pintarse entera con un bolígrafo, Celie cae en la cuenta de que es la primera vez en semanas que se ha reído.

13

Lila

De: AnoushkaMellors@amagency.co.uk
A: LilaKennedy@LilaKennedy.com

¿Qué tal vas, querida? Esta mañana me han llamado otra vez de Regent House desesperados por los tres capítulos y la sinopsis.

Muchos besos,

Anoushka

De: LilaKennedy@LilaKennedy.com
A: AnoushkaMellors@amagency.co.uk

Voy genial. A punto de mandártelo.

Bss,

Lila

Lila ha terminado los tres capítulos. Son los más sinceros, valientes y, en su opinión, mejores que ha escrito nunca. Se ha abierto en canal en ellos: la conmoción, el dolor, la ira, los sentimientos de vergüenza y vulnerabilidad que arrastra desde que salió la edición en tapa blanda de *La reconstrucción*, desafiándose con cada página a escribir con mayor franqueza, a retirar capa tras capa de dolor, a contarlo todo incluso si eso implica humillarse en público. Es posiblemente brutal (opina en sus momentos de especial satisfacción consigo misma), un poco desgarrador incluso. Es la verdad desnuda sobre lo que supone que te dejen por otra persona, sobre contemplar al hombre que amas construir otra familia sin ti a la vista de todos. Ha ocultado la identidad de sus hijas, igual que hizo en el libro anterior (las llama solo Hija A e Hija B), pero respecto a Dan y ella ha sido ferozmente sincera. Dado que el nombre de Dan salió publicado en varias columnas de cotilleos junto con la noticia de la separación (a Lila le gustaría que las páginas de crítica literaria hubieran sido igual de interesantes), no le ve sentido a tratar de esconder su identidad. A Marja la ha descrito solo como la Amante. ¿Por qué no? Es lo que es. Lo eligió ella.

Y además, no les debe nada a esos dos. Esta es su oportunidad de reapropiarse de su relato, de hablar en nombre de todas las mujeres a las que han dejado, que luchan por mantener a su familia a flote en medio de una serie de catastróficas decisiones y elecciones que no han hecho ellas.

Ha leído lo escrito una y otra vez, editando, puliendo, lo ha impreso y revisado con ojos frescos, atenta a no abusar de la autoconmiseración o de cualquier otro sentimiento que la haga parecer amargada, que dé argumentos a nadie para desdeñarla. Otras mujeres la entenderán, piensa, mientras por fin adjunta los capítulos en un e-mail y, con un escalofrío de emoción, le da a «Enviar». Otras mujeres la entenderán y se identificarán con ella. Esto lo hace por ellas. Se lo repite tantas veces que casi llega a creérselo.

La sensación de vértigo de Lila se ve incrementada por el hecho de que, durante la semana anterior, Gabriel Mallory le ha enviado múltiples mensajes. Algunos no son más que preguntas sobre cosas del colegio, otros son más personales. Cada vez que su teléfono hace ping, experimenta una pequeña descarga de adrenalina que dura un segundo, lo que tarda en leer el nombre de él en la pantalla.

Qué alegría verte hoy y qué incantevole estabas

Según Google, *incantevole* significa «encantadora».

Aquel día, Lila había tardado dos horas en arreglarse para ir al colegio.

Hola, Lennie quiere saber si a Violet le apetece venir algún día a casa. Al parecer han desenterrado gusanos juntas en la hora de comer. Parece una sólida base para una amistad

(Violet se había mostrado irritantemente reacia cuando Lila se lo propuso: «¿Qué? ¿Por qué? ¡Es de un curso menos que yo! ¡Y, mamá, si ni siquiera era un gusano vivo!»). Lila la ha sobornado con diez libras para que acepte. Probablemente le costará otras diez asegurarse de que, si va, Violet no se mete directamente en una habitación a ver la tele.

Y el mejor mensaje de todos: Siento que hayas tenido un mal día. Tu ex es claramente idiota, perdona si me meto donde no me llaman

Dan se presentó sin avisar a la salida del colegio con Marja, con una mano en su espalda en un gesto territorial y una expresión amorosa y preocupada. Venían del médico, a juzgar por los retazos de conversación que flotaron por el patio del colegio. Era un día de otoño inusualmente cálido y Marja llevaba un vestido de punto blanco que le resaltaba los pechos crecidos y la barriga incipiente. Es de esas mujeres que parecen tener un ligero bronceado dorado todo el año y uno de los hombros del vestido se le había bajado y dejaba ver una piel suave y tersa. Dan había saludado con una torpe inclinación de cabeza a Lila cuando esta pasó corriendo camino a reunirse con Gabriel.

—Es él, ¿no? —había dicho Gabriel mirándolo, y Lila se había sentido tan abrumada por la ira, la tristeza y la humillación que suponía ver aquello que había sido incapaz de contestar. Gabriel y ella habían esperado en silencio siete interminables minutos a que salieran sus hijas. Antes de irse, Gabriel le tocó el hombro en gesto de solidaridad.

No lo haces. Y gracias, bs, había contestado Lila. Y de pronto se había sentido mucho mejor.

En ocasiones considera invitarlo a salir. Una cita. Eleanor dice que suena a que está interesado, así que ¿por qué no? «Por amor de Dios, Lila, si alguna ventaja tiene nuestra edad es poder decir lo que pensamos. Te gusta, se ve que tú le gustas a él, así que díselo. ¿Qué es lo peor que puede pasar? Venga, eres una chica mayorcita».

Podría decir que no. Podría poner cara incómoda y sorprendida, como si solo hubiera querido ser amable, y explicarle que gracias, que se sentía halagado, pero que una mujer soltera de cuarenta y tantos años con dos hijas cascarrabias no es algo que entre en sus planes. Podría convertir el momento de recogida en el colegio en algo más dolorosamente incómodo de lo que ya es. Ahora mismo, Lila todavía puede esperar con un atisbo de ilusión una parte minúscula de su día, soñar en la bañera con el pelo castaño claro y lacio de Gabriel. Con esa expresión herida de sus ojos que está segura de poder cambiar, con esas manos largas de artista sensible. Puede cerrar los ojos e imaginar un millón de situaciones en las que Gabriel Mallory y ella terminan juntos, él guiándola con suavidad por el patio del colegio, con un brazo alrededor de sus hombros bajo la atenta mirada de Philippa, Marja y el resto de las madres malvadas. Es posible también que mientras tanto le susurra en italiano. No, piensa, mejor reservarse la posibilidad de soñar con algo bonito que ponerlo a prueba y perderlo. De manera que no dice nada.

—Había pensado en traerme mi viejo Steinway —dice Bill, que la está ayudando a sacar la basura.

—¿Qué? —responde Lila metiendo la bolsa negra apestosa en el contenedor. No se le va de la cabeza la imagen de Marja en su estado de gravidez con la mano de Dan en la espalda. Bill tiene la caja de reciclaje y ha lavado y secado todos los envases antes de meterlos—. ¿El piano?

—Echo de menos tocar. Me… reconforta mucho.

Lila se seca la cara con el dorso de la manga. Lo que tiene ganas de decir es: «¿Y no puedes tocar en tu casa?». Pero Bill pide tan poco, da tanto y tolera la presencia de Gene, si no con elegancia, al menos con una suerte de estoicismo sombrío…

—Pero ¿dónde lo pondríamos?

Está claro que Bill lo tiene todo pensado.

—Se me ocurre que podría quitar el banco del recibidor y ponerlo ahí. Así no molestaría en el salón. Cuando esté tocando, cerráis la puerta y ya está.

A Lila se le cae el alma a los pies. Dos años atrás lloró cuando Dan sacó su exigua colección de ropa, libros y tecnología de la casa. Aunque casi no se llevó muebles, el hueco donde antes había habido una fotografía o los agujeros en las librerías —incluso la ausencia en el garaje de la bicicleta de fibra de carbono de cuatro mil libras a la que siempre había tenido manía— le habían despertado una sensación de insoportable vacío. Ahora, ironías del destino, esta casa parece atestada de personas con sus trastos. No hay un rincón que no esté lleno con lo uno o con lo otro. Y además —piensa con una punzada de desagrado que le duele reconocer—, esto quiere decir que Bill no tiene intención de irse. Nadie traslada un piano si no piensa quedarse para siempre. Así que va a vivir el resto de su vida con un hombre mayor ligeramente deprimido.

—Me parece muy bien, Bill —dice, y confía en que la sonrisa le llegue a los ojos.

Durante los dos días siguientes, el buen humor de Lila estalla una y otra vez igual que una sucesión de pompas de jabón que se van posando en las espinas de una mata de acebo. Llega el piano, transportado sobre dos carritos de ruedas por Bill, Jensen y dos amigos polacos que fuman tabaco de liar y menean la cabeza con expresión lúgubre cuando ven las escaleras de la entrada. Después de treinta minutos de sudar y maldecir, el piano llega a su destino y, cuando retiran las plataformas, aterriza en el recibidor con un acorde disonante y un terrible aire de irrevocabilidad.

Esa tarde, Jensen se topa con una capa de cemento al intentar cavar el huerto y, a partir de las cuatro y media, el aire se llena del ruido de su martillo neumático mientras intenta romperlo. Esto provoca dos llamadas airadas de los vecinos y la entrega exprés de la última de las botellas de vino que reserva Lila para emergencias.

Celie llega de clase de un humor de perros y cruza la casa sin dirigirle la palabra a nadie, con su cara de furia tapada por una nube de pelo. Se encierra en su habitación tras un portazo y se niega a salir. Bill se sienta a ver las noticias de las seis en la salita, tal y como acostumbra, pero Violet y Gene se han refugiado allí del ruido del jardín y no dejan de interrumpirlo con vídeos de *Escuadrón Estelar Cero* en YouTube, mientras Gene comenta cómo fue interpretar el papel, las travesuras del equipo o que si el director invitado era, para variar, un capullo. A y veinte, Bill, al parecer cansado de competir con el iPad, se retira al recibidor, donde interpreta una versión entusiasta de «Strangers in the Night», cuyas notas resuenan en la casa entera debido al suelo de baldosa y a la ausencia de superficies blandas. Esto lleva a Gene a subir el volumen del iPad todavía más.

Con este fondo de música de piano, ciencia ficción *vintage* y el martillo neumático, llama Anoushka. Lila contesta de pie en la cocina, tapándose el otro oído con la mano mientras intenta entender lo que le dice.

—… ha encantado, pero la verdad es que no es lo que hablamos…

—¿Qué? —dice Lila cuando Truant, enloquecido por el nivel de ruido, decide contribuir con un ladrido frenético y entrecortado.

—… sexo!… Quiero más aventuras…

—¿Cómo? Perdona, Anoushka, te oigo fatal.

—… escarceos sexuales…, ejemplo…

—¿Escarceos sexuales?

—Tú... otro capítulo más... para que se hagan una...

—Oye, colega —atruena Gene cuando el piano de Bill alcanza un *crescendo*—. ¡Que estamos intentando ver la tele!

—¡Y yo estoy intentando tocar el piano!

—Ah, ¿así lo llaman ahora? Creía que Truant estaba asesinando un gato.

—¿Quiere alguien en esta puta casa callarse un momento para que pueda atender una llamada de trabajo? —brama Lila.

—¡Yo no estoy haciendo nada! —La protesta ahogada de Celie llega del piso de arriba.

—Ya lo sé, cariño. Perdona, Anoushka, ¿puedes repetir?

Hay un breve silencio antes de que Jensen, que lleva protectores de oído, vuelva al ataque. Lila observa que le vibra todo el cuerpo con el martillo neumático y tiene la mandíbula tensa.

—Quieren un capítulo picante. Ahora mismo no hay partes divertidas, solo tristes. Quieren un ejemplo de las travesuras que has hecho. ¿Te has puesto ya con esa parte?

—¡Sí, claro!

—¿Y cuándo me la mandas?

Lila mira a Jensen por la ventana.

—¿A finales de la semana que viene? —dice sin tener ni idea de por qué.

—Maravilloso. Por cierto, el resto les encanta, pero quieren asegurarse de que no está todo en ese tono. ¡Queremos que tenga una parte inspiradora y traviesa! ¡Como una especie de sujetador *push-up* literario!

—Un sujetador *push-up* literario —repite Lila.

—¡Estupendo! ¡Qué ganas de leerlo! ¡*Ciao*, querida!

Pasan siete segundos antes de que vuelva el ruido. Empieza el iPad, con la difusa melodía electrónica de *Escuadrón Estelar Cero* llenando la salita, seguida del resuelto piano de Bill en el recibidor, ahora con los pedales, para dar más énfasis. En el piso de arriba, Celie decide contribuir con una versión especialmente lúgubre de un tema de Phoebe Bridgers. Lila consigue oír los versos «No tengo miedo de desaparecer» y «La valla publicitaria dice que el fin está cerca» antes de que Truant se ponga a ladrar otra vez. Le duele la cabeza.

Jensen apaga el martillo neumático. Lila abre la puerta de la cocina y sale al jardín.

Manda un mensaje a Gabriel desde el patio. Deprisa, antes de que le dé tiempo a pensárselo: Te apetece quedar algún día a tomar algo?

«Soy una mujer madura capaz de pedir lo que quiere —se dice mientras pulsa «Enviar» y experimenta la descarga de adrenalina—. No es más que salir a tomar algo, nada trascendental». Suelta un pequeño hipido de emoción y espera atenta a la pantalla. Mira el cielo, otra vez al teléfono, en busca de los puntitos parpadeantes que le digan que Gabriel ha leído el mensaje, pero no llegan. Espera un minuto, dos minutos, tres, incapaz ya de apartar los ojos del móvil. Por fin, mientras se apodera de ella un mal presentimiento, se guarda el teléfono en el bolsillo y va hasta el final del jardín para sentarse en el banco.

—Dice Bill que tu ex va a tener un niño. Pensaba que me lo habías dicho de broma.

Jensen ha recogido sus herramientas. Se deja caer en el otro extremo del banco y da un sorbo de una botella de agua mientras se seca la frente con el dorso del brazo.

—Pues no. No era broma. Al parecer, el nivel de humillación pública no era suficiente.

Lila sonríe con fingida despreocupación. «¿Por qué habré mandado ese mensaje? ¿Por qué? ¿En qué estaba pensando?».

Se pregunta si podría usar las experiencias de Eleanor sin contárselo. Eleanor leerá el libro en algún momento, pero igual puede disfrazarlas. Pasará por lo menos un año antes de que Eleanor vea nada. Se saca el teléfono del bolsillo y lo deja bocabajo en el banco, sintiendo ligeras náuseas.

—¿Estás bien?

Lila se queda mirando a Jensen. Nadie le hace jamás esa pregunta. Nadie le dice: «¿Estás bien?». Ni Bill, ni Gene, ni sus hijas, ni siquiera Eleanor. Todos le dicen lo que debería hacer, o que todo se arreglará, o que no esté tan triste, tan de mal humor, pero nadie le hace nunca esa pregunta tan sencilla.

—No —contesta—. La verdad es que no.

—Cuando tuve una crisis nerviosa... —empieza a decir Jensen.

Lila tarda un momento en procesar lo que acaba de oír.

—Pues sí. Hace cinco años.

—Ay, Dios. —Lila se tapa la boca—. Lo siento muchísimo.

—Pues yo no. A ver, no es que fuera un viaje de placer. Pero me sirvió para ver lo disfuncional que se había vuelto mi vida. Ahora que ya he salido del bache, trato de verlo como algo útil. —Se estudia sus desgastadas botas de trabajo—. Bueno, el caso es que, cuando tuve la crisis, un compañero de trabajo me mandó una cita de Rilke: «Sigue adelante. Ningún sentimiento es definitivo». Algo así. Y siempre me lo repito cuando estoy pasando un mal momento. Ningún sentimiento es definitivo. Los tiempos de mierda no duran para siempre. Incluso si lo parece.

Lila sonríe escéptica.

—Y que lo digas.

Nota la mirada de Jensen.

—¿Un mal día?

—Pues sí. Y lo que más me molesta es que no tenía pinta de ir a serlo.

—Esos son los peores.

Guardan silencio. El jardín, piensa Lila, parece la batalla del Somme. Lo que antes fue un prado más o menos agradable de plantas crecidas y hierba sin cortar es ahora un caos de zanjas, montones de tierra y cemento.

—Tienes cara de necesitar una copa.

Lila vuelve a la conversación.

—Ya, bueno…, no es uno de mis muchos vicios.

Jensen levanta una ceja.

—Ah, no. No soy alcohólica ni nada de eso. Lo que pasa es que… mi padre bebía. Bebe. Y mi madre lo odiaba por ello. Y echó su vida a perder. —Oyen el resuelto piano de Bill desde la casa—. Y sigue haciéndolo, al parecer. Así que supongo que nunca le he visto la gracia.

—¿Nunca te has emborrachado?

—Un par de veces. Pero no…, no me gusta demasiado la sensación…, no sé, de perder el control.

«Y si empezara a beber, tal y como me siento ahora mismo —piensa—, creo que no podría parar».

—Lo entiendo. Aunque tiene que ser duro no dejar descansar la cabeza nunca.

—Fumo. Antes de irme a dormir. A veces —dice por temor a sonar demasiado remilgada—. Pero ya no puedo, porque pillé a mi hija haciéndolo y al parecer tengo que dar ejemplo.

—Qué idea tan aterradora. —Jensen ríe.

Lila le pregunta si tiene hijos y dice que no.

—¿Tu mujer no quería? Perdona, borra la pregunta. Ha sido de lo más indiscreta. De esas cosas que no hay que decir nunca. Perdona.

—¿Mi mujer?

Lila le mira el dedo. El anillo ya no está.

—Me…, me había parecido que llevabas alianza.

Jensen se mira la mano como buscando una explicación.

—¡Ah! No. Es un anillo de mi padre. Me queda un poco grande en la mano derecha, así que, cuando estoy trabajando, me lo pongo en la izquierda para no perderlo.

La revelación de que Jensen está soltero y Lila ahora lo sabe los silencia. Sentada en el banco que le hizo Bill a su madre, Lila acaricia el reposabrazos y nota la madera cuidadosamente lijada, las horas de trabajo empleadas. No imagina a nadie haciéndole un banco a ella y menea la cabeza para ahuyentar el pensamiento.

—Tengo que entrar —dice aparentando una alegría que no siente—. Vuelta al trabajo.

—Ya no voy a taladrar. En cualquier caso, está casi terminado —dice Jensen.

Mientras Lila cruza el jardín sembrado de escombros, le dice:

—Que sepas que va a quedar muy bien.

Lila se vuelve para mirarlo con la mano sobre los ojos a modo de visera.

—El jardín. Va a quedar muy bien. —Cuando Lila no contesta, Jensen añade—: A veces las cosas terminan… bien.

Le he preguntado si le apetece quedar. Y no me ha
contestado

La respuesta de Eleanor llega en cuestión de segundos:

Hace cuánto?

Dos horas

Eso no es nada. Igual está en una reunión

Es mucho si te gusta alguien. Cuando te gusta alguien
contestas enseguida

Lila, llevas casi veinte años sin salir con nadie.
El mundo no funciona así ya

Y tengo que escribir sobre sexo salvaje para mi nuevo libro.
Puedo usar tus experiencias y decir que son mías?

Con una condición

Cuál?

Que primero eches un polvo

Estoy en ello! Te acabo de contar que he invitado al Arquitecto Buenorro a tomar algo. Entonces, me dejas?

Buena suerte! Mantenme informada, bss

A veces Eleanor puede ser de lo más exasperante. El, necesito escribir este capítulo cuanto antes, no creo que me dé tiempo a empezar una relación, no te parece?

En qué siglo vives??? Quién ha dicho nada de una relación?

Anoushka ha mandado un e-mail después de la conversación por teléfono copiando trozos del original de Regent House.

> Nos encanta este proyecto y nos entusiasma la escritura de Lila, pero los primeros capítulos nos han parecido un poco pesimistas. Hay muchos sentimientos de dolor y traición y es más sombrío de lo que nos esperábamos. Nos encantaría que el libro empezara con, por ejemplo, una de sus aventuras más locas, para que el lector sepa que va a ser una historia de redención, de un ave fénix sexy que renace de sus cenizas antes de entrar en cómo llegó a ellas. Además nos interesa muchísimo saber cómo puede ser la vida de divertida después de un divorcio ¡y conocemos una multitud de lectoras que piensan igual! Tenemos muchas ganas de leerlo. ¡Y cuanto más salvaje sea, mejor!

Lila cambia la pantalla del ordenador por el teléfono. Ya casi han pasado dos horas y cuarenta y seis minutos desde que mandó el mensaje y Gabriel Mallory no ha contestado. Quizá ahora mismo está buscando la manera de darle calabazas con suavidad. Aparte de una citología, no ha tenido contacto íntimo con nadie en casi tres años. De pronto se apodera de ella la idea de que este proyecto de libro puede ser un fracaso, de que se ha comprometido a algo que no tiene manera de cumplir. Va a tener que contarle la verdad a Anoushka. ¿En qué estaría pensando?

No. Da vueltas a lo que le ha dicho Eleanor.

Hay otra forma.

14

Aunque tener un piano en el recibidor resulta un poco molesto, Lila se ve obligada a reconocer que el sonido de dos personas tocando a cuatro manos «Someone to Watch Over Me» resulta bastante encantador. Lleva veinte minutos sentada a su mesa sin trabajar, pendiente solo del sonido de las teclas y de la risa algo jadeante de Penelope Stockbridge, que acostumbra a disculparse cada vez que se ríe, como si mostrar así las emociones fuera algo de lo que avergonzarse. Lila no oye las contestaciones de Bill, pero su tono es alegre y tranquilizador. A Lila no se le ha ocurrido nunca que Bill pudiera tener una relación con otra mujer después de su madre, pero ahora piensa distraída que, si esa mujer resultara ser Penelope Stockbridge, probablemente no le importaría.

—Ay, me he equivocado con la izquierda. Perdón.

—Por favor, no te preocupes. Empezamos otra vez desde el compás número doce.

En esta casa, todos los sonidos viajan por el hueco de la escalera central. Desde el último piso se oyen las conversaciones porque las palabras suben, de manera que, cuando se abre la puerta principal y aunque Gene no grite: «¡Hola! ¡Ya estoy en casa!», Lila sabe de inmediato si es él. Siempre hace el doble de ruido que cualquier otro ser humano, sus pisadas suenan más, sus portazos son más enfáticos. Como si estuviera decidido a dejar su huella en el entorno en que se encuentre. «¡Eh, a los del piano! ¿Queréis que cante? Una vez coincidí con Ella Fitzgerald, que lo sepáis. En un barecito en Los Feliz…».

Gene insiste en que va a audiciones, pero Lila sospecha que lo que hace es ir a pubs, porque jamás lo oye ensayar nada. Cuando le pregunta qué tal van los *castings*, Gene contesta que su agente está seguro de que pronto le va a salir algo y a continuación cambia de tema.

Y cuando Gene está en casa resulta imposible trabajar. Es como si su presencia obligara a Lila a estar atenta a una posible explosión, al ruido de algo que se rompe o incluso a las protestas incesantes de Truant. Aguanta quince minutos mirando la pantalla y después se levanta de la silla con un suspiro de resignación.

Está en el rellano del primer piso, de camino a hacerse otra taza de té, cuando de pronto la música se interrumpe. Oye la voz de Bill:

—¿Esos calcetines son míos?

La voz de Gene transmite inocencia y sorpresa:

—Pues…, no sé. ¿Son tuyos?

—¡Llevas mis calcetines!

—Ah, supongo que se mezclaron en la colada.

—Sabes perfectamente que no son tuyos. Tú usas de esos horribles blancos de deporte y todos tienen tomates. Esos son los míos de Falke, cien por cien lana.

—Vale, colega, no te estreses.

Lila llega abajo y se detiene en el último escalón. Penelope está en una silla al lado de Bill, con una mano en la partitura: debía de estar a punto de pasar la página. Gene lleva cazadora de cuero y vaqueros y tiene los hombros rectos y las piernas un poco separadas, una postura que solo parece adoptar en presencia de Bill. Este se levanta y empuja la banqueta del piano, cuyas ruedas arañan el suelo de baldosa.

—Esto ya pasa de castaño oscuro. ¿Cómo te atreves a quitarme los calcetines?

Gene hace como que no lo ha oído y se vuelve hacia Penelope. Hace una inclinación teatral y le tiende una de sus manazas. Penelope, sin saber qué hacer, le da la suya, delgada y pequeña.

—Soy Gene Kennedy. Aquí el viejo Bill es demasiado maleducado para presentarnos, parece. Encantado de conocerte.

Penelope, como haría cualquier mujer que se da de bruces con el carisma de Gene, pestañea y sonríe con leve nerviosismo. Gene se demora un instante de más en soltarle los dedos y a Penelope le sube un rubor desde las clavículas.

—Soy el padre de Lila.

Es evidente que esta noticia descoloca un tanto a Penelope, que deja escapar un «¡Ah!» de sorpresa. Desde luego descoloca a Bill, quien se deja caer en la baqueta y dice enfadado:

—Y ahora, si no te importa, estamos en plena clase.

—Tú eres el que la ha interrumpido, colega. Yo solo estoy siendo educado. Oye, Penelope, ¿tú eres de ver la televisión? Porque igual te suena mi cara de...

—¡Deja de usar mis calcetines! Y si tienes más escondidos en esa pocilga a la que llamas habitación, te agradeceré que me los bajes.

—No son más que calcetines, Bill, por Dios. Nunca he visto a nadie perder así los papeles por un par de calcetines. Si tanto te molesta, te los cambio por una de mis camisetas de Grateful Dead. ¿No crees que con una camiseta se relajaría un poco, Penelope? Por cierto, encantado de conocerte. Llevas un vestido muy bonito. Espero verte otra vez pronto por aquí.

Penelope se ruboriza aún más y empieza a acariciarse, incómoda, la base de la garganta. Bill está sentado muy quieto en la banqueta. Se le ha hinchado una venita de la sien. Gene, que claramente ha decidido que ha ganado esta batalla particular, espera un momento sonriendo de oreja a oreja y a continuación se va a la cocina.

—¡Ah, hola, Lila! ¿Qué tal tu día, cariño?

Lila se ha fijado en que cada interacción de sus padres termina convertida en una batalla con un ganador y un perdedor. El triunfador suele ser Gene, experto en manipular cualquier situación en beneficio propio, con su encanto natural y un conocimiento intuitivo de las debilidades ajenas. Lila ni siquiera está segura de que sea consciente de lo que hace. Bill, a quien bastante trabajo le cuesta ya comunicarse, por lo general solo alcanza a farfullar palabras furiosas, a pesar de que casi siempre tiene la razón. Pero la comprensión de Lila tiene un límite, porque es como vivir con dos niños pequeños especialmente recalcitrantes. Y si les pide que lo solucionen, ambos niegan que haya ningún problema.

«Yo no he hecho nada. Si Bill está enfadado, no tiene nada que ver conmigo».

«Lila, por mí, ese señor (Bill rara vez se refiere a Gene por su nombre) que haga lo que quiera. Yo estoy a mis cosas».

Ambos se comportan algo mejor en presencia de las chicas: es como si hubiera una competencia tácita por su afecto y por tanto supieran que no deben mostrarse abiertamente enfrentados delante de ellas. Está claro que Gene se ha ganado a Violet con sus sesiones nocturnas de ver *Escuadrón Estelar Cero* y ha hecho progresos con Celie desde la excursión al Soho. Pero Celie tiene edad suficiente para entender lo que ha sido Bill para ellas y ha sido inoculada con dieciséis años de amor de su abuela y de Bill, de manera que a menudo se sienta con este en lo que queda del jardín o se pone a jugar con el perro cerca de él (Celie no habla gran cosa) mientras Bill corta verduras para la cena.

Una de las consecuencias inesperadas de tener a estos dos invitados es que ahora Celie baja casi todas las noches a cenar, en lugar de decir que no tiene hambre y quedarse en su cuarto. Es como si las pullas constantes la distrajeran, la sacaran de sus pensamientos… o quizá es que le quitan presión. Ahora, en lugar de pasarse el día preguntándole a Celie qué demonios le pasa o asegurándose de que come algo, Lila tiene que debatir con diplomacia sobre si las patatas de bolsa pueden considerarse verdura o si en el busto que tiene Bill de Virginia Woolf esta tiene cara de que acaban de pellizcarle el culo en la parte de atrás del Walmart.

—Tocas muy bien —murmura Penelope a Bill, recostándose en el respaldo de la silla para mirarlo—. La posición de tus dedos es excelente.

Esto parece devolver el buen humor a Bill.

—Eres muy amable —dice con una sonrisa inesperada y afectuosa—. Tengo que reconocer que disfruto mucho de la disciplina de tocar cada día.

—Ojalá todos mis alumnos fueran como tú —dice Penelope, y se ruboriza una vez más.

Lila los observa hasta que detectan su presencia, acto seguido murmura algo sobre un té y se mete en la cocina. «Todos, absolutamente todos —piensa— están pasando página menos yo».

Y a continuación: «Esto va a estallar en algún momento».

15

Tenía el pelo oscuro y un ligero acento español, y cuando entré en el bar lo vi sentado a una mesa y me puse tan nerviosa que estuve a punto de dar media vuelta y marcharme. Entonces oí la voz de mi mejor amiga en mi cabeza. «Venga, Lila —me dije—. Tienes que volver a la circulación. Tómatelo con un experimento».

Decirlo es fácil, pero, cuando tienes cuarenta y dos años y te has pasado casi toda tu vida adulta en una relación monógama (al menos por tu parte), resulta que entre el dicho y el hecho hay un largo trecho. Había dedicado dos horas a arreglarme, a afeitarme unas piernas propias del Yeti, a peinarme y a maquillarme con cuidado. Me probé y descarté siete atuendos distintos, por miedo a parecer demasiado remilgada, demasiado lanzada, demasiado interesada o demasiado poco interesada. Llevaba siglos sin tener una cita. Pero no era el aspecto exterior lo que más me preocupaba, mi verdadera lucha era interna: por un lado, tenía miedo de que, después del golpe tan duro que había recibido mi autoestima, un hombre desconocido pudiera juzgarme y encontrarme insuficiente; por otro, me angustiaba que la cita pudiera ir mal y nos quedáramos sin conversación. Básicamente me aterraba que se me insinuara y también que no lo hiciera.

Juan me había parecido divertido en las conversaciones online que habíamos tenido a través de la app. Era abogado. Llevaba seis años divorciado (amistosamente). Durante ese tiempo había tenido dos relaciones, una seria y la otra no. Se describía a sí mismo como alguien en busca de «diversión y compañía» y bromeó diciendo que era novato en eso de las apps y que había puesto esa frase tan anodina porque no se le ocurría otra cosa.

—Lila —dijo poniéndose de pie para recibirme.

Su sonrisa era tan cálida y su acento tan encantador que algo dentro de mí se relajó. «Esto va a salir bien», me dije.

Estuvimos dos horas hablando. Yo no suelo beber, pero me tomé una copa de vino para tranquilizarme. Y una segunda porque me lo estaba pasando bien. Y quizá fue porque no había comido, o tal vez fueran el encanto y la buena conversación de Juan, el caso es que cuando sugirió continuar la velada en su casa pensé: «¿Por qué no?». Parecía una persona agradable —me había enseñado fotografías de sus hijos, su perro y sus padres en el teléfono—, me había dado su tarjeta de visita. Tenía la sensación de conocerlo. Y cuando salimos del bar, me dirigió con suavidad hacia el taxi con una mano en mi espalda y algo ocurrió. Sentí la electricidad, el calor de su cuerpo contra el mío. Me di cuenta de que quería estar más cerca de este hombre.

En cuanto estuvimos dentro del taxi, todo cambió. Juan empezó a besarme, con ternura al principio y después cada vez más apasionadamente. En otras circunstancias me habría dado vergüenza al estar en un taxi, pero yo también lo deseaba. Me olvidé de los nervios, de todo lo que me rodeaba y que no fuera su piel, sus manos, su boca. Sus besos se volvieron más apasionados, castigadores. Sentía todo mi cuerpo, pegado al respaldo del asiento, sacudido por descargas eléctricas…

Lila se detiene con las manos sobre el teclado. Mira el cursor que parpadea.

—Por el amor de Dios —murmura.

Y pulsa «Borrar».

Había poco en el aspecto de Michael que diera pistas sobre cómo discurriría la velada. A primera vista, parecía alguien convencional. Trabajaba en tecnologías de la información. Era más joven que yo, callado y de trato fácil. Alto, con esos hombros anchos que delatan visitas asiduas al gimnasio y modales sencillos. Quedamos a cenar en un restaurante italiano cerca de mi casa y me di cuenta de que casi solo hablaba yo, algo que normalmente me habría desanimado. Pero había algo en su manera de mirarme, con total atención, que despertaba mi curiosidad. No solo eso, me excitaba un poco. Cuando salíamos del restaurante, se acercó y me susurró al oído: «¿Te va el BDSM?»…

—Ay, por Dios —dice Lila en voz alta—. Ahora ya doy asco directamente. BORRAR.

Conocí a Richard en una discoteca, donde me había pasado casi toda la noche bailando mientras notaba mis problemas disolverse en el ritmo machacón de la música. Había bailado hasta que tener el vestido pegado al cuerpo y el pelo empapado por el sudor. Me cogió de la muñeca cuando me dirigía al baño y algo en su ardiente mirada…

Jean-Claude era un poeta de París…

Vince era albañil, llevaba el cuerpo cubierto de tatuajes y su torso musculoso…

Lleva tres días intentando inventarse escarceos sexuales y todos le suenan a pornografía cursi y barata. Algunas veces cree que se debe al runrún constante de las discusiones, que hace imposible concentrarse en un escenario que suene sexy y real. Otras culpa a Gabriel Mallory, el cual no ha sido ni capaz de responder a una sencilla invitación a tomar algo y a quien Lila ha evitado esta semana mandando a Bill al colegio en lugar de ir ella.

Y luego hay veces que piensa que lleva tanto tiempo sin ninguna clase de contacto sexual que ya ni siquiera es capaz de imaginarlo.

Apoya la cabeza en el teclado y la deja ahí.

Vince era albañil, llevaba el cuerpo cubierto de tatuajes y su torso musculosodffffffffffffhjjjkjkjkjkkkkkkkkkkkkkkkkk kkkllllllllllllllsdffffffffffffhjhjkhkhjkhkjhjlldsdhjhjkhkhj khkjhjl...

—Este es el vestuario que necesitamos.

Lila por fin se ha atrevido a ir al colegio y, como no podía ser de otra manera, Gabriel Mallory no está y la señora Tugendhat sí. Lleva pantalones de peto con estampado de cachemira color guinda y le pone a Lila un papel en la mano. Tiene aspecto de presentadora de un programa de televisión infantil ligeramente malévola.

—Lo ideal sería tenerlos a principio de cuatrimestre, pero entiendo que es imposible, dada la cantidad. Si no puede hacerlos todos, haga solo los ocho de los protagonistas.

Lila mira la lista sin tener ni idea de lo que le está hablando la señora Tugendhat. *Peter Pan y los niños perdidos*, pone. Y entonces lo recuerda, seis semanas antes le pidieron que se ocupara de los disfraces.

—¿Ocho? —repite.

—En realidad hay tiempo de sobra —dice la señora Tugendhat—. Siempre decimos que es mejor si son caseros, pero...

—Baja la voz y mira a su espalda—... en eBay suele haber de segunda mano que también sirven. Hay muchos padres que venden sus disfraces de cuando eran pequeños. ¡Pero yo no he dicho nada!

Se toca la nariz y sonríe cómplice antes de irse para acorralar a otro padre de su lista.

Lila está tan absorta en la lista de disfraces mientras sale —«túnica y leotardos verdes para Peter Pan; bigote largo falso, casaca de pirata y garfio para el capitán Garfio»— que se choca con una madre.

Solo que no es una madre.

—¡Hola! —dice Mallory pestañeando sorprendido—. ¿Qué tal estás? Cuánto tiempo.

—Estoy bien —se apresura a decir Lila y dirige a Violet de manera que dé un rodeo para esquivarlo.

—¿Qué es eso?

No quiere hablar con él, pero le es difícil avanzar porque Violet se ha parado delante de ella, absorta de pronto en una conversación con Lennie. Y Lila no puede ir a la izquierda porque eso significaría cruzarse con el grupo de madres y por el rabillo del ojo ha visto el pelo rubio brillante de Marja.

—Ah —dice sin mirar a Gabriel—, una cosa para la función.

—La función. Es verdad, Lennie actúa. No me acuerdo de qué hace. Igual de un Niño Perdido. El caso es que está emocionada.

—Qué bien —dice Lila sin mirarlo todavía. Le pica la piel de todo el cuerpo. Estar cerca de él le resulta demasiado difícil, demasiado humillante. No deja de mirarle las zapatillas veganas—. Tenemos que irnos..., llegamos tarde.

—¿A dónde? —pregunta la traidora de Violet.

—Eh... El abuelo te va a llevar por ahí —dice Lila al momento.

—¿El abuelo Gene?

—Sí.

—¿A dónde?

La chaqueta de Gabriel es de lino natural y parece cara. Lila está demasiado cerca de ella, demasiado cerca de él.

Siente la presencia de Marja en las proximidades, puede oler la colonia frutal que usa a veces, con perfume a melón y a frescor. Lila se siente igual que el relleno no deseado del peor bocadillo del mundo.

—No me lo ha dicho, cariño —murmura.

—¿Me va a llevar a hacerme un tatuaje?

—Oye... —Lila nota una mano en el brazo y levanta la cabeza. Gabriel le sonríe. Su expresión es amable y su mirada, resuelta—. Te debo un mensaje.

—Ah, no te preocupes —dice Lila con una sonrisa que no termina de ser tal—. No tiene importancia. Tenemos que irnos. ¡Hasta otro día!

Prácticamente empuja a Violet y hace oídos sordos a sus protestas, a su insistencia en saber a dónde va a llevarla el abuelo Gene. «Ya sabes que no le gusta que lo llame abuelo. Dice que lo llamemos Gene. Le dije que es nombre de niña y le dio igual».

Lila está que echa chispas y durante el camino a casa apenas oye el monólogo de Violet. La enfurece la expresión amable y despreocupada de Gabriel. Su forma de mirarla, con ligera perplejidad, como si no haber contestado al mensaje no tuviera nada de malo. El hecho de que todos los mensajes, todas las conversaciones en el patio claramente no han significado nada para él.

Cuando llegan, Bill está en el jardín hablando con Jensen mientras señala la casa con gestos de enfado, lo que sugiere que Gene ha hecho otra vez algo para ofenderlo. Lila le da a Violet dos galletas de chocolate del alijo secreto que guarda en el cajón de las herramientas y sube corriendo a su habitación.

Tiene cuatro correos nuevos. Uno es del dentista, recordándole que Violet tiene revisión la semana siguiente; otro del fontanero de emergencia, recordándole que aún no ha pagado el último desatranco; otro de la compañía de gas, una nueva factura, y el último es de Anoushka.

Querida, ¿cuándo les digo que tendrán el nuevo capítulo?

Lila se vuelve para mirar el sofá cama que Gene, a pesar de sus promesas, no ha guardado. Por la ventana abierta oye a Bill repetir varias veces y en voz alta: «El humo del tabaco está entrando en la cocina».

Y la contestación de Gene gritando: «Estoy en el centro del jardín, por el amor de Dios».

Lila no va a aguantar otra cena sentada entre estos dos hombres. Mira otra vez su teléfono. Piensa un momento y escribe:

Te acuerdas de que me dijiste que tenía cara de necesitar una copa?

16

El pub está en Hampstead, bajando por una de las callecitas peatonales que salen de la avenida principal, donde librerías de viejo conviven con tiendas *delicatessen* que venden ensaladas exóticas hechas con berenjena a quince libras la ración. Lila tiene que esquivar a un hombre de aspecto iracundo con dos perros pomerania para entrar, pero, una vez lo hace, descubre que el pub es tranquilizadoramente destartalado, todo paredes oscuras con desconchones y mesas de madera cojas, de esos a los que iba con frecuencia antes de ser madre y casi nunca desde entonces. Jensen ya está allí, más arreglado que de costumbre, con camisa azul y vaqueros y, por un momento, Lila se avergüenza por no haberse molestado en maquillarse, ni siquiera en cepillarse el pelo. Pero ¿qué más da? Solo necesita salir, estar acompañada. Necesita no estar en casa. Y su jardinero era literalmente el único hombre disponible.

Violet pareció indignarse un poco cuando Lila le dijo que salía. «Pero ¿a dónde vas?», había preguntado. Y, a continuación: «¿Por qué no puedo ir yo?».

Lila había evitado contestar la pregunta, había anunciado despreocupada que se arreglarían muy bien sin ella y había salido por la puerta antes de que a nadie le diera tiempo a protestar.

Había caminado los veinte minutos cuesta arriba con una suerte de sombría determinación, sin mirar el teléfono, como si su vibración intermitente fuera la prueba de la avalancha de preguntas y protestas que inevitablemente habría levantado su marcha. No, es una mujer adulta y libre de hacer lo que le apetezca. De vez en cuando.

Jensen se vuelve, la ve y señala una mesa donde su gastada cazadora de lona descansa en el respaldo de una silla. Lila se sienta y mira a los bebedores a su alrededor, absortos en animadas conversaciones lubricadas ya por varias copas o mirando sus pintas en silencio. Inhala el aroma a levadura en un intento por serenarse.

—¿Qué vas a tomar? —Jensen aparece en la mesa y deja su bebida en un posavasos.

—Ah. Coca-Cola light. Por favor.

Agradece que Jensen no cuestione su elección. Cuando Dan y ella empezaron a salir, él le dijo que la admiraba por no beber alcohol. Incluso dejó de hacerlo él una temporada, sobre todo cuando las niñas eran pequeñas. Le preocupaba que le pasara algo a una de ellas y no poder conducir al hospital. Cuando las niñas eran pequeñas, Dan había sido un padre sorprendentemente protector. Pero en los últimos años de matrimonio, había empezado a beber otra vez —solo bebidas «limpias» como vodka y tónica cero, puesto que cada vez pasaba más horas en su bicicleta de fibra de carbono—, y a partir de entonces parecía tomarse como un reproche, o quizá como un síntoma de su incapacidad de divertirse, que Lila no lo acompañara. Le ofrecía una copa si estaban con amigos sabiendo que diría que no y, cuando esto ocurría, ponía los ojos en blanco como para demostrar lo difícil que era vivir con alguien así. Ahora Lila se pregunta distraída si beberá con Marja, si antes de que se quedara embarazada empezaban las veladas juntos con una botella de vino caro y si...

Jensen le da una Coca-Cola sonriendo.

—Me sorprendió un poco cuando…
—Esto no es una cita —le corta Lila.
Jensen parpadea.
—Vale.
—Quiero decir…, perdón, no es que no me parezcas un hombre muy agradable. Solo quiero dejar las cosas claras desde el principio. Necesitaba…, necesitaba salir de casa.
Jensen la mira un instante.
—¿Y no tenías a nadie más a quien recurrir?
—Qué va. Tengo amigos. Muchos.
Jensen parece confuso.
—A ver, normalmente quedaría con mi amiga Eleanor. Pero tenía una fiesta sexual en Richmond. No, en Rickmansworth. Algún sitio con erre. Aunque me parece que en realidad es mañana. —Lila da un sorbo a su bebida—. A ver, tengo más amigos. Pero… lo cierto es… que todo se me hace tan raro desde que Dan se fue… que la gente me agota. Me refiero a la gente que nos conoce a los dos. Y más o menos he plegado velas. Es como si tuviera que dar explicaciones por todo y hablar de lo que pasó, y todavía no me he hecho a la idea de que haya dejado embarazada a la Amante Joven y Flexible, así que tampoco me siento capaz de explicar eso. Estoy harta del ladear de cabezas, de las insoportables miradas de compasión. O igual son de alivio porque no les haya pasado a ellas. Y tú ya lo sabes. Solo quería tomarme algo con tranquilidad sin tener que… explicar. —Mira fijamente su Coca-Cola light—. Perdona —dice—. Acabo de darme cuenta de que no tengo ni idea de qué hago aquí.

Jensen parece reflexionar sobre esto último.
—¿Has tenido muchas no-citas? —pregunta—. Porque igual te interesa pulir un poco el discurso introductorio.
—¿Me he pasado con lo de la fiesta sexual?
—No. Esa parte me ha encantado. Me habría gustado saber más detalles, pero, oye, ya veremos cuando te haga efecto la Coca-Cola.

Se le ve imperturbable. Lila respira tranquila.

—Perdona. No tengo una cita, o una no-cita, desde 2004.

—¿Y cuándo tienes la próxima?

—Probablemente en 2044.

—Puedo contarte la última que tuve yo, a ver si así te sientes mejor.

—Prefiero que no. No si incluyó escalofríos de placer, una comida maravillosa y sexo perfecto en cantidad.

—Más bien incluyó una pizza de precio astronómico y una mujer que se dedicó a llorar y a hablarme de su exnovio. Del que por supuestísimo ya no está enamorada. Pero en absoluto.

Lila hace una mueca.

—Uf.

—Primer y último intento de usar las apps. Debí de sospechar que no estábamos predestinados cuando vi que en sus intereses había puesto «maquillaje». No sé si estoy hecho para tener una relación. Al menos no de las modernas. En ese sentido como que he colgado el cartel de cerrado.

Lila se echa a reír.

—Ay, Dios. Es todo… horrible. Eleanor me obligó a descargarme una de esas apps el año pasado, pero era como mirar la sección de alimentos a punto de caducar de Tesco. Los de mi edad tenían pinta de haber caducado ya, o de estar tan reventados que nadie los elegiría de no estar muy desesperada.

La risa de Jensen es una carcajada abrupta que hace volver la cabeza a la gente que está cerca.

—Pero ¿tú cuántos años tienes? —pregunta.

—Cuarenta y dos. ¿Y tú?

—Treinta y nueve.

—Ah, pues entonces te irá bien. Ligarás con mujeres de treinta y pocos. Se te considera un hombre en su mejor momento.

—Igual que Dan—. Atractivo, joven, varón, enseguida tendrás pareja, aunque no la estés buscando. Alguna chica joven y guapísima.

Jensen la mira con expresión de curiosidad.

—¿Por qué haces eso?

—¿El qué?

—Tengo exactamente tres años menos que tú. Puede que menos. Y me hablas como si fuera tu sobrino.

—Pues no sé. —Lila coge el posavasos y juega con él—. Igual es que... me siento mayor.

—No, no es eso. Es porque necesitas poner distancia.

—¿Cómo?

—Necesitas alejarme antes de dejar que me acerque. O igual asegurarte de que es imposible que haya nada entre los dos para no sentirte vulnerable, sobre todo si no te tiro los tejos.

Lila empieza a ponerse a la defensiva.

—¿Y eso qué quiere decir?

—No te estoy juzgando. Lo que pasa es que identifico la dinámica. Supongo que es el resultado de años de terapia.

Lila hace una mueca.

—A mí no me analices.

—No te analizo. Solo observo.

—Pues observa todo lo que quieras. Pero eso no significa que tengas razón.

—Es verdad. —Jensen da otro sorbo a su bebida—. Pero la tengo.

Sonríe.

—No sé si lo sabes, pero puedes ser bastante irritante.

—Eso me dice mi hermana. Pero es lo que hiciste cuando nos conocimos. ¿Te acuerdas?

Lila cruza los brazos.

—De eso nada. Lo que pasó es que no estuve muy simpática porque creía que ibas a robarme el coche.

—Saliste a la calle en pijama y más o menos me echaste con cajas destempladas solo porque estaba mirando tu árbol. Que, por cierto, está enfermo. Tienes que talarlo.

Lila cierra los ojos.

—¿Podemos no hablar de eso? ¿Puedo pasar una hora sin tener que estar solucionando alguna cosa que me va a costar dinero? A no ser que vayas a decirme que Gene está durmiendo ahí.

Se ha creado una atmósfera entre los dos y Lila no sabe decir si es amistosa o tensa. Desde luego que no es relajada. Es posible que Jensen también la perciba, porque calla un momento y después se inclina hacia delante y deja la cerveza en la mesa.

—Por cierto, estás muy guapa. Y te lo digo en plan de nocita, amistoso, asexual y acorde a nuestra edad.

Lila no está tan amargada como para no reconocer una ofrenda de paz cuando se la ponen delante.

—Eres muy amable. Y mientes muy mal. Llevo dos días sin lavarme el pelo y no me he maquillado.

—Bueno, como he dicho, el maquillaje no entra en mis intereses. Venga, perdóname si he querido analizarte. Por si no te habías dado cuenta, las charlas informales no son lo mío. Pero puedo esforzarme más, por si sirve de algo. —Jensen se sienta recto—. ¿Te gusta... la decoración de este sitio?

Lila sigue su mirada.

—Pues la verdad es que me gustan los pubs antiguos —dice—. Esos que tienen manchas de nicotina y huelen a rancio por el alcohol derramado. Me gustan las cosas que dejan ver su historia.

Jensen asiente con la cabeza.

—No sé si has visto los dos cuartos de baño de mi casa, pero también me gustan, aunque todo el mundo me dice que tengo que quitarlos y modernizarlos. No están de moda, pero tienen solera. No me gusta eso de que haya que estar siempre avanzando y mejorando todo el rato.

Jensen sigue mirándola.

—Ay, por Dios. No te vas a poner a analizar eso, ¿verdad?

Jensen niega con la cabeza.

—No, aunque espero que valores el esfuerzo que estoy haciendo para contenerme. A mí tampoco me gustan las cosas nuevas.

Cuando cambié la cocina de mi piso, mi hermana y yo estuvimos una hora dando patadas a los armarios para que no parecieran nuevos.

—¿En serio?

—Las puertas eran de madera, pero con esa pintura laminada e inmaculada. Para sentirme en casa necesitaba que tuvieran desconchones y alguna muesca.

—¡Exacto! A Dan lo ponían nerviosísimo los desconchones y el caos de la casa. Yo compraba sillas viejas de tiendas de segunda mano, fotos antiguas y raras con caras que me gustaban, y él no lo podía soportar. Ahora vive en un paraíso minimalista con más o menos dos muebles por habitación.

—Pues entonces se llevaría bien con mi exprometida. Necesitaba que todo hiciera juego. Hubo un momento en que teníamos dos sofás color crema, una mesa de centro de mármol color crema y cortinas color crema. Siempre estaba con la sensación de que no podía entrar en el salón sin ducharme antes.

—¿Has estado prometido?

No era intención de Lila sonar tan sorprendida. Es solo que a Jensen no le pega prometerse, tampoco tener sofás color crema.

—Brevemente. No llevó muy bien lo de mi crisis nerviosa. Y luego dejé la City y comprendió que no iba a seguir ganando dinero, así que… ¡dos equivocaciones y fuera! —Da otro trago de cerveza—. Ah, y luego estaba lo de que se follaba a un compañero de trabajo.

—Vaya por Dios. Lo siento.

—Yo no. Hacíamos una pareja pésima. Lo que pasa es que no me di cuenta hasta que las cosas se pusieron difíciles.

—Yo antes pensaba que Dan y yo estábamos hechos el uno para el otro.

Por unos instantes, ninguno habla. Lila mira su Coca-Cola light.

—Puedes querer a alguien y no ser compatibles —dice Jensen.

—¿O ser compatible con alguien pero… dejar de quererlo?

Jensen se queda pensando.

—Eso también. Y se parece peligrosamente a la terapia conversacional. ¿Quieres otra Coca-Cola?

Charlan otros cuarenta minutos antes de que suene el teléfono. A Lila le gusta escuchar, se da cuenta de que no suele oír a alguien contar su vida. Por extraño que parezca, le resulta relajante oír hablar de las complicaciones y las equivocaciones de otro. Jensen le cuenta que trabajaba en cambio de divisas, le habla de liquidez, de volatilidad y de fondos de cobertura, y de cómo se comprometió después de despertarse un día y encontrarse con que su novia le había escrito «O ahora o nunca» con pintalabios en el parabrisas de su coche. «Ahora que lo pienso, igual no fue la forma más sana de abordar el matrimonio». Luego vino la crisis y una breve temporada ingresado. Todo esto lo cuenta en un tono calmado e irónico propio de alguien describiendo cosas que le han pasado a una persona que no conoce. Lila está considerando pincharlo un poco —lo de la novia exigente y el pintalabios la tiene bastante fascinada— cuando le suena el teléfono. Es Violet.

—Mamá, tienes que venir a casa.

Lila mira a Jensen con una mano tapándose la oreja y pone los ojos en blanco. Por supuesto que no pueden dejarla tranquila dos horas. Es imposible.

—Violet, estoy tomando algo con un amigo. Tengo derecho a…

La voz de Violet es apremiante.

—No. Tienes que venir. Bill ha puesto una foto de su boda con la abuela en el aparador del cuarto de estar y Gene ha puesto otra de su boda con la abuela al lado, y, cuando Bill la ha visto, ha empezado a gritar y Gene ha dicho que la abuela parecía más feliz en la suya, y Bill lo ha perseguido hasta el jardín con un cuchillo, y Gene se ha tropezado con un trozo de cemento y ahora está en el suelo diciendo que no se puede levantar, y Bill no quiere salir de su habitación.

Lila mira al frente. Es posible que haya contado hasta diez o hasta diez mil, no se acuerda. Respira hondo.

—Vale, cariño. Ahora mismo voy.

Es como si le hubieran abierto una ventanita a una vida diferente para, a continuación, cerrársela en las narices. Y es probable que haciéndole una pedorreta.

Jensen la está mirando con una mueca de solidaridad.

—Creo que me he enterado más o menos de lo que ha pasado —dice—. Venga, te llevo.

17

El médico joven de triaje reconoce enseguida a Gene. «¡Ya sé quién es usted!», dice levantando la vista de unos papeles en un cubículo separado por una cortina. En una mano tiene un sándwich, al que da un gran bocado mientras toma asiento. Lila intenta no mirar el churrete de mayonesa que le queda en el mentón.

A Gene se le ilumina la cara, como siempre, y de inmediato se incorpora hasta parecer un poco más alto en la camilla metálica y saluda:

—Capitán Strang, presentándose para el servicio inter...

—No. —El doctor da otro bocado y mastica—. Mordedura de perro, ¿verdad? Hace unas semanas. ¿Qué tal está?

Debido a su edad, a Gene lo atienden relativamente pronto. En menos de tres horas, lo cual, comenta Jensen, es todo un récord para Urgencias. No parece haber fractura, aunque Gene necesita ayuda para entrar en el hospital, va apoyado en Jensen y hace grandes muecas de dolor y gime cada cierto tiempo. Pero es un esguince grave y tendrá que hacer reposo y ponerse hielo durante una semana al menos. Cuando le dan el alta, con lo que Gene considera unos analgésicos decepcionantemente suaves, da las gracias al personal médico con la exageración propia de alguien que disfruta de ser el centro de atención. Durante los veinte minutos que dura el trayecto de vuelta, habla sin parar de lo agradables que han sido y de lo maravilloso que es no necesitar seguro médico para todo.

Lila no abre la boca en ningún momento, deja que hablen Jensen y Gene y se dedica a escribir a las niñas para asegurarse de que han hecho los deberes, prometerles que no pasa nada nada y, por último, cuando se hace tarde, pedirles que se vayan a la cama. Cuando no está escribiendo mensajes, sigue callada; le zumba en la cabeza una ira sorda que ahoga las conversaciones que se producen a su alrededor.

Bill está limpiando la cocina. Desde la llegada de Gene, lo hace una y otra vez, con la determinación obstinada de un perro marcando territorio. Cuando Lila abre la puerta, la mira con una mezcla de vergüenza y resentimiento porque Gene vuelva a estar allí. Los dos hombres se miran y, acto seguido, Bill aparta la vista.

—Así que está vivo —dice fingiendo sorpresa.

—Casi me rompes la pierna, capullo.

—Yo no he hecho nada. No te habrías tropezado con los escombros si no te hubieras pasado media tarde en el pub.

—No me habría tropezado si no me hubieras perseguido con un cuchillo de trinchar.

—¡Era una espátula de metal! ¡Si hicieras algo en esta casa aparte de sembrar el caos y robar calcetines, lo sabrías!

—¡Se acabó! —Lila tira su bolso al suelo. De pronto se hace el silencio. Mira a Bill, a Gene, quien se está sentando en una silla ayudado por Jensen—. ¿Hasta cuándo vais a seguir así?

Los tres hombres la están mirando.

—Esto es un disparate. Un completo disparate. Los dos vais a cumplir ochenta años. Mi madre está muerta y enterrada. Lleváis décadas sin veros. ¿Hasta cuándo vais a seguir así?

—A mí todavía me falta para cumplir los ochenta —murmura Gene.

Pero Lila se ha puesto a gritar, incapaz ya de contenerse.

—Estoy harta. De verdad os lo digo. No puedo vivir con dos personas que se comportan como niños pequeños por algo que pasó ¿hace cuánto? ¿Treinta y cinco años? Mi vida está en crisis, mis hijas están sufriendo y no estoy dispuesta a aguantar un día más de tener que hacer de árbitro entre dos viejos ridículos que se niegan a superar el pasado.

Respira hondo.

—Así que vamos a hacer lo siguiente. Si lo dos queréis seguir viviendo aquí, en mi casa, tenéis que encontrar la manera de llevaros bien, y si no podéis, entonces os vais, porque no es justo que me obliguéis a mí, a vuestra hija, a tomar una decisión adulta sobre cuál de los dos tiene que marcharse, ¿entendido?

—Pero, Lila... —empieza a decir Bill.

—No. No me interesa. Los dos sois adultos, aunque al parecer se os ha olvidado. Solucionadlo solos o buscaos otro sitio donde vivir. Ah, y también podéis echar una mano y hacer de canguros mientras negociáis, porque yo me voy a tomar algo. O, más bien, a terminarme lo que estaba tomando cuando me interrumpisteis de manera tan grosera. ¿Jensen?

Jensen, quien está claramente atónito, mira su reloj y levanta la cejas.

—Eh..., muy bien.

Antes de que a nadie le dé tiempo a decir nada, Lila coge su bolso, sale de la casa y se dirige a la camioneta de Jensen.

—Podemos intentar ir al pub, pero van a cerrar. —Jensen conduce con una mano en el volante y la otra en la palanca de cambios—. Muy buen alegato, por cierto. Creo que nunca había visto a Bill intimidado.

Lila casi no lo oye. Todavía le pitan los oídos de sus gritos, no se le va de la cabeza la imagen de los dos ancianos callados. Pero sobre todo está pensando. Mira su reflejo en el espejo retrovisor y mete la mano en el bolso en busca de una vieja máscara de pestañas. Encuentra una chuchería para perros, el bolígrafo de un hotel en que se alojó en algún momento de 2017 y un tampón al que se le ha roto el envoltorio y está recubierto de migas. Así que se frota los ojos y confía en no estar demasiado horrorosa.

—¿Tienes alcohol? —pregunta.
—¿Que si tengo alcohol?
—En tu casa.
—Debo de tener un par de cervezas. Pero tú no be...
—Esta noche sí —dice Lila—. Para en la primera tienda que veas.

Lila lleva tanto tiempo sin beber que no sabe muy bien qué comprar. Y no está segura de que en la tienda veinticuatro horas haya algo más sofisticado que alcohol de quemar. Estudia las baldas detrás de la caja bajo la atenta mirada del dependiente, que tiene la expresión desconfiada de alguien que sabe por experiencia que incluso las mujeres de cuarenta y dos años y aspecto inocuo son capaces de abalanzarse sobre la caja registradora, romper a cantar el himno nacional o hacerse pis junto al armario de los congelados. Lila le sonríe para darle a entender que no piensa hacer ninguna de esas cosas, sonrisa que el cajero no devuelve. Nunca le ha gustado el vino tinto y la cerveza igual le da gases, así que señala una botella de vodka, coge unas tónicas y se las da al dependiente.

—¿Tú qué quieres?

Jensen está detrás de ella. Pide dos cervezas.

—Luego tengo que llevarte a casa —dice, como si a Lila se le hubiera olvidado.

Para cuando llegan a Westling Street llueve bastante y Lila vuelve la cabeza cuando pasan delante del chalet de Bill y Francesca. Sigue poniéndose triste. Recuerda a su madre saludando desde el porche delantero, su costumbre de secarse las manos en los pantalones vaqueros cuando iba al encuentro de Lila por el camino, como si siempre la encontrara haciendo alguna cosa. Lila no había sido consciente de cómo la reconfortaba entrar en esa casa cada semana hasta que su madre murió. Entonces nota que Jensen se está palpando la chaqueta. Cuando para el coche, un poco más entrada la calle, se ha tocado cada bolsillo por lo menos dos veces y parece preocupado. Apaga el motor, hunde las manos en el bolsillo trasero de sus pantalones mientras la lluvia oscurece despacio el parabrisas. Abre la guantera, busca dentro y susurra una palabrota. Lila lo mira.

—Las llaves de casa —dice Jensen—. No las tengo. Cuando me llamaste iba con prisa y me temo lo peor... Puede que me las haya dejado dentro.

—¿No tienes otro juego?

—Sí... en casa.

Jensen mira por el parabrisas el edificio, como si quisiera poder entrar usando la fuerza de la mente.

—Mi hermana tiene unas, pero trabaja de noche, así que no podré cogerlas hasta mañana. Lo... siento mucho.

El sentimiento que se apodera de Lila es inesperadamente desalentador. Se le han torcido los planes. Otra vez. Sabe que es una manera infantil de mirar el mundo, pero ahora mismo solo tiene ganas de llorar y patalear.

Jensen se recuesta en el asiento, como pensando, y de pronto se endereza y busca de nuevo en la guantera. Saca una llavecita de dentro de una funda de cuero.

—¿Y si vamos a casa de Bill? —Lila le mira la palma de la mano, la llavecita de seguridad de latón—. Es su llave de repuesto. Me la dio cuando... Creo que le gusta saber que alguien puede entrar en la casa si hace falta.

Lila mira calle arriba, hacia el chalet, separado por un seto pulcro y privado. Silencioso y deshabitado, sus ventanas son como cuencas vacías en un rostro mudo.

—No... No puedo. Ahí no. Es que... ahí vivía mi madre. Desde que murió es como si... No puedo. Lo siento.

Jensen asiente y no insiste. Mira el techo del coche, que la lluvia aporrea, y el motor deja de hacer ruido. Por un momento los dos están absortos en sus pensamientos. Lila nota la botella de vodka desproporcionadamente pesada en el regazo. Se plantea arrancarle el tapón y darle un sorbo, pero no sabe si la hará sentir peor. Una cuarentona bebiendo a morro en una camioneta.

—¿Te importa... llevarme a casa?

—El estudio de Bill —dice Jensen de pronto—. Tiene una llave en la cocina. Ese espacio es solo suyo, ¿no? No de tu madre. ¿Se te haría raro también?

Y de pronto Lila revive.

Jensen tarda un par de minutos en entrar y abrir la cancela lateral del jardín. Lila baja de la camioneta, cierra la puerta y entra corriendo con la chaqueta en la cabeza, las botellas debajo del brazo y pisando charcos. Jensen da a un interruptor, se sacude la lluvia de los hombros y el fluorescente del techo se enciende, iluminando estantes con herramientas, una mesa de trabajo, abrazaderas y serruchos. En una repisa de la pared hay apiladas láminas de papel de lija, y el suelo está cubierto de virutas de madera y serrín. En una esquina de una mesa hay una hoja de papel milimetrado con unas medidas y un lápiz de dibujo, junto a una cinta métrica y un cepillo con mango. A diferencia del estricto orden de Bill en casa, el estudio es un reconfortante caos de creatividad y desorden. Hay un taburete delante de la mesa de madera mellada y un banco de jardín recién terminado junto a la puerta, probablemente encargo de algún vecino. Desde que cerró el negocio, Bill solo trabaja por encargo. Lila siempre ha sospechado que lo haría aunque no le pagaran: para Bill, la carpintería es algo contemplativo, tranquilizador y no recuerda un día en que no le haya visto haciendo alguna cosa. Incluso el día del entierro de Francesca talló un pajarito que después dejó sobre el ataúd.

Jensen le señala el banco y saca una banquetita para sentarse al lado.

—Te he cogido una taza de la cocina —dice—. No sé dónde guarda Bill los vasos.

—Qué elegante —dice Lila mientras Jensen le sirve vodka y después tónica.

El fluorescente zumba discretamente en el techo y les da un aspecto pálido y ojeroso.

—¿Estoy tan horrible como tú? —pregunta Lila mirando hacia arriba.

—Bastante peor. Yo siempre estoy guapo.

Lila busca.

—Mira.

En un rincón hay dos lámparas de parafina verde oscuro. Pues claro que sí. Bill siempre está preparado para cualquier eventualidad: cortes de electricidad, escasez de alimentos, terremotos y bombas atómicas. Lila enciende las lámparas, apaga el fluorescente y, de pronto, el taller es un lugar acogedor y extrañamente íntimo. Vale, piensa. Da tres grandes tragos a su vodka con tónica haciendo caso omiso de la mirada sorprendida de Jensen. «Vale, piensa. Te vas a enterar, Eleanor».

El sabor y la graduación del alcohol están tan enmascarados por la tónica que hasta que Lila no se bebe una segunda taza no nota sus efectos. En realidad resulta muy placentero sentirse flotando, notar cómo los contornos afilados del día se difuminan agradablemente. Jensen está en la banqueta bebiendo su cerveza sin alcohol mientras la lluvia golpetea el tejado y Lila está en una burbuja con aroma a madera, lejos del estrés y los conflictos. «¿Por qué no bebo más a menudo?». Da otro trago. No está segura de que esto vaya a llegar a alguna parte, pero ahora mismo se encuentra de lo más a gusto en este espacio, con un hombre con el que se siente cómoda y que le está hablando de un jardín vallado que restauró en Winchester.

—Bueno —dice levantando la taza—, cuéntame algo interesante sobre ti.

—Algo interesante. ¿Qué pasa? ¿Que mi jardín vallado te está aburriendo muchísimo?

—La crisis nerviosa. Cuéntame cómo fue. —Jensen parece algo sobresaltado, así que Lila añade—: Solo si te apetece, claro. A ver, no quiero ser... cotilla.

—Pues un poco sí lo eres.

—Solo quiero darte conversación.

—Cuéntame la experiencia más traumática de tu vida. ¿Te parece que eso es dar conversación?

—Pues cuéntame otra cosa, entonces. Háblame de... la mujer del pintalabios. Tu exprometida.

Mientras Jensen habla, Lila se fija en cómo se le mueven los hombros debajo de la camiseta, en sus manos grandes. ¿Cómo será que te acaricien? ¿Cómo será el sexo con alguien que no es Dan? Cuando empezaron a salir, Dan y ella pasaban días enteros en la cama, con el edredón cubierto de secciones de periódicos dominicales y las sábanas llenas de migas de tostadas con Marmite. Durante el primer mes practicaron tanto sexo que ella terminó con cistitis y se pasó dos días doblada de dolor y bebiendo zumo de arándano rojo. A continuación recuerda los últimos seis meses que vivieron juntos, la soledad de compartir cama con alguien que no parece ni verte, los pensamientos obsesivos, las discusiones interminables contigo misma, la fría espalda de lo inevitable noche tras noche.

—¿Te aburro?

Jensen la está mirando. Tiene una cara agradable. Igual es que antes no se había fijado bien.

—No —dice—. Estaba... pensando.

—Bueno, el caso es que había mucho alcohol, muchas drogas, muchas noches que terminaban intentando desesperadamente recordar un nombre. Luego empecé la relación con Irina y era una persona muy inestable. Nunca sabía qué podía hacerle explotar. Pero una parte de mí pensaba: «Mejor con ella que con esas chicas cuyos nombres no retenía», así que seguí. Pero vivía estresado, día y noche. Irina era de las que les gustaba seguir peleándose hasta las cinco de la mañana. Llega un momento en que te acostumbras al melodrama.

«Tiene buen pelo», piensa Lila. No le importaría acariciarlo. Jensen suspira.

—Y después de prometernos, el trabajo se volvió una locura y mi cuerpo empezó a colapsar. Y cuando me enteré de que se estaba acostando con un compañero de trabajo, la cabeza me... Era como una centrifugadora, dando vueltas sin parar. No podía dormir, empecé a tener ataques de pánico, tenía la sensación continua de estar sobrepasado. Pero pensé que podía aguantar. Hasta que no pude.

—¿Qué pasó? —pregunta Lila obligándose a volver a la conversación.

—Me encontraron catatónico en el baño de hombres. No podía ponerme de pie. No podía hablar. Me fui a casa y no podía parar de llorar. Estuve tres semanas en la cama. Si te digo la verdad, ni siquiera me acuerdo.

La mira un momento y aparta la vista, como si se sintiera incómodo contando esta parte.

—Mis padres no entendían lo que me pasaba. Pero mi hermana intervino. Después del tratamiento de desintoxicación, me metió en terapia, se instaló en mi apartamento durante dos meses y se ponía en plan perro guardián si alguien intentaba llevarme de fiesta. Y una de las cosas que salió a relucir en terapia fue que odiaba mi trabajo. Lo odiaba. Cada vez que pensaba en reincorporarme, me ponía enfermo. Así que... —Se pone recto—... me formé y ahora me dedico a esto.

Espera a que Lila haga un comentario, pero ella no sabe qué decir. De pronto necesita tenerlo más cerca.

—Y resulta que pasar el día en un jardín me sienta bien. Evidentemente no gano tanto dinero, pero me...

—¿Por qué no te sientas en el banco? —lo interrumpe Lila dejándole sitio.

Jensen la mira.

—¿Quieres que me siente a tu lado?

—¿No quieres?

Jensen sigue estudiándole la cara, como si fuera un enigma que no acaba de resolver. No dice nada, pero se pone de pie y se sienta en el banco, dejando cinco centímetros de separación entre los dos, un pequeño espacio para la negación plausible. Lila se sirve otra copa y le da un largo trago.

—Creo que necesitamos música —anuncia.

Se levanta y va hasta el transistor de Bill, que está encima de la mesa. Es posible que haya dado algún tumbo, pero confía en que Jensen no se haya fijado. Lo enciende y sale Radio 3, música clásica de cuerda en clave menor. De pronto, la habitación se llena de una atmósfera muy concreta.

—Es muy…

—¿Agradable? —pregunta Lila esperanzada.

—«Agradable» es una palabra fatal. Agradable es una tarta de supermercado. O una abuela.

—Yo no soy una tarta. Ni una abuela.

—Desde luego que no. Aunque no estoy seguro de qué…

En este momento Lila se lanza y lo besa. No es que la lujuria se haya apoderado de ella, más bien no sabe qué más decir y la asusta lo que pueda salir de su boca. Además, lleva tres años sin besar a nadie y tiene verdadero interés en comprobar si aún sabe.

Resulta que sí sabe. Los labios de Jensen son más carnosos, más suaves que los de Dan. Cuando tocan los suyos, Lila se da cuenta de que Dan y ella estuvieron años sin besarse de verdad. No así. Lo cierto es que los besos como es debido son lo primero que desaparece en una relación en crisis, la primera víctima de viejos resentimientos y ausencia de afecto espontáneo. Jensen huele a jabón y a un champú que Lila reconoce, pero que no es capaz de nombrar, y sabe un poco a cerveza y usa la lengua, lo que es un poco sorprendente al principio, después revelador y por último… una delicia. Se había olvidado, se le había verdaderamente olvidado lo maravilloso que era esto. Está entregada, su capacidad de pensar se aleja flotando a pedacitos y en su cabeza una vocecilla grita igual que una niña de doce años: «¡Estoy besando a alguien! ¡Estoy besando otra vez a alguien!». Al cabo de unos cuantos años, Jensen se separa y pestañea sin dejar de mirarla.

—Vale. Eso ha sido… inesperado.
—Pero… ¿agradable?
—No.

Lila se pone tensa de vergüenza y Jensen añade enseguida:
—«Agradable» no es una palabra que lo describa.

Lila se relaja un poco, aliviada.
—Llevo tres años sin besar a nadie.
—Pues déjame que diga que no has perdido práctica.

Lila se da cuenta de que está sonriendo como una tonta y de que no lo puede evitar.
—¿En serio?

Jensen frunce el ceño como pensándose la respuesta.
—Bueno, igual no estoy seguro del todo. Igual tengo que probarlo otra vez para comprobarlo.

Esta vez tira suavemente de ella y la besa. Es un beso convencido, impulsado por un deseo real. Lila había olvidado la delicia que supone ser deseada y borra cualquier rastro de incomodidad que quedara dentro de ella y nota el cuerpo fluido, fundido. Se besan y las manos de Jensen le tocan el pelo, le cogen la cara, se entrelazan con sus dedos y a continuación bajan por su muslo. Lila se rinde a todo ello, células que llevan tiempo aletargadas en su cuerpo vuelven a la vida, agradablemente sólidas, sosteniéndola mientras se tumba de espaldas en el banco. «Puedo hacerlo», se dice mientras Jensen le besa el cuello, haciéndola estremecer de placer, y sus manos tiran de él. Hay un breve momento de nerviosismo cuando recuerda la ropa interior que se ha puesto por la mañana. Sabe que es de lo menos exótico: unas bragas de Marks & Spencer de las que vienen en paquetes de cinco, pero a continuación decide que es improbable que a Jensen le importe la ausencia de lencería cara. Le ha soltado despacio los botones de la blusa con una mano sin separar la boca de la suya y, cuando le toca un pecho, Lila se arquea buscándolo, rendida a su propio cuerpo, al...

De pronto, Jensen se incorpora hasta apoyarse en los codos.

—Tengo que preguntarte cómo de borracha estás.

Lila abre los ojos.

—¿Cómo? No tan borracha.

—A ver, porque no estoy seguro de qué está pasando aquí. Porque al principio dejaste muy claro que esto no era una cita y...

Lila le pone una mano en la nuca, lo acerca a ella hasta que tienen las caras a centímetros de distancia. Quiere volver a sentir los labios de él en los suyos. Susurra:

—¿De verdad tenemos que hablar de eso ahora?

—Pues... ¿sí?

—No es muy sexy.

—Tampoco lo es despertarte por la mañana con la sensación de que te has aprovechado de alguien. Me gustas, Lila. Y sé que tienes muchas complicaciones encima ahora mismo y... no quiero añadirte otra.

—Tú no vas a ser ninguna otra complicación. —Y, cuando Jensen no parece convencido, Lila alarga la mano derecha y busca el teléfono en su bolso. Encuentra la aplicación de notas de voz y dice al micrófono sin dejar de mirarlo a los ojos—: Soy Lila Kennedy, quiero dejar constancia de que soy una mujer adulta en pleno uso de sus facultades mentales y de su algo menos pleno cuerpo. De que ahora mismo no se está aprovechando de mí el señor Jensen... —Se interrumpe—. No sé cómo te apellidas.

—Qué poca vergüenza —dice Jensen—. Pero ¿qué clase de mujer eres tú?

—Una que está intentando tranquilizarte y echar un polvo excelente.

—Bueno, pues ahora sí que me has puesto presión.

—Vale, un polvo mediocre. Un polvo sin más. Oye, ¿por qué me lo estás poniendo tan difícil?

—Phillips. Me apellido Phillips.

Está besándola otra vez y riendo al mismo tiempo, lo que es raro pero agradable, y entonces deja de reír y Lila se relaja. A continuación siente algo que no es exactamente relajación y, cuando Jensen deja de besarla y dirige los labios hacia su vientre, suelta el teléfono y deja de pensar.

18

Celie

Esta mañana antes de clase pasó una cosa rarísima. Hizo reír a Celie y después la puso triste, porque era de esas cosas que, antes de que se estropeara todo entre ellas, la habría hecho llamar a Meena para contársela y las dos se habrían partido de risa.

Estaba en el baño tratando de taparse un grano en la barbilla molestísimo que se negaba a desaparecer, que era como tener en la cara una de esas luces intermitentes que hay en los pasos de cebra. Celie lo notaba palpitar. Sabía que todos se iban a fijar en él, que terminaría siendo la excusa para ponerla a parir ese día, que dirían que le estaba creciendo una segunda cabeza o que tenía la peste. Se había aplicado una segunda capa de corrector y la había fijado con polvo compacto; a punto de peinarse, comprobó que Violet le había birlado el cepillo bueno —el que desenreda sin darte ganas de gritar ni de morirte—, y se disponía a entrar en el cuarto de su hermana para anunciarle que la iba a matar cuando oyó cerrarse la puerta principal. Había algo raro en el silencio que siguió —y Truant ni siquiera había ladrado—, así que Celie bajó un poco por las escaleras para ver qué pasaba y ahí estaba su madre, mirando fijamente alguna cosa. Llevaba el pelo enredado en la nuca y lleno de polvo —harina o serrín o algo así—, estaba pálida e iba vestida con la ropa de la noche anterior, cuando salió a toda prisa, pero solo que la llevaba arrugada, como si hubiera dormido con ella puesta.

Celie tardó en reaccionar porque, a decir verdad, había dado por hecho que su madre estaba en el otro cuarto de baño lavándose los dientes, en el jardín limpiando caca de perro o algo por el estilo. No la había visto, pero eso no quería decir nada, ya que podía haber estado en cualquier otra parte de la casa, y sin embargo Celie supo que había pasado la noche fuera.

Bajó dos escalones más y se asomó por el pasamanos, hacia donde miraba su madre con expresión algo atónita, como si no diera crédito. Y ahí estaba Bill, con su corbata y sus zapatos relucientes, como cada día desde las siete de la mañana, con un cucharón de madera lleno de gachas en la mano. A su lado estaba Gene, vestido con una camiseta de Joni Mitchell y unos calzoncillos de lo más raídos y con un paquete de tabaco en la mano. Los dos tenían la vista fija en mamá y, cuando esta abrió la boca para hablar, se miraron, dirigieron la vista hacia ella otra vez y dijeron, al unísono y con un tono clarísimo de regañina: «¿Se puede saber de dónde vienes?».

19

Lila

Me parto de risa. ¿Cuántos años tienes?

Lila y Eleanor están en los vestuarios. Salen de una clase de fitness —desde que cumplió los cuarenta, Eleanor lleva a rajatabla lo de estar en forma—, y Lila está sudando por sitios que no sabía que podían sudar (incluidos los párpados) y su camiseta está cubierta por dos grandes manchas de humedad.

—Dieciséis, parece. —Lila sigue sin resuello.

—¿Y de verdad te regañaron?

Lila se seca la cara con una toalla.

—Gene me soltó un sermón sobre marcharme sin más, sobre que si hay mucho hombre malo suelto, pero que yo no lo sé, porque no salgo y ni siquiera veo las noticias sobre lo que les pasa a las mujeres cuando andan por ahí solas de noche.

—Pero sí que sabían con quién estabas.

—Pues Bill insistía en que no, porque pensaban que Jensen me había llevado a casa, puesto que no teníamos una relación romántica, y luego yo no le cogía el teléfono. Y cuando le dije que sí que estaba con Jensen, se puso en plan pedante: que si él valoraba mucho su amistad con él y no fuera yo a estropeársela. Luego resopló, un resoplido de lo más acusador, y añadió que quizá no era buena idea acostarme con alguien con quien tenía una relación de trabajo.

Eleanor ríe.

—Menuda bronca.

—Y Bill también dijo que quizá yo no estaba dando buen ejemplo a las chicas.

Lila lo había mirado fijamente con las mejillas encendidas.

«Tengo cuarenta y dos años —había dicho poniéndose más recta—. Llevo veinte años sin tener una cita. Estaba demasiado ocupada recogiendo los pedazos de mis hijas mientras su padre dejaba embarazada a una mujer mucho más joven que yo. Me paso el día trabajando para que tengan un techo sobre su cabeza y comida en la mesa. Ellas y vosotros dos también, por cierto. Así que guardaos vuestros juicios de valor, los dos».

Al menos es lo que le habría gustado decir. Lo que ocurrió en realidad ocurrió fue que Lila se sintió como si tuviera otra vez dieciséis años y solo acertó a farfullar: «Bueno, gracias por vuestra opinión».

Y con las mejillas ardiendo, había dejado allí a los dos hombres para subir a darse una ducha.

—Bueno, pero la pregunta importante es: ¿qué tal estuvo?

Eleanor se quita la ropa de gimnasia con la naturalidad despreocupada de una mujer acostumbrada a desnudarse delante de desconocidos. De hecho va contoneándose hacia las taquillas igual que una modelo de pasarela.

Lila mira su toalla.

—Estuvo... muy bien. A ver, no fue una cosa supererótica con juegos en plan *Cincuenta sombras* como lo que haces tú. Pero nos reímos mucho. Y el sexo fue como un... plus.

No sabía cómo explicar a Eleanor lo que había pasado. Que Jensen al final no había querido tener sexo, pero sí le había hecho eso que Dan había estado quince años sin hacerle (una vez le dijo que en realidad no le gustaba, que le daba claustrofobia). Y que ella al principio se había sentido tímida y vulnerable, y un poco asustada, pero resultó que Jensen lo hizo tan bien que la timidez se le pasó, al menos durante lo que tardó en correrse, haciendo bastante ruido, por cierto. Tanto que le dio un poco de vergüenza, pero tampoco es que hubiera podido evitarlo. Que después se había preparado para sentirse tímida otra vez, pero que entonces Jensen la había hecho reír y parecía tan cómodo con los cuerpos, con los ruidos de Lila y con los pelos sueltos, y le explicó que en la primera noche prefería no ir «hasta el final» porque (a) ninguno llevaba condones y (b) quería reservarse algo, no fuera luego ella a considerarlo un chico fácil, lo que la hizo reír otra vez.

Para cuando dejaron de charlar eran casi las tres de la mañana, demasiado tarde para que Lila volviera a casa sin despertar a todos. Se habían echado en un par de colchonetas de jardín y Jensen la había tapado con su chaqueta. Él se había dormido casi de inmediato, con un brazo en la cintura de Lila y soltando de vez en cuando un ronquido amortiguado. Lila casi no había pegado ojo; le vibraba todo el cuerpo con la extrañeza que le provocaba tener al lado a un hombre medio desnudo. Durante el día siguiente no había dejado de recordar su cabeza rubia entre las piernas, siempre con un estremecimiento de placer.

Eleanor asoma la cabeza en el cubículo de la ducha.

—¿Y te sentiste bien? ¿Después de tantos años con Dan?

Esa era la cosa. Lila se había sentido bien. Se le hacía raro encontrarse cómoda teniendo relaciones sexuales con alguien de quien no estaba enamorada. Después había pensado que, en los últimos años de relación, Dan había abordado el sexo como si fuera su bicicleta de fibra de carbono. Una vez cumplidos los preliminares, hundía la cabeza en los hombros, tensaba todo el cuerpo y básicamente se concentraba en terminar.

—La verdad es que fue… superagradable.

—¿Cómo que agradable?

—Feliz. Sexo feliz. No sé muy bien cómo describirlo. A ver, físicamente no es mi tipo y no busca una relación, y luego es un jardinero sin demasiados posibles y con un puntito irritante. Pero perfecto para volver a la circulación.

Cuando Jensen la dejó en casa, le explicó que tenía que irse unos días a ver a sus padres en Yorkshire. «Qué oportuno», había dicho Lila en broma, y él había puesto los ojos en blanco y dicho que era verdad y que le preguntara a Bill si no le creía, porque ya se lo había comentado. Sentía dejarla con el jardín empantanado, pero que los padres son los padres. Lila eso lo sabía mejor que nadie. Al día siguiente, Jensen le había mandado un mensaje diciendo que lo había pasado muy bien y le encantaría volver a verla «en otro sitio que no sea una zanja de tu jardín», pero a Lila le preocupaba lo que le había dicho Bill sobre mezclar trabajo y placer y no había sabido qué contestar. Y ahora habían pasado tres días que habían convertido su no contestación al mensaje en el momento por no saber qué decir en algo más complicado e incómodo.

—Bueno. —La sonrisa de Eleanor es cada vez más ancha—. Diría que ha sido un buen primer intento.

—¿Con eso me estás diciendo que puedo usar tus mal disimuladas correrías sexuales en mi libro?

Eleanor se está lavando el pelo y tiene los dedos hundidos hasta los nudillos en la espuma de la cabeza. Se queda quieta un momento y hace una mueca.

—Pues, la verdad, Lils, preferiría que no lo hicieras. Lo he estado pensando y no me parece buena idea. Incluso si finges que eres tú, es posible que personas con las que me haya estado divirtiendo reconozcan cosas o se molesten conmigo y entonces no podré seguir viéndolas. Me resulta un poco… feo.

Lila la mira con esa decepción que sientes cuando se te dice que no a algo por razones totalmente comprensibles y sensatas.

—Vale —dice al cabo, tratando de no sonar molesta.

—Lo siento —dice Eleanor.

—No pasa nada. Ya pensaré en algo.

—Bueno, ahora tienes experiencias propias que contar, ¿no?

—Supongo.

—Lila saca su bolso de la taquilla, mira el teléfono para comprobar que no tiene mensajes de sus hijas y se encuentra esto en la pantalla:

Bueno, dime cuándo quieres que nos tomemos algo. Siento haber tardado tanto en contestar, pero es que a veces se me junta todo. Por cierto, ayer en el colegio estabas raggiante. Bss

Algo extraño ha ocurrido desde la noche de la no-cita con Jensen. No es exactamente una *entente cordiale*, pero salta a la vista que los dos padres de Lila han dejado de pelearse. Cuando llegan a casa del colegio, Bill se esfuerza por mostrarse animado y amable, pregunta a Lila y a Violet qué tal día han tenido, de cuando en cuando prepara cenas menos disuasorias y enseña a Lila pequeños cambios que ha hecho en la casa, como colgar un corcho para que las chicas sepan qué llevar a clase cada día o poner un pestillo nuevo en el baño del primer piso para que nadie entre cuando está ella (con «ella» se refiere a Bill y con «nadie», a Gene). Hay considerablemente menos portazos y menos serenatas pasivo-agresivas al piano.

Gene, por su parte, se levanta de la cama a una hora casi normal (las nueve y media), recoge el sofá cama, pasa casi todo el día fuera y, cuando vuelve, saluda a Bill antes que a nadie. «Hola, Bill, ¿qué tal el día?». «Estupendo, gracias, Gene. ¿Y el tuyo?», contesta él.

Lila no tiene claro que esta conversación se produzca también cuando no está ella cerca. Pero una noche los dos hombres fregaron juntos los platos de la cena y Bill no dijo nada cuando Gene los guardó en el armario que no era, y a la noche siguiente, en la mesa, mantuvieron una breve charla sobre la fuga de agua en uno de los baños en la que no participó nadie más. Si bien en sus intercambios cordiales se aprecia cierto matiz de esfuerzo, también significan que Lila no tiene que pasarse los días sintiéndose como una artificiera preparada para una explosión inminente.

Y eso es muy de agradecer. Porque lleva tres días encerrada en lo que solía ser su despacho revisando el primer capítulo, que va con retraso y que se ha comprometido a entregar a Anoushka el viernes pase lo que pase.

Hace dos años era una mujer abstemia, casada y con dos hijas que ni siquiera había mirado a otro hombre. Me casé para toda la vida, creía que mi familia era mi mundo y es probable que mirara por encima del hombro a quienes no eran como yo. ¿Cómo pasé de eso a terminar una noche tumbada en el suelo de un taller después de mi primera cita con un hombre más joven que yo, con serrín en el pelo, achispada de vodka y disfrutando del mejor sexo de mi vida?

En el capítulo lo llamaba J y no decía a qué se dedicaba, dando por hecho que así podría ser cualquiera. Y había evitado incluir el episodio de llevar al hospital a su anciano padre, describiéndolo únicamente como «un mal día en el trabajo». Pero el resto lo había escrito casi palabra por palabra: cómo se habían contado sus vidas respectivas en el pub, la pérdida de las llaves, su determinación de «volver a la circulación», el momento en que se había dado cuenta de que ni siquiera sabía cómo se apellidaba, el terror y la excitación de desnudarse otra vez delante de otro ser humano. Disfruta bastante del proceso de escribirlo; le permite revivir la velada al detalle, recordar momentos que había olvidado (cuando la correa del reloj de él se le enganchó en el pelo, cómo al terminar Jensen salió corriendo al jardín lluvioso a hacer pis) y después a observarla desde lejos: la historia de una mujer recuperando su vida y su sexualidad. Había alterado los hechos un poco, intensificando las emociones, cambiando el físico de él a moreno y dándole un final. «Bueno —dijo mi mejor amiga—. Pues yo diría que ha sido un buen primer intento». Pero no había necesitado cambiar nada de cómo se sintió en el momento: la inesperada naturalidad, las risas, el serrín, el olor de la lámpara de parafina y el golpeteo interminable de la lluvia en el tejado, y del hecho de que, ahora se da cuenta, no se preocupó en ningún momento de su aspecto físico ni de cómo la estaría viendo él.

Era un hombre encantador, en absoluto mi tipo, y me enseñó que, a diferencia de cuando estaba en la veintena y el sexo venía siempre con múltiples condicionantes —lo que él pudiera haber dicho o hecho anteriormente, si se trataba o no de «una relación», lo borracha que estaba yo o lo insegura que me sentía—, a los cuarenta podía habitar mi cuerpo de forma plena, sin miedo a pedir lo que quería, sin sentir que tener sexo satisfactorio con una persona me obligaba a pasar con ella el resto de mi vida. De hecho, era más bien al revés; podía tener un encuentro sexual con una persona sabiendo que no quería pasarme el resto de la vida con ella. Fue mi primer momento de liberación y, solo por eso, cada hora pasada en esas colchonetas llenas de bultos y el serrín en el pelo mereció la pena...

«Chúpate eso, Dan», piensa. Lo imprime para revisar errores de ortografía y gramática —por alguna razón se ven mejor en papel— y luego, cuando se ha convencido de que no los hay, adjunta el capítulo a un correo, escribe la dirección de Anoushka y le da a «Enviar». A continuación cierra el portátil sintiéndose extrañamente satisfecha. Es una mujer adulta e independiente que escribe sobre sus escarceos sexuales. Está pasando página, sacando adelante a su familia y recuperando su autonomía económica. No ha tenido que inventarse nada. Y ni siquiera el hecho de que Truant se haya hecho pis en las escaleras (porque, si no lo hace Lila, nadie lo saca) consigue empañar su buen humor.

Me parece muy bien! Cuándo te viene bien a ti?

Esta semana estoy hasta arriba de trabajo pero qué tal el jueves por la noche? Lennie duerme en casa de mi madre

El jueves perfecto

Gabriel y ella vuelven a mensajearse casi todas las noches, breves intercambios de información sobre padres del colegio o cosas que hacen sus hijas.

Quién es la mujer más guapa del patio del colegio?

Gabriel hace comentarios concretos sobre el aspecto de Lila, dice que el pelo de determinada manera le queda bien, o que estaba genial con esos vaqueros, a menudo usando palabras italianas que Lila tiene que consultar. Se fija en pequeños detalles de ella que a Dan le pasaban por completo inadvertidos. Es amable, considerado y claramente consciente del psicodrama que le supone a Lila tener que enfrentarse a la presencia de Marja.

Sé que no es asunto mío, pero consigo entender que Dan eligiera a esa chica. Comparada contigo no dice nada

A Lila le gusta que diga «esa chica», como si Marja fuera alguien insustancial. Los mensajes de Gabriel son impredecibles, llegan a horas intempestivas; en ocasiones manda dos o tres en una misma hora y en otras no contesta. Lila imagina el estrés de su vida cotidiana como padre viudo y lo difícil que debe de ser conciliar su trabajo como arquitecto de renombre con las necesidades afectivas de su hija.

A veces se siente mucha soledad, ¿verdad?, se aventura a escribir una noche mientras está en la bañera.

La respuesta de Gabriel llega minutos después, cuando el agua de Lila ha empezado a enfriarse.

Desde luego. Tú sí que me comprendes. Bs

Gabriel parece verla como nadie más lo hace. Es como tener un aliado secreto que solo ve lo mejor de ti. En persona hablan poquísimo —lógicamente nadie quiere ser objeto del escrutinio forense de las madres del colegio—, pero las miradas de Gabriel son cómplices y, cada vez que recibe un mensaje suyo, Lila siente mariposas en el estómago y lo lee y relee varias veces disfrutando de la calidez de su atención digital.

> Hoy en el trabajo he visto a una mujer igualita a ti. Ojalá hubieras sido tú, nos habríamos ido a tomar un café

> Era yo. Me escondo en tu oficina disfrazada de mil maneras. Así soy yo

> Eres muy graciosa. Es uno de tus muchos encantos. Pero no era ni la mitad de atractiva. Bs

Los mensajes se han vuelto casi diarios y el coqueteo resulta innegable. Lila va ahora al colegio un poco nerviosa, la inminente cita es como un calentador de manos que aprieta fuerte, una fuente secreta de calor y consuelo. Cuando Philippa le dirige una de sus levemente compasivas miradas —esas que parecen decir al mismo tiempo: «Lo sentimos todas mucho por ti, pero es totalmente lógico que Dan te cambiara por Marja»—, Lila la recibe con una sonrisa inexpresiva y va derecha al rincón de Gabriel incluso si él no está. Algo que ocurre, irritantemente, casi todos los días. Pero Lila está de tan buen humor que, cuando un conductor le pita para que se dé prisa en cruzar por el paso de cebra, se para y le hace solo tres saltos de tijera, cuando estaba en su derecho de hacer por lo menos doce.

—Entonces ¿a dónde vais a ir? —pregunta Eleanor, quien se ha pasado a tomar café y a enseñar a Lila su tatuaje nuevo. Es de un fénix, al parecer, renaciendo de las cenizas de su cadera.

Lila quiere preguntar si es una reflexión sobre la osteoporosis, pero sospecha que no tiene demasiado que ver.

—Pues... no lo sé aún.

—¿Pero sí te ha confirmado la fecha?

Esa era la cosa. Gabriel ha estado irritantemente callado las últimas treinta y seis horas. La última vez que Lila mencionó lo de quedar, dijo algo sobre tener mucho trabajo pero estar seguro de que iba a poder, y ahora Lila no quiere perseguirlo. Sospecha que las personas de las que se rodea Gabriel no hacen cosas tan prosaicas como concretar detalles sobre citas.

—Bueno, más o menos, sí. Propuso el jueves.

—¿Y cuándo fue eso?

—Pues… el domingo.

Eleanor la mira fijamente.

—No me mires con ese tono de voz. Me ha estado escribiendo y fue él quien lo propuso en primer lugar.

—Después de que tú lo invitaras a ir a tomar algo.

—Bueno, sí, pero eso lo habíamos olvidado ya. Podía haberse hecho el loco. Y fue él quien dijo de quedar.

Eleanor pone la cara de alguien que no quiere decir lo que le gustaría decir.

—Estoy segura de que me escribirá mañana —dice Lila con firmeza.

Los retazos de música de piano que han sido el telón de fondo de su conversación se han interrumpido y ahora Lila oye abrirse y cerrarse la puerta principal, las despedidas amortiguadas que significan que Penelope Stockbridge se ha marchado. Poco después entra Bill en la cocina. Saluda cordialmente a Eleanor, observa Lila, y esta le enseña el tatuaje de la cadera que, oh, cielos, es… digno de atención. Y, cuando las dos declinan con amabilidad su ofrecimiento de hacer más té, se prepara un earl grey y se sienta a la mesa de la cocina. Tiene el periódico delante, pero parece pensativo.

—¿Estás bien, Bill? —pregunta Lila después de intercambiarse una mirada con Eleanor.

—¡Perfectamente! —dice—. ¡Todo bien, gracias!

—Está triste porque le gusta la dama pianista y no sabe qué hacer.

Entra Gene del jardín bebiendo Coca-Cola de una lata. Es un día inusualmente caluroso y lleva una camiseta desvaída con una fotografía de Bob Marley. Lila no sabía ni que estaba en casa.

—No es eso —dice Bill.

—Claro que sí. Le gusta, pero se siente mal por tu madre.

—Penelope me gusta como amiga.

—Pues no debería. Está coladita por ti, amigo. Bebe cada palabra que dices. Te mira tocar ese piano como si quisiera que la tocaras a ella.

—Por el amor de Dios, Gene. No todo el mundo tiene la mente tan sucia como tú.

Gene sonríe, satisfecho de sí mismo.

—La verdad es que viene mucho —comenta Lila.

Penelope se pasa dos o tres veces a la semana. En teoría siempre para ayudar a Bill con sus escalas. Bill es un alumno de lo más aplicado. Es muy gratificante para ella. Esta semana, además ha traído pasta gratinada, una bandeja de bollitos y unas flores porque tenía muchísimas en su jardín. Se habrían echado a perder. A Lila le resulta bastante adorable. Penelope es una presencia tímida, nerviosa, tan deseosa de complacer que es difícil no tenerle simpatía.

—Me parece muy bonito, Bill —dice—. Creo que a mamá no le importaría si la vieras como... como algo más que a una amiga.

Bill está mirando el periódico con el ceño fruncido, algo que en él equivale prácticamente a expresar un profundo trauma existencial.

—Es una señora encantadora —dice al cabo—. Tengo la impresión de que la vida no la ha tratado demasiado bien. Y disfruto de su compañía. Pero la verdad es que no sabría cómo... No sé.

—¡Colega, no le des tantas vueltas! Te estás complicando demasiado —dice Gene rascándose un sobaco—. Invítala a quedarse a cenar una noche. Estará encantada.

La mirada de Bill sugiere que está preguntándose si Gene estará presente en esa cena.

—Si te decides a invitarla a cenar, los demás nos iríamos, ¿verdad, Gene? —dice Lila—. Para dar a Bill un poco de intimidad.

—¡Ah! ¡Pues sí, claro! Para que estéis a vuestro aire.

Gene le da un codazo vigoroso, que Bill tolera educadamente.

—No sé... —repite Bill.

—Venga, tío. ¿Quién sabe cuánto tiempo nos queda? Tenemos que vivir mientras podamos. Oye, ¿qué habría hecho Francie? Ella sí que sabía disfrutar de la vida, ¿no? Aprovechaba cada momento.

Todos guardan silencio mientras piensan en Francesca.

—Eso es verdad —dice Bill, y deja escapar un pequeño suspiro tembloroso.

—No la estás traicionando. Es lo que ella habría querido. ¡Todos tenemos que pasar página! Eso no quiere decir que nos acordemos menos de ella.

Lila se pregunta cómo casa esa idea con el hecho de que Gene no fue capaz de molestarse en venir a llorar a su madre, pero está siendo cariñoso con Bill, así que lo deja pasar.

—Tienes razón —dice Bill después de pensárselo—. Igual sí le pregunto si le apetece cenar conmigo.

—¡Así se habla! Y aquí tu colega se quita de en medio en cuanto se lo digas.

Más tarde Lila se pregunta si la generosidad de espíritu de Gene es del todo altruista. Si Bill se fuera a vivir con otra mujer, ya no necesitaría su habitación allí. Pero Eleanor le habría dicho que esa es una visión increíblemente cínica y desoladora de la naturaleza humana incluso para ella, así que también esto lo deja pasar.

—Por cierto, cariño —dice Gene—, te hemos arreglado el meódromo.

—¿Perdón?

—El inodoro —dice Bill—. El baño verde. El que no hacía más que atascarse. Esta mañana hemos mirado la pared de fuera y nos hemos dado cuenta de que quien lo instaló no colocó bien la tubería de desagüe donde conecta con el baño. Por eso se atascaba todo el rato.

—Estaba prácticamente horizontal.

—Exacto. Así que Gene y yo hemos ido a la tienda de artículos de fontanería, hemos comprado un trozo de tubería y lo hemos fijado a la tubería principal cambiando el ángulo. Y como comprobarás, problema solucionado. Creo que hemos hecho un buen trabajo.

—¿Habéis arreglado el váter?

Lila no da crédito a que estos dos hombres hayan ido juntos a una tienda de artículos de fontanería, y mucho menos encontrado las destrezas necesarias para solucionar la avería.

—Desde luego que sí —dice Bill—. Ahora la cisterna funciona de perlas.

Lila está sin palabras. Mira a los dos, sus expresiones amables, orgullosas, y de pronto se apodera de ella un sentimiento desconocido. Que es posible que sea cariño incondicional.

—Incluso si has comido mucho curri —añade Gene.

—Ah —dice Lila.

Todos callan disfrutando del momento. Entonces Lila menea la cabeza.

—Un momento, ¿me estáis diciendo entonces que ese puto fontanero me ha estado cobrando trescientos dólares cada pocas semanas? ¿Y por qué? ¿Por meter una percha en la taza del váter? Lo voy a matar.

20

Celie

Truant nunca se sube a las camas, es una de sus manías, junto con no pedir jamás que le rasquen la barriga, aceptar golosinas solo de mamá y Celie y portarse como si todo el que entrara por la puerta viniera a asesinarlos mientras duermen. Pero ahora mismo está mirando a Celie desde encima del edredón y Celie no puede quererlo más. Truant la entiende. Es literalmente la única persona del mundo que la entiende. En cuanto Celie entró en su cuarto y soltó las lágrimas que había estado reprimiendo durante todo el viaje de vuelta en autobús, asomó el hocico por la puerta, esperó un momento en el umbral y acto seguido saltó a la cama, a su lado. Sin llegar a tocarla, con el cuerpo enroscado y dando a entender que no está allí para apoyarla, aunque Celie sabe que es así. Porque Truant nunca se sube a las camas y Celie nunca ha estado tan triste.

Va a ser un fiestón. Los padres de China están fuera y Meena y ella han mandado invitaciones por Snapchat. Y Celie es la única persona del decimoprimer curso a la que no han invitado. La única. Incluso Martin O'Malley va. Martin O'Malley y la chica esa tan rara, Katya, que llegó en noveno y de la que todos dicen que huele a queso. Y si Celie se ha enterado de lo de la fiesta es solo porque Martin O'Malley se le acercó cuando estaba haciendo cola para comer y le pregunto si iba a ir. Por un momento Celie creyó que iba a caerse al suelo de la conmoción —fue como recibir una patada en el estómago— y, cuando se recuperó, dijo que no, quizá, que no lo había decidido aún, pero está segura de que no ha sabido disimular porque ha visto la insoportable expresión de lástima en los ojos de Martin cuando se alejaba.

Acaricia la cabeza suave y negra de Truant. Este parece algo receloso y la mira de reojo, pero no se mueve y Celie apoya la cara en la almohada a su lado y llora amargamente y en silencio.

No está segura de cuándo ha llegado Gene, pero se da cuenta porque Truant suelta un largo gruñido. Celie levanta la cabeza y lo ve con los dedos viejos y arrugados en el marco de la puerta y la cabeza ladeada mirándola.

—Oye, ¿qué pasa, chica?

Celie le da la espalda. Ahora no está de humor para una de las charlas de Gene.

—Nada.

—¿Te duele la cabeza? Tengo ibuprofeno en la...

—No.

Silencio.

—¿Te has enfadado con tu madre?

—No, no me he enfadado con mi madre.

Celie se pone a mirar la pared, deseando que se vaya. Entonces oye la voz de Gene a su espalda.

—¿Estás con la regla?

Celie se incorpora.

—Ay, por favor, ¿quieres irte?

Gene hace una mueca.

—Es que esa es la cosa. No puedo irme y dejar a una dama llorando. No me parece bien. —Se queda en la puerta mientras Celie se seca furiosa los ojos deseando que se vaya. Pero Gene da un paso hacia ella. El gruñido de Truant sube de volumen—. ¿Estás segura de que no tienes la regla?

—Por favor, vete.

Gene sale y Celie suspira temblorosa de alivio, pero vuelve a los pocos minutos y esta vez abre la puerta sin ni siquiera llamar. Celie está a punto de gritarle, pero entonces Gene le tira algo, que aterriza en la cama. Truant da un salto y desaparece detrás de las cortinas, desde donde emite ladridos breves de advertencia intercalados con gruñidos.

Celie coge lo que le ha lanzado Gene tratando de hacer caso omiso del estruendo. Son chocolatinas Reese's rellenas de mantequilla de cacahuete.

—¿Qué es esto?

—Tú pruébalo.

Está claro que Gene no piensa irse hasta que obedezca. Celie abre el envoltorio y da un mordisquito. Sabe a mantequilla de cacahuete y a un chocolate muy dulce. No está mal, pero no tiene demasiada hambre. Da otro mordisco y deja que la chocolatina se le derrita en la lengua. Se la comerá y le dará las gracias; le hará un cumplido, que es lo que busca siempre Gene de las personas, y entonces él se irá.

Pero en lugar de irse, Gene se sienta en la cama a su lado sin esperar una invitación, abre otro envoltorio, se mete entero uno de los discos de chocolate en la boca y deja escapar un pequeño murmullo de placer. Habla con la boca llena.

—Guardo reservas en la maleta. Todo esto de la comida baja en calorías que nos da Bill está bien para vosotras, supongo, pero un hombre necesita un poco de azúcar en su vida, tú ya me entiendes.

Celie asiente con la cabeza y muerde una segunda chocolatina. Comen en silencio mientras las protestas de Truant se van reduciendo a gruñidos esporádicos para hacer saber a Gene que está ahí, detrás de la cortina.

—Yo he llorado un rato esta mañana —dice Gene cuando termina de masticar.

Celie se vuelve para mirarlo.

—No me han dado un papel. Ya sé que es un disparate, pero

es que lo habría hecho fenomenal. Es una de esas series de médicos. Y me habría sacado del bache. Me habría puesto otra vez en circulación en este país. Me llamaron para una segunda prueba y luego, después de tenerme tres días conteniendo la respiración, han elegido a otro, me cago en la mar, ¡que encima ni siquiera es buen actor!

Se mete otra chocolatina de cacahuete en la boca y mastica.

—Y me consta que usa peluquín.

Gene suspira largamente. Luego le da un codacito a Celie.

—Venga, ayúdame a sacar a ese perro tan tonto de paseo para que me coja cariño y no vuelva a morderme.

Celie se recuesta en la almohada.

—No me apetece salir.

—Ay, venga, Celie. Ayúdame. Necesito ganarme a este chucho. Y ya sabes que las mujeres de este barrio están locas por mí. La única manera de mantenerlas lejos es llevando a una chati guapa al lado.

—A las mujeres ya no se las puede llamar «chatis».

—Mujercita entonces.

—Eso es peor.

—¿En serio? Vale. Pues con un bombón del brazo, entonces.

Celie pone los ojos en blanco.

—Estoy hablando de mí, no de ti. Venga, termínate la chocolatina y nos vamos.

El Heath está ajetreado a esta hora del día. Los senderos, alfombrados de hojas color naranja, están repletos de parejas con un café para llevar que pasean del brazo y niños recién salidos del colegio que saltan por encima de ramas de árbol que el viento ha tirado al suelo. Celie no tiene demasiadas ganas de conversación, pero Gene no calla, así que le deja hablar de su *casting* fallido, de lo mucho que echa de menos el clima de Los Ángeles. De una mujer que se parece a una chica con la que salió y que le cortó la puntera de todos sus calcetines y no se enteró hasta una semana después de que se fuera. Celie no sabe si quiere eso decir que estuvo toda la semana con los mismos calcetines o que iba descalzo por Los Ángeles, pero no tiene ganas de preguntar. No deja de pensar en lo horrible que será ir a clase el lunes, en que la emoción por la fiesta será cada vez mayor y todos terminarán sabiendo que ella es la única no invitada. Es como una enfermedad, piensa, no ser popular. Hay personas que igual no saben que la tienes, pero, cuando te vean aislada, les preocupará que puedas contagiarlas y no se acercarán. Esta semana última ya ha comido sola cuatro días.

—Creo que me voy a cambiar de colegio —dice cuando se da cuenta de que no puede seguir callada—. En nuestra calle hay un instituto de bachillerato.

—Vale, suena bien. Pero ¿por qué te quieres cambiar?

Gene ha cogido la correa de Truant y este se mantiene lo más lejos posible de él sin quitarse el collar.

Celie se encoge de hombros.

—Así igual saco mejores notas.

Gene la mira un momento, luego se saca una cajetilla del bolsillo y se pone un cigarrillo en la boca. Lo enciende, da una larga calada y expulsa una fina nube de humo.

—¿No te gusta tu colegio?

—No está mal.

—Nadie se cambia a tu edad a no ser que lo odie.

Celie da una patada a un canto. Cuando habla, la voz le sale ahogada, como si tuviera una piedra gigante en la boca.

—Antes me gustaba.

Gene no dice nada. Sigue andando, pero Celie nota su mirada. Y de pronto empieza a llorar otra vez. Por Meena, por la fiesta y por el nudo de angustia que no se le va del estómago.

—Ea —dice Gene—. Ea. —Le pasa un brazo por los hombros y a Celie le da igual si alguien los ve. No puede más—. Vamos, cuéntaselo a tu amigo Gene. ¿Qué pasa?

—¿Se lo vas a decir a mamá?

—¿Tengo pinta de chivato?

De modo que Celie se lo cuenta. Que es como si fuera leprosa, porque nadie, excepto los marginados del colegio, le dirige la palabra, y que Meena era su mejor amiga y conoce todos sus secretos, incluido que se hizo pis en la cama hasta los ocho años y que estuvo durmiendo con su madre muchísimo tiempo después de irse su padre, porque se le caía el mundo encima y de pronto le daba miedo la oscuridad, o que el noviembre pasado se fue sola al parque con un chico de bachillerato porque estaba colocada. Y ahora es como si su vida entera estuviera dentro de una caja que Meena se dedica a enseñar por ahí para que todos la miren y se rían. Que se encuentra enferma todo el rato y no puede contárselo a su madre porque esta está siempre estresada, triste y ensimismada, y su padre no piensa en otra cosa que no sean Marja y el bebé, y no sabe cómo va a sobrevivir a los próximos dos años si sigue donde está porque es como ir a la guerra cada día.

Y cuando termina, Gene la rodea con su enorme brazo y le pega la cara a su camiseta, que huele un poco a cerveza y a tabaco, pero de una manera no desagradable. Y la achucha y le besa la coronilla, y ella deja la cara apoyada allí unos instantes.

—Ay, pichona —dice—, qué duro.

—No sé cómo pararlo. Porque no sé qué he hecho mal.

Celie se está secando los ojos avergonzada, y Gene la lleva hasta un banco y la hace sentarse hasta que deja de llorar. Celie tarda unos diez minutos. Ahora se siente incapaz de mirarlo, así que se inclina hasta apoyar los codos en las rodillas, y tiene un poco de hipo.

—Mira, yo no entiendo de muchas cosas. Pero si algo sé es actuar.

«Por Dios —piensa Celie—. Que no me cuente otra batallita de Gene en el escenario». Pero su abuelo sigue hablando.

—A ver, no sé qué has hecho. Ni siquiera si hiciste algo. Pero lo que sí sé es que esas chicas, que son unas malas personas, van a estar interpretándote todo el tiempo. A las chicas eso se les da fenomenal. Los chicos lo arreglamos todo con unos puñetazos y a otra cosa mariposa. Pero las chicas son complejas. Y ahora mismo tú vas por ahí así...

Se pone de pie delante de ella, encorva los hombros y baja el mentón. Parece abatido, derrotado.

—Yo no ando así.

—Sí que lo haces. El lenguaje corporal es mi especialidad, cariño. Es a lo que me dedico. Y tú ahora mismo lo que proyectas es derrota.

Celie lo mira horrorizada. Se sienta un poco más erguida.

Gene le habla mirándola a los ojos y con expresión seria.

—A ver, no digo que modificar la actitud corporal vaya a cambiarlo todo, pero algo sí. Y ahora mismo esas chicas saben que a ti te afecta lo que te están haciendo. Saben que lo estás pasando mal y por eso se sienten poderosas. Y eso les hace olvidarse de sus propios problemas. Porque seguro que lo están pasando de puta pena.

—¿Y tú cómo lo sabes?

—Porque la gente que hace daño está herida.

Celie lo mira fijamente.

—Celie, cariño, fíjate en personas que son felices, que están ocupadas viviendo, disfrutando. No se dedican a ser desagradables con otros. Dedican su energía a otras cosas. Ni se les pasa por la cabeza hacer daño a alguien, o hacerlas de menos. De hecho, es más probable que lo que hagan sea ayudar a que otras personas crezcan. Así que ¿sabes qué vas a hacer?

Celie niega con la cabeza.

—Las vas a compadecer. A esas chicas estúpidas, pobres y malas que solo disfrutan tratando mal a los demás. Sí, señora. —Cuando Celie hace ademán de protestar, levanta una mano—. Pero al mismo tiempo no les vas a dar motivos para sentirse mejor.

Celie frunce el ceño.

—Vas a cambiar de actitud. En lugar de esto —Gene se pone a caminar con la espalda encorvada y aspecto triste, mirando de reojo, como pidiendo perdón por existir—, el lunes te vas a presentar en el colegio como si te importara una mierda todo.

Celie pestañea.

Gene se corrige.

—Perdón, vas a ir cómo si no te importara en absoluto lo que hagan esas chicas. Vas a entrar pisando fuerte, con la cabeza bien alta y vas a cambiar la energía a tu alrededor. Así.

Saca un poco el pecho, camina con decisión al trozo de césped que hay delante de Celie y está sonriendo un poco, como si todo esto lo divirtiera.

—Yo no sé hacer eso.

Celie se aparta la cortina de pelo que le tapa la cara.

—Claro que sí. Solo tienes que practicar. Venga. Inténtalo.

Celie se encoge y mira a las personas que pasean sus perros. Esto es demasiado.

Pero Gene sigue plantado delante de ella.

—Vamos. Hazlo. No voy a moverme de aquí hasta que lo hagas. Ponte de pie.

Celie suspira. Se le ve totalmente empeñado. Se levanta del banco de mala gana.

—Más derecha, venga. Sigues encorvada.

Celie se pone un poco más recta y levanta la barbilla.

—¡Eso es! ¡Más! ¡Ya lo tienes! Ahora camina hasta ese árbol.

Celie echa a andar, alarga la zancada, saca el pecho. Le da un poco de corte, pero no quiere que Gene le grite en público, así que se esfuerza por seguir erguida. La verdad es que resulta sorprendente la diferencia a como caminaba hasta ahora.

—¡Respira! ¡Venga! La respiración es muy importante. ¡Respira hondo desde aquí! ¡Eres fuerte! ¡Poderosa! ¡Estás en una burbuja que no pueden atravesar! ¡Ahora ven hacia mí con actitud!

Gene no se va a rendir. Así que Celie se gira, levanta la barbilla y camina hacia él.

Gene ya se ha emocionado y le está haciendo gestos.

—Imagínate que soy una de esas chicas, ¿vale? Mírame, toda desagradable y mohína. —Se toca el pelo y hace un puchero—. Sabes lo que estoy haciendo, pero te da igual. Prácticamente me desprecias, Celie. ¡Te doy pena! ¡Tú sigue así, cariño, lo estás sintiendo y tu cuerpo lo sabe! ¡Vamos!

Se ha puesto a gritar y a hacer morritos y a Celie le da un poco de vergüenza, pero también risa. Cuando se cruza con Gene, afloja el paso, levanta la cabeza y le dirige media sonrisa despectiva.

—¡Sí! ¡Eso es lo que te decía! ¡Celie la chula! ¡A ver, Celie la chula!

Celie ríe. Gene es ridículo.

—Venga, ¡otra vez! Ahora exagéralo más. ¡Brazos en jarras! ¡Ni te molestes en mirarme! ¡No merezco tu atención! ¡Soy barro pegado a tu zapato!

Celie da media vuelta, camina en la otra dirección y lo hace. Una mirada de reojo, de arriba abajo, un atisbo de desdén en la sonrisa. Le está diciendo en silencio que no es nadie. Tiene la barbilla levantada, los hombros rectos y da otra vez media vuelta.

—¡Eso es! ¡Vamos, chica! ¡Así me gusta! ¡Madre mía, venga esa mirada! ¡Me estás matando! Me estoy encogiendo. ¡Mira cómo me encojo! ¡Desaparezco!

Gene dobla las piernas, primero cae de rodillas y después al suelo.

—¡Estoy muerto! —dice tumbándose de espaldas en la hierba—. Estoy muerto. Me has matado.

Celie se para riendo, de pronto se siente más ligera. Es extraño, pero funciona. No sabe si el lunes le saldrá, pero funciona. Y por lo menos es algo, un trocito de armadura que llevar a la zona de guerra. Piensa en pasar delante de Meena y China, y en la sorpresa de estas al ver que no le importa lo que puedan decir de ella. Visualiza la burbuja protectora. Irá así todo el día, comprobando cómo sus miradas antipáticas le rebotan, cómo sus cuchicheos no atraviesan su escudo protector. A continuación relaja el cuerpo y sonríe, esperando a que Gene se levante. Gene se pone de lado, se sienta en la hierba y se mira las piernas.

Celie espera. Por fin Gene alza la cabeza y la mira, levanta una mano nudosa y resopla un poco.

—Me parece que vas a tener que echarme una mano, peque. Mis rodillas ya no son lo que eran.

21

Lila

Al final es Lila quien da el primer paso. Le manda un mensaje el jueves por la mañana después de una hora de deliberar. Es recordar el exasperado «¿Y por qué no se lo preguntas?» de Eleanor lo que la lleva a pulsar el pequeño teclado de su teléfono.

Hola, nos vemos esta noche por fin?

Gabriel tarda un par de horas en responder —probablemente estará reunido— y justo pasado el mediodía a Lila le llega una notificación.

Claro. Tomamos algo a primera hora? Te importa acercarte a mi trabajo? No puedo volver tarde por Lennie

Lo de tomar algo a primera hora es un poco decepcionante, puesto que lleva implícito que será un encuentro breve, pero la vida a la edad de Lila es complicada y eso ella lo sabe mejor que nadie. Además está decidida a no dar demasiada importancia a esta cita. Trabaja hasta las dos, si mirar cosas distraída en internet se puede considerar eso, y, sí, va a la peluquería, pero porque llevaba siglos queriendo probar una nueva que han abierto en la calle principal. Y, ya que está allí, le parece absurdo no hacerse la manicura, porque la manicura casi siempre te hace ver la vida de otro color; es algo que leyó una vez en una revista. Se pone ropa interior buena porque para las mujeres es importante sentirse bien, aunque no vaya a enseñarla. Y si tarda mucho en arreglarse es porque ahora mismo el tiempo está loco y no tiene muy claro en qué tipo de local han quedado (buscar el bar en Google no sirve de gran cosa porque ¿y si se sientan fuera?), de modo que el hecho de dedicar casi el día entero a prepararse para la cita es pura casualidad. Como lo es el llegar veinte minutos antes y tener que hacer tiempo en una esquina en Clerkenwell, a dos manzanas de distancia, para no parecer ansiosa. Estos días una no sabe a qué atenerse con el transporte público.

Gabriel llega diez minutos tarde y entra en el bar pidiendo perdón. Una reunión se ha alargado, lo siente muchísimo, ojalá Lila no lleve mucho esperando. El bar —redecorado en estilo minimalista, todo madera y blanco, con mesas de mármol y sillas desparejadas y antiguas— empieza a llenarse de oficinistas que se pelean por mesas y se deshacen de carteras y chaquetas, despojos de la jornada laboral. Lila se levanta para recibir un beso en la mejilla y es consciente de que se ha ruborizado.

—¡Qué va! No te preocupes. Acabo de llegar.

Se ha pedido un agua sin gas y Gabriel pide una cerveza después de preguntarle si quiere algo más. Lleva una camisa azul oscuro de aspecto suave y vaqueros claros, y Lila sospecha que tiene el armario lleno de prendas similares: discretas pero que dejan claro que cuestan una fortuna. Ella se ha puesto un jersey negro de escote de pico y vaqueros negros, un atuendo tan neutral que encajaría en cualquier parte. Gabriel sonríe cuando vuelve a la mesa y se sienta, y, por un angustioso momento, Lila se pregunta si será capaz de decir algo, si tendrán algo de qué hablar.

—¿Así que hoy te has escaqueado de ir al colegio? —dice Gabriel con arruguitas alrededor de los ojos.

—La mitad de los días va mi padrastro.

Gabriel tiene dedos delgados y algo bronceados y un callo en el dedo corazón, probablemente de dibujar planos.

—Además, así descanso de ver a la Amante Joven y Flexible. —Lila se ruboriza cuando se da cuenta de que no debería referirse así a Marja—. Es como la llama mi padrastro —se apresura a añadir, pero Gabriel está sonriendo. La verdad es que cuando sonríe está guapísimo.

—Ja, ja. Pues hace bien. Pero qué suerte tener ayuda en casa. Yo me paso el día con la sensación de ir contra reloj. Después de colegio, Lennie tiene un montón de citas y actividades extraescolares. La mitad son cosas a las que la apuntó su madre y no tengo valor para borrarla.

Lila tiene ganas de preguntarle por su mujer, pero cree que puede ser prematuro, así que dice:

—¿Qué le gusta a Lennie?

—El ballet, la danza moderna... Aunque, entre tú y yo, parece una cría de elefante dando saltos. Tiene cero talento natural, pobrecita mía. Los sábados va a una clase de costura cerca de casa y los domingos, a equitación. El chino mandarín lo hemos dejado. Ya me parecía excesivo. A ver, tiene siete años.

Hablan un rato en general de hijos, horarios y la imposibilidad de conciliar y Lila trata de prestar atención a lo que dice Gabriel, pero la realidad física de tenerlo cerca hace entrar a su sistema nervioso en una suerte de espiral. Cuando levanta la vista de su vaso, comprueba que la está mirando con expresión afectuosa.

—Me gusta saber que te voy a encontrar en la puerta del colegio. Siempre me hace sentir mejor.

—¿En serio?

Lila no logra disimular la sorpresa y el placer en su voz.

—En serio. Este último año ha sido... complicado. Me siento obligado a ir a buscar a Lennie todo lo posible para que sepa que me tiene a su lado, pero todo ese rollo de las madres del colegio me resulta bastante marciano. Con la mitad de ellas no sabría de qué hablar. Y ser hombre en el patio del colegio te convierte en objeto de... ¿atención?, ¿curiosidad?

«De lujuria», piensa Lila. Lujuria. Y se tapa la boca para no decirlo en voz alta.

—Te entiendo perfectamente —dice con cautela.

—¿Cómo no lo vas a entender? Si es que lo has visto.

—No las soporto —salta Lila—. Es sentirte juzgada cada día por unas personas fatales. A ver, antes creía que era porque trabajo. Y muchas de ellas no. Su profesión son sus hijos. ¡Y me parece fenomenal! Cada cual que haga lo que quiera. Pero siempre había una desaprobación tácita si no me daba tiempo a hacer bizcochos para la feria o a tener el uniforme correcto en fecha, o a hacer un disfraz de Harry Potter para el día del Libro. Y ahora que Dan se ha ido con Marja, siguen mirándome, pero de otra manera.

Ay, por Dios, qué ojos tan bonitos tiene Gabriel. De un tono azul verdoso que el color de la camisa oscurece y resalta. Y tiene una forma especial de prestarle atención, como si todo lo que dijera Lila fuera de un valor incalculable.

—Eso tuvo que ser horrible.

Lila solo puede asentir con la cabeza.

—Sabes que algún día se arrepentirá, ¿verdad? Tienes que saberlo.

A Lila le cuesta creer que Dan vaya a arrepentirse de conocer a la mujer de sus sueños, con su tersa piel color caramelo, su acento exótico y su suscripción a la revista *Interiores*. Pero asiente con la cabeza, como si este triste revés del destino la tuviera sorprendida y resignada.

—Pero ¿estás bien? —dice Gabriel—. Espero que no te parezca una pregunta demasiado personal. ¿Lo has superado?

Es probablemente una pregunta con segundas. Como si Gabriel esperara que Lila reaccionase igual que aquella mujer de la cita de Jensen que se dedicó a llorar y a hablar sin parar de su exnovio. De manera que Lila sonríe de oreja a oreja y dice con énfasis:

—Claro que sí. Visto ahora, me doy cuenta de que no estábamos hechos el uno para el otro. —Juguetea con un pendiente—. Estoy perfectamente. A ver, durante una temporada lo pasé de pena, pero estoy convencida de que a largo plazo fue para bien.

—¿Y sales con alguien?

Esta pregunta definitivamente va con segundas.

—Ahora mismo no —contesta Lila después de pensar un momento, como si tuviera una fila de pretendientes a los que por ahora ha decidido rechazar—. He estado intentando centrarme en mis hijas.

Gabriel asiente comprensivo.

—¿Y tú?

Gabriel baja la vista.

—Igual que tú, centrado en Lennie en realidad. Lo que de verdad me apetece es sumergirme en el trabajo y no pensar en nada, pero es una niña tan buena… Y necesito asegurarme de que esta etapa no le deja secuelas. O que le deje las menos posibles. —Sigue con la vista baja—. Supongo que eso lo sabré dentro de diez años, cuando vaya a terapia.

—Seguro que está bien —dice Lila—. Se te ve que eres un padre estupendo.

Gabriel levanta una ceja y menea la cabeza. Se le cae un mechón sobre el ojo y lo aparta.

—No sé si Lennie diría lo mismo. Estoy seguro de que dirá que le sobran deberes y clases de violín y que le faltan horas de televisión y de ir al McDonald's.

—Desde luego, qué padre tan cruel —dice Lila con una sonrisa para dejar claro que bromea.

—Soy lo peor. Pero solo la obligo a dormir en el armario de debajo de las escaleras cuando se porta muy mal.

Lila no está del todo segura, pero cree que la rodilla de Gabriel está tocando la suya por debajo de la mesa. Al principio creyó que era la pata de la mesa, pero desprende calor y, cuando Gabriel ríe, se mueve un poco. Cuando concluye que en efecto es una rodilla y no la pata de la mesa, la implicación casi la paraliza. Apenas oye lo que Gabriel dice a continuación. Su propia rodilla se ha vuelto radiactiva y envía calor al resto de su cuerpo. Es casi insoportable.

—¿Lila?

—¿Mmm? —Sale de su ensimismamiento.

—¿Quieres tomar otra cosa? ¿Algo más fuerte esta vez?

Breve dilema. No quiere parecer una aguafiestas —se acuerda de cómo ponía Dan los ojos en blanco en momentos así—, pero al mismo tiempo siente que necesita tener la cabeza despejada. Ser la mejor versión posible de sí misma. Pero si Gabriel está sugiriendo que se tomen una copa, ¿significa eso...?

—¿Un vodka con tónica? ¿Sabes qué te digo? Pídemelo doble. —Sonríe como si estuviera haciendo lo más normal del mundo—. ¿Tú qué vas a tomar?

Gabriel se pone de pie y mete la mano en el bolsillo.

—Yo nada. Luego tengo que llevar a Lennie a casa de mi madre.

Más tarde, Lila piensa que jamás se ha sentido tan consciente de su cuerpo: de su sonrisa, de los ángulos desde los que él la estará viendo, de sus manos encima de la mesa. Trata de beber engañosamente despacio —el vodka con tónica es muy fuerte— y ser una interlocutora ligera, amena. Le hace a Gabriel unas cuantas preguntas serias: cuánto tiempo estuvo casado (doce años), cómo se conocieron (por un amigo), si siempre quiso ser arquitecto, y esta es la única respuesta en la que Gabriel se explaya. A las preguntas sobre su mujer contesta con respuestas lo más breves posible y sin mirar a Lila a los ojos. Lila piensa que perder a su mujer debió de ser profundamente traumático y no solo por la hija. Gabriel parece más cómodo preguntándole a ella, interesándose por las niñas, por cómo es tener una adolescente («Ay, Dios mío —dice sarcástico—. Voy a tener que encerrarla seis años en ese armario, ¿verdad?»).

—¿La echas de menos? —pregunta Lila sin pensar.

—¿A quién? Ah, a mi mujer.

—Sí.

De pronto se siente impúdica, como si se hubiera sobrepasado. Pero Gabriel la mira fijamente tanto rato que Lila se ruboriza un poco. Luego baja la cabeza como si pensara.

—Sí la echo de menos. Pero... —Hace una mueca—. Nos acabábamos de separar cuando murió. Así que es complicado.

Lila no sabe qué decir.

—Era una mujer increíble. Muy apasionada, superintensa. Pero podía resultar un poco agotadora.

—Conozco a alguien que tuvo una relación parecida —dice Lila acordándose de pronto de Jensen—. Me dijo que terminas acostumbrándote al melodrama continuo.

—Y es verdad. Pero las personas así también dejan un vacío muy grande. Era muy vibrante. Y una madre fantástica.

—Lo siento mucho.

—No lo sientas. Mi gusto en mujeres es otro ahora. Valoro más la tranquilidad.

Esto lo dice mirando a Lila a los ojos.

Las dos rodillas siguen pegadas, así que Lila se envalentona:

—¿Puedo preguntarte por qué os separasteis?

Por un momento Gabriel parece incómodo.

—Era... sorprendentemente insegura. Creo que veía cosas que no existían, no sé si me entiendes. Al final.... ya no sabía cómo conseguir que me creyera.

—Uf, qué difícil.

Le gustaría decir que Dan era muy celoso, pero lo cierto es que hubo semanas en que ni siquiera se enteraba de si Lila estaba en casa.

—Por cierto, en el colegio la gente no está muy enterada de esto. Te agradecería que...

Lila está meneando la cabeza con gesto tranquilizador, como para darle a entender que sabe guardar un secreto, cuando a Gabriel vuelve a sonarle el móvil. Mira a Lila.

—Perdona —dice—. Tengo que cogerlo.

Se pone de pie mientras contesta.

—Hola. No, no está conmigo. Estoy fuera.

Se gira y empieza a andar entre las mesas llenas de gente. Vuelve la cabeza para hacerle una señal a Lila de «No tardo».

Lila lo mira hablar fuera, en la acera, en lo que parece una conversación vehemente. Camina de un lado a otro con expresión descontenta. Hay un momento en que coge aire, como si tratara de contenerse. Por fin termina de hablar, espera un instante, se vuelve y entra. Cuando llega a la mesa, Lila mira su teléfono fingiendo leer correos, ajena a él, y lo mira con expresión neutral.

—¿Todo bien?

—Lo siento mucho. Voy a tener que irme —dice, y Lila hace un esfuerzo por no parecer abatida.

Gabriel no se sienta. Tampoco da explicaciones.

Lila tarda un momento en reaccionar, luego se pone de pie y coge su bolso.

—Ah, no te preocupes. Yo también tengo que irme ya.

Gabriel la acompaña a la estación de metro, de pronto ausente y callado. Las calles siguen llenas de gente volviendo a casa del trabajo, hay mucho tráfico y Lila se da cuenta de que no hay más, de que se acabó la cita. La espera el metro atestado a las ocho menos cuarto en lugar de dos cuerpos acercándose en un sofá a altas horas de la noche. Gabriel no va a ver su lencería y ahora tendrá que lavarla a mano, cuando se lo podía haber ahorrado. Está muy decepcionada. A la entrada del metro, se para, pegándose a la pared para que no la arrolle el gentío.

—Bueno, pues lo he pasado muy bien —dice a falta de otra cosa. Ni siquiera está segura de que Gabriel la esté escuchando.

De pronto este la mira con atención, como si la viera por primera vez.

—Lila, me ha encantado. De verdad. No sabes lo especial que eres. Me..., me gustaría que hubiéramos hecho algo distinto. Me alegro mucho de haber pasado un rato contigo. Tengo la sensación de que a ti sí te puedo contar cosas. Pareces... entender todo lo que me pasa.

Le coge la mano y, ante la atenta mirada de Lila, se la lleva a los labios y la besa sin dejar de mirarla a los ojos. Lo íntimo, lo abiertamente erótico del gesto deja a Lila sin respiración. Está a punto de decir algo cuando él hace una inclinación de cabeza, da media vuelta y se va. Lila se deja arrastrar por la marea de gente camino a la estación mientras el cuerpo entero le vibra igual que una campana gigante.

—Querida, les chifla. Nos van a hacer una oferta y en cuanto me llegue te llamo. Pero, por favor, si es que a mí también me ha encantado. ¡Es superemocionante! ¡Qué liberador! ¡Eres una verdadera inspiración!

Lila está volviendo del metro cuando llama Anoushka. Está tan absorta en sus recuerdos de las últimas dos horas que tarda un instante en comprender lo que le está diciendo su agente.

—¡Ah! —dice, y se para en mitad de la acera—. ¿De verdad les ha gustado?

—Tiene el toque justo de sensualidad y picardía. Me sentí totalmente dentro de tu piel en todo el capítulo. ¡Y qué bollo de señor! Por favor, dime que has quedado otra vez con el misterioso J.

Lila no quiere pensar en Jensen. Quiere pensar en Gabriel, en cómo le asoman las muñecas por las mangas de la camisa, en el mechón de pelo lacio que le cae sobre las gafas. Quiere pensar en la presión caliente y suave de sus labios en la palma de su mano. Aún nota la sensación en la piel.

—Ah, no. Creo que no. Ahora mismo... estoy viendo a otra persona, la verdad.

Anoushka chilla.

—¡Otro hombre! ¡Tan pronto! Pero bueno, Lila, no te privas de nada. ¿Es igual de encantador?

—Más. —Lila nota la sonrisa en su voz—. Es prácticamente todo lo que busco en un hombre.

—¡Debes de estar liberando feromonas! ¡Eres la fantasía hecha realidad de cualquier mujer de mediana edad! —Anoushka siempre habla con signos de exclamación, pero hoy está especialmente enfática—. ¡Tienes que contarme tu secreto! Este año Rupert está aburridísimo. Quiere pasarse las noches sentado en el sofá viendo a gente arreglar cosas en *The Repair Shop*. ¡Yo lo que quiero es hacer guarrerías con un guapísimo desconocido en un taller! ¡Tienes que incluir un manual de instrucciones en el libro!

—Y dime —Lila se concentra en la llamada—, ¿cuánto crees que van a ofrecer?

—Les he dicho que, si quieren los derechos, tienen que ser mínimo seis cifras. Y no ha dicho que no. Así que vamos a ver. Pero tengo grandes esperanzas. ¡Grandes esperanzas!

Anoushka cuelga y Lila vuelve a casa en una nube. Tarda dos calles en darse cuenta de que el sentimiento desconocido que la embarga es esperanza.

Esa noche, después de que las chicas se vayan a la cama (o después de que Violet se vaya a la cama; no tiene ni idea de hasta qué hora se queda Celie despierta en su cuarto), Lila ve un capítulo de *La familia Esperanza*. A Estella Esperanza la corteja un hombre más joven, el doctor guaperas que le trató la herida de bala dos episodios antes. Sus manifestaciones de amor son ardientes y parece comprender las profundas dudas que atenazan a Estella. Pero esta no lo toma en serio, absorta como está en el recuerdo de su marido, en su obsesión por separarlo de su joven amante. Lila, que está cenando un paquete de galletas de mantequilla, contiene el aliento cuando el médico se lleva la mano de Estella a los labios, embelesada de nuevo por la sensación de los de Gabriel en su palma, por la promesa extraña y erótica del gesto. Estella retira la mano, furiosa y vulnerable, y dice una frase rápida en español que lleva el subtítulo: «¡Te tomas demasiadas libertades! ¡No me toques!».

Lila mira la pantalla y a continuación su teléfono. Escribe:
Me ha encantado verte hoy. A ver si repetimos pronto, bss

Solo de escribirlo se ruboriza. Espera unos minutos, pero Gabriel no contesta. No hay puntitos flotantes que sugieran que está pensando cuidadosamente su respuesta, nada. El mensaje de Lila desaparece en el ciberespacio y se queda flotando en el éter. «No le des importancia», se dice mientras nota cómo el subidón posterior a la cita empieza a decaer. Es un hombre ocupado. Y estaba claro que tenía una tarde complicada. Por un momento se pregunta si debería ser una mujer más propensa al melodrama. Si eso haría reaccionar a los hombres, si convertiría su ausencia en un vacío inolvidable en sus vidas.

Entonces le vibra el teléfono.
Lo mismo digo. Bellissima. Nos vemos muy pronto. Bs

22

Gene ha conseguido dos papeles. El primero es un anuncio corto de dentífrico; un día de rodaje en el que básicamente tiene que presumir de su excelente dentadura. Al parecer, la selección de actores ingleses mayores a los que se ha enfrentado en la prueba tenían dientes que parecían postes de valla amarillentos. También va a ser un hombre de negocios entrado en años de visita desde Nueva York en una película de época de alto presupuesto y ya lleva una semana «metido en el papel», carraspeando en la mesa y pontificando sobre «esos temibles charlatanes de Wall Street». Sus dos líneas de texto han requerido interminables ensayos y en cualquier momento y en cualquier parte de la casa resuenan de pronto las cuidadosamente proyectadas frases: «Señor Arbuthnot, cuando alguien es propietario de una compañía naviera tiene la vida entera asegurada. ¿Puede usted decir lo mismo de las acciones del índice bursátil Dow?», pronunciadas en un infinita variedad de maneras, con el énfasis puesto alternativamente en «asegurada», «entera» y «bursátil». Violet ya se sabe el texto de memoria y le ha dado por repetirlo en voz baja mientras ve la televisión o se lava los dientes. A Truant le pone nervioso la recitación gritada e impostada de la segunda frase y ahora gruñe cada vez que Gene abre la boca para hablar. Es un único día de rodaje en una casa señorial de Oxfordshire y Gene rara vez ha estado tan animado.

—Pagan bien, cariño —le dice a Lila—. ¡Voy a poder darte algo del alquiler! Y nunca se sabe, si gusto, igual me dan más papel.

Lila debería alegrarse por él. Pero, aunque acepta sus abrazos y sonríe con cada mínimamente distinta interpretación, en ocasiones se pregunta si algún día sentirá por Gene lo que se supone hay que sentir por un padre. Es incapaz de verlo como uno, porque no se le olvida su reverso sombrío, el hueco en el grupo de dolientes reunidos alrededor de la tumba de su madre, el abrazo paternal que le faltó cuando más lo necesitaba.

Gene ha empezado a sacar a Truant por las tardes «para que puedas trabajar». Bill dice, algo sorprendido, que es un bonito gesto, pero Lila no deja de pensar que es Gene en estado puro: no soporta que alguien no lo quiera y, si ese alguien resulta ser un perro, también tendrá que conquistarlo.

Eleanor dice que debería darle una oportunidad, que al menos Gene se está esforzando y que no puede estar enfadada para siempre (al parecer, a esta edad eso es fatal para los pliegues nasolabiales), pero Lila sigue pinchándolo, es superior a ella: «Entonces ¿cuándo tienes la próxima prueba, Gene? ¿Has sabido algo de ese otro papel al que te presentaste?». En todas las preguntas subyace la que verdaderamente quiere hacer, y que es: «¿Cuándo te vas?».

Ahora está en el fregadero, mirando por la ventana a Gene aprovecharse de la vuelta al trabajo de Jensen para recitarle su texto en el jardín. Lleva una chaqueta de tweed de Bill (le ha pedido permiso) y un pañuelo al cuello, y Jensen está frente a él con las manos en un rastrillo mientras Gene camina de un lado a otro declamando en lo que sería una actitud señorial de no llevar unos calzoncillos desvaídos de la bandera estadounidense asomando debajo de la chaqueta de tweed.

—Pero, señor Arbuthnot, cuando alguien es propietario de una compañía naviera tiene la vida entera asegurada...

Jensen tiene las cejas levantadas y asiente entusiasta con la cabeza. Da la sensación de tener reservas infinitas de paciencia para estos señores mayores y sus manías. Claro que no vive con ellos.

Lila mira la pila de platos sucios y a continuación su teléfono en busca de mensajes que pueda haber pasado por alto. Gabriel no ha dicho nada de quedar otra vez. Cuando Eleanor se lo preguntó, Lila se limitó a decir: «Sí, me ha escrito», con una sonrisa misteriosa que daba a entender un contenido no apto para compartir. A Eleanor no la había impresionado nada lo del beso en la palma de la mano, pero, puesto que los gustos sexuales de ambas son muy diferentes, Lila no tiene intención de preocuparse.

Mientras tanto, Bill se está preparando para su cena con Penelope Stockbridge. Ha cambiado el menú ya tres veces, para decidirse finalmente por lubina con ensalada de hinojo y lima, seguida de *parfait* de limón. Esto ha exigido tres visitas distintas al supermercado, puesto que Bill, por lo general metódico, está tan descolocado por su cita para cenar que se olvida de ingredientes esenciales, no encuentra las bandejas de horno y se ha arrepentido en dos ocasiones de su elección de menú.

—Colega, como si pides unas hamburguesas, le va a dar igual. Lo que quiere es una buena ración de «tarta de Bill», tú ya me entiendes —dice Gene, lacónico, mientras mete un dedo en el *parfait* y da un respingo cuando Bill le pega con un trapo de cocina.

—No sé si cenar en la cocina es demasiado informal. ¿Lo es? ¿No queda poco fino?

—Sírvela en una bandeja en el dormitorio —dice Gene con un guiño lascivo. Llegado ese momento, Lila le pide que saque a Truant a dar otro paseo.

Está saliendo, después de que le recuerden dos veces que se ponga pantalones, cuando aparece Jensen en la puerta del jardín.

—Hola.

—¡Hola! —dice Lila.

Tiene puestos unos guantes de goma cubiertos de burbujas de jabón y necesita usar los brazos para retirarse el pelo de la cara.

—Solo quería... saludarte. No eres demasiado comunicativa por SMS.

Lila siente vergüenza. En los diez días que ha estado fuera, Jensen le ha mandado dos mensajes más, y estaba tan reconcentrada pensando en Gabriel que no contestó al segundo y la respuesta el tercero fue solo: «Espero que lo estés pasando bien con tu familia».

—Sí —dice incómoda—. Perdona. La verdad es que no soy muy de mensajes.

A Jensen no parece importarle. Se queda en el umbral del jardín con las botas embarradas y el pelo rubio de un lado de la cabeza de punta igual que un niño pequeño que se acaba de despertar.

—No pasa nada. Solo quería saber... si te apetece que quedemos otro día.

Cuando a Lila parece costarle responder, añade:

—Nada serio. Es que me gustó charlar contigo. Podemos ir a tomar una Coca-Cola.

—¡Muy bien! —dice Lila con entusiasmo excesivo—. Pero... eh..., esta semana no puedo. Estoy hasta arriba de trabajo. Y luego estos dos...

Jensen la observa y a continuación se vuelve hacia el jardín.

—Bill está muy nervioso con su cita, ¿verdad?

—Desde luego.

Sin duda, Eleanor diría que Lila debería quedar con los dos hombres y no cerrarse posibilidades. Pero lo que siente por Gabriel es tan incontenible que no le parece bien dar esperanzas a Jensen.

—¿Y qué vas a hacer mientras estén cenando? Tengo entendido que no podéis quedaros en la casa.

—Ah, pues vamos a ir a tomar una pizza.

La actitud corporal de Jensen le hace a Lila preguntarse si no estará esperando que lo inviten y hay un silencio breve e incómodo. Por fin Jensen se mira los pies.

—Bueno, pues voy a seguir. —Levanta la cabeza como si acabara de acordarse de algo—. Oye, no te olvides del árbol. No quiero cargarte con más problemas, pero tienes que hacer algo al respecto. Me da la impresión de que está más inclinado que antes de irme.

—Muy bien —dice Lila, y espera a que se vaya.

Le gustaría que la situación no fuera tan incómoda. Sonríe y se siente fatal. Ha sido una sonrisa de lo más falsa.

Otro largo silencio y luego —tras dudar un instante— Jensen saluda con la cabeza y vuelve al jardín.

A veces Lila echa tanto de menos a su madre que se siente capaz de convertirse en una de esas personas que se sientan delante de lápidas y hablan a los muertos. Si el tiempo no fuera tan húmedo y tuviera energías para coger el coche hasta Golders Green, hoy sería uno de esos días en que se sentaría entre las flores de plástico desvaídas y las urnas funerarias de mármol con inscripciones y le hablaría a Francesca. ¿Cómo le digo a alguien majo que no me interesa sin hacerle daño? ¿Cómo puedo saber si le intereso al hombre que me interesa? ¿Cómo voy a poder gestionar movidas así todo el tiempo? Francesca tenía una forma especial de mirarte, con expresión atenta y franca detrás de sus gafas de montura de carey, como si estuviera absorbiendo tu pregunta y tomando tus sentimientos en consideración incluso si se trataba de sentimientos que probablemente no deberías tener. Y sus respuestas siempre eran sensatas, comprensivas y no demasiado autoritarias: «Ay, cariño, qué difícil. Sé que lo vas a solucionar, pero, si quieres mi consejo, te diría...», o: «¿Qué te dice tu instinto, Lila? Eres una persona listísima. Creo que ya conoces la respuesta».

Lila podía hablar con ella de cualquier cosa. En su adolescencia, Francesca había sido una madre que nunca la juzgaba y que le hablaba como a una adulta, tratando el problema más insignificante como si fuera de importancia máxima. Llevaba a Lila a dar paseos en coche, de manera que no tuviera que mirarla a la cara (más tarde le contó que con los adolescentes había que hablar las cosas sin mirarlos a los ojos: «Ya sabes, igual que con los perros») y, aunque nunca criticó a Gene delante de ella, siempre era escrupulosamente sincera a la hora de describir sus sentimientos; hablaba de su ira, su tristeza y su sensación de abandono respetando el complejo equilibrio entre sincerarse y abrumar a Lila con emociones adultas que todavía no estaba preparada para gestionar.

Hubo una época —Lila tendría quince o dieciséis años— en que incluso las amigas de Lila pedían consejo a Francesca; se sentaban en su cocina mientras esta les servía té o magdalenas caseras y les decía qué haría ella o las alababa por lo listas que estaban siendo y les aseguraba que todo saldría bien. Durante un tiempo, a Lila la molestó un poco que sus amigas quisieran pasar tiempo con su madre. Pero, en los años más complicados de su matrimonio, podía hablar a Francesca de Dan sin temor a que, como hacían otras suegras, se dedicara a tomar nota de sus fallos para usarlos como pruebas en su contra más tarde, cuando inevitablemente Lila lo mirara con más benevolencia. Siempre empezaba sus respuestas con: «Bueno, ya sabes que quiero mucho a Dan y siempre lo haré», seguido de afirmaciones cuidadosas del tipo: «Pero en este caso creo que no está siendo del todo razonable. Seguro que no lo hace aposta. ¿Por qué no pruebas a preguntarle cómo se sentiría si estuviera en tu lugar?». Por supuesto, y algo muy de agradecer, no era alérgica al ocasional «Pues que se vaya a tomar por culo», si la situación lo exigía. Ahora que Lila lo piensa, era como si a Francesca ser humana se le diera mejor que a los demás. Había sido no solo una aliada, también alguien cuyo consejo siempre parecía tan anclado en lo correcto, o en lo apropiado, que Lila vivía con la sensación de tener línea directa constante con el sentido común. Hasta que, por culpa del autobús número 38 y un día inusualmente lluvioso, eso se terminó.

Algunos días, a Lila le parece del todo inconcebible que su madre ya no esté.

Pero ahora Bill tiene una cita con otra mujer y ella necesita solucionar sus propios problemas. Lila se quita los guantes de goma y sube a arreglarse.

«Hay pizzas y pizzas», dice Gene. Sí, estas no tienen nada de malo, pero, si las chicas quieren probar una pizza de verdad, tienen que ir al local de Antonio Gatti en el centro de Los Ángeles. «A ver, ese señor viene de una larga estirpe de pizzeros sicilianos. Su padre hacía pizzas, su abuelo hacía pizzas… En la pared tienen un montón de fotografías en blanco y negro de los hombres de la familia. El local no vale nada, te lo pasarías de largo en la acera. No es de postín. Pero no sé cómo hace la masa que es ligera como una pluma, ¿sabéis cómo os digo? Y la mozzarella… Madre mía…».

Gene lleva casi veinte minutos hablando de la superioridad de las pizzas americanas y Lila se da cuenta de lo pacientes que están siendo sus hijas. En la cena no están permitidos ni teléfonos ni dispositivos electrónicos —una regla extensiva a los restaurantes—, pero Gene lleva hablando tanto rato que casi le dan ganas de ofrecerles el suyo para que puedan evadirse un poco.

Gene dobla una porción de pizza y se la mete en la boca.

—Aunque tengo que reconocer que me gusta este salami picante con guindilla. Tiene mucho sabor, ¿verdad? ¿De qué es la tuya, Violet?

—De jamón —dice ella con la boca llena.

—¿Qué tipo de jamón?

—Jamón normal.

Lila mira a Celie dar cuenta silenciosa y concentradamente de una pizza, haciendo pausas para sujetarse el pelo detrás de las orejas. Qué agradable es verla comer con apetito.

—¿Qué tal ha ido hoy, cielo? —le pregunta Gene.

Celie mira a Lila y después a Gene.

—¿Qué tal ha ido qué? —pregunta Lila.

—Ha ido muy bien —dice Celie mientras corta un trozo de pizza con cuchillo y tenedor.

—Pero ¿has arrasado? ¿Has… destruido?

Celie se permite una pequeña sonrisa.

—He destruido —dice.

Y Gene explota.

—¡Lo sabía! ¡Sabía que podías! ¡Choca esos cinco!

Extiende la mano carnosa por encima de la mesa y, para sorpresa de Lila, la de Celie le da una palmada sonora.

—A partir de ahora no va a haber quien te pare, cariño. Tú haz caso de tu colega Gene. Lo tengo todo aquí.

Se lleva un dedo a la sien, que le queda manchada de salsa de tomate.

—¿Qué tiene que hacer? —pregunta Lila—. Un momento, ¿qué…, qué es lo que has destruido?

Celie mira su plato.

—Nada —dice en tono remilgado.

Lila está a punto de protestar cuando le suena el teléfono.

—¿Por qué tú sí puedes tener el teléfono…? —empieza a decir Violet, pero Lila levanta una mano.

—¿Anoushka?

—¿Estás sentada?

—Eh…, sí.

—Ciento setenta mil.

Lila pestañea, tarda un momento en digerir lo que acaba de oír.

—¿Lo dices en serio?

—Por dos. Creo que puedo presionarlos para que suban a ciento ochenta y cinco, pero…

—¡No, no! ¡Es genial! ¡Ay, Dios mío, Anoushka! ¡Es una noticia maravillosa!

—Conservamos los derechos mundiales, así que habrá aún más ventas gracias a las traducciones. Me han mandado un plan de marketing de lo más jugoso, dicen que va a ser una de sus apuestas del año que viene. Así que me parece que son muy buenas noticias, querida.

Anoushka le cuenta los pormenores del contrato, con una explicación de las negociaciones y de hasta qué punto hay «margen para negociar», pero Lila casi no la escucha. Está casi mareada de alivio. Dice «sí» cuando le parece pertinente, pero básicamente su cerebro se ha convertido en un zumbido gigante. Sus problemas económicos están solucionados. La casa seguirá siendo suya. Cuando por fin cuelga, todos en la mesa la miran expectantes.

—Tengo una oferta para mi nuevo libro. —Sonríe radiante—. He escrito cuatro capítulos y mi agente se los ha mandado a una editorial y me han hecho una oferta muy buena.

—¿Qué te parece? ¡Dos buenas noticias! —Gene se acerca para darle un abrazo que Lila acepta con cierta rigidez—. ¡Deberíamos brindar con champán!

—Aquí no tienen champán —dice Lila, consciente de que Gene se ha tomado ya dos cervezas.

—¿Es una novela? —pregunta Violet mientras alinea las cortezas de su pizza en un lado del plato.

Lila coge otra vez sus cubiertos.

—Eh..., no. Es... no ficción.

—¿Qué quiere decir eso?

—Pues que es sobre... la vida real.

—¿Qué vida real? —pregunta Celie.

—Pues... trata de... eh... —Lila está desconcertada. No se esperaba el más mínimo interés por parte de las chicas. Por fortuna casi ni se enteraron del último libro que publicó—. Es más o menos sobre la vida a mi edad.

—¿Qué le pasa a la vida a tu edad?

Violet empuja su plato hacia el centro de la mesa.

—Pues... tienes que conciliar muchas cosas a la vez e intentar encontrar la felicidad de maneras distintas a cuando eras joven.

—¿Habla de nosotras? —pregunta Celie.

Sus ojazos claros están fijos en Lila. Su mirada es penetrante.

—En realidad no. No doy vuestros nombres.

—Entonces ¿de qué escribes? —replica Violet—. Siempre dices que tu vida somos Celie y yo.

Lila parece haberse vuelto tartamuda. Da un sorbo de agua.

—Es más... sobre cosas de adultos. De todas las cosas a las que me enfrento en el día a día.

—¿Salgo yo, cariño? —pregunta Gene alegre.

Es evidente que no concibe no aparecer retratado de manera favorable.

—Pues... igual sí. Todavía llevo muy poco.

—Tienes que dejar claro que he hecho muchas cosas. Porque si el libro va bien, puede abrirme muchas puertas. Si necesitas detalles, entra en mi página de IMDb. Y asegúrate de incluir *Escuadrón Estelar Cero*. A todos nos conviene que la gente se acuerde de eso.

—Entonces ¿de qué has escrito? —Celie sigue mirándola—. Has dicho que llevas cuatro capítulos.

—¿Pedimos la cuenta? —Lila consulta su reloj—. Seguro que Bill y Penelope ya han terminado de cenar.

—Dijiste que podíamos tomar helado. —Violet se cruza de brazos.

—Cariño, no son más que las ocho y media. Dale un poco de cancha al hombre. —Gene le pone a Lila una mano en el brazo—. Ya conoces a Bill, ¡estará entrando en calor! Por lo menos déjalos tomarse un par de copas de vino.

Lila sonríe incómoda.

—¿Qué tal creéis que le estará yendo? —pregunta animada en un intento por cambiar de conversación—. ¿Pensáis que Penelope se habrá puesto algo especial para la ocasión?

—¡Zapatos de mariposa! —dice Violet, encantada—. ¡Y un sombrero con cebras!

Lila deja de contener la respiración y pide la carta de postres. Pero cuando baja la vista sabe que Celie sigue mirándola.

Vuelven a casa dando un paseo, con Gene algo separado, aprovechando para fumar un pitillo. Normalmente a Lila la pondría nerviosa que las chicas fueran discutiendo detrás de ella, pero esta noche apenas está pendiente de los retazos de conversación y los insultos murmurados. Nunca se le habría pasado por la cabeza que a Celie le interesara el contenido de su libro. ¿Qué pasaría si llegara a leerlo? ¿Debería tener una conversación con ella para prepararla?

Intenta imaginar cómo habría gestionado su madre la situación. En lo referido al sexo y al desnudo, la despreocupación de Francesca alcanzaba niveles escandinavos. Se paseaba por la casa sin ropa mientras buscaba qué ponerse y, como lo hacía desde que Lila era pequeña, esta no le daba importancia. Cuando Lila, siendo adolescente, se quejó una noche del ruido que salía del dormitorio de su madre, Francesca puso cara de perplejidad. «Pero, cariño, ¡el sexo es una maravilla! No vas a inhibirte solo porque alguien pueda oírte. Después de todo son sonidos de felicidad».

Lila no tiene claro que a Celie le gustara del todo escuchar sus sonidos de felicidad. Claro que ella nunca ha sido de ir desnuda por la casa. Cuando Celie era pequeña, no pasaba nada (aunque no le hacía demasiada gracia que le dijera con su lengua de trapo que tenía una «barriga rara y blanda»), pero Dan nunca se había sentido demasiado cómodo con la desnudez por la desnudez y poco a poco Lila había ido interiorizando esa incomodidad. Se levantaban, se duchaban y en el piso de abajo siempre estaban vestidos. Solo tenían relaciones sexuales cuando sabían que las dos niñas estaban dormidas y a menudo lo comprobaban dos veces para asegurarse. ¿Saldrá Celie a Francesca, con su actitud relajada hacia el sexo? ¿Le parecerá normal que su madre tenga una vida erótica? ¿O se escandalizará?

Ya están casi en la puerta principal cuando el cascabeleo de la risa de Penelope la saca de sus pensamientos. Se oye música de jazz al piano. Lila mira la hora: son las diez menos veinte. Gene murmura: «Así se hace, Bill», sonríe a Lila y entran.

Penelope Stockbridge y Bill están encorvados sobre un viejo álbum de fotos con las cabezas casi pegadas. Las luces están atenuadas y dos velas arden suavemente en el centro de la mesa, con los restos de la comida amontonados a un lado. Los platos sucios están, cosa insólita en Bill, apilados en la encimera para fregarlos después. El aire huele a buena comida y a vino. Penelope levanta de pronto la cabeza cuando Lila entra en la cocina, como si hubiera estado perdida en su propio mundo.

Mira su relojito de pulsera y de nuevo a Lila, y el rubor le sube por el cuello. Lleva un vestido estilo años cuarenta con hombros cuadrados y una peineta ornada hecha de algo que parece marfil le sujeta el pelo castaño oscuro en un elaborado moño.

—Hola —dice Lila.

De inmediato, Penelope parece incómoda.

—Ay, ¿tan tarde es? Madre mía, no tenía ni idea.

La voz de Gene atruena a su espalda.

—¡Oye, chicos, por mí ni os cortéis! Voy al jardín a fumar.

Lila deja su bolso a un lado y dirige a Penelope lo que confía sea una sonrisa tranquilizadora.

—Voy a acostar a las chicas. Por favor, no os levantéis.

—No necesito que me acuesten —dice Celie—. Tengo dieciséis años.

—Claro que sí —dice Violet mirando a Penelope—. Porque, si no, te quedarías de sujetavelas.

Pronuncia «sujetavelas» con picardía evidente.

Penelope se pone colorada.

—Por favor, no quiero molestar... —Mira a Bill insegura.

—Estábamos viendo fotos de mi época en el ejército —dice Bill.

Su tono es alegre y parece comunicativo y relajado, un poco como años atrás. Lila nota una punzada de algo extraño, un sentimiento fugaz que no sabe si se debe a su madre, quien debería estar sentada en esa mesa, o a que ella no tiene veladas así, de disfrutar de la adoración de alguien que se muere por estar contigo.

—Bill estaba guapísimo de uniforme, ¿verdad? Lo sigue estando —añade Penelope, y vuelve a ruborizarse.

Truant, furioso por que lo hayan dejado en casa, ha corrido hacia Lila y ahora se enreda entre sus piernas con mirada algo ida y la lengua fuera, de manera que Lila tiene que sujetarse a la encimera para que no la tire al suelo. Al hacerlo le da a un envase de comida para llevar, que cae junto con un libro de cocina abierto. El ruido y el repentino caos de la cocina parecen poner nerviosa a Penelope. O quizá es que ha cambiado el ambiente, la pequeña burbuja ha estallado. Se pone de pie y se alisa la falda.

—Tengo que irme. Es tarde y tendréis cosas que hacer.

—De verdad que no hace falta que te vayas —empieza a decir Bill, pero Penelope ya ha cogido su abrigo y lo sostiene con dedos finos y pálidos—. Por lo menos deja que te acompañe a tu casa.

—¡Por Dios! Si vivo a cuatro números de aquí.

—Insisto —dice Bill, y la ayuda a ponerse el abrigo.

Penelope está radiante. Sonríe a todos.

—Lo he pasado fenomenal. Bill, la cena estaba exquisita. Eres un cocinero maravilloso. Muchas gracias. De verdad que me ha encantado.

—El sentimiento es mutuo —dice Bill—. Eres una compañía maravillosa.

Y con una última retahíla de gracias jadeados de Penelope se dirigen hacia la puerta principal.

—¿Se van a besuquear? —pregunta Violet, fascinada cuando se cierra la puerta.

—Por Dios —responde Celie—. Qué asco.

Y se marcha escaleras arriba con cara de sufrimiento, claramente agotada por haber tenido que pasar más tiempo del previsto con su familia.

—¿Bill usa dentadura postiza? ¿Se la tiene que quitar primero? —Violet pega la nariz a la ventana para verlo pasar—. ¿Se van a meter la lengua?

—No, Bill no usa dentadura postiza y no tengo ni idea de si va a besar a Penelope ni cómo. Eso son cosas suyas —dice Lila, que aparta a su hija de la ventana y la empuja hacia el pasillo—. Y ahora a lavarte los dientes. Y no le cuentes a Bill que te has tomado dos Coca-Colas. Nunca me lo perdonará.

Gene vuelve del jardín justo cuando llega Bill, solo dos minutos después. Truant está a los pies de Gene, expectante. Lila sospecha que ha vuelto a darle patatas con sabor a queso.

—Pero, colega, ¿qué haces?

Bill cierra la puerta principal.

—¿Cómo que qué hago?

—¿No ibas a acompañarla a casa?

—Y eso he hecho.

Gene levanta las manos y pone cara de horrorizado.

—¡No, no, no, no! No la acompañas a la puerta y te vuelves directamente. ¡Es la mejor parte de la noche! ¡La que ha estado esperando! ¿Qué has hecho?

Bill parece algo perplejo. Mira a Lila y otra vez a Gene.

—Pues… la he acompañado a la puerta de su casa, le he dicho que lo había pasado muy bien y me asegurado de que entraba.

Gene se da una palmada en la cabeza.

—¡Bill! ¡Vuelve ahora mismo! Con un poco de suerte ni se habrá sentado.

—¿De verdad crees que la he decepcionado? —Bill parece abatido—. A ver, no quería tomarme libertades.

—Bill, a esa mujercita le gustas. Le gustas mucho. Te ha traído ciento sesenta y nueve pastas gratinadas. Se pone horquillitas con purpurina en el pelo para llamar tu atención. Te escucha tocar la misma condenada pieza al piano día tras día. Se le ilumina la cara con cada palabra que dices. Vuelve ahí, llama a la puerta, dile que se te ha olvidado una cosa, rodéala con tus brazos y dale un beso como Dios manda. Venga, demuéstrale quién eres.

—¿De verdad crees…?

—¡Deja de hablar, hombre! ¡Ve a buscarla!

Por un momento Bill parece inseguro, pero Gene ya lo está empujando a la puerta al tiempo que se la abre.

—¡No quiero verte por aquí antes de veinte minutos! —le grita mientras lo empuja hacia el primer escalón.

Bill desaparece con expresión algo angustiada.

—¿Y si no quiere que la bese? —pregunta Lila cuando Gene cierra la puerta.

Gene sonríe de oreja a oreja y le brillan los inquietantemente blancos dientes.

—Lila, yo puedo ser un puto desastre en muchas cosas, pero en cuestión de mujeres soy un experto. Verás como en veinte minutos tenemos aquí al bueno de Bill, probablemente un poco aturdido, con varios centímetros más de altura y encantado de haberse conocido. Si quieres, pongo el temporizador de la cocina.

Y, cosa irritante, resulta que tiene razón.

23

Dan la llama cuando Lila lleva escritas las tres cuartas partes del capítulo cinco. Escribir le está resultando notablemente fácil desde que llegó al acuerdo de publicación. Está de nuevo inmersa en lo que Instagram llama su viaje «sanador». Ha leído en internet sobre experiencias de otras mujeres recién divorciadas en busca de inspiración y su vocabulario literario se ha llenado de palabras y expresiones tales como «límites», «señales de alarma» y «autoconciencia emocional». Con un poco de suerte, para cuando llegue al final de este capítulo más dedicado a los sentimientos, tendrá una nueva aventura de alcoba que contar. O, como dicen las instagramers, estará abrazando su feminidad y reapropiándose de su sexualidad.

Gabriel ha empezado a mandarle mensajes otra vez, por lo general de noche. Su tono es afectuoso, halagador, algo impreciso en lo referido a los planes de verse, pero ahora mismo Lila se conforma con que dé señales de vida por teléfono. La llama «Bella», como si fuera un apodo. La primera vez, Lila le mandó signos de interrogación, preguntándose si el mensaje no iba destinado a otra persona. Resultó que Gabriel había vivido en Italia durante la veintena. Cómo no. «Hola, Bella». «Hasta mañana, Bellissima». Lila se mira furtivamente en los espejos y se pregunta qué verá en ella.

Dan, en cambio, siempre la saluda como quien deja constancia de algo.

—Lila.

—Me pillas escribiendo —contesta Lila con frialdad, haciendo uso de las herramientas obtenidas de sus investigaciones sobre «poner límites»—. Si no te importa, hablamos luego.

—Es un momento. Quería preguntarte si podemos cambiar el fin de semana. Mis padres quieren ver a las niñas y el fin de semana que me tocan no les viene bien. ¿Puedo llevármelas este?

—¿Por qué no les viene bien tu fin de semana? Han tenido tiempo de sobra para organizarse.

El calendario es motivo constante de disputa, un documento compartido online que pone mal cuerpo a Lila cada vez que lo consulta.

Un susurro de fondo. El tono de voz de Dan es ausente, como si estuviera haciendo quince cosas a la vez y Lila fuera la menos importante. Es algo que ya la irritaba cuando estaban casados, su incapacidad de transmitirle que era digna de toda su atención.

—¿Quieres que cambie todos mis planes para que tu madre pueda ir a la peluquería?

Lila no tiene planes, pero no se trata de eso.

—Marja solo puede este fin de semana. El que viene Hugo tiene no sé qué viaje con su ex. Viene de los Países Bajos.

—Ah, o sea, que esto es por Marja. Ya entiendo.

Dan se lleva a toda la familia al norte a visitar a sus padres. Un entrañable viaje familiar. Qué hogareño todo. Lila nota que su resolución de mantener la calma empieza a disiparse.

—No es solo por Marja, Lils.

—No me llames Lils.

—¿Por qué no? ¿Por qué te pones así?

—Porque Lils implica una «intimidad» que tú y yo ya no tenemos.

Dan suspira. Habla a Lila como si esta pusiera a prueba su paciencia, como si tratara con una loca irracional.

—Muy bien, Lila. Por favor, déjame a las niñas este fin de semana. Tú puedes quedártelas al siguiente y al otro.

Lila se toma un momento para decidir cómo de colaboradora quiere ser.

—Por mí bien. Pero tendrás que preguntarle a Celie. Últimamente hace sus propios planes.

—Bueno, ¿y no puede hacerlos desde mi casa?

—No estoy diciendo que no pueda. Solo que sería buena idea preguntarle. Prácticamente es adulta.

—Muy bien, pues se lo pregunto.

Hay un corto silencio y Lila se prepara para colgar.

—Ah, y quería preguntarte si puedo pasarme esta semana para coger algunas cosas del garaje para el bebé.

—¿Cómo?

—La cuna y la sillita para el coche. Y creo que hay más cosas en cajas. Voy a necesitarlas pronto.

Este despliegue de prepotencia despreocupada aturde a Lila.

—Pero… si no son tuyas.

—Son tan mías como tuyas.

—Dan, eran de nuestra familia. De nuestras hijas. No puedes presentarte como si tal cosa y llevártelas para tu nueva familia. Es…, es… No.

—Lila, no seas absurda. ¿Para qué las quieres tú?

Lila abre la boca para hablar, pero la crueldad del comentario de Dan la ha dejado sin respiración.

—No —dice por fin—. No te las puedes llevar.

—Lila, esto es absurdo. Voy a tener un hijo dentro de unos meses. Ando corto de dinero. Son cosas que tú no vas a usar. Y, si lo haces —añade con ecuanimidad impostada—, no será hasta dentro de un año por lo menos. Así que me gustaría ir a buscar nuestras cosas de bebé.

—No están —dice enseguida Lila.

—¿Cómo?

—Las tiré. Cuando hice limpieza.

—No te creo.
—Me da igual.
—Lila, estás siendo irracional y egoísta. No son de tu propiedad, no puedes tirarlas y punto.
—Teníamos un acuerdo, Dan. Te llevaste todo lo que querías cuando te fuiste. Me lo dijiste así, que te llevabas todo lo que necesitabas, como dando a entender que nosotras éramos la parte no deseada de la ecuación. Ahora no tienes derecho a presentarte y coger lo que te apetezca.
—No estoy hablando de coger lo que me apetezca. Estoy pidiendo una silla de coche y una cuna que contribuí a pagar, y que tú ya no necesitas, para el hijo que voy a tener.

Lila ha tensado la mandíbula.
—Pues lo siento —dice—. Las llevé al contenedor hace siglos.

Hay un silencio largo e incómodo. Un silencio que dice que Dan sabe que Lila miente y que Lila sabe que lo sabe.

Por fin Dan dice:
—Eres imposible, joder.

Y cuelga el teléfono.

Lila está guardando la silla de coche y la cuna en el Mercedes cuando llega Jensen. Ha revisado el garaje, donde hay todavía una montaña tambaleante de cajas de cuando Dan y ella se mudaron —no recuerda lo que contiene casi ninguna—, y está tirando de una que está demasiado llena de juguetes de plástico de gran tamaño. La está dejando en el asiento trasero cuando lo ve junto a la cancela. Ha tenido que bajar el techo del descapotable para meter todo, y ahora el arco de plástico de unos patos cabeza abajo, la enorme jirafa de goma y los barrotes de madera de la cuna sobresalen y le dan aspecto de vehículo de circo.

—¿Haciendo limpieza? —pregunta Jensen.
—Más o menos.

La mira añadir una bañera de plástico.

—Te pillo en mal momento. Luego vengo.

—No, no. No pasa nada. Dime.

Lila es consciente de irradiar mal humor. La llamada de Dan le ha sentado a cuerno quemado. Odia que, después de tanto tiempo separados, aún pueda hacerla saltar igual que un gatillo sensible para, acto seguido, ponerse a llorar de rabia y de impotencia. Pero no piensa permitir que se lleve las queridas cosas de cuando sus niñas eran pequeñas para el hijo que va a tener con otra. Solo de pensar en Marja en el parque con su silla de coche —destinada al tercer hijo que habrían podido tener Dan y ella—, Lila tiene la sensación de que le va a explotar la cabeza.

—¿Seguro que estás bien?

Lila suspira y se sacude el polvo de los vaqueros.

—Muy bien. Perdona.

—Solo he venido a darle a Bill la factura.

—¿Qué factura?

—El último plazo del jardín.

Lila frunce el ceño.

—¿Lo ha estado pagando Bill?

Por un momento, Jensen parece incómodo, como si hubiera hablado de más.

—Pues… sí.

—No —dice Lila—. Pago yo. Es mi casa.

—Pero me…

—Dame la factura.

Jensen le entrega el papel de mala gana. Lila lo desdobla, lo lee y hace una mueca instintiva hasta que se dice a sí misma que no pasa nada. Faltan unas semanas para que le paguen el anticipo del libro.

—En cuanto termine con esto, me ocupo —dice esbozando una sonrisa que es de todo menos sonrisa.

Jensen tiene las manos en los bolsillos. Parece molesto, lo que hace sentir mal a Lila, pero ahora mismo necesita ir al contenedor. Una pequeña parte de ella teme que Dan esté de camino, convencido de que le ha mentido, y quiere poder abrir la puerta del garaje y demostrarle que no es «imposible, joder», porque es verdad que las cosas no están. «¡Chúpate esa, Dan!».

Sigue un momento incómodo, hasta que Jensen da un paso atrás y levanta una mano. Lila ve su camioneta aparcada al otro lado de la calle y experimenta un escalofrío de placer residual al pensar en los dos dentro, en la oscuridad, en la botella de vodka en su regazo.

—Pues te lo…, bueno, pues te veo el lunes.

Jensen hace un gesto de despedida con la mano, da media vuelta y se va hacia su camioneta.

Lila se mete en el coche, comprueba que lleva el bolso y el teléfono y gira la llave de contacto. Un clic. Luego nada.

Sacude la palanca de cambios para asegurarse de que está en punto muerto, desbloquea el volante y prueba de nuevo. El motor se niega en redondo a arrancar.

—Mierda, joder.

Intenta calcular cuánto tiempo lleva sin arrancar el Mercedes, si se dejó las luces puestas y se ha quedado sin batería. Está claro que no va a llevarla a ningún sitio. Prueba una última vez, a pesar de que sabe lo que pasará antes de hacerlo. Luego da un puñetazo al volante y apoya despacio la cabeza en él. ¿Por qué coño se compró un estúpido coche *vintage* en vez de un modelo moderno y que le habría costado diez veces más barato? Cuando lo vio, oyó la voz de su madre en su cabeza: «¡Lila, cariño! ¡Elige lo que te haga más feliz! ¡Usa siempre tus mejores cosas, tus preferidas para el día a día!».

Lila no está segura de cuántos minutos lleva allí con los ojos cerrados, pero, cuando los abre, ve a Jensen a unos metros de ella, en el camino de acceso.

—¿Te has quedado sin batería?

Lila asiente con la cabeza, algo avergonzada. Jensen ha tenido que verlo todo.

—¿Quieres que vaya a mi casa a por las pinzas? Te puedo dar un chispazo.

Lila hace unos cálculos mentales y a continuación una mueca.

—No tengo tiempo para eso. —Suspira—. Jensen, ¿te puedo pedir un favor gordísimo?

Él espera.

—¿Podrías llevarme al punto limpio?

—¿He hecho algo que te ha molestado?

Están descargando la camioneta en el punto limpio después de aguantar una larga cola de personas malhumoradas con coches llenos de trastos del desván y residuos de jardinería, tirando cosas a gran velocidad en PLÁSTICOS y RECICLABLES. El contenido de las cajas que ha llevado Lila parece dividirse en múltiples categorías y nota la impaciencia de los conductores detrás de ella mientras lo revisa, tratando de decidir dónde va cada cosa.

Tira la jirafa gigante de goma a RESTO y experimenta una breve punzada de malestar cuando ve desaparecer su cara inocente. «Lo siento», le dice en silencio.

—Pensaba que lo habíamos pasado bien el otro día. Tuvimos una charla muy agradable, pero, desde que he vuelto, tengo la sensación de que... me estás evitando. —Jensen calla mientras saca las piezas de la trasera de su camioneta—. ¿De verdad vas a tirar esto? ¿No deberíamos dejarlo en MUEBLES Y ENSERES? Igual alguien la quiere.

—Ah, pues igual sí.

Jensen lleva las piezas de la cuna a otra sección y, cuando vuelve, sigue hablando.

—A ver, no es que me esperara que empezáramos una relación seria tan pronto y... con todo lo que ha pasado, pero me gustaría pensar que al menos somos amigos...

—Pues claro que somos amigos.

La expresión de Jensen es tan sincera y su dolor tan palpable que desarman a Lila. Se queda quieta con la silla de bebé en la mano. Su tacto le resulta extrañamente familiar, la devuelve a mil trayectos, a la forma curva, como de una gamba, de una niñita dormida sobre su brazo dolorido.

—Perdona —dice—. Eres..., la verdad es que lo pasé genial. Y no te he estado evitando. Lo que pasa es que... las cosas se han complicado y no puedo..., no puedo...

Jensen la interrumpe y señala con el dedo.

—Eso tiene que ir a MUEBLES Y ENSERES.

Lila hace una mueca.

—Está mugrienta. No creo que nadie quiera sentar aquí a su bebé.

Mira las manchas de comida en la tapicería acolchada y en el cinturón de vinilo azul. O al menos espera que sean manchas de comida.

—Pero la funda seguro que se puede lavar.

Jensen está a punto de coger la silla cuando aparece un hombre con chaleco reflectante.

—No cogemos sillas de coche —dice—. Han podido estar en un accidente.

—Esta no —contesta Lila.

—Eso dice usted —dice el hombre llevándose un dedo a la nariz antes de alejarse.

Lila lo mira un instante, y a continuación suspira y tira la silla a RESTO. Prácticamente nota la furia de los conductores a su espalda.

—Oye —Jensen levanta una mano—, no te agobies. Tenía cero expectativas. Sé que ahora mismo tienes mucho encima. Solo... Supongo que solo quería saber que estamos bien.

—Estamos bien —dice Lila antes de tirar una caja de juguetes de plástico rotos al contendedor con un gran estrépito. No está segura de cuál de todas las cosas que está haciendo la hace sentir más culpable.

Jensen repite la pregunta cuando para el coche delante de casa de Lila veinte minutos más tarde.

—Entonces ¿seguro que estamos bien? Porque si te digo la verdad, cuando no contestaste a mis mensajes me preocupó haberme propasado aquella noche. Me pareció... Bueno, la verdad es que me preocupó mucho.

Lila menea la cabeza con firmeza.

—Para nada. Te lo prometo. ¿No te acuerdas de que hice un audio absolviéndote de cualquier responsabilidad?

—Pero estabas borracha.

—Solo un poco. No borracha paralítica y sin capacidad de decir no.

Jensen menea la cabeza como si estuviera dándole vueltas.

—¿Estás completamente segura? ¿No te sientes mal por lo que pasó?

Entonces Lila sí puede sonreír. No quiere que Jensen esté preocupado.

—Jensen, estoy perfectamente. No me siento mal en absoluto. Solo... que ahora mismo tengo mucho encima. Y más o menos acordamos que aquello no era algo serio.

La expresión de sorpresa que atraviesa las facciones de Jensen le hace pensar a Lila que quizá sí pensó que lo era.

—Vale —dice Jensen recobrando la compostura—. No. Claro.

Guardan silencio un momento y luego Lila abre la puerta.

—Pero si quisieras que fuera algo más serio, estaría dispuesto a considerarlo —dice Jensen.

—Lo tendré en cuenta.

—No te garantizo que lo considere de inmediato, porque soy un hombre muy ocupado. Pero sí que lo pondría en mi larga lista de temas a considerar. Quizá no al final, incluso.

—Gracias —dice Lila—. Me siento muy halagada.

Y así, como si tal cosa, han recuperado la normalidad. Lila le agradece de nuevo el viaje y baja de la camioneta.

—Cuando venga el lunes, te cargo la batería —dice Jensen por la ventana levantando un brazo a modo de despedida. Y se va.

Hola, Bella. Espero que estés teniendo un buen día. Bs

No está mal, gracias! El caos de siempre. Tú qué tal? Bs

Más o menos. Esta semana Lennie está regular. Echa de menos a su madre y no se sabe el papel de la obra, así que a eso dedicamos las tardes. Pero bueno. Todo bien. Bs

Me alegro. Te apetece que nos tomemos algo un día de estos? Bs

Me encantaría, Bellissima. Te echo de menos en el colegio. Bs

Lila no tiene claro si Gabriel Mallory es caótico, impreciso o si es que el duelo por su difunta esposa lo tiene aún paralizado. Es encantador y atento, pero conseguir quedar con él resulta exasperadamente difícil. Cuando por fin se pusieron de acuerdo en un día, canceló en el último momento por una reunión de trabajo. La parte positiva es que la llama más o menos un día sí y otro no y tienen una conversación encantadora durante una media hora, o hasta que Lennie lo llama desde el piso de arriba y Gabriel tiene que colgar. Las conversaciones son una delicia, llenas de anécdotas del trabajo de él, de clientes difíciles, de lo que está viendo en la televisión y en ocasiones de cómo se siente. Siempre se acuerda de interesarse por Lila, por cómo está, qué novedades tiene. Es divertido e irónico, le dice con voz suave e íntima que nadie le hace reír tanto como ella. Es lo opuesto a Dan: cuando le habla, la hace sentir que no hay nadie en el mundo más importante. Lila le explica si está triste, si está enfadada con sus hijas o furiosa por el trato con su exmarido, y Gabriel siempre sabe qué decir para hacerla sentir mejor (por lo general algo del tipo Dan es idiota, se arrepentirá de lo que ha hecho, Lila está mejor sin él, lo está haciendo genial). Cuando cuelga, Lila está radiante y le pitan los oídos de tanto halago.

A veces piensa en la muerte de la mujer, en lo horrible que debe de ser perder a tu pareja. Con una herida así no puedes meterte como si tal cosa en otra relación, ¿no? Tienes que ser cauto, un poco desconfiado. Lila procura ser comprensiva con este estado de ánimo y no presiona a Gabriel para que le dé explicaciones. Las cosas saldrán como salgan, se dice. Y trata de no mirar su teléfono veintinueve veces en una hora.

Una tarde de la semana anterior, Gabriel la llamó alterado y le dijo que su madre estaba en la otra punta de Londres y su canguro no podía recoger a Lennie; ¿podía echarle una mano? Lila había recogido a Lennie con callada satisfacción y había visto al grupito de madres del colegio fijarse sin disimulo en quién recogía y de quién era hija. Está segura de que Lennie no ha estado en casa de ninguna de ellas. Cuando llegaron a casa y con las niñas instaladas delante de la televisión, Lila había subido a retocarse el maquillaje y a tratar de decidir si había comida suficiente para invitar a Gabriel a cenar. Había repasado dos veces el cuarto de estar y la cocina en un intento por darles un aire más a sitio elegante y menos a perpetuo campo de batalla entre dos ancianos diametralmente opuestos y dos chicas jóvenes. Había encerrado a Truant en su cuarto para que Gabriel no se espantara al ver a un perro con ojos de loco y que no paraba de ladrar. Había rociado con ambientador hasta el último rincón, con la esperanza de convertir la casa en un lugar agradable y acogedor. Pero Gabriel se había presentado en la puerta a las seis y cuarto y le había dicho distraído que tenía que irse corriendo a una reunión por Zoom. Después de darle las gracias efusivamente —«Me has salvado la vida. Muchísimas gracias, de verdad»—, y besarla en la mejilla, la había dejado con un palmo de narices mientras corría calle abajo con su hija casi sin mirar atrás.

Gene está nervioso por el rodaje del día siguiente, y su nerviosismo se manifiesta en forma de necesidad casi obsesiva por decir su texto una y otra vez, por hablar, contar chistes o simplemente estar delante de un público. Incluso Truant se ha ido a la cama, agotado de tanto trajín. De manera que Lila se lleva a Gene al colegio. Sus motivos no son del todo altruistas; desde su última conversación con Dan, le preocupa la posibilidad de que se presente o de que Marja le haya contado lo ocurrido a las otras madres. El patio del colegio puede parecer una arena de gladiadores en los días buenos y presentarse armada con otra persona ayuda. Además, a Gene le encanta ampliar su público; Lila nota que se pone más recto en cuanto ve los grupitos de mujeres y las mira a los ojos para ver cuántas lo han reconocido.

—Así que aquí es donde vienes todos los días.
—Pues sí.

La mirada de Lila se cruza fugazmente con la de Marja y enseguida la aparta.

Una pequeña parte de ella intuye que tirar las cosas de bebé ha podido ser un poco infantil y mezquino, pero otra le grita en silencio que es totalmente injusto tener que dar todo lo que compraste para tu querida familia a la amante de tu marido para que las use con su nuevo hijo. Es lo que se repite cada vez que se siente incómoda con su comportamiento.

Cuando se instalan en el rincón de Gabriel, se da cuenta de que han reconocido a Gene. Durante casi toda su vida, Lila se ha ahorrado esta experiencia al haber crecido en un continente distinto de su padre, pero, desde que viven juntos, es consciente del leve estremecimiento que sacude a un determinado sector demográfico cuando Gene pasa; una suerte de sorpresa seguida de un ceño fruncido o una sonrisa, un «¿No es ese el de…?»

murmurado. Cejas juntas, pestañeos de comprensión... A Gene, que vive para estos momentos, le encanta. Parece pensar que un día en que no lo reconocen por la calle es un día desperdiciado.

Pasan tres minutos antes de que alguien se acerque, una mujer de pelo castaño apagado cuyo nombre Lila nunca consigue retener. Siempre lleva un cochecito con un bebé succionando un biberón y casi oculto por la capucha de un plumas.

—Hola, Lila —dice sin mirarla—. Eh..., perdona que te interrumpa, pero tengo que preguntártelo... —Está mirando a Gene con sonrisa un poco esperanzada—. Es que es usted igualito a...

Gene da un paso adelante y la interrumpe.

—*Escuadrón Estelar Cero*. Sí, señora. Capitán Strang presentándose para el servicio intergaláctico.

Hace el saludo y le tiende una mano a la mujer.

Esta la acepta con expresión feliz.

—¡Ay, Dios mío! ¡Es usted! De pequeña me encantaba la serie. ¡Mi madre estaba enamorada de usted!

Gene sonríe de oreja a oreja.

—¡No me diga! Dele recuerdos de mi parte.

—Ay, ¿me firmaría un autógrafo? La haría feliz. —La mujer busca en la bolsa del cochecito y saca un sobre—. En serio, si hasta teníamos un calendario de la serie en la cocina. ¡Mi madre decía que así tenía un capitán Strang distinto cada mes!

Resulta que Gene, a pesar de lo caótico de sus hábitos, nunca sale de casa sin un bolígrafo. Firma una dedicatoria asegurándose de escribir bien el nombre y hace preguntas corteses sobre la madre, su salud, qué tal está. Cuando la mujer y él se hacen un selfi —¡Ay, Dios mío, no se lo va a creer! ¡El capitán Strang en nuestro colegio!—, algunas de las otras madres, envalentonadas, empiezan a acercarse con el teléfono o un trozo de papel en la mano. Lila repara con ligera irritación en que Marja está entre ellas. Camina con el andar propio de una mujer muy embarazada, balanceando un poco la pelvis, y, cuando se acerca, lleva una mano en los riñones.

—¡Es Troy Strang! ¡El capitán Troy! —dice la mujer, y de pronto se forma un tumulto alrededor de Gene y Lila es desplazada a su periferia mientras mira a su padre gesticular y posar, todo locuacidad y carisma, con una sonrisa que le va de oreja a oreja.

«No —está diciendo—. De momento no hay planes para otra temporada. ¡Pero estamos en ello! —Y—: Sí, Lila es mi hija. ¿No lo sabían? Bueno, he pasado mucho tiempo fuera rodando. Ahora estamos disfrutando de pasar tiempo juntos otra vez», y Lila tiene que hacer verdaderos esfuerzos para no poner los ojos en blanco.

—¿Cómo te llamas? —pregunta Gene preparando el bolígrafo mientras Philippa Graham rebusca en su bolso.

—Ay, no encuentro papel. Fírmele primero a Marja —dice Philippa con la vista en el bolso. Marja da un paso al frente y alarga con timidez una libretita.

—¿Marja? —pregunta Gene, muy quieto de pronto. Busca a Lila por encima de las cabezas de las madres—. ¿Esa Marja?

De pronto se hace el silencio. Unas cuantas madres se miran.

A Lila no le queda más remedio que asentir con la cabeza.

Gene mira a Marja de arriba abajo.

—Así que tú eres Marja. Bueno, supongo que habréis solucionado las cosas, puesto que tenéis que veros todos los días.

Se le ha borrado la sonrisa y no le quita la vista de encima a Marja, como si la estuviera estudiando.

Lila y Marja intercambian una mirada incómoda.

—Pues..., la verdad es que no —dice Lila.

—¿Cómo que no?

Un par de madres se alejan incómodas.

—Pues... en realidad no hemos hablado. Desde que Dan...

Lila es consciente de estar ruborizándose, no acaba de entender por qué se encuentra tan incómoda. Mira la puerta del colegio y reza por que salgan los niños. Por que esto termine. Gene la mira con el ceño fruncido.

—¿Venís aquí las dos todos los días y nadie dice nada?

—Gene, de verdad que no hace falta...

—¿Desde que Dan te dejó? —Gene se vuelve hacia Marja—. Un momento, ¿me estás diciendo que ni siquiera le has pedido perdón?

—¿Perdón? —Marja habla con un titubeo.

—¿Por romper una familia? ¿Por acostarte con el marido de mi hija? ¿De verdad vienes aquí todos los días y no le dices una palabra? ¡Por Dios! ¿Se puede ser más inglés?

—En realidad —dice Philippa dando un paso al frente—, Marja es holandesa. Y no tiene por qué disculparse. Estas cosas pasan. La vida es así.

Gene se gira y la mira con cara de incredulidad.

—¿Y usted quién coño es?

Philippa levanta la barbilla, se ha puesto colorada.

—Soy Philippa Graham.

—¿Y por qué se mete donde no la llaman, Philippa Graham? ¿O lo que pasa es que le encanta el melodrama?

Philippa abre mucho los ojos.

—Qué comentario tan feo. Solo estoy... defendiendo a mi amiga. —Mira la barriga de Marja—. Y a su futuro hijo.

—Aaah —dice Gene, y su expresión se ablanda—. Muy bonito. Está defendiendo a un futuro hijo. Ya lo entiendo. Protegiendo a la infancia.

Y con esta alusión a su benevolencia, Philippa recobra la compostura. Asiente con rigidez. Gene sonríe. Lila deja de contener la respiración. Gene empieza a escribir en el papel que le ha dado Philippa.

—Y dígame, ¿Philippa Graham? ¿También se preocupa por los niños de carne y hueso afectados por esta situación o solo por el no nacido? ¿Se preocupa por las hijas de Dan y Lila? ¿Que de repente se encontraron con su vida patas arriba? ¿Las que todavía no entienden qué ha pasado con su familia? ¿A ellas también las ha protegido?

Philippa abre mucho la boca.

—Sí. Eso me parecía. —Gene le tira el papel—. ¿Qué tal si se pira de aquí, señora, y nos deja solucionar esto «en familia»?

Hay un breve silencio. Philippa mira a Lila y a continuación a Marja. Todos los demás se han alejado hasta formar pequeños grupos por el patio y hablan en susurros mientras fingen no estar atentos a lo que pasa.

—¿Estás bien, Marja? —dice Philippa con gran énfasis, tocándole el codo a su amiga.

—Muy bien —susurra esta.

Philippa aguarda un momento antes de irse, como si quisiera demostrar que Gene no la intimida por muy capitán de batallas intergalácticas que sea. Esperan hasta que Philippa se ha alejado tres o cuatro metros, mirando repetidamente por encima del hombro mientras camina. Entonces Gene se sitúa entre Lila y Marja.

—Así que no os habláis. Nunca lo habéis hecho. ¿Y qué tal os va con esa actitud?

—Gene —dice Lila—, por favor, déjalo. No hay ninguna necesidad de que interve...

—Lo siento, Lila.

La voz con marcado acento de Marja los interrumpe. Lila se gira y la mira. Marja tiene los labios apretados y salta a la vista que está incómoda.

—Lo siento mucho. De verdad.

Por primera vez, Lila repara en que Marja parece cansada y está muy pálida. Quiere contestarle alguna cosa, pero no se le ocurre nada. Se limita a mirar a una mujer que de pronto no tiene nada que ver con la enemiga resplandeciente y calculadora que lleva existiendo tanto tiempo en su cabeza. Marja se mira los pies.

—Y lo siento mucho por tus hijas.

Lila está muda. Su mirada se encuentra con la de Marja y piensa: «Madre mía, parece que lo siente de verdad».

Entonces Gene da una palmada.

—¡Bueno! ¿A que no ha sido tan difícil? Ah, mira, ¡ahí está mi chica! ¡Violet, preciosa! Mira quién ha venido a buscarte. ¡Tu colega Gene!

Llegado este punto, Lila necesita salir del patio del colegio. Es demasiado: las miradas de las otras madres, la extraña incomodidad que le provoca que Gene haya obligado a Marja a disculparse, el espectáculo tan bochornoso que han dado. Es vagamente consciente de las madres que la adelantan por la acera, de los retazos de conversación sobre *Escuadrón Estelar Cero*, y no sabe definir lo que siente: ¿tristeza?, ¿dolor?, ¿alivio?

Violet la devuelve a la realidad tirándole de la manga.

—¡Mamá! ¡Aún no has hecho los disfraces! Dice la señora Tugendhat que tiene que hablar contigo.

—Ay, Violet. Ahora no, amor.

—¡Sí, ahora! ¡Dice que tenías que haberlos traído esta semana!

Lila mira hacia el patio. Gene está hablando con la señora Tugendhat, la cual, Lila se da cuenta incluso desde donde está, es fan de *Escuadrón Estelar Cero*. Tiene la mano regordeta en el pecho y esa cara que ponen algunas personas cuando se sienten abrumadas por estar teniendo una conversación de verdad con un famoso de verdad. Gene sonríe, tiene los hombros rectos, y su gastada chaqueta de cuero destaca entre los plumas y las cazadoras Boden de vivos colores.

—Mamá —el tono de Violet es apremiante—, dentro de dos semanas empiezan los ensayos con vestuario. Tenemos que saber que los trajes nos quedan bien.

—Lo sé, amor. Lo sé. Te lo prometo. Lo voy a solucionar.

Violet sigue tirándole de la manga, pero, cuando Lila levanta la vista, Gene está posando con la señora Tugendhat para una fotografía que saca una de las madres y, acto seguido, se despide de ella besándole la mano. La profesora va hacia el edificio del colegio con el cuello ruborizado de placer y todo indica que se ha olvidado de los disfraces. Gene va al encuentro de Lila y Violet saludando con la cabeza a unas cuantas madres rezagadas, las cuales sonríen y se ruborizan al verlo.

—¿Estás bien, cariño?

Ya fuera del colegio, saca un cigarrillo de una cajetilla y se lo enciende.

—Muy bien —dice Lila.

Lo cierto es que necesita irse a casa y tumbarse.

—¡Qué mujer tan simpática! Ha dicho que me va a traer unos recuerdos que tiene en el desván de su casa. ¡Al parecer, su marido conserva un frasco de jabón de burbujas de *Escuadrón Estelar Cero* original! ¿Sabías que en los ochenta hicieron unos con la forma de nosotros cuatro? Vuleva, Vardoth el Destructor, el teniente McKinnon y yo. Si mal no recuerdo, el mío se agotó en una semana.

—Qué maravilla —dice Lila.

—La verdad es que debería echar un vistazo en las páginas de subastas. Tengo guardadas un montón de cosas de esa época aquí y allá. Creo que hay una en casa de Jane. Seguro que me saco un dineral si las vendo.

Están a medio camino de la casa antes de que ninguno vuelva a hablar. Entonces Gene le da un codazo a Lila.

—Oye, ¿quieres saber lo que le he escrito a la tal Philippa en la dedicatoria?

Lila se encoge de hombros, distraída.

—¿Un autógrafo?

—Le he escrito: «Querida Philippa, he tenido demonios espaciales radioactivos por bombas atómicas más simpáticos que usted. Firmado, su amigo Gene».

Todavía se está riendo cuando llegan a su calle.

24

Durante la cena Gene le contó a Bill su altercado con Philippa Graham dos veces, y aunque Lila sabía que Bill probablemente quería desaprobarlo —para él no había nada peor que entrometerse en conflictos emocionales ajenos—, no pudo evitar reírse.

—La verdad es que parece una persona horrorosa —dijo—. Así que bien hecho.

—¿A que sí? Ojalá le hubieras visto la cara cuando leyó lo que le había escrito.

Los dos hombres se echaron a reír otra vez.

Últimamente Bill ríe mucho. Silba mientras prepara el desayuno, y a veces, desde su escritorio en la planta de arriba, Lila oye su suave voz de barítono cantando al son de los clásicos corales. Ya no es esa sombra de persona que era antes. Es como si se hubiera cogido una excedencia de sí mismo y ahora hubiera vuelto. Quizá es de esos hombres que están mejor con una mujer al lado. Quizá a su edad la mayoría de los hombres lo están.

Ahora Penelope Stockbridge los visita todos los días, viene a tocar el piano y a veces se queda a cenar. Según Violet, que lleva cuidadosamente la cuenta, los estilismos de Penelope han incluido: unas bailarinas de satén rosas, una boina con lentejuelas verde oscuro, un jersey de punto con el dibujo de un gato y unos pendientes con forma de pequeños elefantes de cristal rosa que ha prometido regalarle a Violet cuando por fin le dejen agujerearse las orejas (el «por fin» lo pronuncia con énfasis añadido). A una versión anterior de Lila tal vez la habría molestado tener que acoger en su casa a otra persona excéntrica de edad venerable más, pero lo cierto es que no le importa. Penelope es prudente, siempre está dispuesta a ayudar y se cuida mucho de no alargar sus visitas.

A veces le trae a Lila flores de su jardín y se las entrega quitándole toda importancia.

—No es más que un detalle. Un toque de alegría. Siempre he pensado que las flores son un tónico para el espíritu, ¿tú no?

Le ha dado dos clases de piano gratis a Violet y se muestra profesional y seria, pero, cuando Violet hace algo bien, no escatima en elogios.

—Me parece que tienes talento natural, Violet. Si quieres seguir dando clases, dímelo. Creo que lo harías fenomenal.

Lila se pregunta si no es otra excusa para seguir yendo por allí, pero la verdad es que Bill es el único pretexto que Penelope necesita. Dan paseos juntos por el Heath (sin Truant, cuya energía es demasiado caótica para ellos), se sientan en cafés, comentan las noticias, admiran el trabajo de Jensen en el jardín. En solo unas semanas, Penelope se ha convertido en una presencia constante de esta familia numerosa y poco convencional. Lila intenta no echar de menos las fuentes de pasta gratinada.

Dos días antes, Bill, mientras miraba a Jensen plantar dos arbustos en el jardín, se había vuelto hacia Lila y le había preguntado:

—¿Estás segura de que a tu madre no le importaría? Que vea tanto a Penelope.

Lila le había cogido del brazo y le había dicho que en absoluto. Que su madre más que nadie entendía la importancia de vivir lo mejor y más felizmente posible.

—¿Y a ti, querida niña? ¿Te molesta? Porque seguro que se te hace un poco raro. Pero..., a ver, quiero que sepas que nunca habría mirado a otra mujer de no haber ella... Francesca lo era todo para mí, todo...

Bill no había terminado la frase. Lila le había asegurado que lo sabía. Y no, la verdad es que no la molesta. Porque en su casa destartalada y caótica se ha instalado una extraña armonía y, después de estos últimos años, ha aprendido a aceptar y disfrutar momentos así cuando se presentan.

Estos días, Lila evita todo lo posible ir al colegio. Gabriel está con un proyecto importante y, entre que las probabilidades de verlo allí son casi inexistentes y el terror residual que le inspira Philippa Graham, ha delegado de mil amores la tarea en Gene. Este parece disfrutar de tener una obligación diaria, y a Violet le gusta tener un abuelo famoso, ahora que su identidad se ha filtrado de padres a niños del colegio; además, Lila sospecha que el camino de vuelta a casa puede incluir diversión azucarada. Y ella tiene más tiempo para encerrarse en su estudio y escribir sin interrupciones.

—Te he robado las llaves.

Jensen aparece en la puerta del estudio después de llamar dos veces para anunciar su llegada. Lila, que está totalmente concentrada en decidir si depilarse es un acto político cuando solo se hace antes de las vacaciones, se vuelve sobresaltada.

—¿Qué?

—Que te he robado las llaves del Mercedes. Tenías razón al sospechar de mí. —Jensen sonríe y enseña las llaves—. Te he recargado la batería con mi camioneta. Ahora tienes que dar una vuelta con tu coche.

—¡Ah! Pues es que ahora mismo estoy...

—Dice Bill que llevas toda la tarde escribiendo. Tienes que hacer descansos. Venga, veinte minutos.

De pronto Lila repara en el caos que reina en su pequeño estudio: las cajas de cartón aún apiladas contra la pared, la ropa de cama mal doblada de Gene, la impresora con dos tazas vacías encima y el hecho de que ella probablemente lleva la camisa del pijama debajo de la sudadera. Por una vez, Jensen no va vestido de jardinero, sino con un jersey azul oscuro y una camisa más clara debajo, lo que significa que ha hecho el viaje solo para ayudarla.

—Me... Qué detalle.

—Ya sabes que soy una persona muy maja.

Ya en el camino de acceso, le da las llaves. Lila abre el Mercedes y ve que Jensen se sube también.

—Para comprobar que funciona bien —dice a modo de explicación.

Lila se sienta, ajusta el espejo retrovisor y gira la llave; el motor, obediente, arranca a la primera. Entonces Jensen interviene:

—Pero ¿qué haces?

—¿Cómo que qué hago? Arrancar el coche.

—No..., no..., ¡no!

—Sé arrancar mi propio coche, Jensen —salta Lila—, ¿qué pasa? ¿Me vas a enseñar a conducir?

—No. ¿Por qué dejas la capota subida?

Lila mira hacia arriba.

—¡Vamos a ver, tienes que bajar la capota! ¡Es de cajón si tienes un descapotable!

Es un día frío, pero soleado, y el cielo es de ese azul inmaculado que presagia heladas nocturnas. Se abotonan las chaquetas hasta arriba y Lila menea la cabeza como diciendo «qué locura» mientras sube la calefacción a tope. Acto seguido sale a la carretera y nota el obediente ronroneo del motor de coche y trata de no sentirse tonta, primero por haberle hablado mal a Jensen y después por ser de esas tontas presumidas que conduce en invierno con el coche descapotado.

—Nunca te veo sacar este coche —comenta Jensen mientras

se dirigen a la calle principal. Pasa la mano por el salpicadero de madera de nogal—. Es una pena.

Lila, que ya se ha tranquilizado un poco, tiene que gritar para hacerse oír por encima del motor V8.

—Lo compré por mi madre. Como un homenaje, quiero decir. Es la típica cosa que habría hecho ella, comprarse un coche nada práctico para el día a día. —Pone el intermitente y enfila la calle principal—. Además, no estoy segura de ser una persona de coche descapotable.

Cuando Jensen no dice nada, añade:

—Es que... no es nada práctico, ¿verdad? Precioso, eso sí, pero no muy fiable y con el clima inglés solo lo puedes usar un par de meses al año.

—Pero eso es lo de menos en un coche así. Bajas la capota, subes la calefacción y disfrutas a tope del día en que puedes hacerlo.

—Mientras se te congela la cabeza y se te cuecen los pies. Va a ser que no.

—Lila, no estás apreciando este coche por lo que de verdad vale. Este Mercedes no es un simple coche. Es una inyección de serotonina. Tienes que sacarlo, bajarle la capota y disfrutar. Aunque sea un par de veces por semana. Capota bajada, música a tope y tendrás la sensación de estar de vacaciones.

Lila lo mira.

—Te encanta decirme lo que tengo que hacer, ¿verdad?

—Solo cuando lo necesitas. —Jensen busca el equipo de música—. Venga. Vamos a ello. A por la experiencia antidepresiva completa.

A Lila le da un poco de vergüenza la música disco de los ochenta sonando en los semáforos, está convencida de que la gente los mira. Pero a Jensen no parece importarle, mueve la cabeza al ritmo de la música, da golpes en la portezuela del coche con su manaza y sube el sonido cuando llegan sus canciones favoritas. Después de unos kilómetros, cuando queda claro que va a seguir así, Lila decide no pensar en los posibles juicios de desconocidos e imitarlo y disfrutar del —reconoce que es bastante placentero— asalto a sus sentidos.

—¿Por qué has dicho eso?

Lila está cediendo el paso a otro coche cuando Jensen baja el volumen.

—¿El qué?

—Que no eres una persona de coche descapotable. ¿A qué te referías?

Lila frena en un paso de cebra. Un niño mira descaradamente la capota del Mercedes mientras cruza detrás de su madre, que tira de él con suavidad mientras habla por teléfono.

Lila se encoge de hombros, de pronto no tiene ganas de mirar a Jensen.

—Pues... mi vida no es muy de descapotable, ¿no? Es..., no sé, ir al colegio, adolescentes ariscas, señores mayores gruñones, baños que se atascan y se nos han acabado las bolsas para caca de perro. —Da golpecitos al volante—. Este coche es para alguien que se va a pasar el fin de semana a París, tiene pantalones de lino blanco y una colección de bolsos sin migas en el fondo. —Esta repentina constatación le provoca una extraña melancolía—. Creo que me lo compré para mi vida soñada en lugar de la real.

El silencio que sigue es inusualmente largo. Al menos para Jensen.

—Eres sin duda una persona de descapotable —dice por fin—. Lo que pasa es que estás en un momento de atasco y no lo puedes ver. —Se vuelve hacia Lila en el preciso instante en que esta se atreve a hacer lo mismo con él, y la expresión de Jensen es casi insoportablemente amable—. Tendrás tu vida de descapotable cuando menos te lo esperes, Lila. Ya te queda menos.

Cosa humillante y además inexplicable, a Lila le escuecen los ojos. Ríe para disimular.

—No seas tan majo conmigo, por el amor de Dios. —Se seca

deprisa los ojos—. Uf, casi prefiero que me digas cómo tengo que conducir.

—Bueno, no habría sido tan majo de haber sabido que tenías migas en el bolso —contesta Jensen—. De hecho, de haberlo sabido no estaría aquí. —La mira de reojo—. Venga, aquí ya no tenemos que ir a treinta. Pisa un poco el acelerador. Vamos a ver, ¿dónde has aprendido tú a conducir?

Cogen las carreteras serpenteantes que rodean el Heath y Lila nota el coche rugir bajo sus pies, el tirón constante de la potencia de torsión, el calor del volante en las manos. Jensen sube la música y se pone a cantar «I'm Every Woman» sin cortarse un pelo y desafinando, y Lila, que canta también, empieza a entender lo que quería decir. Sentir el viento en las mejillas, el mundo alrededor, la música en los oídos y el pelo en la cara le despeja la cabeza, dispersa los continuos pensamientos en bucle. Y entonces rompe a cantar sin importarle quién la vea, riendo de cómo se inventa Jensen la letra y de la belleza de este coche tan ridículo y poco práctico.

La sensación de felicidad le dura una hora entera después de volver a casa y guardar el coche, los dos con las mejillas y las orejas rojas, incluso después de dar las gracias a Jensen y que este le diga no hay de qué y se marche a otro sitio a seguir trabajando. Y Lila tarda una hora más en preguntarse si esa sensación no tendrá algo que ver con Jensen.

El anuncio de Gene se emite el jueves por la noche. Finge no darle importancia —«A ver, es un anuncio, no precisamente Arthur Miller»—, pero Lila sospecha que no hay una sola persona de su código postal que no sepa que esa noche a las ocho y cuarto Gene estará vendiendo dentífrico blanqueador Strong Yet Sensitive, potente pero delicado. Cuando ha ido a la tienda de la esquina esta mañana a por zumo de naranja, el joven dependiente turco, que jamás se ha dado por enterado de su presencia desde que se mudó al barrio, al devolverle el cambio le ha dicho:

—El anuncio de Gene es hoy, ¿verdad? Dice mi madre que lo va a ver.

Gene quería invitar a todos a una pizza antes de la emisión —«Pago yo»—, pero Bill ha tenido la amabilidad de ofrecerse a cocinar. Va a hacer pollo frito al estilo americano con buñuelos de maíz y salsa de tomate en honor a Gene. Estarán Penelope y Eleanor, y al parecer también han invitado a Jensen. Hay preparado un cuidadoso horario según el cual primero se cena y, tal y como ha explicado Bill, habrán fregado los platos y estarán sentados delante del televisor «con galletas de chocolate y pistacho caseras» cuando salga Gene.

Lila solo escucha a medias. Gabriel la ha invitado a cenar la noche siguiente y su cabeza es un revoltijo de emoción y de nervios. Porque cenar no es lo mismo que tomar una copa después del trabajo. Cenar es algo serio. Es una invitación a su casa. Una palabra cargada de posibilidades. Cenar significa que están dando «un paso más».

Una de las cosas que más disfruta Lila de su nueva vida es el aroma a comida casera que la recibe al llegar a casa. Los meses que siguieron a la marcha de Dan, apenas tenía fuerzas para cocinar; estaba tan traspasada de dolor y de conmoción que las tareas domésticas más sencillas, como cocinar y limpiar, se le hacían un mundo. Habían sobrevivido a base de tostadas, comida a domicilio o, si Lila conseguía sobreponerse mínimamente, de pasta con pesto de bote, quizá acompañada de un puñado de guisantes congelados cuando le preocupaba que las niñas tuvieran escorbuto. La llegada de Bill había traído orden y comidas caseras a la casa, pero el olor a pescado al vapor o ensalada no había sido precisamente acogedor. Desde el advenimiento de Penelope —y quizá también desde la *entente cordiale* con Gene—, la cocina de Bill parece haberse relajado hasta convertirse en algo no tan rígidamente nutricional y sí más reconfortante. A menudo contiene carbohidratos o piel de pollo crujiente, incluso un relleno de queso, de manera que entrar ahora en la cocina de Lila es con frecuencia fuente de deliciosos aromas que de inmediato provocan punzadas de hambre de lo más pavlovianas. Ahora las niñas preguntan «¿Qué hay de cenar?» con ilusión sincera y no con leve temor.

Todos están deseando comer pollo frito.

Además de esto y de su inminente cita con Gabriel, la otra fuente de satisfacción para Lila es que el jardín está casi terminado. Lo que durante meses ha sido un terreno embarrado con paquetes de baldosas y montículos de vegetación muerta que hacía daño a la vista de pronto se ha transformado en algo elegante y hermoso. Cuando se instalaron en la casa, el fondo del jardín había sido una selva de arbustos con trozos en apariencia aleatorios de hormigón semienterrado, la valla estaba recubierta de hiedra oscura y crecida y el eje temático era un cobertizo al que faltaba buena parte de la cubierta y que estaba colonizado por unas arañas de patas peludas tan enormes que en algún momento Lila consideró cobrarles el alquiler.

Ahora el elemento central del jardín es el banco de madera de roble tallado de Bill, custodiado por un pequeño sauce a un lado, un arce japonés al otro y un estanque nuevo no muy grande junto a este. Arbustos de lila y lavanda para las abejas marcan los dos laterales y entre ellos hay dos macizos elevados con hierbas aromáticas variadas y separados por un patio serpenteante de piedra arenisca vista. La incansable labor de poda y limpieza de Jensen ha sacado a la superficie un muro de ladrillo rojo con la parte superior erosionada por siglos al aire libre, y de una fuente empotrada en la pared baja un reguero continuo de agua centelleante. No está terminado aún y es increíble la paz que desprende ya. Es lo primero que atrapa el ojo de Lila cuando mira por la ventana y cada vez que lo ve se siente como si le hubiera tocado en suerte un jardín al que solo tienen derecho otras personas.

—En los macizos he plantado unos alliums morados gigantes —dice Jensen, que ha aparecido al lado de Lila cuando esta se ha vuelto a mirar hacia la casa. Tiene las uñas negras de tierra y se mete las manos en los bolsillos—. Saldrán en mayo, junio, y serán todo un festival. El jardín ya no parecerá tan pulcro. Pensé que es algo que le pegaría a tu madre: un toque de diversión y de caos entre tanto orden.

De repente, Lila tiene un nudo en la garganta.

—Qué idea tan bonita —dice—. Le habría encantado.

—Y luego he puesto un montón de flores de primavera, ciclámenes, narcisos, esas cosas. Era una mujer muy alegre, ¿verdad? Además, cuando acaba el invierno, todo motivo de alegría es poco.

Jensen estudia su trabajo con satisfacción callada y por un momento guardan silencio mirando la actividad que hay detrás de las puertas acristaladas.

—Dijiste que quedaría muy bonito —dice Lila volviéndose a mirar a Jensen.

Este se frota la cabeza.

—Y nunca me equivoco. Eso también te lo dije.

—Vale, ya lo has estropeado.

Jensen ríe.

—Una cosa sí te voy a decir, me va a venir muy bien ese pollo frito. Estoy muerto de hambre.

Echan a andar hacia la casa.

—Y tú estás bien, ¿verdad? —pregunta Jensen—. Me ha dicho Gene que tienes contratado un libro nuevo.

Lila sonríe.

—Pues sí. Sí. Todavía no llevo una vida de descapotable, pero... todo se va encaminando. ¿Tú qué tal?

—Bien. Tranquilo, como a mí me gusta.

—La tranquilidad es buena —dice Lila con énfasis—. A mí

me encanta. «*No alarms and no surprises*». Sin alarmas ni sorpresas. Como la canción de Radiohead.

—Me parece que esa canción es sobre el suicidio. Pero entiendo lo que quieres decir.

Lila se para, está a punto de añadir algo, pero cambia de opinión.

—Ibas a decirme que te irrito, ¿a que sí?

—Sí —dice Lila—. Exacto.

El pollo frito está sensacional. O eso dice Gene, cuatro veces por lo menos y siempre con la boca llena, pero su entusiasmo resulta tan sincero que a Bill no parece molestarle que le escupa trozos de comida. En lugar de servirlo en platos individuales, lo ha puesto en una bandeja y la ha dejado en el centro de la mesa de la cocina. Son continuas las manos que cogen otro trozo, y eso hace que la atmósfera de la cena sea más relajada de lo habitual. Los buñuelos de maíz también son un éxito, sobre todo con Violet, quien se los come con las manos y se mancha los labios de grasa y salsa de tomate, e incluso la ensalada verde que Bill ha puesto a un lado (al parecer, las viejas costumbres nunca mueren) desaparece entera. Repartidas por la mesa hay botellas de cerveza y refrescos de burbujas, y una alegre música de jazz suena de fondo. Lila observa a los comensales sentados alrededor de su en otro tiempo silenciosa mesa de la cocina: Bill y Penelope juntos en un extremo y hablando animadamente de una pieza de música que van a empezar a estudiar, Gene explicando a Violet anécdotas del set de la casa señorial, manías de los actores, que el director es un capullo, perdón, una persona bastante desagradable, y Violet a veces incluso da la impresión de escucharle. Eleanor y Jensen, que al parecer han hecho buenas migas, conversan sobre un bar especialmente mugriento de Camden Town que ambos han frecuentado. Celie, que estos días está más animada, le da trozos de pollo a Truant por debajo de la mesa y de cuando en cuando se interrumpe para llevarle la contraria a Violet. Es una escena de vida llena de calor y color, y Lila se siente extrañamente emocionada, como si hasta ahora no se hubiera permitido reconocer todo lo que han conseguido.

«No es una familia tradicional —había dicho Eleanor antes cuando Lila le comentó que las cosas en la casa iban mucho mejor—, pero eso no quiere decir que no sea una familia».

—¿Cuánto crees que te falta para terminar, Jensen? —pregunta Bill.

—Estoy esperando las luces exteriores —dice Jensen—. Para los lados del banco. Y un par de plantas más. Y con eso ya estará.

—Has hecho un trabajo extraordinario —dice Bill—. Maravilloso.

—Está precioso —dice Penelope y, por miedo a haber sonado presuntuosa, añade—: Quiero decir que, como alguien de fuera de la familia, lo veo precioso.

—Penelope es una magnífica jardinera —dice Bill—. Tienes que ir a ver su casa, Jensen, cuando tengas un momento. Se le da de maravilla.

Penelope protesta y se ruboriza. Lleva una cadena con un colgante que es un tubo de dentífrico diminuto «en honor de la ocasión». Al parecer, lo ha modelado con arcilla que luego ha pintado justo el día antes, y ha prometido enseñar a Violet a hacerlo. A Lila le preocupa un poco lo que pueda elegir modelar Violet, pero supone que Penelope tendrá que acostumbrarse a su familia tal y como es, incluidos sus bancos de caca y sus letras de rap subidas de tono.

Cuando faltan diez minutos para la hora en que supuestamente se va a emitir el anuncio, ya están sentados delante del televisor. Las galletas recién hechas pasan de un sofá a otro, todos tienen bebidas y un agradable murmullo de conversaciones ahoga el sonido de la televisión. Violet está sentada en el suelo porque casi no hay sitio para todos, y Truant, nada contento con la cantidad de gente que hay en la casa, los observa a todos con suspicacia desde detrás de la cortina. Lila ha terminado en el sofá al lado de Jensen, lo que la hace sentir extrañamente tímida, pero Eleanor, que se ha bebido unas cuantas copas de vino, está calentando motores, diciendo de vez en cuando «¡Queremos a Gene! ¡Que salga Gene!», lo que llama la atención de todos, incluido Jensen, así que más o menos mantiene la compostura.

Y entonces, en medio de un documental sobre reptiles en Australia, aparece él: su padre, vestido con una camisa blanca inusualmente formal, con el pelo peinado y bien cortado, mirándose los dientes en el espejo con cara de preocupación.

«Nunca es demasiado tarde para brillar», dice una voz femenina en *off*, y Gene, que ha terminado de cepillarse, sonríe de pronto, esa sonrisa suya de cabrón encantado de conocerse, y la habitación entra en erupción.

«¡Así se hace, Gene!». Eleanor, que está decididamente achispada, choca los cinco con él. Las chicas dan saltos, Bill dice: «Muy bien, Gene, sí, señor», Truant se pone a ladrar, Lila recuerda lo que dijo Eleanor y piensa: «Sí, es posible que esto sea una familia. Con toda su disparatada historia, su caos, sus corazones rotos, sus chistes malos, sus pequeñas victorias y la total ausencia de mesas de centro de Noguchi, es posible que esta sea mi familia».

25

La cita para cenar es el viernes por la noche. Cada vez que Lila piensa en ello tiene un escalofrío de impaciencia. En los últimos dos días ha ido a la peluquería del barrio y se ha hecho la cera en todas partes y también la manicura. Le han peinado el pelo, que le cae en ondas castaño brillante, y se ha comprado ropa interior nueva después de decidir que casi todo lo que había en su cajón, o era demasiado viejo, o estaba dado de sí en lugares poco indicados (esa dieta de adelgazamiento llamada divorcio). Se va a poner un vestido de seda negro, sin escote pero con una pequeña abertura en la falda, que siempre despierta cumplidos y con el que tiene la esperanza de parecer sofisticada pero informal, un poco a la manera parisina. Lee afirmaciones en Instagram y se recuerda que es fuerte, deseable, una superviviente, que sus experiencias la han moldeado hasta hacerla imparable. Solo dedica unos cuarenta minutos más o menos a sufrir por las arrugas de la piel del cuello.

Gabriel ha sido específico con la hora, así que se asegura de estar preparada a las siete. Su casa no queda lejos e irá andando a no ser que llueva. Cuando está nerviosa, prefiere mantenerse activa.

A las seis cuarenta y cinco le manda un mensaje.

Salgo ahora. Bs

Gabriel responde enseguida. Tengo lío en el trabajo. Te importa venir más tarde? Tipo 9? Así dejo a Lennie acostada

Lila había creído que Lennie estaba con su abuela.

No me importa que esté Lennie. Me conoce

Sí, pero se va a poner nerviosa y no querrá irse a la cama. Mejor que esté dormida. Bs

Está escrito con el incontestable tono de un padre que conoce a su hija. Lila lee el mensaje dos veces, suspira y va al piso de abajo, donde Bill está sirviendo la cena. Esta noche están solo él, Gene y las chicas, y el menú consiste en espaguetis a la boloñesa, lo que le da un poco de envidia a Lila. Le encanta la boloñesa y hoy casi no ha almorzado.

—Estás muy guapa, cariño —dice Gene, que se está sentando en ese momento—. ¿Vas a salir?

—Sí. A tomar algo.

—¿Con quién? —pregunta Violet.

Lila está a punto de decirle la verdad, pero algo se lo impide.

—Con alguien del colegio —contesta.

—Noche de chicas, ¿eh? —dice Gene.

—Pensaba que volverías a quedar con Jensen en algún momento —dice Bill con cierto retintín.

—Jensen y yo somos amigos, nada más —zanja Lila con firmeza.

Celie resopla a su plato de pasta.

—¿Qué?

—Amigos que se quedan a dormir —murmura Celie.

—¿Te quedaste a dormir con Jensen? —pregunta Violet con los ojos muy abiertos—. ¿Con Jensen el jardinero Jensen?

—Fue hace mil años y sí..., nos quedamos a dormir.

—¿Hicisteis fiesta de pijamas?

—Más o menos.

Celie vuelve a resoplar.

—Bueno, pues si tu amiga y tú vais a volver tarde —dice Bill con una ceja levantada—, estaría bien que nos avisaras. Para que no nos preocupemos. Otra vez.

—Te mandaré un mensaje —dice Lila.

—A mí no me dejarías hacer eso —dice Celie.

—Tengo veintiséis años más que tú —ataja Lila—. Y gobierno este reino.

—¿Quieres cenar antes de irte? —Gene señala la fuente de pasta—. Bill nos ha preparado un banquete.

Dios, qué bien huele.

—Creo que vamos a comer algo. Pero gracias.

Va dando un paseo al pub porque no se le ocurre qué otra cosa hacer con la hora y media que debe esperar aún y está demasiado nerviosa para quedarse en casa. Se sienta en un rincón, a una mesa pequeña, y se bebe despacio una Coca-Cola light mientras mira nada en su teléfono. El pulso le tamborilea con una ligera agitacion. Cuando se termina la Coca-Cola, se pide un gin-tonic. Necesita tranquilizarse un poco. «No es más que una cena —se dice una y otra vez—. No te pongas histérica».

Mientras se está tomando la copa, la aborda un hombre, de cuarenta y tantos años, con traje oscuro entallado. Lila levanta la vista y lo ve mirándola con expresión levemente inquisitiva. «¿Por qué no puede una mujer sentarse y existir sola?». Es el vestido, decide. Parece que busca atraer atención sexual.

—Estoy bien sola, gracias —se sorprende diciendo cuando el hombre se detiene delante de ella con un tono más cortante del que había sido su intención.

—Solo quería preguntarte si está ocupada esa silla.

Lila se pide otro gin-tonic para ahuyentar la ligera humillación que le ha provocado el incidente de la silla y el hecho de que el hombre de negocios y sus amigos se hayan unido a un grupo nutrido y ruidoso en una mesa contigua, haciendo que la suya parezca solitaria y ridícula. Luego, a las nueve menos diez, cuando el nivel de decibelios del pub empieza a subir y sale la banda de música por el fondo, lo que eleva aún más las voces, coge el bolso y, un poco mareada, sale hacia la casa de Gabriel.

Este abre la puerta al segundo timbrazo y parece un poco agitado.

—Perdóname —dice levantando un dedo—. Tengo una llamada. Tardo dos minutos.

Desaparece corriendo escaleras arriba y Lila se queda en el recibidor sin saber dónde debe esperarlo.

Oye cerrarse una puerta en el piso de arriba. «¿Qué haría mi madre?», se pregunta. Después de un momento, fortalecida por la naturalidad con la que imagina que afrontaría Francesca una situación así, se quita el abrigo y entra en la cocina.

No se puede negar que es la cocina de un arquitecto, es casi cómico. La parte posterior de la casa parece un cubo de cristal, en el centro del cual hay una mesa ovalada de mármol que Lila ha visto en varias revistas y cuyo diseñador no le viene ahora mismo a la cabeza. No ve nada en el fuego, pero decide que quizá haya algo en la nevera esperando su llegada. Tiene tanta hambre que no descarta desmayarse.

Inspecciona la habitación, que es inmaculada, ordenada y elegante, con paredes color escayola sin pintar y muebles de un atrevido azul cobalto. Del centro del techo cuelga una araña gigantesca y sobre las encimeras de granito no hay nada excepto un enorme jarrón de cerámica, ni rastro de los cacharros y residuos del día a día en una cocina normal. El lateral de uno de los armarios de arriba, que no se ve al entrar, es la única zona donde el minimalismo da un paso atrás; está cubierto de dibujos de Lennie y de cartas del colegio, y también hay un corcho. Lila estudia las fotografías pegadas y no son como esas instantáneas poniendo caras que tiene ella en casa, sino unos cuantos planos estudiados y poéticos de Lennie y posados de grupos de personas, claramente de vacaciones en un lugar cálido y maravilloso.

No hay fotografías de la difunta esposa. En la pared cuelga un cuadro abstracto de gran tamaño y las sillas son de cuero y acero cromado, con aire a Europa del Este y de estilo brutalista. De pronto Lila se alegra de haberse puesto el vestido negro; casi todas las prendas de su armario habrían quedado demasiado caóticas en esta habitación.

Cuando está considerando salir al jardín, Gabriel entra frotándose la cara, como si quisiera borrar la llamada telefónica.

—Perdóname, por favor —dice saludándola con un beso en la mejilla—. Esta semana el trabajo está siendo una pesadilla. Y Len se enfada cuando llego tarde, así que sabía que hoy iba a tardar más en irse a la cama. Lo siento mucho. Voy a servirte una copa.

Abre una puerta que deja ver una nevera de vinos oculta, de la que saca una botella de tinto de aspecto caro.

—¿Te parece bien tinto?

—Muy bien —dice Lila sin pensar.

Incluso algo despeinado, Gabriel está guapísimo, con los ojos de un azul intenso, su camisa gris claro con un pequeño logo japonés en el puño. Despide un ligero aroma a loción para después del afeitado, anisado y caro.

—Siéntate, por favor —dice señalando la mesa—. Estás preciosa. No he tenido tiempo de cocinar, así que he pensado que podemos pedir algo.

Lila hace rápidos cálculos mentales. A esta hora de un viernes por la noche tendrán suerte si les llevan algo antes de las diez menos cuarto. Pero ¿qué puede hacer? Sonríe y confía en que Gabriel saque unas patatas fritas, y este sirve dos copas de vino antes de abrir una aplicación en su teléfono.

—¡Hecho! —suelta, y Lila da un trago de vino porque de repente no sabe qué decir.

—Preciosa cocina —dice cuando se recupera.

Gabriel mira a su alrededor como si nunca hubiera pensado algo así.

—No está mal, ¿verdad? Es lo único que tenía terminado cuando nos mudamos. Me habría gustado algo más ambicioso. —Da un sorbo de vino, cierra los ojos un momento como para saborearlo y añade—: Pero la vida son concesiones constantes, ¿no? Y cuéntame, ¿cómo estás? ¿Qué tal va el libro?

—Bien —dice Lila—. La verdad es que bastante bien.

—¿Sobre qué estás escribiendo?

—Pues... —Lila titubea—. Es una continuación de otro libro que escribí sobre reconstruir un matrimonio que se ha estancado.

—Ah.

Gabriel parece incómodo.

—Sí. Ya lo sé.

—Bueno, pues me parece muy valiente. No me sorprende nada... con lo intrépida que tú eres. Yo no creo que pudiera escribir sobre cosas personales.

—Bueno, en realidad no hablas de ti —se apresura a decir Lila—. No de las cosas importantes. Lo que yo escribo es una versión bastante editada de mi vida. Tienes que... subir un poco la intensidad de todo para contentar a los editores.

—Me lo imagino. La verdad es que no conozco nada ese mundo. Mi padre publicó un libro una vez. Pero era sobre la arquitectura en la Grecia antigua. Nada que ver. Bastante aburrido, si te digo la verdad, pero por supuesto toda la familia tuvimos que comprarlo.

—Yo obligo a mis hijas a comprar ejemplares de mis libros con su asignación semanal.

Gabriel ríe y empieza a relajarse.

—¿Siempre has querido escribir libros?

—En realidad nunca fue mi intención, a diferencia de la mitad de la población mundial. Publiqué un artículo humorístico online sobre mi matrimonio cuando trabajaba en marketing y un agente me contactó para pedirme que lo convirtiera en libro. Luego pujaron por él varias editoriales y vendió unos cuantos cientos de miles de ejemplares. Estuvo un par de meses en la lista de los diez libros más vendidos.

Lila intenta contarlo con naturalidad, como si no quisiera impresionar a Gabriel. Como si estuviera al mismo nivel que él, con sus premios de arquitectura y su araña de cristal de diseño.

—Me parece impresionante —dice Gabriel, tal y como corresponde, y Lila procura no hincharse igual que un pavo.

—Háblame de tu familia ¿Tienes hermanos?

—Dos hermanos. Somos todos supercompetitivos. —Gabriel sonríe—. Mi hermano mayor es abogado y el pequeño, médico. Somos la típica familia de clase media.

—Y el sueño de cualquier madre.

—Bueno, yo no diría tanto. ¿Y tú?

—Hija única. Una madre, dos padres. Creo que me encantaría tener un par de hermanos con los que repartirme esa carga concreta.

—Bueno, para tus hijas está muy bien. Tener a sus abuelos cerca, quiero decir.

—¿Tú sigues viendo a los padres de tu mujer?

A Gabriel se le borra la expresión del rostro.

—Es complicado. Cuando nos separamos se pusieron del lado de Victoria y la relación es un poco tirante. Pero sí que ven a Lennie. En verano pasa quince días con ellos.

—Siento mucho que hayas tenido que pasar por eso también.

—Te lo agradezco. No ha sido… la situación ideal.

Se levanta y sirve más vino como si quisiera cambiar de tema de conversación.

A Lila le gustaría saber más cosas. Le gustaría preguntarle cómo murió Victoria. Si ha salido con alguien desde entonces. Le gustaría hacerle unas ochocientas preguntas más. Pero se ha dado cuenta de que está bastante borracha. Mira la segunda copa de vino, que, cosa inexplicable, está vacía, y sospecha que ha bebido más que Gabriel. Tiene que acordarse de no hablar tanto. Cree que puede estar siendo demasiado vehemente cada vez que Gabriel le cuenta algo. Y a veces se sorprende mirándolo con una sonrisa embobada. Se ordena relajarse. Ha quedado para cenar con Gabriel Mallory. ¿Por qué no dejarse llevar y divertirse un rato?

No se entera muy bien de a qué hora llega la comida. Sí es consciente de que Gabriel saca platos y cubiertos y de que se sientan en la mesa de mármol, que le resulta molestamente fría al contacto con los brazos. En algún momento, Gabriel ha puesto música cubana y ha atenuado las luces. Comen algo con maíz a la brasa y brochetas de carne, y a esas alturas Lila tiene tanta hambre que se cree capaz de devorar también los envases de cartón. Escucha a Gabriel hablar y hay algo en la forma en que la luz se refleja en su pelo, en la naturaleza suave y casi desdibujada de su sonrisa que, a pesar de haber comido y bebido, le impide relajarse, y la razón es que tiene una pregunta martilleando dentro de su cabeza igual que un tambor con sordina. Sus pensamientos, en cambio, distorsionados por el alcohol, no hacen más que desviarse en direcciones inesperadas.

—¡Tulipa! —suelta sin venir a cuento.

Gabriel parece sobresaltado.

—Tu mesa. Es modelo Tulipa.

—Sí. —Gabriel asiente con la cabeza—. De Eero Saarinen. A partir de un diseño de 1955.

—¡Lo sabía!

Lila da una palmada demasiado entusiasta en la mesa y Gabriel se apresura a rescatar una de las copas.

Por fin recoge la mesa. «Es igual que Bill —piensa Lila—. Incapaz de dejar cosas para luego». Es posible que esto lo haya dicho en voz alta. Lo mira mientras sigue sentada con la copa en la mano, empapándose de la música y la atmósfera. En aquella preciosa cocina y con su vestido de seda negro, se siente como la mujer de una película. La mejor versión posible de sí misma...

—¿Pasamos al salón? —pregunta Gabriel cuando ha terminado tendiéndole una mano. Es cálida y fuerte, y sus dedos se cierran alrededor de los de ella como si estuvieran destinados a estar allí—. Estaremos un poco más cómodos.

El salón es más pequeño de lo que se esperaba Lila: contiene un sofá curvo de gran tamaño hecho de tela de tweed turquesa oscuro y un televisor gigantesco. No hay ni juguetes ni trastos. Solo un aparador que no parece tener puertas, una silla huevo y una mesa de centro baja y alargada hecha de alguna clase de hormigón. Dos lámparas de pie en forma de arco iluminan pequeños puntos de la habitación y una bonita alfombra persa antigua cubre el suelo de madera de roble clara con diseño de espiga. En uno de los brazos del sofá hay doblada una manta azul marino que parece de cachemira. La música cubana parece haberse trasladado a esta parte de la casa. Lila se sienta en el sofá y Gabriel se acomoda a su lado.

—No parece que aquí viva una niña —dice Lila mirando a su alrededor.

Se asegura de decirlo con una sonrisa de admiración para que no suene a crítica.

—Bueno, sí. Es una manía que tengo. Necesito saber que hay un rincón de la casa en el que sentarme por las noches y relajarme un rato. Lennie tiene un cuarto de juegos al otro lado del pasillo. Por si te sirve de consuelo, ahora mismo parece que ha habido allí un mercadillo de segunda mano especialmente concurrido.

—Pues igual luego le echo un vistazo —dice Lila—. Solo para asegurarme de que no eres perfecto.

—Perfecto —repite Gabriel arqueando una ceja. Tiene el cuerpo vuelto hacia Lila, una rodilla encima de los cojines y el brazo en el respaldo. Su mano roza el hombro de Lila.

—Por lo menos en el terreno doméstico.

—Aquí perfecta hay una persona —susurra Gabriel—. Y eres tú.

Lila pestañea despacio.

—Eres maravillosa, Lila —dice Gabriel. Le coge una mano, le da la vuelta y pasa el dedo pulgar por la palma de una manera que deja a Lila sin respiración—. Lo pensé en cuanto te vi en el colegio. Gestionas todo lo que te pone la vida en el camino con una elegancia y una serenidad... Tienes un aire especial.

—¿Por qué especial?

Gabriel se encoge de hombros como si la respuesta fuera obvia.

—Eres cariñosa y amable. Y evidentemente guapísima. Y siempre puedo contar contigo cuando estoy triste. La verdad es que no te merezco. Lo que quiero decir es que me paso la mitad del tiempo..., no sé..., hecho una pena. Espero que no te importe que te lo cuente.

—Para nada. Pero estás exagerando conmigo.

Gabriel la mira casi sin sonreír. Sus ojos escudriñan los de Lila y rebosan solemnidad.

—De verdad que no. He pasado dos años muy duros y ya te he dicho que hablar contigo, o verte..., pues me ha aliviado mucho. Me cuesta mucho abrirme con las personas. Pero aunque no puedo verte todo lo que me gustaría, sé que estás ahí. Siento nuestra conexión. Me haces sentirme capaz de superar esto. Eres... extraordinaria.

Mientras Lila lo mira, le coge despacio la copa de vino de la mano y la deja en la mesa baja. Luego se lleva la mano a los labios y la besa. Lila nota la reverberación de ese beso a nivel celular. Como una lluvia de meteoritos sobre su cuerpo. Entonces Gabriel se acerca y, mirándola atentamente a los ojos, espera una exquisita fracción de segundo antes de, por fin, besarla.

Más tarde, Lila deseará no haber bebido tanto, porque todo ha transcurrido como en un sueño. Ha sido consciente de los besos, de carácter cada vez más impetuoso, de los fragmentos de música a lo lejos, del tacto del tweed del sofá bajo su piel desnuda. Recuerda que Gabriel le desabotonó el vestido, le repitió que era preciosa una y otra vez hasta dejarle al aire cada centímetro de piel, y a continuación algo más apremiante y animal que se apoderaba de ella. Recuerda dedos buscándose mutuamente, besos profundos y apasionados, el momento en que Gabriel dejó a un lado la razón y se abandonó al instinto. La necesitaba. Necesitaba estar dentro de ella. La intensidad de su deseo fue como recibir un regalo.

No está muy segura de cuánto tiempo llevan ahora tumbados en el sofá. Siente calma, satisfacción, como si la tormenta hubiera pasado y pudiera relajarse. Tiene una mano en la espalda de Gabriel, nota su piel algo pegajosa de sudor y sigue encima de ella, con el torso encajado entre sus piernas y el pelo sedoso en su clavícula. Nota su piel contra la suya, huele el perfume especiado y amaderado de su champú, a algo que parece salido de un frasco de Hermès. Es sorprendentemente delgado, con los músculos bien definidos bajo la piel. Lila no quiere moverse nunca. Podría quedarse así para siempre, con los manos de Gabriel en ella, con su cuerpo inmovilizándola. Decide que pasará la noche enroscada alrededor de él de manera que cada centímetro de su cuerpo esté en contacto con el suyo. Ya está pensando en repetir..., no está segura de poder contenerse.

Gabriel mueve la cabeza y ladea la cara para mirarla.

—¿Estás bien?

Lila sonríe. Es una sonrisa pausada, natural.

—Estoy mejor que bien.

—Siento si ha sido todo un poco acelerado. Estaba muy excitado.

—Me ha encantado. De verdad.

—Tú sí que me encantas.

Siguen así unos instantes y entonces Gabriel empieza a moverse y se apoya en el codo izquierdo, de manera que ya no está encima de Lila. Parece algo aturdido y, sin las gafas, también más vulnerable; sus ojos tienen esa mirada levemente desenfocada de las personas miopes.

—¿Tienes frío?

—Si no te quitas de encima de mí, no —dice Lila sonriendo.

Gabriel mira su reloj.

—Madre mía. Es la una menos cuarto.

Lila está punto de hacer un comentario sobre lo rápido que pasa el tiempo, pero decide que quedará cursi. Así que tira de la manta de lana que está en el brazo del sofá para taparlos a los dos.

—Bueno —dice—, pues deberíamos dormir un poco, ¿no?

La expresión de Gabriel cambia levemente. Mira de reojo la habitación y a continuación a Lila con ojos contritos.

—Una cosa, Lila, ¿te importa si no dormimos?

—¿Qué pasa? ¿Quieres repetir?

—Lo que quiero decir es que no sé si es buena idea que Lennie se despierte y te encuentre aquí. A ver, tampoco nos conocemos tanto y no quiero que se haga una idea equivocada. Creo que ahora mismo sería mejor que...

No termina la frase.

—¿Quieres... que me vaya a mi casa?

Lila tarda un momento en asimilar lo que le está diciendo Gabriel.

—Si no te importa. Solo de momento. Ha pasado por mucho y no quiero que se haga líos. Han sido muchas cosas, ¿entiendes? —Le pone a Lila una mano en el hombro—. Siento mucho tener que pedírtelo.

Lila tarda un momento en reaccionar, luego se incorpora y coge su vestido. Se da cuenta de que está al revés y empieza a tirar de la tela en un intento por darle la vuelta.

—No te preocupes —dice—. No pasa nada.

—En cualquier otro momento, nada me gustará más que pasar toda la noche contigo.

—Claro que sí. Lo entiendo.

Gabriel espera mientras Lila se viste, rescata sus bragas de entre los cojines del sofá y se pelea con el sujetador, sintiéndose repentinamente insegura. Necesita un par de intentos para colocarse todo bien y desea que él no estuviera allí parado, mirándola.

La acompaña a la puerta. Es posible que vea la expresión de la cara de Lila, porque en el recibidor se para y la abraza.

—Eres adorable —dice—. Adorable. Tenemos que repetir. —Inclina la cabeza y la besa, con ojos tiernos y serios—. Oye —dice cuando nota a Lila algo reacia—. Oye.

Lila no sabe qué sentir. No es así como esperaba que terminara la velada. Entonces Gabriel la besa de verdad, acercándola a él, y no la suelta hasta que Lila se ablanda y le devuelve el beso.

—¿Estás bien?

—Estoy bien —dice Lila, y le sonríe de mala gana.

Gabriel la ayuda a ponerse el abrigo y le cierra el cuello mirándola a los ojos.

—Mándame un mensaje cuando llegues. Así me quedo tranquilo.

Lila va ya por el camino de acceso cuando la llama en un susurro.

—Oye, Lila.

—¿Sí?

—Igual es mejor que de momento no digamos nada en el colegio. Ya sabes cómo es la gente.

Eso lo sabe Lila mejor que nadie.

—Será nuestro secreto —dice.

—Nuestro secreto —dice Gabriel.

Le lanza un beso y se queda en la puerta mientras Lila baja por la calle.

26

Celie

Gene ha quedado con su agente y coge el mismo autobús que Celie, así que los dos van sentados juntos en el piso de arriba. Celie se bajará primero y hará andando el resto del camino al colegio, Gene seguirá hasta el West End. Es evidente que no está acostumbrado a madrugar tanto y no deja de bostezar y de frotarse los ojos, pero habla tanto como de costumbre. Su sonoro acento estadounidense resuena en todo el autobús y Celie tiene que pedirle cada dos por tres que baje el volumen. A los británicos les gusta viajar en silencio en transporte público por las mañanas, con excepción de los psicópatas que oyen música sin auriculares o se dedican a hablar por FaceTime.

—Entonces ¿qué has elegido?
—Animación, al final.
—Muy bien hecho. En este país hace demasiado frío durante nueve meses para salir a correr.
—Me parece que soy la única de mi clase que se ha apuntado.

Gene le ha insistido en que busque algo que le guste hacer. «La vida te va a machacar, cariño. Es despiadada. Así que tienes que encontrar un lugar dentro en tu cabeza en el que refugiarte. Porque es eso o caer en el alcohol, las drogas o las mujeres de mala vida».

Celie está bastante segura de que no va a caer en lo de las mujeres de mala vida, pero entiende lo que Gene quiere decirle.

—Yo, si hubiera dedicado más amor y energía a actuar, ahora tendría un Oscar —dice Gene—. Tenía a todos los estudios haciendo cola en mi puerta. Debería haber seguido con las clases de teatro, perfeccionado mi técnica, y no haberme distraído. Durante una temporada se me subió la fama a la cabeza. Me temo que me aparté del buen camino. —Se frota la cabeza—. En muchos sentidos.

—¿Lo dices por haber abandonado a mamá y a la abuela?

Por primera vez, la voz de Gene baja varios decibelios y parece un poco incómodo.

—Supongo. A tu madre le cuesta perdonármelo.

—¿Le has pedido perdón?

Gene la mira como si Celie le hablara de un concepto radical.

—No directamente.

—Me contó mamá que a Marja le dijiste que pidiera perdón.

—Ya, pero eso... es distinto.

—Le dijiste a Marja que, si había roto una familia y ahora tenía que ver a mamá todos los días, debía pedirle perdón. ¿Qué diferencia hay?

Gene saca un cigarrillo de la cajetilla, se acuerda de que en el autobús no se puede fumar y lo guarda. Se revuelve en el asiento.

—Es complicado.

—En realidad no. Tú eres el que se portó de puta pena, deberías pedir perdón.

—Celie, ¡no digas palabrotas delante de tu abuelo!

Hay un breve silencio.

—Así que abuelo... —dice Celie, pensativa.

—Delante de tu colega Gene. —Suspira—. Igual tienes razón. Pero es un melón difícil de abrir. Tu madre a veces...

—Da miedo.

—Sí.

—Pero deberías intentarlo. No es tan dura como parece.

—Celie se imagina a su madre—. Creo que piensa que la vas a abandonar otra vez. Creo que piensa que todo el mundo la va a abandonar. —Mira a Gene con atención—. ¿Te vas a ir otra vez?

Gene niega con la cabeza.

—Me gusta estar con mi familia. Y además, ¿cómo vas a solucionar tus problemas sin el colega Gene? ¿Quién te va a llevar a hacerte tatuajes falsos y a enseñarte a ir con la cabeza alta? ¿Quién va a garantizar a Violet su ración de dónuts? ¿Quién se va a asegurar de que Bill le echa valor con su amiga la pianista? —Levanta la cabeza y pasea la vista por el autobús—. ¿Quién va a dar tema de conversación a las señoras del noroeste de Londres?

Unas cuantas mujeres lo miran un momento. Gene tira de Celie y le da un beso en la coronilla. Huele a dentífrico y a cuero viejo.

—Eres tonto —dice Celie, pero no lo rechaza.

A Celie ya no le duele el estómago cuando tiene que ir al colegio. El dolor desapareció casi el primer día que fue capaz de pasar delante de las chicas usando el «escudo invisible Gene», tal y como lo llamaba este. Estaban todas a la puerta del centro fumando, a pesar de que en teoría solo se podía fumar en la calle. Cuando la mirada de Meena se detuvo en Celie, esta, en lugar de encogerse, se la sostuvo, levantando la barbilla con una sonrisa levísima y luego siguió su camino. Había sido consciente de las miradas durante todo el trayecto hasta el aula de Biología, pero, en lugar de hundirse bajo la presión, de llenarse la cabeza de pensamientos sobre lo que podrían estar diciendo de ella, se había puesto el escudo invisible y murmurado: «Dais pena todas». Luego había recordado a Gene rodando por la hierba gritando «¡Estoy muerto! ¡Me has matado!». A partir de ahí todo le ha ido resultando más fácil y ahora, después de tres semanas, casi ni se fija en las chicas. Sí, sigue sintiéndose un poco sola, pero ha empezado a comer con las chicas de Música, que son un poco frikis, pero siempre parecen alegrarse de verla y corren las sillas si la mesa está llena para hacerle un hueco.

No hablan de otras chicas. En absoluto. Lo que hace a Celie darse cuenta de que el noventa por ciento de las conversaciones de Meena y las otras eran sobre quién hacía qué cosas, quién era idiota o vestía mal o había quedado en ridículo. Era como si los demás fueran su moneda de cambio. Harriet y Soraya hablan de música o de películas que han visto, o de lo que van a componer (las dos están en octavo curso del conservatorio y Soraya escribe sus propias piezas musicales). Un día, mientras estaban comiendo en la cafetería, Soraya reprodujo una canción que había grabado en su teléfono y Celie se puso los auriculares para oírla a la vez que Harriet. Aunque no era una obra maestra —Soraya no tiene demasiada voz y la canción trata de gatos—, le había llamado la atención el hecho de que Soraya estuviera totalmente confiada: en que Celie no se reiría de ella, en que escucharía con atención. Soraya daba por sentado que lo que hacía merecía la pena y que sería recibido como tal. De haberle enseñado la canción a Meena, esta se había revolcado de risa y le habría dicho a todo a aquel dispuesto a escucharla que era patética.

Celie se da cuenta de que le gusta hablar de cosas más que de personas. Está convencida de que, cuando se levanta de la mesa, Soraya y Harriet no la van a criticar. Aunque todavía vuelve la cabeza dos veces al salir de la cafetería, por si las moscas.

El Club de Animación se reúne a las cuatro en el departamento de Arte, que en realidad son dos módulos prefabricados puestos juntos. Celie se asegura de llegar justo antes de que empiece porque no le apetece esperar en la puerta con personas que no conoce y, cuando entra, encuentra un pupitre al fondo, en la esquina, desde donde puede ver a todos sin que nadie tenga que verla a ella. Inspecciona la habitación en busca de alguien conocido; la mayor parte son chicos dos cursos superiores al de ella, pero no de esos que son unos capullos en clase y se dedican a robarse las mochilas y a tirarlas a las papeleras. Son los chicos callados que siempre están en la periferia de las cosas. Hay otras dos chicas, una de las cuales está un curso por delante y le hace una inclinación de cabeza a Celie —el saludo más expresivo que se puede recibir de una chica de trece años—, y, una fila más adelante, ve a Martin con su pelo rojo brillante. Martin gira la cabeza y le hace a Celie ese leve gesto de la mano propio de alguien que no espera ser saludado, pero que siente que tiene que hacerlo de todas maneras. Celie le sonríe —no hacerlo le parece de mala persona— y trata de no pensar en lo que significa estar en clases extraescolares con alguien como Martin.

—Hoy vamos a aprender a hacer guiones gráficos. No os preocupéis si ahora mismo no se os da muy bien dibujar, lo que nos interesa es construir la historia. En función de si queréis hacer animación en 2D o en 3D, usaremos un software que os ayude a crear las imágenes después.

El señor Pugh es de esos profesores que te pide que le llames Kev, usa vaqueros y deportivas y se sienta en la esquina de los pupitres. Celie sospecha que es de esos que los alumnos consideran su amigo. Hay uno en todos los colegios.

—Martin, tú hiciste guiones gráficos la otra vez, ¿verdad? ¿Tienes alguno en tu carpeta?

Celie sufre por Martin. Ser el primero al que piden que enseñe su trabajo es un corte. Sobre todo delante de chicos de cursos superiores. Pero a Martin no parece preocuparlo. De su carpeta saca una lámina A3. El señor Pugh va hasta su mesa y la sostiene en alto para que todos puedan verla.

Celie tarda un par de segundos en darse cuenta de que eso lo ha hecho Martin, y de que es muy bueno. Habrá una docena de recuadros con dibujos, algunos muy sombreados. Desde donde está no lo ve bien, pero tiene pinta de alguien que está sufriendo una pesadilla y luego sale a la luz del día. Hay monstruos que llenan el marco, una cara angustiada, un oso de peluche gigante y por fin el rostro preocupado de una mujer que es posible que sea una madre. El señor Pugh está explicando cómo ha dividido Martin la historia entre escenas clave y que cada una se corresponde con una imagen.

—De momento vamos a hacer solo animaciones bastante sencillas, hasta que le cojáis el truco, y eso significa que las historias que creéis tienen que ser muy cortas. *La pesadilla de Martin*, como veis, encaja perfectamente.

Alguien hace una pregunta sobre software y las diferencias entre animación en 2D y 3D, pero Celie no atiende. Está mirando el contenido de la carpeta de Martin, que parece estar llena de guiones gráficos. Ve imágenes semiocultas, algunas coloreadas, otras en blanco y negro. Martin las ordena y las devuelve a la carpeta con cuidado; cuando se da cuenta de que Celie lo mira, vuelve la cabeza y le dedica una sonrisa breve, neutral. No de esas que dicen que algo te da un poco de corte, sino que estás a gusto con lo que haces y no sientes la necesidad de defenderlo delante de nadie.

Desarrollar una historia es más difícil de lo que parece. Celie no está segura de qué clase de historia quiere contar. Todo en su vida durante los dos últimos años ha sido deprimente. No va a hacer una historia animada sobre el divorcio de sus padres o sobre cuando un autobús atropelló a su abuela, ni sobre el embarazo de Marja, el modo en que Meena y las demás la han marginado o cómo colocarse en el Heath. Piensa en superhéroes y animales de dibujos animados —lo típico en animación—, pero no le resultan demasiado interesantes. Todos los demás ya parecen tener una historia: están abocetando sus viñetas y maldicen en voz baja cada vez que algo les sale mal. Celie se inclina sobre el papel e intenta poner cara de saber lo que hace, pero está empezando a sentirse incómoda y vulnerable, como fuera de lugar.

—¿Estás bien? —Martin ha pasado a su lado y se ha parado a mirar su cartulina. Ha visto que los recuadro están vacíos.

Celie hace una mueca e intenta sonar despreocupada.

—La verdad es que no se me ocurre nada.

Martin mira los garabatos que ha hecho en las esquinas.

—Los superhéroes no me apasionan y no sé qué otra cosa dibujar.

Martin asiente con la cabeza, como si lo que dice Celie fuera de lo más normal. En el entorno del club desprende un extraño aire de autoridad; es otra persona.

—¿A ti…? ¿De dónde sacas las ideas?

—Pues… —Martin aparta la vista para hablar a Celie y esta se pregunta si no será más tímido de lo que da a entender—. Si te digo la verdad, el primer año que me apunté, hice una historia sobre acoso escolar. Era una mierda, pero el señor Pugh dijo que la animación estaba bien. Y al año pasado hice piezas más surrealistas, sueños, pesadillas, objetos inanimados que cobraban vida, esas cosas. La mitad de las veces no sé qué quiero hacer, así que cojo una idea pequeña e intento hacerla más grande. —Se pone un poco colorado—. No sé si me explico.

—Pero es que yo no tengo ninguna idea.

Celie no quiere hacer una animación sobre acoso escolar.

—Estoy intentando hacer memoria de las ideas que nos dio el año pasado. —Martin se mira los pies—. Ah, sí. Vale. ¿Qué es lo último que te hizo reír?

Celie piensa en Gene en la tele con el dentífrico, cómo imitó las muchas sonrisas que el director le había hecho ensayar durante el rodaje —«¡Ahora una sonrisa satisfecha! ¡Insegura! ¡Segura! ¡Haz el amor a la cámara! ¡Sonríe!»—. A continuación piensa en la escapada a la *sex shop* gay. En su pelea con Bill en el pasillo usando trapos de cocina, fingiendo delante de Violet y ella que estaban de broma.

—Mis dos abuelos —dice—. Que se odian. O se odiaban.

Martin sonríe.

—Sí. Dos señores mayores peleándose. Eso es divertido.
Celie deja de sonreír.
—Pero no sé dibujar señores mayores.
—Espera.
Martin camina por las mesas y se agacha delante de una estantería baja. Vuelve con un ejemplar de gran tamaño, manoseado y en tapa blanda titulado: *Cómo dibujar personajes*.
—Copia estos —dice Martin—. Aunque no sean exactamente lo que quieres, te darán ideas. Es bastante bueno, tiene guías paso a paso. —Hay instrucciones sobre cómo dibujar un huevo y convertirlo en una cara, cómo dibujar emociones, envejecer a un personaje. Le da el libro, parece vacilar un momento y luego vuelve a su mesa.
—Gracias —dice Celie, es probable que un segundo demasiado tarde.
No está segura de que Martin la haya oído.

—¿Qué tal en Animación, cariño? —pregunta Gene cuando Celie llega a casa.
Está en el cuarto de estar tumbado cuan largo es en el sofá, viendo las noticias y comiendo patatas fritas directamente de la bolsa, lo que significa que Bill ha salido. Truant está sentado mirándolo, con cada fibra de su cuerpo pendiente de la posibilidad de que le caiga alguna miga.
—Bien —dice Celie.
Debajo del brazo lleva una carpeta llena de dibujos de dos señores mayores peleándose. Uno tiene dientes blanquísimos y tupé. Su adversario usa bastón, traje y corbata, y Celie ha creado un guion gráfico en el que discuten por cuál de los dos se sube primero a un autobús. En el curso de la pelea, atropellan y tiran al suelo a todas las señoras mayores que están en la parada y a continuación a los pasajeros, incluidas las madres con cochecito de bebé y, en última instancia, al conductor. Para terminar, sacan

sus abonos de transporte y se quejan de lo frágiles que se sienten. Martin se echó a reír cuando se lo enseñó y Celie no cree que lo hiciera por amabilidad.

—¿Y qué has dibujado? —dice Gene—. ¿Se lo vas a enseñar a tu colega Gene?

—Todavía no, abuelo —dice Celie, y sube las escaleras con una sonrisa.

27

Lila

¿Señora Kennedy? Quería hablar con usted.
La señora Tugendhat está cruzando el patio del colegio. Lleva una túnica larga drapeada y sus movimientos ampulosos le dan aspecto de barco con velas color turquesa que navega un mar en calma, aunque la brisa le alborota el pelo, que forma una nube rebelde alrededor de su cabeza.

—Hola, señora Tugendhat —dice Lila tratando de poner buena cara. Ha llegado temprano con la esperanza de encontrarse a Gabriel.

—Son los trajes. A estas alturas tendríamos que haber visto algo. ¡Falta poco para el ensayo con vestuario!

Esto último lo dice levantando las dos cejas, como si fuera un chiste entre las dos.

Los dichosos trajes. Lila sabe que debía haber dedicado una noche a buscarlos en eBay, pero siempre se le va de la cabeza.

—¿Ha podido avanzar?

—Sí. Sí —dice Lila con convicción.

—Le mandé las medidas. Recibió el correo, ¿verdad? ¡Es una barbaridad lo grandes que son los niños de hoy! Cuando yo empecé a dar clase eran todos del tamaño de una pinta de cerveza. ¡Una pinta! —Baja una mano hasta indicar la altura de un niño de, como mucho, dos años de edad—. ¿Puede decirme para cuándo podemos esperarlos?

A veces Lila tiene la sensación de que en su vida hay un coro constante: «¿Para cuándo podemos esperar los capítulos? ¿Para cuándo podemos esperar los trajes? ¿Para cuándo podemos esperar que se terminen los ruidos de su jardín?».

—Estamos en contacto —dice Lila, temiéndose a su pesar que, para cuando llegue a la puerta de su casa, el tema se le habrá ido otra vez de la cabeza. Porque esta última semana la cabeza de Lila ha estado ocupada en un noventa y ocho por ciento por Gabriel. Al día siguiente le mandó una retahíla de mensajes —«Qué noche tan maravillosa». «Luego no me podía dormir». «Eres preciosa, Bella»—, pero, para desesperación de Lila, no ha hecho apenas esfuerzos por verla. Lila había más o menos supuesto que habían empezado algo, que ahora tenían «una relación». Que habían sentado las bases de algo bonito y se disponían a entrar en una nueva etapa en la que habría cenas, noches de dormir juntos o incluso de presentarse a las familias respectivas.

Dos días antes no había aguantado más y le había escrito mientras se daba un baño.

Estamos bien? Andas muy callado. Bs

La respuesta había llegado una hora después.

Pues claro que sí, Bella. Perdona, ha sido una locura de semana en el trabajo. Bs

Lila se había quedado tranquila, sobre todo cuando a la mañana siguiente recibió otro mensaje: **Buenos días, Bellissima. Me he despertado pensando en la otra noche. Bs**

Desde entonces nada.

Lila sabe que debería llamarlo y punto, o incluso mandarle un mensaje diciendo que la falta de comunicación le resulta un poco rara. Pero a una parte de ella le preocupa resultar un poco «intensa», como dicen sus hijas. No quiere parecer dependiente solo porque se han acostado una vez. Después de todo, es una mujer de cuarenta y dos años. Estos pensamientos se suceden y dan vueltas en su cabeza y no termina de decidir qué hacer. Hacía casi veinte años que no tenía una cita. Se siente como una astronauta en un alunizaje, navegando por un paisaje absolutamente desconocido. Además, ¿cómo funcionan estas cosas? En circunstancias normales lo hablaría con Eleanor, pero tiene la molesta sensación de que sabe lo que esta le dirá. Y no es bueno. Le dirá a Lila que ponga las cartas sobre la mesa, que sea directa, que diga qué es lo que quiere. Eso o le soltará que Gabriel es un gilipollas y que pase de él y lo olvide. Pero Eleanor no termina de entender a Gabriel; no comprende por lo que ha pasado. Eleanor no estuvo en esa velada deliciosamente íntima, nunca ha visto lo cariñoso que es con Lila, ni la conexión que hay entre los dos. Así que Lila ha empezado a no contestar las llamadas de Eleanor o a mandarle mensajes diciendo: «¡Perdón! Estoy hasta arriba. Bss», y es otra cosa más que la hace sentir incómoda.

Acaba de aparecer la madre de Gabriel; cruza corriendo el patio con las llaves del coche en la mano. Lila la mira y se pregunta si Gabriel le habrá hablado de ella. Deben de estar unidos, ¿no? ¿Es ella quien le da consejos? La mirada de la mujer se cruza un momento con la de Lila cuando pasa a su lado con Lennie de la mano. Lila sonríe y la mujer le devuelve la sonrisa, pero de esa manera difusa, de cuando no conoces a alguien pero te sientes obligado a corresponder a su gesto. Lila suspira, extiende la mano para que Violet, que está de un humor de perros, le pase la mochila y se prepara para otra tarde larga de no saber a qué atenerse.

Estella Esperanza se ha acostado con el médico joven y guapo. Pero solo tiene derecho a medio episodio de placer antes de que salga a la luz que el médico en realidad ha sido contratado por Rodolfo para seducirla y así poder divorciarse de ella aduciendo infidelidad y conservar casi toda su fortuna. (Lila no tiene muy claro cómo funcionan los acuerdos de divorcio en esa parte de

América Latina, pero le resulta algo injusto). Esta vez Estella no se derrumba por la traición de un hombre. Ha sufrido demasiado en las dos últimas temporadas de la serie para eso. Una mujer que ha sobrevivido a la infidelidad marital, a la muerte por ahogamiento (se cayó de una lancha rápida mientras perseguía a Rodrigo), a la casi pérdida de uno de sus hijos y a un intento de asesinato por parte de un hombre vestido de ciempiés gigante no se va a traumatizar al descubrir que un guaperas apenas lo bastante joven como para tener barba incipiente tuviera motivos ulteriores para seducirla. Cuando descubre, gracias a una enfermera solidaria, que no es médico, solo se hace pasar por uno, lo sigue hasta un box, le explica con dulzura que tiene mal un tobillo, espera a que se incline a examinarlo y le da una fuerte patada en la cara con su vertiginoso tacón negro y dorado de Yves Saint Laurent. Mientras el joven gime de dolor en el suelo, sujetándose la cara, Estella se baja con agilidad de la camilla, pasa con cuidado por encima de él y, después de susurrarle: «Hasta la vista, pendejo, ten cuidado con a quién intentas engañar», sale elegantemente del box y cruza el vestíbulo del hospital.

Lila se queda mirando los títulos de crédito hasta que se terminan y, a continuación, con gesto algo derrotado, apaga la luz y se dispone a dormir.

A la mañana siguiente, dos minutos después de que Bill se vaya a su taller, Eleanor se presenta sin avisar. Lila, que iba de camino a su estudio con una taza de té, abre la puerta sobresaltada.

—¿Por qué me estás evitando?

Eleanor va derecha a la cocina mientras sacude su impermeable.

—No te estoy evitando.

—Te has perdido cuatro paseos con el perro y no me coges el teléfono. Me estás evitando.

Lila la sigue hasta la cocina y enchufa el hervidor. Se tapa la cara con las manos.

—Ayyy. He hecho una tontería y sé que vas a decirme que fue una tontería, lo que me hace sentir aún más tonta que cuando hice la tontería.

—¿El qué?

—Ahora mismo no estoy con fuerzas para soportar que me regañes, El.

—¡No he venido a regañarte! He venido porque necesito hablar contigo.

—Ah. —Lila se quita las manos de la cara—. ¿Por qué? ¿Qué ha pasado?

Ha estado tan absorta en sus cosas que ni se le ha pasado por la cabeza que su amiga pueda necesitar ayuda. Por un acuerdo tácito, la conversación se interrumpe hasta que está hecho el té y las dos se han sentado a la mesa de la cocina con la lata de galletas en el centro.

—No sé qué estoy haciendo con mi vida.

Lila espera. Este comentario puede aludir a una variedad de contextos.

Eleanor hace una mueca.

—Lo de las fiestas sexuales. Fui a una y no me resultó tan emocionante como de costumbre. Eran como las once de la noche y estaba en una habitación atestada mirando a dos personas dale que te pego, y de pronto me resultó todo superdeprimente.

—¿Y?

—Y lo que de verdad me apetecía era estar en casa tomándome un té y charlando con alguien sobre lo que ponían en la tele.

—¿En serio?

—No me arrepiento de haberlo hecho. Durante los primeros meses fue como una aventura, como si estuviera recuperando el tiempo perdido. Pero esto era una fiesta BDSM en el oeste de Londres y las paredes estaban forradas con polietileno, la música era un espanto, la diversión había desaparecido y solo quedaba… el asco. Miré todos esos ojos transidos, todos esos glúteos peludos y fue como… puaj. Como si alguien hubiera dado las luces del techo al final de una fiesta y todas esas personas desenfrenadas con las que llevas bailando toda la noche resultaran ser solo unos tontos sudados con el antifaz mal puesto.

Lila reprime el impulso de decir que cada fiesta a la que ha ido Eleanor le ha dado exactamente esa sensación.

—¿Y qué hiciste?

—Me largué sin decir adiós y cogí un Uber. Desde entonces, Jamie y Nicoletta me han llamado un par de veces, pero... es que ya no me apetece. Es como si se me hubiera apagado un interruptor, tal cual. No pongas esa cara, Lila. ¿Crees que necesito terapia hormonal sustitutiva?

—No. Creo que necesitas una taza de té y un hombre agradable con el que ver la televisión.

Eleanor suspira.

—Ay, gracias a Dios. Pensé que, ahora que te dedicas a tener tus propios escarceos sexuales, me ibas a decir que se me había ido la pinza y necesito hormonas o algo así.

—Dos. He tenido dos. Y tampoco estoy muy segura de estar hecha para los escarceos sexuales.

Las dos suspiran y dan un sorbo de té.

—Me acosté con el arquitecto buenorro.

—¡Pero eso es genial!

—Y me parece que ya no le gusto.

—¿Qué quieres decir?

Lila le habla de la ausencia de mensajes, de las vagas promesas incumplidas. Le cuenta su secreto más oscuro: que teme haberse olvidado de practicar bien el sexo, o de no estar al día de las novedades, o de haber hecho algo aburrido o repulsivo que le ha quitado a Gabriel las ganas de estar con ella. Acaba de pasar casi media hora examinándose la mandíbula en el espejo de aumento en busca de pelos.

—No seas tonta. Tú no has hecho nada. Es uno de esos hombres. Te está haciendo *breadcrumbing*.

—¿Cómo dices?

—Lo he leído en internet. Es una moda. *Breadcrumbing*, dar migajas. Te dan migajas de atención, lo justo para mantenerte enganchada, pero no lo bastante como para que se pueda considerar una relación.

Lila niega con la cabeza.

—No es eso. Gabriel no es así.

Eleanor saca su teléfono y teclea alguna cosa. Luego empieza a leer.

—«Te da una de cal y otra de arena».

—Vale. Puede ser.

—«Te llama con un apodo genérico».

—Hum. Me llama Bella. No es precisamente genérico.

Eleanor hace una mueca.

—«Da a entender que quiere una relación y dice cosas como "eres mi tipo" o "eres demasiado buena para mí", pero ahí lo deja».

A Lila se le está cayendo el alma a los pies.

—«Evita quedar demasiado. En el último momento le surge algo».

Lila empieza a tener mal cuerpo.

—Sí que le cuesta concretar. ¿Crees que es por eso?

—«Te cuenta una historia triste para tenerte emocionalmente entregada».

Lila deja su taza.

—A ver, su mujer se murió. ¿Eso cuenta como historia triste?

Deciden que no están seguras.

—«Pide fotos».

—¿Fotos sexis? No, eso no lo hace.

Lila siente un repentino alivio.

—Aquí dice que pueden no ser conscientes de lo que están haciendo. Y que pueden ser sinceros. Pero si cumple varios de los requisitos, igual deberías planteártelo.

Lila hace memoria de las muchas conversaciones que han tenido Gabriel y ella. En las largas charlas, nocturnas en su mayor parte. En el hecho de que es la única madre del colegio que se ha llevado a Lennie a casa. En cómo la mira. En lo bien que la entiende.

—Pues no sé. Puede que sea un poco así, pero no solo. A ver, lo que quiero decir es que no quiero meterle en esa categoría solo porque ha tenido una semana de mucho trabajo.

—Pues no lo hagas. Pero tampoco te vuelvas loca. Venga, Lila. Ten una conversación franca con él. Tienes cuarenta y dos años.

—Sabía que me ibas a decir eso.

—Y por eso me quieres.

Callan unos instantes mientras se turnan para coger galletas de la lata.

—Joder, El. ¿Te acuerdas de cuando teníamos dieciséis años y creíamos que a estas alturas tendríamos todo esto controlado? Pensaba que a los treinta lo sabría todo de la vida.

Lila da un mordisco a una galleta de pepitas de chocolate algo revenida.

—Pues yo tengo la horrible sensación de que vamos a tener una variación de esta misma conversación a los ochenta y cinco años.

—«Ha dejado la dentadura postiza en mi lado de la cama. ¿Crees que le gusto?».

—«En la residencia sonríe todo el rato a otra mujer».

—«Estoy segura de haber visto su scooter de movilidad reducida aparcado en el bar de *striptease* del barrio».

—«Solo se le levanta con catorce viagras y una polea. ¿Es porque no soy lo bastante atractiva?».

Hablan con voz cada vez más aguda hasta que, de repente, les entra un ataque de risa. Lila no se ha sentido tan bien en toda la semana.

Jensen se presenta a la hora de comer, cuando Lila se está tomando un descanso de editar los primeros tres capítulos del libro.

Hace esto cuando trabaja: volver al texto previo para afinar, pulir y cambiar palabras si se le ocurren unas mejores. Es la parte que más disfruta de escribir. Jensen la saluda con la mano desde el otro lado de las puertas acristaladas cuando Lila ha bajado a hacerse un té y le parece de mala educación no ofrecerle uno. Se sientan a beberlo en el jardín. Jensen no va vestido de jardinero, sino inesperadamente elegante, con un jersey de cachemir gris claro y vaqueros oscuros, al parecer de camino a un encargo potencial a las afueras de Londres.

—Es mucho trabajo. Probablemente tendré que contratar a alguien para que me ayude. Pero es una casa antigua preciosa y quieren recuperar el estilo georgiano del jardín, así que solo documentarme y pensar la propuesta ha sido muy bonito.

Tiene una carpeta con dibujos y le enseña un par de ellos: diagramas hermosos y precisos de setos y caminos geométricos.

El jardín de Lila está terminado, las últimas plantas están colocadas y regadas y todas las tardes de la semana anterior se ha sentado en él, con Truant a sus pies, a disfrutar del espacio y la paz añadidos. Es como si le hubieran hecho una habitación nueva en la casa, un lugar donde puede sentirse distinta, sin un pasado complicado. Cosa extraña, Jensen y Bill habían estado en lo cierto: cada vez que Lila se sienta en el banco que ha hecho Bill, se acuerda de su madre. Pero es una sensación agradable, que tiene más de cálido recuerdo que de angustioso vacío por la ausencia. A su madre le habría encantado aquel rincón. Habría usado adjetivos como «celestial» y «divino» y murmurado: «¡Mira cómo se mueve la luz en esas plantas, Lila! ¿No te apetece perderte en todos esos trinos de los pájaros?».

—La verdad es que te ha quedado precioso —dice rompiendo el silencio.

Jensen hace una mueca fugaz, de las que hacen las personas a las que no se les da bien recibir cumplidos.

—Me alegra que lo pienses —dice, y araña el camino con la puntera del zapato—. Ha sido un trabajo muy personal.

Sonríe por el rabillo del ojo y se le ve algo tenso, pero su mirada es amable.

En presencia de Jensen, Lila siente siempre un ligero dolor. Su cara transparente, franca, no esconde secretos.

—Bueno —dice—. No tienes que desaparecer solo porque hayas terminado el trabajo.

—¿Ah, no? ¿Y qué hago? ¿Tocarte en la ventana a horas intempestivas pidiendo un té?

—Por supuesto. Igual hacer unos pasos de danza contemporánea alrededor del estanque si lo quieres con galletas.

—Pues empezaré a trabajar en la coreografía.

Lila recuerda la sinceridad con la que pudo hablarle de la noche que pasaron juntos. Que había resultado divertida y directa gracias a él, y que no se había sentido nerviosa ni insegura. Esta constatación, con su obvio contrapunto, la incomoda levemente y, cuando Truant de pronto echa a correr por el césped hacia la cocina para ladrar a la puerta, casi agradece la interrupción.

—Voy a ver por qué ladra —dice poniéndose de pie.

—Muy bien. ¡Ah! Me he pasado porque quería pedirte una copia de la factura que te di hace unas semanas. Parece que mi software de contabilidad se ha vuelto loco y la necesito para ver qué me falta por cobrar.

Truant ha entrado en la casa y parece dirigirse a la puerta principal.

—Muy bien —dice Lila, distraída—. Creo que la tengo arriba, en la mesa, al lado de la impresora. Dame un momento.

Tiene que gritar para hacerse oír mientras echa a correr hacia la casa.

—No te preocupes —le dice Jensen—. Me acuerdo de dónde está la impresora. Yo la cojo.

Es un paquete. Para los vecinos. Lila resiste la tentación de señalar en silencio su número de la calle, que se diferencia no en uno, sino en dos dígitos de la dirección del paquete, y tiene que soportar un breve discurso de un hombre con chaleco sobre lo mucho que los explota a él y a sus compañeros la compañía de repartos, cómo no les dejan tiempo libre entre entregas y que por eso se equivocan de casa, todo ello con Truant gruñendo y retorciéndose a sus pies en un intento por colarse por la rendija de la puerta. Luego el repartidor decide que es posible que tenga una entrega que sí es para ella y vuelve a su furgoneta para regresar a paso de tortuga con un paquete para Bill. Ha estado encargando partituras de piano para tener cosas nuevas que practicar con Penelope.

Cuando por fin cierra la puerta, tranquiliza a Truant y deja el paquete en la mesa, a Lila le zumban los oídos. Tal vez por eso tarda unos minutos en reparar en el silencio. Va a la cocina y mira afuera, pero Jensen no está. Decide que ha debido de irse por el jardín mientras ella estaba en la puerta principal y sale a recoger las tazas vacías. Jensen se ha dejado la carpeta con los dibujos en el banco. La coge y la lleva a la casa; decide que lo va a llamar para decírselo. No querrá presentarse sin ella en la reunión de trabajo.

Se dispone a marcar su número cuando oye pisadas en las escaleras. Mira hacia arriba y ve a Jensen en el rellano. Está pálido y tiene unos papeles en la mano. La mira.

—«Mis escarceos sexuales con J o cómo, después de veinte años, volví a montar en bicicleta». ¿Se puede saber qué coño es esto?

Con un nudo en el estómago, Lila ve lo que tiene en la mano. Hay un breve silencio.

—Jensen, te lo puedo explicar. No es lo que...

—«Un poco antes había bromeado sobre estar "fofisano". Y es cierto, no tenía un cuerpo esculpido como el de un dios griego, pero sí me transmitía una reconfortante familiaridad». Así que «reconfortante familiaridad». Pues qué bien.

—No eres tú —tartamudea Lila.

—«Me contó que se prometió después de que su novia le

escribiera "Ahora o nunca" en el parabrisas de su coche. —Jensen mira a Lila—. ¿Ah, no? Entonces ¿quién? «Nos revolcamos por el suelo del taller hasta estar cubiertos de serrín y virutas de madera…».

Lila tiene la sensación de que se le ha congelado todo el cuerpo.

—O sea, que me estabas usando como… material de escritura.

Lila niega con la cabeza aturdida.

—Pero esto es para tu libro, ¿no? Ese sobre reconstruir tu vida, ¿verdad? Es un capítulo de tu libro.

Lila no dice nada. No puede moverse. Es como si todos los músculos de su cuerpo se hubieran vuelto líquidos. Jensen está dando golpecitos con el dedo en las páginas impresas.

—Te lo conté todo. Todo por lo que he pasado. ¿Y tú has cogido la noche que pasamos juntos y la has… vomitado en algo que después vas a vender?

—Puedo cambiar los detalles. Me…

—¿Quién coño eres, Lila?

La mira con una expresión que no le ha visto nunca. Comprende que es algo cercano a la repulsión.

—Me dijiste que no querías una relación porque tenías muchas cosas encima. Pensé que necesitabas tiempo. Lo entendí. Decidí esperar a que se despejaran las nubes y ver qué pasaba. De verdad que me parecías una persona muy maja. Una persona maja, buena, que estaba pasando por un momento difícil.

Deja las hojas en la mesa del recibidor y menea la cabeza con expresión perpleja.

—Resulta que se me da de puta pena interpretar a las personas. —Va hasta la puerta y se detiene en el umbral. Se gira, coge aire como si se esforzara por contenerse—. ¿Sabes qué? Irina era una novia verdaderamente horrible. Pero por lo menos no se hacía pasar por quien no era.

Mira a Lila con desprecio una última vez y sale por la puerta.

28

Lila no estaba preparada para lo mucho que la ha afectado la reacción de Jensen, para esta versión nueva de él que la encuentra despreciable, que afirma no reconocerla. No había sido consciente de lo mucho que disfrutaba de su apacible compañía hasta que dejó de tenerla. No consigue avanzar con el libro. Incluso el jardín parece contaminado, es como un reproche verde inmaculado. Cada vez que se sienta en él, oye la voz de Jensen: «¿Quién coño eres, Lila?».

Ahora lo ve clarísimo. ¿Cómo consideró posible escribir así sobre su vida, sin pararse a pensar en cómo iba a afectar a las personas que la rodean? Recuerda las preguntas incisivas de Celie en la pizzería, su runrún de preocupación por cómo recibirían sus hijas sus historias. En ningún momento tuvo en cuenta los sentimientos de Jensen.

Durante el paseo, la cara de Eleanor da a entender que la reacción de Jensen no la sorprende, lo que no ayuda a Lila a sentirse mejor.

—Vas a tener que hablar con tus editores —le dice cuando Lila le cuenta lo ocurrido ese día horrible.

—Pero si elimino los detalles sexuales, me cancelarán el contrato. Y entonces no tendré dinero.

—Si es que en cualquier caso tendrías que quitar ese capítulo. No puedes publicarlo. No después de esto.

Lila apoya la cabeza en las manos.

—Joder, El. ¿Crees que soy una mala persona?

—No, eres una persona que estaba hecha polvo y que es posible que confundiera prioridades. —Eleanor se para y le pone una mano en el brazo a Lila—. Aunque, Lils, sí me he preguntado cómo te ibas a sentir cuando se publicara el libro. Escribir sobre tu vida sexual es algo muy íntimo. Y no estoy segura de que estés en el momento emocional correcto, o con la persona correcta, para enfrentarte a algo así. Y, además, ¿de verdad quieres ser esa mujer? ¿Una que vende su vida privada? Que escribieras sobre cómo rescatar tu matrimonio es una cosa, y le veo el sentido. Pero contar tu vida sexual…, ¿no es facilitar una especie de voyerismo? ¿Exponerte a que te juzguen de todas las maneras posibles?

—Eso lo dice la mujer que se ha pasado los últimos dieciocho meses…

—Sí, sí, vale. Pero que yo fuera a esas fiestas no afectaba a nadie excepto a mí. Y nadie me conocía. No es algo que me vaya a perseguir toda mi vida.

Lila es incapaz de añadir nada. Así que Eleanor cambia de tema y habla, como hacen las amigas cuando comprenden lo profundo del pozo en que te encuentras. Le cuenta que se ha apuntado a clases de salsa. Va a un sitio en Waterloo lleno de hombres mayores vestidos de manera exótica que lo único que quieren es sacarla a la pista de baile. También ha empezado a darse un masaje a la semana, para, tal y como lo explica, seguir conectada con su cuerpo.

—Solo con masajistas mujeres de mediana edad. Fuertes, sin miedo a clavarte el codo. La verdad es que me sienta genial y sale mucho más barato que las fiestas sexuales, si les sumas el vestuario y los polvos de talco. Deberías probarlo.

—No tengo dinero —dice Lila.

Una de las reglas de oro de Francesca era que, si estabas sumida en el desaliento, tenías que mover el cuerpo. «Haz algo, cariño». Sal a dar un paseo, ordena un armario o ponte a cavar en el jardín. Algo que te saque de tu cabeza y te conecte con tu cuerpo. Lila lleva una hora y cuarenta minutos mirando la pantalla de su ordenador y lo único que ha conseguido es sumirse más y más en la melancolía. Y cuando no está melancólica, está nerviosa y su cerebro se niega a permanecer quieto lo bastante para que pueda concentrarse en su trabajo. Cada vez que lee lo que ha escrito, la asaltan la vergüenza y las voces furiosas de futuros lectores.

«¿Quién coño eres, Lila?».

Ha empezado a hacer frío, como si el invierno hubiera llegado de un día para otro. Pero incluso sin el descenso de las temperaturas, el jardín se ha vuelto un lugar desapacible y poco acogedor, así que Lila decide ordenar la casa. Gene se ha traído tres grandes cajas de cartón de casa de Jane y, como era de esperar, las ha dejado en el recibidor porque «en mi cuarto no caben». Lila no dice que tampoco caben en el recibidor ni hace comentario alguno sobre el hecho de que Gene diga «mi cuarto». Entre las cosas nuevas de Gene y el interminable éxodo de objetos procedentes del chalet de Bill, Lila tiene la impresión de que su casa empieza a parecerse a una de esas excéntricas tiendas de baratillo donde hay una cabeza de alce disecada encima de un orinal y los estantes están llenos de libros que nadie leerá nunca.

Tirará cosas del desván. Así podrán subir allí las cajas de Gene. De esa forma, por lo menos despejará la entrada y tendrá la sensación de haber hecho algo útil. Está bajando cuando se cruza a Bill, que sube. Se ha cortado le pelo y presenta un aspecto extrañamente vulnerable, como si estuviera recién esquilado. Lleva un periódico debajo del brazo y una bandeja con dos tazas de té. Penelope lo sigue. Por un momento, Lila se pregunta si se están llevando el té a la cama.

—Ah, Lila. Ayer vi a Jensen.

Al oír el nombre, a Lila se le cae el alma a los pies.

—Lo encontré muy raro. La verdad es que estuvo bastante seco.

—Igual lo cogiste en un mal momento —dice Penelope—. Suele ser encantador.

—Sí, sería un mal momento. —Bill se queda pensando—. Pero sí me dijo que te recordara lo del árbol de delante de la casa.

Lila se pone enferma solo de pensar en Jensen siendo antipático. Es como el mundo al revés, como si las cascadas fluyeran hacia arriba o los gatos ladraran a los perros. Es culpa suya.

—Voy a ordenar un poco el desván —dice en un intento por cambiar de tema.

—Ah, buena idea. Cuando nos tomemos el té, subo a ayudarte. —Bill se vuelve hacia Penelope—. De todas maneras tú te ibas pronto, ¿no, cariño?

«Cariño». Algo dentro de Lila se contrae por la naturalidad con que Bill ha usado la palabra y no está segura de si es nostalgia de su madre o la evidencia de un amor que parece fuera de su alcance.

—Sí. Cameron Williams se examina de cuarto mañana y tenemos que practicar repentización. Pero si me necesitáis, puedo ayudaros un ratito.

—Eres un encanto, pero creo que ahora mismo te necesita más Cameron.

Mientras siguen intercambiando frases amables sobre escalas menores y arpegios, Lila baja la escalerilla del desván y sube.

Se sienta en el suelo y mira a su alrededor. En el aire inmóvil observa las motas de polvo asentarse en la penumbra y se pregunta si no está haciendo una tontería. Hay algo en los desvanes que puede inducir a la melancolía. Quizá sea ver objetos largo tiempo abandonados coger polvo, fuera de la vista y desahuciados. Quizá son las pruebas de una vida familiar que quedó atrás. Lila mira las numerosas cajas, la colección de CD de Dan que no se llevó con él, la pequeña mesa de centro que se trajo de casa de sus padres cuando se fueron a vivir juntos, las bolsas con ropa de sus hijas que le recuerdan a cuando eran pequeñas, dependientes y afectuosas. Hay más cajas: tres en las que pone «Francesca» y que llevó allí Bill después de morir la madre de Lila, cosas que dijo no poder tener en la casa y que ninguno de los dos ha sido capaz de tirar.

Entonces piensa en las cajas de Gene en el recibidor y se acuerda de que necesita hacer algo que le dé sensación de tener el control de su vida. Lo que menos trabajo le costará es hacer limpieza de las cosas de Dan. Se pone manos a la obra con las cajas de CD, empieza a echarles un vistazo y al poco, abrumada al ver la música que disfrutaban oyendo al principio de su relación, empieza a bajarlas sin revisar su contenido. Cuando termine, le mandará un mensaje preguntándole si las quiere y, si no es así, las llevará a la tienda de beneficencia. Entonces habrá dos cajas menos. Que se quede Marja con los *Grandes éxitos de U2* y el álbum de los Smiths que Lila siempre fingió que le gustaba.

Lleva casi una hora en el desván cuando sube Bill. Su cabeza cana aparece en la trampilla y le tiende a Lila una taza de té que esta acepta agradecida.

—Cielo santo —dice Bill inspeccionando el desván—. Qué de cosas.

Como si no hubiera llenado él la casa con las suyas, piensa Lila, pero le da las gracias por el té y sigue revisando los adornos de Navidad. Hay bolas que compró Francesca, figurillas de arcilla mal pintadas que hicieron Celie y Violet en el colegio y que Lila nunca ha tenido el valor de tirar. Necesita hacer un esfuerzo para no pensar demasiado en Navidades que no se repetirán. Selecciona los adornos, quita los que están demasiado rotos y saca una bolsa de basura con espumillón desmochado y bolas de cristal hechas añicos al rellano con ligera satisfacción por haber logrado liberar un poco más de espacio.

Bill trabaja a su lado en silencio, está revisando una caja de fotografías viejas. De vez en cuando llama a Lila para enseñarle una foto de cuando era pequeña o de los tres de vacaciones en Escocia; Francesca sonriente, siempre sonriente, con su pelo cambiando paulatinamente de rubio a gris. De tanto en tanto, Bill ríe al señalar un peinado adolescente de Lila cuestionable, suspira un poco ante una foto de su luna de miel con Francesca en Italia. «Creo que esta debería enmarcarla», dice de vez en cuando.

Hacen un descanso para comer y Bill la ayuda a llevar algunas cajas al coche. En el maletero solo caben dos y tres bolsas de basura, pero Lila decide seguir con la limpieza del desván. Se siente incapaz de sentarse delante del portátil, con las decisiones imposibles que eso lleva implícito. Las chicas duermen esta noche en casa de Dan, lo que en teoría significa que es libre de hacer lo que le apetezca, lo que quiera, pero una parte de ella desea que estuvieran allí y la distrajeran de todo lo que le pasa por la cabeza.

Despejan casi entero uno de los lados del desván: sillas Lloyd Room maltrechas que Lila acepta que nunca va a repintar, alfombras con manchas que pensó que algún día le vendrían bien, aparatos electrónicos difuntos, compras compulsivas (casi todas de Dan) y cajas con juguetes de plástico cuya existencia Lila ni recordaba. Mira los juguetes y se pregunta si debería llevarlos al punto limpio para que no se los quede Dan, pero enfrentarse a eso ahora mismo le parece demasiado complicado, otro problema más que resolver, así que las dispone debajo de alero para quitarlas de su vista. Al mover esas cajas es cuando aparece la casa de muñecas. Bill y ella sueltan un «Aaah» de admiración e intercambian una mirada de nostalgia.

—Se me había olvidado que estaba aquí —susurra Lila alejándola un poco para verla mejor.

Bill se sienta en un escabel de IKEA.

—Qué bien me lo pasé haciéndola —dice inclinándose para

tocar el tejado polvoriento—. Cuando te la dimos, te pusiste contentísima.

—Desde luego.

Lila abre la fachada dejando al descubierto cinco habitaciones. Están las escaleras diminutas a las que Bill había pegado una alfombra pasillera color rojo, el cuarto de baño con la bañera de pata de garra. Los muebles y adornos están guardados en táperes, que abren entre exclamaciones de admiración por lo perfecto que es todo, la exquisitez de los detalles, lo minúsculo de las proporciones.

—Muchas de esas cosas las encargó tu madre a Alemania —dice Bill examinando una vajilla—. Estaba decidida a comprar lo mejor. Se lo pasó muy bien preparándola.

—Creo que es el mejor regalo que me han hecho en mi vida.

Se dan un abrazo rápido y torpe y Lila apoya la cabeza en el hombro de Bill, agradecida por que al menos uno de los hombres de su vida la considere un ser humano aceptable.

Lila está dando a un interruptor de la luz y maravillándose por que funcione cuando por la trampilla aparece la cabeza de Gene.

—¡Hola! ¿Qué pasa aquí? ¿Tenemos fiesta?

Sonríe de oreja a oreja. Esta mañana tenía una prueba y Lila sospecha que ha ido bien. Cuando no es así, suele encerrarse unas cuantas horas en su habitación para ver vídeos suyos antiguos y masajearse el maltrecho ego.

—Nos hemos puesto a hacer un poco de limpieza —dice Lila—. Y hemos encontrado mi casa de muñecas.

—Pero ¡qué preciosidad! —exclama Gene.

—Me la hizo Bill —dice Lila—, cuando cumplí ocho años.

Tarda un momento en percibir el cambio de ambiente. Sigue admirando las luces, probando cada habitación para comprobar cuáles funcionan, cuando se da cuenta de que Gene observa la casa y no precisamente con admiración.

—Muy bonita —dice sin entonación.

Sigue un breve silencio.

—¿Violet no la quiso para su cuarto? —pregunta Bill, quien no parece enterarse de nada.

Lila hace una mueca.

—Nunca ha sido muy de muñecas.

Las muñecas que heredó Violet de Celie tendían a terminar con cortes de pelo punk y amputaciones. Cuando resultó que la casa de muñecas no le hacía demasiada ilusión, Lila no insistió. No quería que la minúscula e intrincada morada terminara pareciendo el cuarto de fumar crack de Barbie.

—A ver, no es más que una casa de muñecas. No todo el mundo quiere una —murmura Gene. Está mirando dentro de una de las cajas—. No a todo el mundo le gusta jugar a las casitas.

—A muchísimos niños les gusta jugar a las casitas —dice Bill cogiendo una pila de álbumes de fotos—. A Lila de pequeña le encantaba.

—Bueno. Pero también le gustaba jugar a otras cosas. Está bien que los niños hagan cosas un poco más emocionantes y aventureras.

—Pero no todo el mundo quiere ser aventurero. Lila disfrutaba mucho de su casita siendo niña.

—¿Qué tal si la dejamos aquí y abrimos más cajas? —propone Lila con tono abrupto.

Se pone de pie algo encorvada para no darse con las vigas del techo y va hacia unas cajas que hay junto al depósito de agua. Saca una y abre la tapa. De inmediato se le hace un nudo en el estómago. Es una de las cajas de Francesca. Mira las cartas con esa caligrafía que tan bien conoce, el joyero de su madre, y se le escapa un suspiro.

—Son cosas de mamá —dice a nadie en particular.

Hay un breve silencio. Detrás de ella, Bill se pone más recto.

—¿Estás de humor para hacer esto? —le pregunta Lila volviéndose.

Bill le pone una mano en el brazo con suavidad.

—Creo que deberíamos. Ha pasado bastante tiempo.

—Pues yo voy a echar un ojo a las cajas que trajo Jane —dice Gene desde el extremo opuesto del desván—. Tengo un montón de souvenirs y me ha dicho mi agente que va a haber una convención de fans de la ciencia ficción y están considerando incluir *Escuadrón Estelar Cero*.

Lila no está segura de si Gene está siendo diplomático o si es verdad que le solo le interesan sus baratijas de *Escuadrón Estelar Cero*, pero en cualquier caso da gracias.

Bill y ella dedican veinte silenciosos minutos a revisar la primera caja. Hay certificados escolares y notas que Francesca conservaba de su infancia y de la de Lila. Hay pasaportes antiguos y cartillas bancarias difuntas, bisutería y pañuelos pasados de moda. Lila trata de ser despiadada, diciéndose que solo debe conservar cosas que le guste tener a la vista. Trata de imaginar cómo gestionaría esto Francesca. «Lila, cariño, no son más que cosas. Guárdate las más bonitas y trata de centrarte en el futuro».

Cuando llegan a las cartas, paran. Hay una de Lila escrita durante un viaje escolar diciéndole a su madre con una caligrafía infantil y redondeada lo mucho que la echa de menos, y se le forma un nudo en la garganta. Hay un fajo de cartas de amor de Bill, atadas con cinta de terciopelo verde oscuro, que Bill se lleva un instante al pecho para, acto seguido, dejar a un lado. Entonces llegan a lo que hay al fondo de la caja, los saldos: cartas de Francesca a sus padres, a amigos por correspondencia ya olvidados, a un par de novios de la adolescencia con declaraciones de amor a distancia.

Lila encuentra una carta de la amiga más antigua de Francesca, Dorothy, y empieza a leer sobre un viaje de Francesca a Dublín.

—La gente ya no escribe cartas, y hace mal. Estas son una delicia. Es como oír la voz de mamá —dice Lila mientras sigue leyendo—. Ah, qué bonito. Habla de un vestido que le compró mamá a Celie estando allí. Creo que debo de tenerlo aún. Era blanco con cuadros azules. Violet nunca quiso heredarlo.

Bill se acerca para mirar la carta y frunce el ceño.

—¿Estás segura de que era Dublín? A mí me contó que solo había ido a Irlanda una vez, de niña. Es imposible que volviera. —Le coge la carta a Lila y la examina—. ¿De qué fecha es?

Lila lee la fecha antes que él. Y pestañea.

—¿Por qué dice Dorothy que Francesca estuvo en Dublín? Jamás fuimos.

—Es de 2006.

—«Veo que lo pasaste genial en Dublín. No me extraña que Gene te citara en The Temple Bar, le pega todo. Me imagino lo animado de la velada en cuanto convenció a todos...».

Lila intenta quitarle la carta a Bill, pero la ha leído. Mira fijamente la escritura de Dorothy y a continuación a Gene.

—¿Francesca estuvo en Dublín... contigo?

—Eh..., pues... la... ¿Me enseñas la carta?

Gene se ha acercado con la mano extendida.

En el desván no se mueve una mosca. Es como si una aspiradora gigante hubiera succionado todo el aire. Gene mira a Lila y a Bill alternativamente.

—Tenía un rodaje allí. Vino... a pasar unos días conmigo. —Cuando nadie dice nada, Gene se frota la nuca—. Fue un viaje corto. Escucha, colega, teníamos un pasado juntos.

Bill mira a Gene mientras parece asimilar lo que hay implícito en las palabras y en la incomodidad con que las ha dicho, tan impropia de él. Acto seguido mira a Lila.

—No significó nada —dice Gene.

—¡Para ti! ¡No significó nada para ti! ¡Para mí significa todo!

—Solo fue esa vez.

—Ah, bueno. ¡Pues entonces no tiene importancia!

—Fue... —Gene carraspea—. Los dos estábamos bajos de ánimo. Yo entonces estaba con Jane y pasando por un momento difícil. Por la menopausia y eso. Se lo tomaba todo a la tremenda. Y tu madre..., pues...

—¿Pues qué?

—Bueno, no creo que quieras saber los detalles.

Bill está completamente rígido.

—Por supuesto que quiero saberlos.

Gene hace una mueca. Suspira.

—Creo recordar que dijo que... se aburría un poco.

—¡Se aburría!

—Oye, lo siento. Lo que pasó es que se reavivó la vieja chispa. No lo pudimos evitar. Como te he dicho, teníamos un pasado juntos. Es difícil resistirse a esas cosas.

Bill ha empezado a jadear. Está sentado muy quieto y con la vista en el suelo. Tiene el aspecto de alguien que ha recibido un fuerte puñetazo en el estómago y está comprobando cuál de sus órganos internos ha dejado de funcionar. Luego traga saliva y cruza abruptamente el desván. Mientras Gene y Lila hacen ademán de detenerlo, atraviesa la trampilla y empieza a bajar la escalerilla metálica.

—¡Bill! —Lila intenta ir detrás de él, pero su padrastro levanta una mano—. Bill, ¿a dónde vas?

—Necesito estar solo —dice Bill en voz baja y ahogada. Ahora que ha llegado al rellano, Lila solo le ve la coronilla—. Me voy a mi casa.

Lila lo ve bajar despacio las escaleras con una mano en la barandilla. Instantes después, se cierra la puerta principal.

La casa está en silencio. A Lila le da vueltas la cabeza. Mira a Gene y este levanta las manos.

—Cómo iba a saber que escribiría una condenada carta contándolo.

—De todas las personas del mundo con las que podías haberte acostado, ¿tuviste que elegir a mamá? ¿Tenías que estropear lo único que le quedaba a Bill de ella? —Le tiembla la voz. De pronto Lila ha explotado. Es como si treinta y cinco años de dolor, de resentimiento y de pérdida salieran a la superficie. Quiere tirarle a Gene la caja con las cartas a la cabeza. Quiere tirarlo a él por la trampilla—. ¡Lo estropeas todo! ¡Por Dios! ¡Si es que pasas igual que una apisonadora por la vida de la gente sin pensar en el daño que haces!

—Cariño, me...

—¿No podías dejarla tranquila? ¿No nos habías hecho daño suficiente a todos? Quería a Bill y eso tú no lo podías soportar, ¿verdad? Así que, en cuanto tuviste ocasión, lo estropeaste. ¡Eres un monstruo!

—Lila, corazón...

—¡Vete! —grita Lila—. Tenía que haber sabido que también destruirías esto. Es lo único que haces, ¿verdad? Te plantas aquí de buenas a primeras, seduces, te aburres y destruyes la felicidad de todos. Eres como..., eres como una enfermedad asquerosa. Vete. ¡Largo! No quiero volver a verte.

Lila baja como puede las escaleras y se encierra llorando en su cuarto de baño.

29

Durante los días siguientes, a Lila no se le va de la cabeza el rostro ceniciento de Bill, su aire repentinamente desvalido, como si la cosa más importante que lo sostuviera se hubiera desmoronado arrastrándolo con él. Siente el dolor y la conmoción de Bill como si fueran propios. Y lo son, porque no deja de darle vueltas a la imagen de su madre escapándose como si tal cosa para acostarse con un hombre al que había jurado no volver a ver. Francesca, que parecía encerrar la sabiduría del universo en su cabeza de rizos grises, había hecho la peor elección que puede imaginar Lila, que tiene la sensación de que su brújula moral ha desaparecido junto con la de Bill.

Gene se ha ido. Lila oyó ruidos, fuertes pisadas en las escaleras y palabras murmuradas al perro, pero estaba llorando demasiado para prestar atención. Cuando salió, al cabo de una hora, se encontró su estudio despejado, la cama del sofá guardada, las sábanas y las mantas dobladas con cuidado a un lado. Miró el espacio que antes había ocupado su padre sin sentir absolutamente nada, a excepción quizá de un molesto arrepentimiento por haberle dejado volver a su vida. Cuando vio el pósit con las palabras «Lo siento» escritas, lo arrugó y lo tiró a la papelera.

Bill no había querido cogerle el teléfono y, después del cuarto intento de Lila, le mandó un escueto mensaje:

Querida niña, sé que tu intención es buena, pero ahora mismo necesito estar solo

Pero al día siguiente —después de una noche de sueño inquieto e intermitente—, Lila había ido en coche a verlo. Las cortinas de chalet estaban echadas y Bill tardó diez minutos en abrir la puerta. Cuando lo hizo, su aspecto impresionó a Lila: estaba peor que cuando murió Francesca, más envejecido y frágil. En la casa se respiraba un vacío helado, como si la presencia de Bill no bastara para darle calor de hogar.

—Por favor, vuelve a casa —le había dicho Lila cogiéndole de la mano mientras tomaban un té—. Gene se ha ido.

—No puedo, cariño. Necesito estar un tiempo solo y digerir esto. Cuando esté preparado, iré a buscar mis cosas.

Pero quien había ido al día siguiente a buscar la medicación de Bill había sido Penelope. Tenía los ojos llorosos, como si fueran sus recuerdos los que habían sido destruidos. «Está tristísimo —fue todo lo que dijo mientras cogía la bolsa de pastillas del armarito del baño—. Me siento... impotente».

Había tomado a Lila de la muñeca y la había mirado sin decir nada antes de irse.

Dos días después llegó Bill con una maleta vacía y se llevó ropa y algunos objetos personales. Había llamado al timbre, como si fuera una visita, y se había mostrado escrupulosamente cortés. Lila se había preguntado si no la culparía también a ella cuando le aseguró que Gene se había ido, que aquella era su casa, que lo necesitaban.

—Mamá te quería mucho y lo sabes —le había dicho sentada en la cama mientras lo miraba hacer el equipaje, doblar cada camisa con precisión militar—. Por muchas decisiones tontas que tomara, sabes que era así.

Bill había exhalado un largo suspiro y se había sentado en la cama a su lado.

—Por eso me resulta tan incomprensible. Sabía que Gene era ridículo. Sabía que le había sido infiel repetidamente cuando estaban juntos. La cantidad de conversaciones que tuvimos sobre él, sobre lo furiosa que la ponía... No puedo entender cómo se dejó seducir por él otra vez. —Bill guardó silencio. A continuación dijo—: Aunque en su momento sospeché que pasaba algo. He estado haciendo memoria, ahora que sé las fechas. Hubo una época en que estaba un poco distante. No sabía qué le pasaba. Pensé que si la dejaba sola se... le pasaría. Me dijo que quería irse unos días a casa de Dorothy, en Nottingham. Ni se me pasó por la cabeza...

No termina la frase.

—Así que lo dejaste estar.

—Me... No se me dan bien las situaciones emocionales. Pensé que era algo que necesitaba echar fuera. No caí en la cuenta de que era... por él.

Se le tensa la voz al aludir a Gene. No puede pronunciar su nombre.

—Lo siento muchísimo, Bill. Pero nosotras seguimos queriéndote. Nos encantaría que volvieras a casa.

—Creo que mi casa no es esta —dijo Bill, y sus palabras fueron para Lila como un cuchillo.

Alrededor de una hora después de que se fuera, Lila se dio cuenta de que no se había llevado el retrato de Francesca.

El viernes va otra vez a casa de Bill. Antes decide pasar por el supermercado del final de la calle para comprarle unas flores en una suerte de ofrenda de paz, aunque paz precisamente a ella no le sobra. Busca en los pasillos y elige las más bonitas que encuentra y que no son lirios, que desde la muerte de su madre le resultan demasiado fúnebres: un ramo de alhelíes color cereza. Inspecciona los cubos y coge otro ramo como para demostrar a Bill lo mucho que significa para ella a base de horticultura. Cuando levanta la vista, encuentra a una mujer mirando las flores con expresión indecisa. Y a su lado está Jensen, vestido con ropa de trabajo. Lila se endereza y se pone colorada, como si la hubieran sorprendido haciendo algo malo.

—Hola —dice con voz seca y pastosa.

—Hola, Lila —contesta Jensen sin sonreír.

—¡Anda! Así que tú eres Lila.

Esta se da cuenta de que la mujer la mira otra vez, como desde otro prisma. Tiene pelo rojo claro corto y viste camiseta polo negra y vaqueros blancos. Tiene el aire de alguien que sabe perfectamente quién es y no le importa quién crean los demás que es.

Lila mira a Jensen, que lleva un cesto para hacer la compra. Repara en el vino tinto, la ensalada y el pollo, esas cosas que compra alguien que se dispone a preparar una agradable cena para dos.

—¿Qué tal estás? —se atreve a preguntar tratando de no darse por aludida con la mirada de la mujer.

—Muy bien —dice Jensen con cara inexpresiva.

Lila no puede contenerse.

—Lo siento mucho, Jensen —suelta.

—Sí —dice la mujer con calma antes de que a Jensen le dé tiempo a hablar—. Es normal. Venga, vamos a la caja.

Lila la ve coger a Jensen del codo y los dos le dan la espalda y se alejan por el pasillo.

Durante la cena, las chicas han estado especialmente malhumoradas, discutiendo por un oso de peluche que, hasta que Lila lo bajó del ático, ninguna recordaba poseer. No las impresiona en lo más mínimo su intento de cena (un pollo al horno que ha sacado veinte minutos tarde) y se enfurecen cuando Lila les anuncia que Dan quiere cambiar esta semana la noche que pasan en su casa al jueves (tiene una cosa de trabajo y, al parecer, Marja no quiere quedarse sola con tres niños). Les ha dicho que Bill se ha ido a pasar unos días al chalet y que Gene tiene trabajo fuera. Contarles la verdad se le hace un mundo.

Cuando Celie se encierra en su cuarto —con el portazo adolescente de rigor— y Violet se instala delante del iPad, a Lila no le quedan energías para pedirles que se queden. Limpia la cocina tratando de prestar atención a un programa de radio apático y saca a Truant a dar la vuelta a la manzana. Por fin, con Violet ya acostada, se prepara un baño y se pone a remojo agradecida. Después, cuando no soporta más el silencio, llama a Gabriel.

—Hola, Bella —contesta este a la primera. Suena animado, como si se alegrara de saber de ella—. ¿Qué me cuentas?

Lila quiere sonar tan alegre como él, pero ahora mismo es incapaz.

—Pues..., la verdad es que estoy pasando por un momento complicado. Me apetecía oír una voz amiga.

—¿Qué ha pasado?

Le habla del desván y el descubrimiento de la carta. Gabriel escucha con atención y luego da un largo suspiro.

—Vaya movida.

—No sé qué hacer.

—No sé si puedes hacer gran cosa. Igual es mejor que dejes que a tu padrastro se le pase un poco el disgusto. Seguro que cambia de opinión cuando esté más tranquilo.

—¿Tú crees?

Lila no está segura. Bill no les ha hecho una sola visita desde que se llevó la maleta.

—Es orgullo. Han herido su ego. Por mayor que sea, siempre le va a doler, y más si el golpe le viene de tu padre biológico.

A Lila no le parece que eso sea así. El dolor de Bill le parece mucho más profundo que todo eso. No es solo ego: Lila ha presenciado cómo veía derrumbarse el pilar mismo de su existencia.

Pero le resulta tan agradable charlar con Gabriel que no le lleva la contraria.

—¿Y tú qué tal estás?

Gabriel le explica que tiene mucho lío en el trabajo, dos proyectos gordos: un centro de día y una casa para un multimillonario que cambia todos los días de opinión respecto a decisiones importantes. Esta noche está trabajando desde casa, en un despacho que tiene en el jardín. Su tono es alegre, algo distante. «Está hablando —piensa Lila, incómoda—, como si charlara con un compañero de trabajo».

—¿Qué tal Lennie? —pregunta.

—Bien. Muy emocionada con la función de *Peter Pan*. Aunque después de los ensayos llega agotada.

Hablan un poco del colegio y de obras de teatro en que han participado (Gabriel hizo de árbol en *Robin Hood*; Lila, de tetera en una antología de canciones infantiles) y de lo que han visto en televisión, y el agua de la bañera se enfría tanto que Lila tiene que abrir el grifo de agua caliente.

—¿Qué haces? —pregunta Gabriel.

—Ah, pues abrir el grifo. Se me ha enfriado el agua. Estoy en la bañera.

—Estás en la bañera.

Su tono es pensativo, como si estuviera dándole vueltas a la idea. Lila se ríe.

—Es mi refugio.

—No sé si lo llamaría refugio. Desde luego si estuviera yo contigo, no.

Una chispa de algo se enciende dentro de Lila.

—O sea, que los baños te ponen peligroso —dice en tono desenfadado.

—Lo que me pone peligroso es verte desnuda.

—Eso ya lo sé.

De pronto Lila se acuerda de los dos en el cuarto de estar, las extremidades enredadas, la urgencia.

—Dijiste que íbamos a repetir.

Sigue usando una voz desenfadada, coqueta. El tono de Gabriel la ha envalentonado.

—Y lo vamos a hacer. Pero mientras tanto deberías darme detalles de lo que estás haciendo en la bañera.

Lila está a punto de hacer un chiste, pero algo en la voz de Gabriel la detiene.

—Pues… hablando contigo, evidentemente. Y… —traga saliva—… pensando en ti.

—¿Y en qué piensas cuando piensas en mí?

Gabriel ha empezado a susurrar y Lila siente un leve mareo.

—¿De verdad quieres que te lo cuente?

—Sí.

—¿Quieres tener esa conversación?

—Quiero tener esa conversación.

Lila jamás ha tenido esa conversación. La única vez que lo intentó con Dan, este al principio se mostró desconcertado y dijo que le resultaba muy raro en ella y, cuando Lila hizo un nuevo intento, bromeó diciendo que sonaba a actriz de cine porno barato. Lila se enfadó tanto que no insistió.

—Esto es nuevo —dice ahora con cautela.

—Me gusta lo nuevo.

De manera que Lila tiene la conversación. Le cuenta en voz baja a Gabriel lo que está haciendo. O más bien lo que su yo de mentira está haciendo, puesto que ella en realidad está a remojo en agua tibia rezando por que ninguna de sus hijas esté espiando detrás de la puerta. La envalentona oír a Gabriel pendiente de ella, sus susurros, sus respuestas cada vez más cortas, y deja volar su imaginación. Cuando Gabriel le cuenta lo que está haciendo, se siente ebria de poder. Resulta que esto es más fácil de lo que había supuesto. Solo hay que olvidarse de todo, aparcar la timidez, palabra a palabra, cerrar los ojos y habitar ese yo imaginario mucho más lanzado y desinhibido que su yo real. La conversación resulta ser rápida, efectiva y con un final satisfactorio y audible.

Lila está muy quieta en la bañera escuchando a Gabriel respirar.

—¿Estás bien? —pregunta al poco.

—Estoy… muy bien —dice Gabriel—. Esto ha sido… inesperado. Pero increíble. Gracias.

«Gracias» es una respuesta extraña, pero Lila decide que los buenos modales nunca están de más. Sigue un poco mareada, no acaba de creerse lo que ha sido capaz de conseguir solo diciendo unas palabras por teléfono. La sensación de intimidad y la confianza implícita la sorprenden. «Hemos hecho eso —no deja de decir una voz dentro de su cabeza—. Hemos hecho eso».

—¿Tú también has podido? —pregunta Gabriel.

—Sí —miente.

Gabriel suelta un breve «Mm», que puede ser de satisfacción o indicativo de que está pensando.

—Entonces ¿cuándo nos vemos? —dice Lila al cabo de un momento.

—Pronto. Déjame que termine esta pesadilla de semana y pensamos un plan chulo.

—Muy bien —contesta Lila—. Me viene bien tener algo chulo en el horizonte.

Entonces Violet abre la puerta del baño y mira a Lila con su pijama turquesa y cara de pocos amigos.

—Mamá, tengo que hacer caca y Celie es tonta y está en el otro baño poniéndose una mascarilla y no sale.

—Tengo que colgar —dice Lila enseguida, e intenta transformar su expresión ruborizada y algo soñadora en algo que parezca preocupación maternal.

30

El interludio telefónico inesperado con Gabriel hace soportables los días siguientes. Algo muy necesario, porque lo cierto es que Lila aún nota la falta de Bill en la casa igual que una herida abierta. Y las chicas están empezando a hacer preguntas incómodas sobre la ausencia de Gene. Lila sobrevive a cada día como puede, encuentra excusas para no sentarse a trabajar: ordenar, salir con Eleanor a pasear al perro o ir a clases de gimnasia.

Eleanor está de buen humor; por lo visto, ha hecho borrón y cuenta nueva mental después de los últimos meses. Se ha registrado en una app de citas para famosos de segundo nivel —al parecer la han admitido por ser maquilladora— y siempre llega con un montón de anécdotas de lo más entretenidas sobre antiguas estrellas de culebrón que le han escrito por privado o cantantes pop de los noventa olvidados a los que no había reconocido.

—A ver, creo que la mitad son influencers o DJ de Ibiza de los que jamás he oído hablar, pero agradezco el interés.

Lila le cuenta el episodio de la bañera y a Eleanor le encanta.

—¡Es genial! Siempre que no tengas intención de escribir sobre ello.

—Desde luego que no —asegura Lila.

No se le ocurre qué decirle a Anoushka. En cualquier momento le va a llegar el contrato y tendrá que explicarle que no puede escribir el libro tal y como estaba planteado. Ha considerado cientos de alternativas que sugerir a la editorial, pero la mitad ni siquiera le gustan a ella.

Pasar página después de un divorcio: un viaje emocional.

Cómo alcanzar la felicidad interior ordenando armarios.

Lo que hablo con mi perro por las mañanas cuando mis hijas se van de casa sin dirigirme una palabra.

Llama todos los días a Bill, pero este no quiere hablar de nada relacionado con su madre, y Lila ha comprobado que la conversación decae en cuanto le ha dado noticias de las chicas y de lo que va a hacer de cenar. De noche mantiene discusiones imaginarias con Francesca: «¿Cómo has podido hacer tanto daño a Bill? ¿Cómo pudiste cambiarlo por Gene?». La madre de sus recuerdos parece haberse evaporado y la ha sustituido otra a la que Lila no conoce, con lo cual es como pasar un nuevo duelo.

Va al colegio con los auriculares puestos. Estos días parece necesitar un flujo constante de palabras en los oídos que ahogue sus pensamientos, como le ocurría nada más irse Dan. Da igual lo que escuche mientras acalle las voces que pugnan por hacerse oír en su cabeza.

Cuando llega, encuentra el patio del colegio extrañamente vacío y tarda un par de minutos en comprender qué pasa. Hay otra madre que le resulta familiar saliendo de secretaría. Al cruzarse con ella Lila, le sonríe.

—Te ha pasado lo mismo que a mí, ¿verdad?

Lila frunce el ceño y se quita los auriculares.

—¿Perdón?

—¿Se te ha olvidado el ensayo de esta tarde igual que a mí?

El ensayo. Con tanto drama doméstico, Lila lleva toda la semana sin leer un solo correo del colegio. Pero ahora recuerda que había un ensayo en algún momento.

—¿Es hoy?

—Dentro de una hora.

—Vaya por Dios.

Lila mira su reloj. Tardará veinte minutos en volver a casa andando y otros veinte en volver. Es ese vacío temporal al que se enfrentan las madres, las infinitas horas perdidas esperando, los ratos muertos que nunca dan para hacer algo útil. Suspira.

—Y que lo digas. Es la maldición de las madres trabajadoras. Nunca consigo ponerme al día con los correos.

La mujer tiene melena corta y rubia despuntada, y su forma de vestir sugiere que trabaja fuera de casa, aunque solo sea a media jornada.

—Voy a tomarme un café aquí al lado. No me merece la pena volver a casa —dice y mira a Lila—. No sé si te apetece venir.

Es un ofrecimiento tímido, pero que parece sincero. Lila siempre ha desconfiado de las otras madres, pero está bastante segura de que esta no forma parte de la camarilla habitual. La ha visto sola, esperando a una distancia prudencial, igual que hace ella. Y parece agradable y simpática.

—Pues sí —dice repentinamente agradecida de no quedarse a solas con sus pensamientos—. Me encantaría.

A esta hora la cafetería está casi vacía. Cierra a las cinco y solo hay un par de personas con portátiles en los rincones fingiendo no ver a los camareros que barren el suelo de alrededor. La mujer se llama Jessie y su hijo está en sexto; tiene una tienda de suministros de manualidades y bellas artes a pocos kilómetros de allí. Es madre soltera y hace dos años que se compró un piso. Cuando se sientan con las bebidas y un trozo de bizcocho de limón regalo de la casa, mira a Lila y suelta:

—Tengo que contarte una cosa. No suelo hablar con nadie en el patio, pero me enteré de lo que te pasó y solo quería decirte... que lo siento mucho. Debe de ser muy difícil pasar cada día por esa situación.

Lo dice sin asomo de hipocresía en los ojos. No busca sonsacarle información, tampoco la está juzgando indirectamente. Su mirada es directa y sincera y está llena de empatía.

Lila trata de corresponder a su franqueza.

—Pues sí. La verdad es que no ha sido precisamente divertido.

—Mi ex desapareció cuando Hal era un bebé. Al parecer, no estaba hecho para la paternidad. —Jessie pone los ojos en blanco—. Aunque sí me ayuda económicamente, algo es algo.

Charlan un rato sobre lo agotador que es hacerlo todo solas, del miedo a estar equivocándose, a que sus hijos tengan secuelas por la falta de un padre en casa a tiempo completo, de la parte positiva de no tener que consultar a nadie las decisiones o la ausencia de pantalones tirados en el suelo del baño. Lila se ve con tan pocas mujeres aparte de Eleanor que ha olvidado el placer sencillo de este tipo de conversaciones: el intercambio cómico de fracasos y manías irritantes, la conmiseración entre iguales.

Inclinada hacia delante, como si no quisiera que la viesen, Jessie le cuenta a Lila que a veces se inventa reuniones de trabajo en lugares lejanos para que sus padres se lleven a su hijo a dormir a su casa.

—¿De verdad? ¿Y qué haces? —pregunta Lila, admirada por lo sincero de la confesión, por la sonrisa avergonzada de Jessie.

—La mayoría de las veces, vegetar. Siempre tengo un montón de buenos propósitos: salir de juerga, dedicar una tarde al autocuidado. Pero al final casi siempre termino bocabajo en el sofá y durmiéndome a las nueve de la noche.

—¿No tienes… pretendientes? Perdona, qué expresión más cursi.

Jessie ríe sarcástica.

—Bueno, alguien hay, pero es complicado. Por lo menos para mí. La verdad es que no lo sé muy bien. ¿Y tú?

—También tengo a alguien, pero es muy reciente. Vamos poquito a poco.

Cuando lo explica así, Lila casi se cree que es algo elegido, que el ritmo lento y desigual lo ha decidido ella. De pronto cree que Jessie le va a caer bien, siente un vago alivio al pensar que las visitas futuras al patio del colegio puedan incluir una cara amiga. Está disfrutando esta incursión inesperada en la vida cotidiana, una simple charla amistosa sobre la fragilidad humana con alguien que piensa de forma similar a ella.

—Pero eso es aburridísimo, ¿no? ¿A ti no te lo parece? ¿Crees que habrá algún hombre por ahí que diga: «Oye, me gustas mucho. Nos lanzamos»? Me acuerdo de que cuando era más joven, pensaba que sería así de verdad. Te gustaba alguien, a ese alguien le gustabas tú y ¡tachán! Empezabais a salir y ya está. Es como si esa clase de hombres hubieran desaparecido de la faz de la tierra.

—Mi ex era así —dice Lila dando vueltas a su té—. Hasta que se fue con otra, claro.

Se niega a pensar en Jensen.

—Los hombres son muy complicados, joder. Por ejemplo, este con el que salgo yo... —De pronto, Jessie mira incómoda a Lila—. Perdona, te estoy contando mi vida.

—Sigue, por favor —dice ella.

Oír a otra persona hablar de lo complicada que es su vida amorosa la hace sentirse un poquito mejor sobre la suya.

—Llevo viéndolo un tiempo. Pero empiezo a pensar que tiene fobia al compromiso.

—¿Por?

—No sé si es..., ¿cómo lo llaman ahora? Una *situationship*. Lo que antes era un rollete. Quedamos de vez en cuando, es encantador, el sexo es estupendo. Pero no tengo la sensación de avanzar. No se puede contar demasiado con él, me da largas cada vez que propongo juntar a los niños o vernos más a menudo.

A Lila esta descripción le está resultando incómodamente familiar.

—¿Cada cuánto os veis?

—Hablamos mucho. Pero en realidad solo lo veo una vez a la semana más o menos. Me refiero a en plan cita.

—Te está haciendo *breadcrumbing* —dice Lila con firmeza. Siente una curiosa satisfacción por ser capaz de poner nombre a la situación.

Jessie frunce el ceño.

—Me lo explicó una amiga —continúa Lila—. Hay un tipo de hombre que te mantiene pendiente de él a base de pequeñas migajas: mensajes, llamadas, alguna que otra cita, pero para el que nunca eres una prioridad. ¿Te encaja?

—*Breadcrumbing*. —Jessi hace una mueca—. Pues no sé. Es demasiado encantador para algo así.

—Mi amiga Eleanor me leyó la descripción completa. Es un fenómeno real. —Lila rebosa de pronto solidaridad femenina—. La verdad es que todos estos conceptos del mundo de las citas no existían cuando nosotras éramos jóvenes. Ahora necesito un manual solo para saber de qué me tengo que preocupar.

Jessie se come un trozo de su bizcocho. Tiene esa clase de belleza que no necesita maquillaje: piel pecosa y tersa, largas pestañas marrón claro. Lila sospecha que tendrá, como mucho, treinta y cinco años.

—Uf. No quiero pensar que esté jugando conmigo. Me gusta mucho. Ese es el problema. —Empuja el plato del bizcocho—. Perdón por soltarte este rollo.

—No —dice Lila con repentino fervor—. Es muy importante que hablemos de estas cosas. Las mujeres tenemos que apoyarnos, ¿o no? Y tú pareces encantadora. Y guapísima, por supuesto. Estoy segura de que hay un montón de hombres por ahí que son más sinceros. No dejes que este te haga perder el tiempo.

Jessie menea la cabeza.

—No. Si es majo. No creo que..., que esté haciendo esto aposta. Simplemente... Es... —Suspira—. Igual hasta lo conoces.

—¿Cómo?

—Tiene una hija en el colegio.

Algo gélido y pesado se instala en el estómago de Lila. Es

como si cuerpo supiera lo que va a decir Jessie antes de que esta abra la boca.

—Es el padre de Lennie, de quinto curso. Delgado, con gafas. Arquitecto. Se llama Gabriel.

Lila no está muy segura de qué cara está poniendo. Es vagamente consciente de asentir, de hablar con una suerte de interés amable.

—Gabriel —repite.

Las palabras le salen ahora a Jessie a borbotones, como si se confesara.

—Empezamos a hablar en una cafetería el año pasado. Su mujer murió. No estoy segura de cuánta gente lo sabe. Y a principios de este año cambió a su hija a nuestro colegio para pasar página. Y la verdad es que es un encanto. Cuando estamos juntos es genial. Por eso me resulta tan desconcertante.

Dentro de Lila se ha desatado un tifón. Es como si todo girara a velocidad de vértigo, la voz de Jessie resuena cada vez más fuerte y a continuación se amortigua y se oye solo a medias, ahogada por un ruido atronador. Oye: «El sexo es genial», «Nos entendemos tan bien que no quiero presionarlo. Ha pasado por mucho» y «No quiere que la gente cotillee sobre nosotros», y ni siquiera es que no sepa qué decir, sino que de pronto nota los labios pegados, como si las palabras fueran un concepto abstracto que ya no es capaz de articular.

—¿Estás bien?

Lila se concentra. Jessie la está mirando con atención.

—Eh..., migraña. Me da dado de repente. Me pasa de vez en cuando.

Se frota la frente.

—Te has puesto muy pálida. ¿Quieres un analgésico? Voy a pedirte agua.

Jessie rebusca en su bolso.

Lila intenta calcular cuándo podrá irse. Cada fibra de su cuerpo pide a gritos salir de allí.

—Necesito tomar el aire. Me..., me vuelvo al colegio.
—No vayas sola. Si estás mala es mejor que estés acompañada.
Jessie empieza a recoger sus cosas.
—No, no. Estoy bien. Termínate el té. —Lila agita la mano—. Eres muy amable. Me..., perdona. Estoy... Me ha encantado hablar contigo.

Antes de que a Jessie le dé tiempo a levantarse, Lila ha cogido su bolso, ha sorteado las mesas y ha salido a la luz brillante de la calle. Le da tiempo a oír el «¡Igual nos vemos mañana!» de Jessie justo antes de que se cierre la puerta.

31

Celie

En casa de papá pasa algo. Marja está siempre tumbada en el sofá o escondida en su cuarto cuando van Celie y Violet. Antes, cuando iban a dormir, preparaba comidas especiales: grandes fuentes de comida asiática o de pasta y ensalada, todo servido en la mesa de la cocina, con helado de marca para postre, como si quisiera usar las cenas para hacer sentir a todos en familia. En cambio, ahora se limita a pedirles que elijan comida a domicilio con cara pálida y expresión apenada antes de retirarse. Cuando está en el salón, papá y ella hablan en susurros. Durante un tiempo, Celie se preguntó si sería por su culpa: se ha pasado dieciocho meses haciendo saber a Marja de mil maneras distintas y sutiles que, por mucha obligación que tenga de estar ahí, jamás los considerará familia ni a ella ni a Hugo. Marja pretende que todos se olviden lo que hizo, robarle papá a mamá, y que actúen como si fueran una familia unida de las que salen en Instagram. Habla a Celie con voz de falsa amabilidad y le regala muestras de cremas de cara y cosas que han comprado y que al parecer no puede usar. Pero Celie se esfuerza por contestarle siempre con monosílabos y, en cuanto su padre se levanta de la mesa, se encierra con su teléfono en la habitación que comparte con Violet. Es una pesadez, porque Hugo siempre quiere que Violet o ella jueguen con él y papá no hace más que decir: «Venga, chicas, dedicadle media hora». Pero ¿quién quiere jugar con un niño de seis años? Si Marja quiere una niñera, que la contrate.

Celie ha visto cómo Marja, una mujer que hacía yoga con hombros perfectos y leggings de Lululemon, se ha convertido en una ballena gigante, y en ocasiones se pregunta si papá no se sentirá mal por haber dejado a mamá por ella ahora que está tan cambiada, si dejará de gustarle, pero papá sigue pareciendo hipnotizado, siempre está pendiente de Marja, preguntándole si se encuentra bien, apretándole la mano cuando creen que Celie no los ve. Es asqueroso que se pongan en plan tortolitos delante de ella, ¿esperan que haga como que no los ve? Pero el caso es que últimamente Marja está casi siempre arriba y Celie se pregunta si su determinación de no demostrarle ni una pizca de cariño habrá surtido efecto por fin. Le da un poco de cosa, la verdad, puesto que va a nacer un niño, y ni siquiera sabe si su madre aceptaría otra vez a su padre después de tanto tiempo. Sobre todo no quiere más movidas.

Porque en casa las cosas también están raras. Bill sigue en el chalet y Gene está trabajando fuera, así que la casa está muy silenciosa. Y mamá está distraída, se pasa el día en la bañera o paseando con Truant y con los auriculares puestos. Tiene ese rictus que se le pone cuando ni siquiera es consciente de estar apretando los labios y tienes que decirle las cosas dos veces porque no te escucha. Celie le miró un día el teléfono —su madre es un desastre con las contraseñas, son siempre Celie1 o Violet1, o algo parecido—, pero no saca grandes conclusiones de los mensajes, aparte de que le ha pedido varias veces a Bill que vuelva a casa. Al principio Celie pensó que habían discutido, pero Lila no hace más que repetirle a Bill que le quiere y él no hace más que insistir en que necesita espacio. Celie le ha preguntado a Violet si ha hecho algo que molestara a Bill —se acuerda de una vez que Violet usó sus tarjetas personalizadas para dibujar alienígenas—, pero Violet jura que no. Así que básicamente se pasan la vida yendo de un ambiente raro a otro.

Se lo contó a Martin un día de la semana pasada que fueron juntos a la parada de autobús después de Animación. Martin había hecho un guion gráfico sobre tener un hermanito y ahora había imaginado que se convertía en un monstruo gigantesco que se comía a sus padres antes de aparecer, en la última viñeta, como un recién nacido diminuto y agusanado. Le dijo al grupo que estaba basado en lo que sintió cuando su madre se quedó embarazada de su padrastro.

—¿Te cae bien tu hermano? —le había preguntado Celie—. Tu hermanastro, quiero decir.

—Medio hermano —había contestado Martin—. Sí. Está bien. Es un pequeñajo. —Martin había mirado a Celie—. No sabía si me iba a caer bien porque al principio mi padrastro me parecía bastante tonto. Pero es raro. En plan, cuando fui al hospital a conocerlo me pareció… No sé. Un niño pequeñísimo. Y yo no tenía hermanos, así que más o menos… me gustó. Me pone bastante nervioso cuando se mete en mi cuarto sin permiso. Pero sí, me gusta que esté.

—Yo creo que voy a odiar al bebé de mi padre —dice Celie mientras se acomodan en unos asientos de la parte de arriba que están inclinados, de forma que siempre tienes la sensación de que te vas a resbalar—. Es como si todo fuera culpa suya.

—¿Y eso?

—Pues porque si no existiera, igual mi padre habría terminado volviendo con mi madre. Y ahora… pues no puede ser.

Martin parece pensativo.

—No sé. Una tía mía volvió con su marido después de que tuviera un hijo con otra mujer. A veces, si las personas se quieren, encuentran la manera de estar juntas.

Celie se pregunta si su madre y su padre se quieren tanto como eso. En realidad no recuerda haberlos visto abrazarse durante los últimos años en que fueron una familia. Mamá estaba siempre trabajando y papá siempre fuera, y, excepto durante las vacaciones, eran un poco secos el uno con el otro.

—Creo que sigo enfadada con papá y con Marja. Así que supongo que también estaré enfadada con el bebé.

—Deberías hablar con tu padre.

Pero Celie no tiene uno de esos padres con los que se puede hablar. La única vez que le dijo que odiaba ir a su casa, papá le contestó que ya se le pasaría, y cuando Celie le dijo que no, se irritó y la acusó de «poner las cosas deliberadamente difíciles». Y que cuando fuera mayor comprendería que la vida es complicada y que las cosas no siempre salen como te gustaría, pero te tienes que amoldar. Después de eso, Celie dejó de decirle nada. Marja intentó hablar con ella una vez, antes de quedarse embarazada. Se sentó a su lado mientras Celie estaba desayunando y le dijo que entendía que Celie tuviera sentimientos complicados sobre la nueva situación y que no tenía intención de sustituir a su madre. Celie había estado a punto de echarse a reír. «No podrías ni aunque quisieras», quiso decirle, pero lo que hizo fue bajarse en silencio de la banqueta y llevarse los cereales a su cuarto.

A las chicas del colegio no les habla de sus padres. Las familias de Soraya y de Harriet siguen juntas y Celie presiente que no la entenderían. A Gene sí se lo habría contado, pero ahora que está trabajado fuera ni siquiera manda mensajes. Celie no sabe ni en qué país está. Bill le manda de vez en cuando un mensaje cortés diciendo que espera que esté bien y haciendo los deberes y que la verá pronto, pero parecen mensajes de un profesor, extrañamente formales, y Celie no sabe qué contestarle, aparte de mandarle dos besos. Bill ni siquiera entiende los emojis.

Celie camina hasta la casa de su padre arrastrando los pies y mirando el teléfono. Su madre habrá dejado ya a Violet directamente desde el colegio; suele aparcar en la calle y esperar en el coche a que le abran la puerta. Celie, al ser mayor, tiene llave, pero siempre llama al timbre para que sepan que no se considera en su casa. Se para en el porche preguntándose si se habrá acordado su madre de hacerle la bolsa y dársela a Violet. El último fin de semana se le olvidó y su padre tuvo que llevarla a buscarla y gruñó muchísimo, y eso que ni siquiera se bajó del coche. Al parecer, no le gusta dejar sola a Marja, y eso que todavía faltan un montón de meses para que salga de cuentas.

Nadie le abre la puerta. Celie vuelve a llamar y cuenta hasta cinco antes de levantar el dedo del timbre, aunque sabe que eso irritará a su padre. Siguen sin abrir. Al final, saca la llave de su mochila y entra.

La casa de Marja está siempre perfectamente ordenada, pero hoy en el cuarto de estar hay juguetes de Hugo tirados, un plato con migas, un libro abierto, un cojín en el suelo. Celie se detiene en el umbral y mira a su alrededor. Va a la cocina. La radio está encendida y hay una nota garabateada en la mesa.

He tenido que llevar a Marja al hospital. Dile a mamá que te recoja. Bs.
Papá.

Ni un mísero «lo siento». Solo «Dile a mamá que te recoja». Celie estudia la nota sintiendo una mezcla de irritación por la falta de interés de su padre y leve alivio por poder irse a dormir a casa. Deja la nota en la mesa y se sienta un momento en la isla de la cocina. A continuación se levanta, abre el armario donde se guardan los dulces y se come una barrita de chocolate negro y nueces de las caras, de esas que cuestan dos libras en la tienda de las esquina. Deja el envoltorio a un lado y sube al piso de arriba. En casa de Marja hay que descalzarse en la puerta —los suelos son de madera clara y las alfombras, color crema—, pero Celie se deja los zapatos puestos y araña deliberadamente el suelo con la esperanza de dejar un rastro de suciedad a su paso.

En el cuarto de Marja hay cero desorden: la ropa está, o doblada cuidadosamente, o colgada detrás de las puertas de unos armarios a medida que ni siquiera tienen manillas. Hay que empujarlos en un lugar concreto para que se abran. La cama está hecha con primor, con dos cojines a juego encima de cada almohada y una de esas mantas que no son tal en los pies. Celie abre el armario e inspecciona la ropa de Marja, que es casi toda color crema, negra o blanca. Casi puede decirse que es el guardarropa más aburrido que ha visto en su vida. Abre los cajones, preparada para asquearse con ropa interior sexy, pero todas las bragas de Marja son grises o negras sin adornos, y solo hay un conjunto de braga y sujetador hecho de seda y con algo de encaje. Marja no tiene muchas cosas, a diferencia de mamá, pero usa cremas y perfumes muy caros.

Hay una bandeja llena de productos de maquillaje dispuestos con cuidado delante de un espejo de aumento en el tocador junto a la ventana. Celie se sienta y coge tubos y lápices, los abre para probarse los distintos colores. Se pinta la raya de los ojos con el delineador de Chantecaille, a continuación usa la paleta de sombras de Chanel. Marja tiene la piel más oscura que ella, así que la base de maquillaje no le queda bien, pero se pone un poco de colorete en crema y un iluminador y después se estudia la cara en el espejo de aumento en busca de espinillas y poros abiertos.

Cuando termina de maquillarse, se dedica a oler los perfumes. Hay ocho frascos distintos y se los prueba en la muñeca hasta que los aromas se confunden y es incapaz de distinguirlos. Se pone crema de manos en el dorso de una de ellas, y se la extiende con el dedo índice hasta que se absorbe. Acto seguido coge la carísima crema hidratante y la olfatea. Huele a cara y a flores. La mira unos instantes, se levanta y entra en el baño en suite. Aprieta el tubo de crema para que salga un enorme churrete blanco y repite la operación dos veces hasta casi vaciarlo. Lo cierra y vuelve a los perfumes, les quita la tapa y tira el valioso líquido dorado por el lavabo. Rellena los frascos con agua. Hace lo mismo con el limpiador de aspecto lujoso de Marja, y también con el sérum. Después limpia los restos y devuelve con cuidado los envases a la mesa del tocador.

Echa un último vistazo a la habitación; luego baja las escaleras y llama a su madre.

—No entiendo por qué tu padre no organiza las citas médicas de Marja para cuando estáis conmigo —dice Lila meneando la cabeza mientras lleva a Celie a casa—. Me ha llamado para que recogiera a Violet diez minutos antes de que saliera del colegio.

—A mí no me importa —dice Celie.

Lila la mira y su expresión se suaviza.

—Lo siento. No debería quejarme de papá delante de ti. Y a mí tampoco me importa. —Alarga una mano—. Así te tengo conmigo una noche más. Oye, ¿qué tal si esta noche pedimos pizzas? ¿Qué tal una pizza enorme y nada saludable con extra de queso y los ingredientes que os apetezcan?

Mamá ha estado cocinando tan mal desde que se fue Bill que es probable que el sí de Celie le salga más entusiasta de lo que era su intención. Pero su madre no parece notarlo. Hace más de una semana que no se maquilla. Lleva el pelo en una coleta, tiene muchísimas ojeras y es la tercera vez está semana que se pone ese jersey. Durante un tiempo pareció que volvía a ser ella, pero ahora tiene pinta de persona enferma que solo se levanta de la cama para abrir la puerta.

—¿Cuándo vuelve Gene? —pregunta Celie.

Su madre mantiene la vista fija en la carretera.

—No lo sé muy bien —dice—. Le… Creo que va a estar un tiempo fuera trabajando.

Celie se mira las rodillas. Huele el perfume en sus manos y siente un ligero mareo. Cree que a Gene habría podido contarle lo que ha hecho. En realidad no tiene a nadie más a quien contárselo sin llevarse una bronca.

—¿Pero va a volver?

Su madre pone cara de estar guardándose algo.

—Pues..., no sé, amor. En algún momento hablaré con él y veremos qué hacemos.

Al día siguiente, mamá le pide a Celie que vaya a recoger a Violet. Al parecer tiene una reunión de trabajo importante y, aunque Celie se queja de que el colegio de Violet le pilla en dirección contraria y va a tener que esperarla siglos por los ensayos de la estúpida obra, mamá insiste en que ella no puede ir. Está rarísima. El día anterior no cenó más que un trozo de pizza y Celie sabe que se ha pasado la noche hablando por teléfono con Eleanor porque la oyó murmurar «Lo sé. Lo sé. Lo que pasa es que no sé qué decirle» cuando pasó delante de la puerta cerrada de su habitación.

—Celie, casi nunca te pido nada. Pero ahora necesito que vayas al colegio. Mañana irá Bill, pero hoy no puede y tú sales de clase a tiempo.

Qué egoístas son los padres.

Celie llega al patio a las cinco menos cuarto, quince minutos antes de que salga Violet, y se come una bolsa de patatas fritas con sal y vinagre que se ha comprado por el camino. La verdad es que debería haberle comprado una a Violet, así que tiene que comer deprisa y tirar la bolsa para que esta no se entere y se pase la tarde llamándola egoísta.

Celie lleva sintiéndose mal todo el día por lo de los perfumes. No está segura de qué le pasó la tarde anterior y una parte de ella está esperando a que su padre la llame y le pregunte qué narices ha hecho, le diga que es una persona totalmente horrible. Pero papá no ha dicho nada. Celie lleva todo el día cargando con la presión de la culpa de su comportamiento, que amenaza con estallarle dentro de la cabeza como algo incontenible. Mientras espera, escribe un mensaje a Martin con los dedos rojos de frío.

He hecho una cosa chunga en casa de mi padre

Le cuenta lo de los perfumes, lo de las cremas. Hay un momento en que aparecen los puntitos flotantes y Celie piensa que Martin está a punto de decirle que es un monstruo y que no quiere seguir hablando con ella. Es posible que haga lo que Meena y las otras chicas y empiece a pasar de ella. Los puntos siguen parpadeando lo bastante como para que Celie se arrepienta de haberle contado nada. Entonces Martin contesta:

Cuando mi madre empezó a salir con mi padrastro fui a su cajón y le tiré todas las píldoras anticonceptivas por la ventana pensando que así no podrían hacer nada. Lo que conseguí fue un hermanito, jajaja

P. D.: Aunque este año la zorra que vive en nuestro jardín no ha tenido camada, así que no sé qué habrá pasado

El mensaje hace reír a Celie y sentirse un poco mejor, pero instantes después vuelven los nervios, el nudo en el estómago, el presentimiento de que algo horrible va a pasar.

Son casi las cinco cuando se abren las puertas de la escuela primaria y empiezan a salir los niños arrastrando mochilas o con las hojas arrugadas de su texto en la obra en la mano. Para entonces ya hay un montón de padres esperando y Celie agacha la cabeza, se sube la capucha y se concentra en su teléfono para no tener que hablar con nadie sobre cómo se acuerdan de cuando iba ella a ese colegio, de lo mucho que ha crecido y demás tonterías que dicen las personas mayores. Tarda un momento en reparar en que Violet, cuando se acerca, no está sola. A su lado, cogiéndola de la mano y con una gran sonrisa, está Gene hablando con la señora Tugendhat, que se tiene una mano en el pecho como si le diera miedo que se le vaya a salir el corazón. Hablan un momento más y Gene asiente vigorosamente antes de ponerle una mano a la señora Tugendhat en el brazo. Cuando la profesora por fin se va, lo hace palpándose el trozo de brazo donde Gene la ha tocado sin ni siquiera parecer consciente de ello.

—Hola, peque —dice Gene y tira de Celie para abrazarla.

Siempre hace lo mismo, sin pararse a pensar si puede apetecerte o no un abrazo.

—Creía que estabas fuera trabajando.

Gene pone cara rara. Y a continuación vuelve a sonreír.

—¡Pues sí! Pero he terminado pronto y os echaba de menos, así que he pensado en acompañaros a casa. No puedo quedarme mucho, tengo que volver al trabajo, pero me apetecía ver vuestras caritas achuchables.

Y aunque es un pesado y lleva esa camiseta tan ridícula de Grateful Dead que le da pinta de hippy viejo, Celie siente un alivio inmenso.

32

Lila

Entonces ¿qué le vas a decir?
Eleanor y Lila están en la presentación de una marca de maquillaje nueva. Eleanor recibe productos promocionales de maquillaje suficientes para abrir una pequeña sucursal de la cadena Boots The Chemist y Lila siempre agradece las muestras gratis, sobre todo ahora que no tiene ni idea de qué usar. Están en una sala georgiana con ventanales hasta el techo, entre jóvenes que se ve claramente que son modelos fuera de su horario laboral y bandejas de champán y de unos canapés diminutos hechos de ingredientes irreconocibles. Repartidos por las esquinas, delante de espejos iluminados, hay personas probando muestras de maquillaje y música ambiente de banda sonora. Eleanor está mezclando tres tonos de base en los pómulos de Lila y se interrumpe y frunce el ceño mientras Lila suspira al ver alejarse unos cucuruchos de papel con miniporciones de *fish and chips*.

Lleva toda la semana tratando de pensar en lo que le va a decir a Gabriel Mallory cuando lo vea. Ha hecho caso omiso de sus mensajes, incluidos los dos últimos sugiriendo quedar a cenar —en uno la llamaba *dolcezza*—, y se ha inventado un plazo de entrega para evitar ir al colegio. Pasó dos días hecha polvo y al tercero se despertó con la cabeza despejada y una rabia contenida, hacia él por su falsedad, y hacia sí misma por no haberla detectado.

—Pues no sé. Lo he estado pensando un poco. —En realidad no ha hecho otra cosa—. Y solo quiero preguntarle qué creía que estaba haciendo. A ver, ¿no se le ocurrió que Jessie y yo podíamos coincidir en algún momento?

—Y no sabes si hay más mujeres.

Eso también lo ha pensado Lila. No deja de recordar lo que dijo Gabriel sobre su difunta mujer, que «veía cosas que no eran», en que los padres de Victoria ya no le hablan. Espera mientras Eleanor coge un bastoncillo de algodón y se lo pasa con cuidado por debajo del ojo.

—He pensado en mandarle una carta explicándole lo mal que me ha hecho sentir y que había dado por hecho que éramos demasiado mayores para esta clase de comportamiento.

—Cómo se nota que nunca has usado una aplicación de citas.

—¿Así es como funcionan? —Lila pestañea horrorizada.

—Es la selva. Si la selva estuviera poblada de oportunistas mentirosos, vanidosos y tóxicos. La selva de verdad es mucho más agradable. Ay, no. Esta sombra no. Pareces de *La isla de las tentaciones*.

—¿La carta no te parece buena idea?

Eleanor coge un labial y le quita la tapa antes de probarlo en el dorso de su mano.

—El problema es que le estás tratando como si fuera alguien que, primero, se va a molestar en leerla y, segundo, va a asumir su responsabilidad. Y por lo que me has contado, no creo que haga ninguna de las dos cosas. Cierra la boca.

Lila espera a que Eleanor termine de pintarle los labios.

—Entonces ¿se va de rositas?

—No. Entre otras cosas porque se lo vas a contar a Jessie. Uy, sí, este mucho mejor.

Eleanor retrocede un poco y asiente satisfecha.

Esta es la parte espinosa. Lila quiere contárselo a Jessie. Le cayó bien desde el primer momento. Está claro que no tiene culpa de nada. Siente una suerte de responsabilidad femenina hacia esta otra madre soltera, esta otra víctima. Pero cuando piensa en tener esa conversación, le entra angustia. ¿Y si Jessie no la cree? ¿Y si la culpa a ella? Está claro que su relación con Gabriel es anterior a la de Lila. ¿Y si se desata un nuevo culebrón en el patio del colegio? Pensar que la gente —que Philippa Graham y Marja puedan enterarse de su nueva humillación, de que otro hombre más la ha traicionado— le resulta insoportable.

Eleanor la hace girarse en la silla para verse en el espejo. «La verdad es que estoy bastante guapa», piensa Lila, distraída.

—Es que... no sé si voy a ser capaz.

—¿De usar colorete? «Rosa melancólico» te queda muy bien.

—No, de contárselo a Jessie.

Eleanor pone los ojos en blanco.

—Y así es como se perpetúa el patriarcado.

—O sea, que ahora tengo yo la culpa de la opresión de las mujeres en general.

—Si no se lo dices, eres responsable de la opresión de dos de ellas.

—Vaya. ¿Por qué tenemos que ser nosotras responsables de que los hombres se porten como unos gilipollas?

Eleanor no contesta.

—¿Qué pasa?

—Pues que no estoy segura de que tú seas completamente inocente.

—Le pedí perdón a Jensen.

Eleanor se encoge de hombros.

—Tal y como me lo contaste, fue una disculpa bastante pobretona.

—¿Crees que debería haber dicho más cosas?

—Pues... sí.

Lila reflexiona sobre esto mientras van de camino a la estación de metro. Ha sido lo peor de todo y quizá la razón de que al final lo de Gabriel no la haya afectado tanto como habría cabido esperar. Ha estado tan deslumbrada por el objeto brillante que era Gabriel Mallory que no se paró a pensar en el hombre mucho mejor que él y cuyos sentimientos ha pisoteado. Cada vez que se acuerda de cuando encontró el capítulo impreso, de su cara de conmoción, siente una vergüenza que le recorre de la cabeza a los pies, una sensación espantosa y gélida, como ese frío húmedo que se te mete en los huesos en los días más crudos del invierno.

—No creo que quiera hablar conmigo.

—Pues mándale un mensaje largo explicándole lo tonta que has sido, que asumes toda la responsabilidad y que esperas que algún día pueda perdonarte, sobre todo ahora que se ha cancelado el libro. —Eleanor se vuelve para mirar a Lila—. Porque lo has cancelado, ¿verdad?

Lila hace una mueca.

—Ay, Lila. Por el amor de Dios.

El problema es que Lila no sabe cómo salir de este atolladero. Sabe que tiene que cancelar el libro. El contrato le ha llegado por correo, seguido a los pocos días de un alegre recordatorio digital pidiéndole que lo firme. Lo abrió, vio la cifra con todos esos bonitos ceros y sintió ganas de llorar. No tiene otro medio de ganar dinero, no el que necesita para hacer frente a sus gastos. Ha considerado mil alternativas, pero ninguna la convence lo más mínimo. Dan le ha reducido la manutención, sus ahorros apenas darían para llenar el depósito de gasolina del coche y no tiene ni idea de qué van a vivir las niñas y ella cuando se terminen. La semana anterior le mandó a Jensen dinero en pago del último plazo del jardín. Este no hizo acuso de recibo y a Lila no le sorprende. Pero era lo que le quedaba de sus regalías y no tiene valor para pedirle a Bill que se lo reembolse, ahora que ya no quiere vivir con ellas.

No le queda otra. Va a tener que vender la casa. Y por algún motivo, este hecho, combinado con la indignación que lleva meses sintiendo, la impulsa por fin a actuar.

—¡Hola! ¿Qué tal te encuentras?

Lila ha sacado el número de Jessie del WhatsApp de padres y le ha dicho que está interesada en comprar material de manualidades: una mentira, pero le sonaba mejor que «Me gustaría ir a arrancarte el corazón del pecho con mis propias manos». Ha llegado cuarenta minutos antes de recoger a Violet y está en la estrecha tienda llena hasta el techo de tubos de pintura, papel de imprimir A3 y herramientas para manualidades, respirando un tufillo a trementina.

—Mucho mejor, gracias —dice Lila tratando de no fijarse en que le sudan las manos.

—¡Qué pálida te pusiste el otro día! ¿Te pasa mucho?

Jessie lleva un mandil azul marino a la vieja usanza y el pelo recogido, y su aspecto es juvenil, fresco y atractivo. Lila la mira de reojo mientras atiende a un cliente: una mujer mayor que cuenta el precio de dos ovillos de lana con dedos nudosos y artríticos. Es fácil entender que Gabriel la encuentre atractiva. El misterio es por qué necesitaba verse con alguien más al mismo tiempo.

—¿Quieres un té? Ahora que no hay nadie puedo ir a hacerlo a la trastienda.

Lila declina el ofrecimiento.

—La verdad es que he venido a hablar contigo de una cosa —dice.

Jessie parece detectar el cambio de tono. Mira preocupada a Lila un momento y sale de detrás de la caja.

—¿El qué? —Es lo único que pregunta.

—Es bastante incómodo.

—Cuéntame.

A Jessie se le ha borrado la sonrisa.

—La migraña que me entró cuando..., el día que nos conocimos. No era migraña. Era... —Lila traga saliva—. Me quedé en shock cuando hablaste de Gabriel Mallory. Porque... —Lo que está pasando en la cara de Jessie es horrible. Es como si lo supiera todo y su cara le estuviera suplicando en silencio a Lila que no lo diga—. He..., he estado viéndome con él. Creía que era la única.

El silencio en la tienda es total.

—¿Gabriel? ¿Se estaba viendo contigo?

Jessie está muy pálida. Por un angustioso momento, Lila se pregunta si se puso ella igual cuando Jessie le dio esa misma información. Sospecha que a ella la palidez no le quedó tan fotogénica.

—¿Cuándo dices «viendo» te refieres a...?

—Nos acostamos. Y hablábamos casi todas las noches.

Jessie está boquiabierta.

—¿Desde cuándo?

—Pues... desde hace dos o tres meses y el sexo..., el mes pasado.

Suena la campanilla de la puerta y ambas dan un respingo. Se vuelven y entra un hombre con camisa de cuadros, pantalones color salmón y una lista en la mano. La mira guiñando los ojos y a continuación se dirige a las mujeres.

—Necesito *gouaches*. ¿Se pronuncia así?

Ha dicho «guachis».

—*Guaash* —dice Jessie sin entonación—. Están aquí. —Acompaña al hombre al fondo de la tienda donde las pinturas están expuestas en tubitos blancos—. Solo hasta ahí. El resto son acuarelas.

Se vuelve de nuevo a Lila con la cara todavía rígida por la conmoción.

—Pero ¿qué te...?

—¿Cuál es la diferencia? —atruena el hombre desde el fondo. Está mirando los tubos.

—¿Perdón?

—Entre el *guaash* y la acuarela. ¿Se pueden mezclar? Son para mi mujer. Yo en realidad no soy pintor. Aunque, ahora que lo pienso, ella tampoco. Está intentando encontrar una actividad para su salud mental. Yo le he dicho que el Valium sale más barato, pero al parecer el médico de familia no está de acuerdo.

Al hombre le hace muchísima gracia su propio chiste.

Jessie menea un poco la cabeza.

—Es parecido a la acuarela, pero más opaco. Tiene un porcentaje más alto de calcita —dice Jessie como si recitara de memoria.

—¿Es más barato?

—¿Cómo?

—¿Cuál es más barato?

—Depende. —Jessie se vuelve hacia Lila con cara de incredulidad—. ¿Estás segura?

—¿De que me acosté con él? Pues más bien sí.

—¿Cuál? —repite el hombre.

Jessie se vuelve hacia él con impaciencia.

—Depende de la marca. Los precios están en el estante.

Va hacia el hombre con los brazos colgando a los lados del cuerpo, aparentemente sin terminar de digerir la noticia.

—Lo siento muchísimo —dice Lila—. Por supuesto, de haber sabido que estaba con otra persona, ni me habría acercado.

—¿No te dijo nada de mí?

—Ni una palabra. —Y esto es lo que más parece dolerle a Jessie. Lila no se puede contener. Vacila un momento y dice—: Tengo que preguntarte una cosa. ¿Te llamaba de alguna manera? Que no fuera tu nombre, quiero decir.

El hombre ha dado dos pasos hacia ellas.

—¿Me puede decir dónde encontrar el color «Sombra tostada»?

Jessie entorna los ojos.

—Es naranja oscuro —dice señalando la estantería—. Están

todos etiquetados. Me llamaba Carina. Quiere decir «bonita». Era nuestro dialecto particular.

—A mí me llamaba Bella. Era el nuestro.

—¿Y el «Naranja cadmio»?

—En la estantería —dice Jessie subiendo el tono de voz. Y a Lila—: Pero es que no lo entiendo. ¡Llevo viéndolo casi un año!

—Pues te prometo que no dijo una palabra. Yo creía..., creía que aún estaba superando la muerte de su mujer.

—¡Lo mismo que yo!

—Odio interrumpir su pequeña charla, pero necesito encontrar estos colores.

—¿Se estaba acostando con las dos a la vez?

—Eso parece.

—¡PUAJ! —dice Jessie con cara de angustia.

—Tenía..., tenía que contártelo. A ver, evidentemente no voy a volver a verlo, así que haz lo que quieras, pero no podía dejar que siguieras con él sin saber a lo que te enfrentas.

—Ay, por Dios. ¿Ha elegido a dos madres del mismo colegio?

La voz de Jessie va subiendo de tono a medida que aumenta lo escandalizada que está.

—¿«Azul cerúleo»?

El hombre se ha plantado detrás de ellas. Jessie se vuelve como si lo viera por primera vez. Le mira despacio su cara grande y colorada y le quita la lista de la mano. Va hasta la estantería y, casi sin mirar, saca doce colores distintos provocando un «¡Anda, mira!» del hombre. Después va a la caja, teclea los precios y extiende una mano.

—Cincuenta y nueve con cuarenta y cinco.

—¿Cincuenta y nueve libras? Es muchísimo solo por unas pinturas.

El hombre saca su cartera de mala gana.

—Considérelo una inversión en la salud mental de su mujer. Y créame, si tan fácil es hacerla feliz, es usted un hombre afortunado —dice Jessie. Sin sonreír.

Entonces el hombre pone cara de preocupación. Entrega una tarjeta de crédito, coge la bolsa y se va. Lila y Jessie lo miran en silencio alejarse calle abajo y girar la cabeza unas cuantas veces.

—Me cago en la puta —dice Jessie abatida. Tiene pinta de ir a llorar.

—Pues sí.

—¿Sabe él que lo sabes?

—Todavía no. Pero lo sabrá.

—Mierda. No puedo dejar la tienda. —Jessie se lleva la palma de las manos a la cara. Encoge los hombros y todo su cuerpo parece estremecerse. Lila siente una punzada de compasión. Luego Jessie baja las manos y se frota los ojos—. Qué asco.

Levanta la vista y su expresión es de desencanto.

—¿Sabes lo peor? Que antes de conocerlo yo estaba perfectamente. Vivía mi vida, me despertaba feliz casi todos los días, a mi aire, con mi hijo, mi tienda... Estábamos bien. Y él me puso la vida patas arriba. Me hacía felicísima cinco minutos y después me pasaba el resto del tiempo dudando de mí misma, sintiéndome vacía por no estar con él. Era como vivir en una montaña rusa... feliz, triste, angustiada, eufórica. Y ahora... me siento tonta... ¿Y para qué?

Escribirá una carta, decide Lila. No, dos cartas. Recogerá a Violet y luego volverá a casa y compondrá una disculpa mucho más humilde y sincera para Jensen. Luego le escribirá a Gabriel contándole que lo sabe y exponiendo el dolor que ha causado a dos mujeres buenas a las que les gustaba de verdad y que no se merecían algo así. Escribirá una carta para no tener que mantener esta conversación en público, delante de Philippa Graham, de Marja y las demás, y será la última vez que se dirija a él. Pero se enterará de lo que ha hecho porque Lila no va a escatimar información: sobre su dolor, el de Jessie, la forma horrible y artera en que ha hecho daño a dos mujeres.

Hace la caminata de veinte minutos hasta el colegio concentrada en lo que va a decir, en la frase exacta con la que conseguirá que Gabriel recapacite sobre su comportamiento, se cuestione a sí mismo igual que se han cuestionado a sí mismas Jessie y ella. Será como Estella Esperanza: discreta, precisa, letal. Actuará sin que nadie se entere de lo que está pasando. Está decidiendo cuál será la mejor manera de expresar su decepción cuando su mirada se detiene en The Crown and Duck, el gastropub cercano a la farmacia que tiene algunas mesas fuera. Hace un día nublado y, dada la época del año, solo la mitad están ocupadas. Pero la que llama la atención de Lila es la de la esquina. Porque en ella, sentado con una mujer y con una mano apoyada con despreocupación en la superficie, está Gabriel Mallory.

Algo dentro de Lila se solidifica y la pega al suelo. Los mira reírse de algo. La mujer tendrá unos treinta y tantos años, pelo rizado oscuro y lleva una camiseta polo negra. Sus grandes ojos oscuros miran a Gabriel con ternura y adoración, y le toca un brazo como si no soportara estar tan cerca de él sin establecer contacto físico. Gabriel mira su reloj y dice algo señalando hacia el colegio. Es la expresión de la mujer lo que solivianta a Lila, su sonrisa aquiescente, la leve tristeza por la separación inminente. Lila cruza la calle y va hasta la mesa.

—Hola, Gabriel —dice en tono alegre.

Algo atraviesa el semblante de él. Pone cara de alegrarse de verla, pero de esa manera distante y apacible con la que se alegra uno de encontrarse a un vecino. Se incorpora un poco y le toca un brazo. Lleva el jersey de cachemira azul que tanto le gustaba a Lila.

—¡Lila! ¡Qué alegría verte!

—¿Vas al colegio?

—¡Sí! Estaba terminando de tomarme una copa. Por una vez he conseguido salir pronto y he pensado en darle una sorpresa a Lennie.

La mujer está mirando a Lila con la sonrisa inexpresiva de

alguien que no está muy segura de qué relación tienen las dos personas que están delante de ella.

—La hija de Lila va al colegio de Lennie —dice Gabriel volviéndose hacia ella a modo de explicación.

Lila reflexiona un momento sobre la descripción que ha dado Gabriel de ella.

—Sí, soy Lila. Encantada de conocerte —dice extendiendo una mano que la mujer estrecha—. Y tú debes de ser… ¿Divina?

La mujer deja de sonreír.

—¿Perdón?

—Mmm. Déjame pensar. ¿*Preziousa*? ¿Existe esa palabra? Igual no es en italiano. ¿Guapísima? ¿Sexy?

La mujer mira a Gabriel y a Lila de nuevo.

—Ah, perdón. —Lila menea la cabeza como si hubiera dicho una tontería—. Es que según Gabriel yo soy Bella. Que quiere decir «guapa» en italiano. Y el otro día conocí por casualidad a otra de sus amigas especiales, Carina, que significa «bonita», por cierto, y hemos estado intercambiando impresiones y ahora tenemos curiosidad por saber qué más socias hay en nuestro pequeño club exclusivo. Aunque igual no es tan exclusivo como creímos en su momento. Pero ¡oye!, que disfrutéis de la copa.

Saluda alegremente con la mano y hace ademán de marcharse. Luego se detiene, se vuelve con un dedo levantado y dice en un susurro exagerado, como de dibujos animados:

—Ah, y si has superado ya la fase de los mensajes intermitentes, igual deberías hacerte unas pruebas. Se le dan fatal los condones. ¡Chao!

Y es que Lila ha decidido que pasa de escribir dos putas cartas. A una mujer no se le puede exigir que gestione tal cantidad de trabajo emocional.

33

Jensen:

He empezado esta carta ocho veces y sigo sin estar segura de poder hacerla bien. Así que me voy a limitar a decirte esto: lo siento muchísimo. Juzgué muy mal la situación y me comporté como alguien que no soy, y al hacerlo no fue mi intención herirte, pero lo hice, y es algo que tengo que asumir. Entiendo que has pasado página —y de verdad espero que seas feliz—, pero quiero que sepas que no voy a publicar nada de lo que escribí sobre ti. Nada en absoluto. Voy a cancelar el libro. Y siento si mi manera tan frívola de describir una noche que en realidad fue muy bonita te ha hecho daño. Has sido todo amabilidad conmigo y con mi familia y yo te he correspondido de la peor forma posible.

Solo te pido una cosa: pienses lo que pienses de mí, por favor, no cortes tu relación con Bill. Él no ha tenido nada que ver y ahora mismo lo está pasando mal y necesita un amigo. Sobre todo si ese amigo eres tú.

Perdona otra vez.

Un beso,

LILA

Lila ha tardado todo el día en escribir la carta. Empezó mirando fijamente el bolígrafo, dando más y más vueltas a las palabras sin que ninguna terminaba de convencerla. Es como si el mundo estuviera lleno de personas traicionándose, o haciéndose daño, y con esta carta lo que quiere es sentir que no es una de ellas. Sentir que al menos reconoce sus fallos, su comportamiento lamentable, y que pide perdón por ellos. Intenta no considerar el otro motivo que la ha llevado a escribirla, a saber, que no se le va de la cabeza la mirada de Jensen y que nota su ausencia todo el tiempo. Ese gesto territorial con que su novia lo cogió del brazo y lo alejó de ella. Se siente la persona más tonta del mundo no solo porque Gabriel la engañó, también porque no supo ver lo que tenía delante: un hombre bueno, divertido y sincero que la miraba como si fuera maravillosa y la tocaba como si la adorara. No deja de pensar en cómo le había resultado imposible no ser ella misma cuando estaba con él. En lo mucho que la hacía reír. En la firme sensación de que, con él cerca, todo estaba bien. ¿Cómo había podido ser tan tonta?

Se ha levantado viento y Lila va al buzón con el pelo en la cara. Una fea lluvia cae en un ángulo casi horizontal y baja la cabeza con la sensación de que el tiempo casa bien con su estado de ánimo. Ahora, sin la distracción de su absurdo y engañoso enamoramiento, solo le queda aceptar lo que le ha hecho a un buen hombre y todo lo que no ha sabido aprovechar.

Le ha leído la carta a Eleanor antes de mandarla y esta murmuró «Muy bien», como una profesora a propósito de un trabajo escolar satisfactorio. Pero Lila tiene una duda que la corroe: ¿por qué va a creer Jensen sus palabras cuando lo ha herido como si tal cosa en el pasado? Gabriel siempre había encontrado sin problemas las palabras que pensaba que Lila quería oír, pero se trataba, en el mejor de los casos, de palabras huecas y, en el peor, falsas. Y esta es la verdadera razón por la que Lila ha tardado tanto en escribir una sencilla carta: ya no está segura de confiar en las palabras. Se han convertido en algo febril y potencialmente incendiario. Lo que en realidad importa es cómo te portas con alguien, y ella con Jensen se ha portado fatal.

Dan le mandó un mensaje la noche anterior diciendo que Marja estaba ingresada y que de momento no podría llevarse a las niñas. Fue un mensaje sucinto, sin detalles, y Lila había suspirado y decidido que aquel era un ejemplo más de cómo la primera familia de Dan pasaba ya para siempre a un segundo plano. Les dirá a las niñas que está muy liado en el trabajo. No tiene sentido que sepan hasta qué punto ya no son una prioridad para su padre. Las protegerá de eso todo lo posible.

Echa la carta al buzón y da la vuelta con Truant pegado a sus talones. No le gusta la lluvia y no hace más que mirar a Lila receloso desde el otro extremo de la correa.

—Ya lo sé, cariño —murmura Lila y se sube el cuello del abrigo—. No sabes cómo te comprendo.

Gabriel, Dan, Gene. Cuánto trabajo para mitigar el daño que han causado sus frágiles egos.

No obstante, el viento tiene algo de vivificante, piensa Lila mientras camina: es un presagio de cambio, o de energía. Lila levanta la cara y nota el cosquilleo en las mejillas, mira las hojas perseguirse las unas a las otras en círculos, los paraguas de los peatones dados la vuelta. De pronto piensa en lo que le dijo a Gabriel en la terraza del pub, en la cara de la mujer cuando la llamó «*Preziousa*». Se le escapa una risa. A Eleanor le ha encantado la historia.

Un cubo de plástico cruza volando la acera y Truant y Lila se detienen para dejarlo pasar. Sobrevivirá a esta tormenta. Ha aguantado cosas peores. Convencerá a Bill de que vuelva a casa. Encontrará otra manera de ganar dinero y una casa más barata. Saldrá adelante, como ha hecho siempre. Si algo le han enseñado estos últimos meses es que la única persona en la que puedes de verdad confiar eres tú. Lila endereza los hombros, respira hondo y, con una nueva determinación, vuelve a casa.

Esa noche, para variar, las niñas están tranquilas. Quizá con la tormenta que ruge fuera la casa resulta más acogedora, quizá han tenido un día razonablemente bueno y no necesitan expresar las quejas y los lamentos indignados de costumbre. Celie, quien parece aliviada por no tener que ir a casa de Dan en el futuro inmediato, está dibujando una especie de tebeo. Lo tapa con el brazo cuando Lila le lleva una taza de cacao a la habitación y luego lo enseña de mala gana diciendo que es para el Club de Animación. Lila mira los intricados dibujos a línea y quiere gritar de felicidad, pero se limita a asentir con la cabeza y a decir con un tono de aprobación mesurado que están genial, pero sin parecer demasiado entusiasmada, para que su hija no cambie automáticamente de opinión sobre ellos.

Violet está abajo viendo episodios antiguos de *Escuadrón Estelar Cero* en YouTube. Ya ha devorado las tres temporadas y Lila la observa por el rabillo del ojo mientras cocina con la esperanza de que los esté viendo porque le gusta la serie y no solo porque echa de menos a su abuelo. Lila no se ha puesto en contacto con Gene desde que se fue. ¿Para qué? Sabe cómo funciona esto: Gene pedirá perdón, se camelará a las niñas, se las arreglará para volver a casa todo el tiempo que necesite y luego se irá otra vez. Están mejor sin él. Cocina pollo asado con puré de patatas, el plato preferido de las niñas, quizá para subrayar que no necesitan a nadie para llevar una buena vida. Comen en amor y compañía en la mesa escuchando el golpeteo de la lluvia en los cristales y Celie aguanta por lo menos una hora antes de levantarse e irse a su cuarto.

Lila está terminando de fregar los platos cuando le suena el teléfono. Es un número que no conoce y se queda mirando la pantalla decidiendo si contestar o no.

—¿Sí? —dice quitándose los guantes de goma.

Penelope está sin resuello.

—Ay, Lila. Menos mal que lo has cogido. Tienes que venir corriendo al hospital. Es Bill.

Lila corre por la casa cogiendo el bolso, las llaves y el abrigo seguida de Truant, que ha detectado un cambio en el ambiente y está convencido de que el apocalipsis está cerca. Lila consigue reunir todo, llama a la puerta del cuarto de Celie y la abre. Celie sigue absorta en su dibujo y levanta la vista como si saliera de un trance.

—Tengo... que salir un momento. ¿Puedes cuidar de Violet?
—¿Por qué? ¿A dónde vas?

Lila no quiere contárselo. No quiere transmitir nada de lo que ha detectado en la voz de Penélope, ese trasfondo de susto y de miedo. «Posible infarto», dijo Penelope casi entre lágrimas. Había ido a casa de Bill porque este llevaba toda la tarde sin cogerle el teléfono y lo encontró. La ambulancia había tardado mucho, demasiado, en llegar.

—Voy a...
—Mamá.

Celie la está mirando fijamente.

—Es Bill. No se encuentra bien. Me ha llamado Penelope desde el hospital. No quería preocuparte.

Ve el miedo en la cara de Celie.

—Está Penelope con él. Pero tengo que ir yo también.
—Vale —dice Celie—. Vete y llámame cuando estés allí.

Hay algo en la valentía de su hija, en la repentina determinación en su cara, a pesar de tener los ojos muy abiertos de preocupación, que emociona a Lila. Se acerca y le da un abrazo rápido y sentido, aspira el olor de su pelo y nota sus manos entrelazarse un momento alrededor de su cintura.

—Y dile que le quiero.
—Claro que sí. Por supuesto. Te llamo en cuanto sepa algo. ¿Vais a estar bien solas?

Celie se suelta del abrazo.

—Mamá. Tengo dieciséis años.

—Ya lo sé. Pero no abras la puerta. A nadie. Y si se va la luz, la caja de fusibles está debajo de las escaleras. Me llamas y te explico cómo funciona. Pero si se va la luz en toda la calle, tendrás que mirarlo en internet. Ah, y hay velas en la caja debajo del fregadero. Y no enciendas el horno ni ninguna otra cosa estando descal...

—Mamá. Vete.

Lila se va. Cogerá el coche. Con este tiempo será imposible encontrar un taxi. Reza para que el viejo Mercedes se ponga en marcha. Cierra la puerta principal y el viento le alborota el pelo y le silba en los oídos. Entonces se gira y se queda paralizada. El plátano que había al final del camino de acceso, ese cuyas ramas enmarcaban elegantemente la casa y que Jensen le advirtió que se estaba inclinando, se halla ahora horizontal y bloquea por completo la salida. Es una estampa tan chocante que a Lila le cuesta asimilarla. Las ramas más largas cubren el techo del Mercedes, oscureciendo las ventanas. Incluso para llegar a la acera tendrá que trepar por el maletero.

Está bloqueada. «Piensa —se dice—. Piensa». Dan está en el hospital con Marja. No va a poder ayudarla. Eleanor no tiene coche. Intenta pedir un Uber. La app le dice que no hay ninguno por la zona, pero que está buscando. Lila empieza a sentir pánico, suelta un «¡Joder!». Cierra fuerte los ojos y cuenta hasta cinco.

Y marca el número.

—Muchísimas gracias por venir. Perdóname. Es que... no podía llamar a nadie más.

—No pasa nada.

Jensen no tiene cara de que no pase nada. Cuando habla, no la mira, mantiene la vista fija en la carretera mientras los limpiaparabrisas se mueven de un lado a otro. Llegó diecisiete minutos después de que Lila lo llamara, se bajó de la camioneta, miró con gesto serio el árbol caído y abrió la puerta a Lila para que se subiera.

—Debería haber llamado a alguien para que lo mirara. Pero es que… con todo lo demás… se me olvidó.

Jensen no contesta. Lila rara vez ha visto a nadie tan concentrado en conducir.

Según su teléfono, tardarán diecisiete minutos en llegar al hospital. Le vibra todo el cuerpo de nervios. No deja de pensar en el miedo en la voz de Penelope y las palabras «me lo encontré» le remiten a toda clase de imágenes.

«Por favor, ponte bien, Bill —suplica en silencio—. Por favor, ponte bien. Todo lo demás podemos solucionarlo».

—¿Dónde están las chicas? —pregunta Jensen cuando están cerca del hospital.

—En casa.

—¿Hay alguien con ellas?

—No, pero no pasa nada. Está el perro. Y Celie ya sabe que no tiene que abrir la puerta a nadie.

Jensen asiente con la cabeza y la camioneta deja atrás la barrera de seguridad en dirección a la entrada principal, iluminada igual que un portal a un mundo de dolor. Jensen frena y la camioneta se detiene. Sigue con la vista al frente como si mirar a Lila le resultara insoportable. Algo dentro de Lila se contrae.

—Gracias. De verdad que siento mucho haberte llamado, en especial después de todo lo que ha pasado.

—Escríbeme cuando sepas cómo está —dice Jensen—. Y llámame si necesitas que te lleve a casa.

—No quiero molestarte más. Ya he interrumpido tu…

—Tú llama —dice Jensen.

Espera en silencio mientras Lila abre la puerta y se baja de la camioneta. Entra por las puertas correderas y vuelve la cabeza a tiempo de ver las luces traseras desaparecer en la oscuridad.

Bill está en una habitación individual de la tercera planta. Lila corre por pasillos iluminados con luces fluorescentes mientras se cruza con médicos que caminan en grupos, con carpetas pegadas al pecho. Por fin lo encuentra en la unidad coronaria. Primero lo ve por una ventanilla de la puerta, muy quieto, con mascarilla y cubierto de un montón de tubos. Penelope está inclinada hacia él, su cuerpo delgado parece un signo de interrogación. Levanta la cabeza cuando entra Lila y esta ve que tiene la mano de Bill cogida entre las suyas. Lila repara en el silencio, roto solo por el pitido de los monitores.

—¿Cómo está?

—Estable. Le han hecho un... ¿cateterismo cardiaco? Y le están haciendo ECG o EKG o algo así. No me acuerdo. Y le han dado muchas medicinas.

Penelope habla en voz baja y temblorosa.

El pecho desnudo de Bill se ve marchito y gris. Está cubierto de parches adhesivos de los que salen cables como un plato de espaguetis y tapado de cintura para abajo con una manta fina. La cara casi no se le ve con la mascarilla y parece sedado. De vez en cuando mueve los dedos en contacto con Penelope y esta se los aprieta con suavidad.

—Ay, Lila, creí que lo había perdido. —Penelope se echa a llorar, lágrimas silenciosas que le caen en la manga—. Y no quieren decirme si se va a poner bien porque no..., porque no soy familia.

—Vale —dice Lila, tratando de conservar la calma mientras se hace a la idea de cómo está el panorama—. Vale.

Penelope se pone recta, se esfuerza por recuperar la compostura mirando la cara de Bill.

—Ya sé... que todos lo queréis. Pero me resulta muy cruel haber conocido a mi alma gemela después de tanto tiempo sola, un hombre tan maravilloso..., y perderlo. No puedo... No puedo, lo siento... —La emoción le impide seguir y tiene que hacer un nuevo esfuerzo—. Lo siento mucho, soy una egoísta. Yo acabo de llegar a su vida y vosotros lleváis conociéndolo y queriéndolo…

Lila le pone una mano en el hombro a Penelope con suavidad.

—Penelope, no pasa nada. Cada uno siente lo que siente. Sabemos que tú también lo quieres.

Se inclina y besa la frente de Bill. Parece estar tan lejos, este hombre al que ha conocido durante casi toda su vida. Es como si todas las cosas que lo convertían en Bill, su espalda recta, su aire de determinación, la seguridad que siempre transmitía se hubieran evaporado y hubiesen dejado solo la carcasa de un hombre anciano y frágil.

—Voy a buscar a un médico. Voy… a buscarlo. Ahora vengo.

Lila sale de la habitación y cierra con cuidado la puerta. Durante un momento se siente abrumada y luego va al control de enfermería. Hay tres mujeres; una mira una pantalla mientras teclea alguna cosa y las otras dos hablan en susurros.

—Hola —dice Lila—, ¿podría hablar con alguien de Bill McKenzie? El infarto de la habitación C3. Ha ingresado esta noche. —Hace una pausa y añade con firmeza—: Soy su hija.

Lila pasa varias horas en el hospital, las suficientes para asegurarse de que Bill está estable, enterarse de que ha sufrido un infarto de miocardio, que es posible que el tiempo que tardó en recibir ayuda no le haya perjudicado porque tuvo la presencia de ánimo de tomarse una aspirina cuando empezó a dolerle el pecho, que hay que esperar los resultados de las pruebas, incluida una para ver si hay hemorragia cerebral y que si hay algún cambio la avisarán. Solo puede quedarse una persona por la noche y no le parece bien echar a Penelope, aparte de que Lila ha prometido volver con las chicas, así que se va y Penelope promete informarla de las novedades.

Lila llega a casa cuando es casi la una de la mañana en un estado de aturdimiento e insensibilidad. Durante la vuelta se ha ido concentrando únicamente en cada paso del viaje: en la recepción del hospital tienen línea directa con un servicio de taxis y Lila les da las gracias por pedirle uno; cuando llega, se sienta en silencio en el asiento trasero y mira por la ventana sin ver. La tormenta ha amainado, solo hay alguna que otra ráfaga de viento agitando los arbustos y dispersando montones de hojas por las aceras. Hasta que no llega a su calle no se acuerda del árbol, pero decide que no es más que una ridícula broma cósmica para rematar todo lo demás. Se dice que, igual que muchas otras cosas, puede esperar a mañana. Porque Bill, el hombre que ha sido su padre durante casi toda su vida, el bueno, el leal, el mejor de los hombres, está en una cama de hospital sin garantías de recuperarse y ella no sabe qué decir a sus hijas, y eso es lo único que importa.

—Aquí está bien, gracias —dice cuando llegan y saca dinero del bolso para pagar al conductor. Cuando se lo da, le pide que se quede el cambio y el taxista se vuelve, le dedica una sonrisa compasiva y le dice:

—Espero que se mejore. Sea quien sea.

Lila lo mira.

—Nadie pide un taxi desde el hospital a la una de la madrugada por un motivo alegre —dice el taxista—. Buena suerte, amiga.

A Lila se le pone un nudo en la garganta ante esta inesperada muestra de humanidad. Murmura un agradecimiento y se baja del taxi. Entonces se detiene perpleja. El árbol no está. La puerta principal de la casa está a la vista, lo mismo que el coche. El árbol gigantesco se ha esfumado y, por un instante, Lila se pregunta si no lo habrá imaginado todo. Pero no, a la derecha de la casa, tapando la puerta del garaje, una gran pila de troncos muestra las señales de una sierra eléctrica. A la izquierda hay una maraña gigante de ramas. Cuando inspecciona el Mercedes, detecta la abolladura en el techo, visible en el resplandor de la luz de gas de la farola de la calle. Lila mira las tres cosas intentando asimilarlas y entra en casa.

Truant es el primero en recibirla. Baja corriendo las escaleras con la lengua fuera y se abalanza sobre ella, encantado de que, contra todo pronóstico, haya vuelto a casa. Lila pega la cara a la cabeza sedosa del perro un momento para hacerlo callar, pero agradece su presencia en la casa demasiado silenciosa. Truant sigue saltando de alegría a su alrededor cuando va la cocina a prepararse un té. Es la respuesta refleja a cualquier cosa, piensa Lila. Agua caliente y hojas secas. La verdad es que es extraño. Pero es lo que necesita ahora mismo, y con una cucharada grande de azúcar además.

Da un respingo cuando Jensen se levanta de una silla de la cocina.

—Perdón —dice frotándose la cara—. No quería asustarte. He debido de quedarme traspuesto.

Lila está tan sorprendida de verlo que no acierta a decir palabra. Por un momento la expresión de Jensen lo delata.

—No... quería que las chicas estuvieran solas. Así que fui a casa a por la sierra eléctrica y le dije a Celie que estaría en el jardín cortando el árbol. Para que supiera que había un adulto en la casa, y cuando terminé me pidió que no me fuera. Creo que estaba un poco nerviosa con..., bueno, con todo.

—Lo has cortado tú. El árbol.

Jensen se encoge de hombros.

—Bueno, no era un buen momento para tener la entrada de la casa bloqueada. ¿Cómo está Bill?

Es entonces cuando asoman las lágrimas. Lila traga saliva e intenta reprimirlas.

—Pues, no se sabe aún. Pero están haciendo todo lo que pueden. —Mira al techo y lucha por no desmoronarse—. Ataque al corazón, han dicho. Uno muy fuerte. Penelope se ha quedado con él.

No puede mirar a Jensen. Sigue observando al techo y pestañeando para contener las lágrimas.

—Joder. Lo siento.

Lila menea la cabeza sin añadir nada con los labios apretados.

Hay un silencio.

—Bueno…, me voy —dice Jensen. Se pone de pie y coge su chaqueta—. No quería…, no sabía cuánto ibas a tardar y no quería…

Lila oye su voz y cierra los ojos, abrumada de pronto por tanta bondad. Es insoportable, es lo que la rompe. Se tapa la cara con las manos y empieza a llorar; son lágrimas que llevan acumulándose toda la noche, quizá todo este horrible mes. Hunde los nudillos en los ojos y deja escapar un aullido largo y ronco. No puede contenerlo, no aguanta más, es demasiado, es demasiado todo el puto rato.

Al cabo de un momento nota el brazo de Jensen rodeándola, primero con timidez, después con firmeza. La estrecha contra él y Lila se abandona a su solidez, deja que la abrace mientras llora, por Bill, por sus hijas, por ella, por todo. Llora y llora, con sollozos roncos y lagrimones rodándole por las mejillas, y ni siquiera le importa ya lo que piense Jensen porque, total, ya está todo perdido, todo está roto. Y Jensen sigue abrazándola hasta que los sollozos se reducen a estremecimientos y luego a temblores intermitentes, y después, un siglo más tarde, cuando Lila se ha sentado y limpiado sin grandes resultados la cara con un puñado de pañuelos de papel, le pone delante una taza de té, acepta con una inclinación de cabeza sus disculpas murmuradas y sin hacer ruido, para no despertar a las chicas, se va.

34

Durante los días siguientes, Lila habita una nueva realidad. Pasa en el hospital todas las horas que puede y, cuando está en casa, se dedica exclusivamente a sus hijas. No le queda otro remedio: la noticia de la enfermedad de Bill ha hecho tambalearse su mundo. Celie se refugia en su cuarto, donde pasa horas dibujando, y cuando baja a comer lo hace con expresión sombría, pero Violet es la que más afectada está; teme perder al hombre que considera su abuelo de la misma forma abrupta y violenta que perdió a su abuela. Tiene terrores nocturnos, se levanta de madrugada y se mete en la cama de Lila, está muy dependiente y salta a la mínima de cambio. Es como si la fortaleza que siempre ha demostrado hubiera desaparecido junto con su serenidad. Lila hace todo lo que puede por tranquilizarlas —Bill está consciente, el pronóstico les hace albergar esperanzas—, pero no puede ofrecerles la certeza que necesitan; Bill es anciano, su corazón ha resultado estar débil y nadie sabe hasta qué punto, o durante cuánto tiempo, se recuperará.

Lila llamó a Dan para ponerle al corriente. Le dio la noticia sin expresar emoción, buscando, supone, que le manifestara su apoyo, que se ofreciera tal vez a pasar más tiempo con sus hijas en un momento en que necesitan estabilidad. Pero Marja sigue ingresada en maternidad. Al parecer, hay un problema con su placenta y Dan explica, con tono exhausto, que entre Hugo y el trabajo se encuentra desbordado. Lila reza por que el bebé de Marja se ponga bien, no porque sienta especial cariño por ella, sino porque necesita que Dan saque energías emocionales para las chicas. Necesita que algo sea normal, solvente.

Eleanor, como buena amiga que es, le echa una mano. Ya se ha organizado dos veces en el trabajo para recoger a Violet del colegio, saca a Truant todas las mañanas y por las noches las visita con algo para cenar o simplemente para animar con su alegre presencia la inusual quietud de la casa. Jensen volvió uno de los días que Lila estaba en el hospital y se llevó las ramas cortadas, de manera que lo único que queda del árbol es un montón ordenado de leños. Es como si nunca hubiera existido. Lila le manda un mensaje efusivo explicándole lo mucho que le agradece su generosidad. Jensen contesta «No hay de qué». No menciona la carta. Lila se sentiría peor al respecto si le quedaran energías para sentirse peor sobre algo.

Una tarde en que está especialmente desanimada, coge las llaves y sale a dar una vuelta en el Mercedes. Baja la capota y sube la música con la esperanza de que se produzca un cambio alquímico en su estado emocional, pero solo consigue sentirse ridícula y tonta y, al llegar a la calle principal, sube la capota y vuelve a casa.

A Bill le ponen un estent. Seguirá ingresado una semana y cuando vuelva a casa tendrá que tomar mucha medicación: aspirina, anticoagulantes, betabloqueantes y algo para el colesterol. Resulta de lo más injusto que un hombre que se ha pasado la vida haciendo dieta saludable sufra de esta manera, pero la patología puede ser genética, le dicen a Lila los médicos, y el cuerpo humano es algo impredecible, imposible de conocer. El facultativo que le explica esto sonríe con amabilidad, como si estuviera describiendo algo mágico. Bill vivirá con Lila de momento, tanto por su salud física como mental; al parecer, es habitual que las personas que han tenido un infarto atraviesen un periodo de ansiedad y depresión. Lila acepta un manojo de folletos con recomendaciones de grupos de apoyo a los que Bill puede recurrir, aunque sospecha que las probabilidades de que lo haga son las mismas de que aprenda a tocar heavy metal a la guitarra.

La vida de Lila se ha vuelto completamente binaria. Se reduce a dos cosas: mantener animadas a sus hijas y ayudar a Bill a seguir vivo. Renunciar a todo lo demás casi le supone un alivio. Completa las tareas diarias con calma aparente, lleva comida saludable y casera a Bill y a Penelope (la que sirven en el hospital tiene escandalizado a Bill) y vuelve a casa con noticias esperanzadoras para sus hijas. «No hace más que quejarse porque los enfermos de la planta se pasan el día viendo la televisión. Dice que se les va a pudrir el cerebro antes que el corazón». Hay etapas de la vida en que tu existencia se limita a poner un pie delante del otro. Lila se levanta a las seis de la mañana y hace exactamente esto durante dieciséis horas antes de meterse en la cama a las diez y media y caer en un sueño profundo y exhausto.

—¡Querida! ¡Qué alegría saber de ti! Cuando me dijiste que tenías una urgencia familiar, me preocupé. ¿Estás bien? —La voz de Anoushka atruena por el modo altavoz del móvil.

Lila está intentando dejar la cocina recogida antes de salir.

—Bueno. Más o menos. A Bill, mi padrastro, le dio un infarto. Ha sido un susto horrible, pero se está recuperando, esperamos.

A estas alturas Lila ya puede decir estas palabras con tranquilidad estudiada, como si fueran de otra persona.

—Ay, pobrecito. ¿Podemos mandar flores? Gracie, ¿puedes mandar flores a Lila? Nada de claveles. Acuérdate.

—No hace falta. De verdad.

Lila frota un trozo de tomate seco obstinadamente pegado en un quemador.

—¿Necesitas más tiempo? Seguro que podemos arreglarlo. Ni siquiera tenemos que contarles la verdadera razón, con emergencia familiar sobra.

—La verdad es que de eso quería hablarte.

Anoushka guarda un silencio poco habitual en ella mientras Lila coge aire y le explica que tiene que cancelar el contrato. Que no puede escribir el libro que tenía pensado por cómo afectaría a sus hijas, porque su vida ahora mismo no le permite escribir sobre escarceos sexuales, afectaría demasiado a sus seres queridos.

—Lo siento mucho —dice al silencio resultante—. De verdad que no era mi intención faltar a mi promesa. No debería haber aceptado.

Y ahora viene la parte que más la preocupa. Ha mentido a Anoushka, a la editorial. Ha prometido algo que no puede hacer, y echarse atrás ahora perjudicará a Anoushka tanto como a ella: es posible que afecte a su reputación como agente literaria, a futuros acuerdos con la misma editorial.

—Y lo siento sobre todo por ti. Me... Entenderé totalmente que no quieras seguir representándome. No debería haberte puesto en una situación así.

Esto lo dice con los ojos cerrados. Esperando el estallido. Pero también con un soplo de alivio; hay algo liberador en decir la verdad y punto, en dejar constancia con todas las letras de lo que puede y no puede hacer.

—Bueno, querida —dice Anoushka al cabo de un instante—. Pues es lo que hay. Voy a hablar con la editorial. Pero, por favor, no te preocupes. Bastante tienes ya encima. Y todavía no te han pagado, así que tiene solución. Les voy a decir que tus circunstancias familiares han cambiado y hacen imposible que escribas el libro.

—¿De verdad?

—Y luego veremos qué es lo que puedes escribir. Por supuesto, no voy a sacarte de mi catálogo. Somos amigas, no solo socias.

Por Dios. Tú de momento concéntrate en tu familia, que al fin y al cabo es lo que importa.

—Ay, por favor. Anoushka, gracias. No te haces idea del pavor que me daba hacer esta llamada.

—Lila, querida, no pudiste ser más profesional cuando asumiste la promoción de *La reconstrucción* con todo lo que te había hecho el impresentable de Dan. Con este libro has querido abarcar más de lo que puedes. Estas cosas pasan. Olvídate de ello de momento y ya hablaremos cuando estés preparada. Algo se nos ocurrirá.

El Mercedes vale siete mil libras menos de lo que pagó Lila por él. En parte es por la abolladura del techo que le hizo el árbol, pero, además, el vendedor que en su momento le aseguró que se revalorizaría no tuvo en cuenta al parecer las vicisitudes esperables de la economía y ahora mismo no hay demanda de descapotables *vintage*. El vendedor explica esto con la expresión de tibia y nada convincente compasión de alguien que sabe que su oferta va a ser aceptada. Lila regatea un poco, consigue rascar ochocientas libras más y decide que no quiere saber si ser mujer ha influido en la oferta final. A pesar de haber perdido dinero, sale del concesionario aliviada. Ahora tendrá liquidez en la cuenta corriente. Mucha gente sobrevive en Londres sin coche. Al fin y al cabo, no deja de ser una posesión material. Y hay algo en el Mercedes que ahora la entristece. Lo deja allí y no mira atrás.

El día antes de que Bill vuelva a casa, Lila va a darse un masaje. Se lo ha reservado Eleanor de regalo en el centro al que va ella dos días a la semana; un sitio exclusivo que Lila había tomado en alguna ocasión por un burdel, pero que resulta estar lleno de enérgicas mujeres de mediana edad de Europa del Este a quienes les traen al fresco el tipo de cuerpo o el vello público y que no están interesadas en dar conversación. A mediodía, con esa ligera sensación transgresora que da tomarse tiempo para una misma en un día laboral, Lila se tumba bocabajo en una camilla calefactada y forrada con toallas y se abandona por primera vez en mucho tiempo. Se deja arrullar por la presión manual y los aceites calientes, la música ambiente a bajo volumen interrumpida solo por la respiración audible de Agnes, su masajista, cada vez que descontractura algún punto especialmente tenso.

Al principio, Lila tiene mil pensamientos, sobre su cuerpo, sobre la preocupación por que Bill vuelva a casa, lo que hará de comer, cómo se las arreglará para cuidarlo como se merece, si las niñas estarán bien sin ella. Pero entonces, poco a poco, su mente se ralentiza y se deja llevar, se abandona a ese contacto humano que lleva tanto tiempo echando de menos. Y durante un rato es un placer ser tocada por manos expertas, notar que su cuerpo se relaja después de meses y meses de tensión, sentir cómo los músculos tensos durante mucho tiempo empiezan a ceder. Pero en este estado de relajación algo aflora, una emoción liberada por el hecho de que haya un ser humano tocándola, escuchando su cuerpo, sintiendo sus tensiones y aliviándolas. De pronto una fuerte sensación la desborda. ¿Dolor? ¿Gratitud? No está segura. Se da cuenta de que ha empezado a llorar, de que las lágrimas caen por el agujero donde tiene encajada la cara hacia el suelo, que le tiemblan los hombros con una emoción que ya no es capaz de contener. Al darse cuenta de lo que ocurre, Agnes se detiene. Lila le suplica en silencio que no diga nada porque es incapaz de poner nombre a lo que está sintiendo. No puede disculparse. No puede decir nada. Y quizá, Agnes, tan conocedora del cuerpo humano, lo entiende. Porque el caso es que se limita a poner una mano en el punto en que la nuca de Lila se encuentra con los hombros y a dejarla ahí unos instantes, lo bastante suave para resultar amable, lo bastante firme para dejar claro el propósito, quizá un simple mensaje silencioso de otra mujer: «Te veo, te entiendo». La mano permanece ahí un plazo de tiempo indeterminado mientras Lila llora, una conexión humana en un mundo de complicaciones y dolor. Cuando por fin se viste y sale, veinte minutos más tarde, con el abrigo y la bufanda bien cerrados, Lila sospecha que nunca olvidará ese momento.

Que Bill pueda salir del hospital exige una asombrosa cantidad de trámites y papeleos. Los facultativos tienen que hacer recomendaciones facultativas, hay que firmar impresos, presentar recetas y al parecer esperar una eternidad a que vuelva el farmacéutico de comer. Lila lo hace todo sin dejar de mirar el reloj: Celie tiene Club de Animación hoy y no puede ir a buscar a Violet, que sale del colegio a las tres y media. Había supuesto que le daría tiempo a recoger a Bill a la hora de comer e ir directos a casa, pero ya lleva dos horas en el hospital.

No por primera vez, Lila da gracias a Dios por que esté Penelope, quien tiene coche y ha estado esperando en planta con Bill mientras Lila hacía las gestiones. Penelope ha asumido su nuevo papel de ayudante de Bill y es como si llevara toda la vida esperándolo. Su paciencia, su positividad y su delicadeza son infinitas. Cuando Bill se impacienta y se preocupa por cómo vestirse, ahí está ella, con camisas que le ha planchado, con los calcetines y la chaqueta correctos; cuando se pone nervioso por si no se acuerda de a qué horas y en qué dosis le toca la medicación nueva, resulta que Penelope lo ha escrito todo en una libretita roja con un oso panda en la cubierta y le asegura que está todo controlado. Es justo lo que la pequeña familia necesita ahora mismo y Lila le está enormemente agradecida.

Va de camino a planta con una gran bolsa de papel blanca llena de frascos y cajas de pastillas cuando cae en la cuenta de que delante de ella camina una figura familiar, más alta que la mayoría, vestida con unos vaqueros con pinta de llevar varios días sin lavar, chaqueta de cuero, pelo de un tono chocolate nada natural. La figura se detiene a mirar la señalización, comprueba los números y llama al timbre de la C2. Para cuando se abre la puerta, Lila está ya a su lado.

—¿Gene?

Este se vuelve, la ve, y su sonrisa tarda un segundo más de la cuenta en aparecer.

—Ah, hola, cariño.

Lila cierra la puerta.

—¿Qué haces aquí?

—Pues… he venido a ver qué tal está Bill. Me enteré de que estaba malo. Quería ver…

—¿Si sigue vivo? ¿Que no lo mataste?

—¿Qué…?

—¿Por qué crees que le dio el infarto a Bill, Gene? ¿Es posible que tuviera algo que ver con enterarse de que el amor de su vida había sido seducido por su exmarido? ¿Que por tu culpa los últimos quince años de su matrimonio fueron una farsa?

—Venga, Lila, por favor…

—No, por favor tú. Te voy a hacer una pregunta: ¿quién crees que es la persona a la que le conviene menos ver ahora mismo a mi padre?

Es el golpe definitivo. Gene da un respingo al oír la palabra de labios de Lila y pestañea como si no diera crédito, como si no la hubiera creído capaz de semejante crueldad. Pero Lila está cegada de rabia porque Gene esté allí, por su desconsideración y su audacia al pensar que puede presentarse como si nada, sin tener en cuenta el daño que puede ocasionar.

—Solo…, solo quería asegurarme de que estaba bien. Éramos…, éramos amigos. Por lo menos lo fuimos una temporada, ¿no?

—Pues no lo creo. Sé que os llevasteis bien un par de meses, hasta que descubrimos que eres peor persona aún de lo que habíamos creído. Y mira que teníamos el listón bajo, joder. Te dije que no te acercaras a mi familia, Gene. Así que voy a repetírtelo, porque se ve que eres incapaz de tener en cuenta las opiniones o las necesidades de los demás. Bill necesita paz y tranquilidad, es lo que nos han dicho los médicos. Necesita estar tranquilo. Lo último que le conviene es que aparezcas tú justo cuando está a punto de irse a casa. Así que, por favor, vete.

Cuando Gene no se mueve, añade:

—Ya.

Gene niega con la cabeza.

—Cariño, no son maneras de…

Pero Lila lo interrumpe.

—No pienso continuar esta conversación. No tengo capacidad ahora mismo. Ya has hecho bastante. Márchate, por favor.

Por fin, Gene parece escucharla. La mira un momento y acto seguido aprieta los labios como haciendo un esfuerzo por callar. Hace una leve inclinación de cabeza y se aleja por el pasillo del hospital. Lila lo mira para asegurarse de que no da media vuelta, y, cuando Gene dobla el recodo, pulsa el timbre de la planta. Respira hondo y entra.

35

Francesca

Francesca McKenzie se había pasado la vida dejando que su cuerpo tomara las decisiones por ella. Sentía las cosas en las tripas, le gustaba decir. La mayoría de las personas vivían desconectadas de las muchas y sabias maneras en que puede el cuerpo hablar al cerebro. Desde muy temprana edad se enseña a no hacerle caso: «No, no puedes tener hambre», «Dale un abrazo a tu tío Don», «Venga, no tengas miedo, tírate al agua». A relegar todos esos sentimientos de nerviosismo o renuencia. Ella escuchaba a su cuerpo igual que se fija alguien en una brújula perfectamente calibrada, detectando sus pequeños movimientos, confiando en que le daría información precisa sobre en qué momento vital se encontraba. Pero aquel día, cuando se despertó en la minúscula habitación de hotel en Dublín y miró al hombre dormido a su lado, Francesca McKenzie tuvo que reconocer que en aquella ocasión su cuerpo se había equivocado pero a base de bien.

Llevaba meses encontrándose mal. Se despertaba con un nudo de nervios en el pecho, con dificultades para dormir, invadida por una desolación existencial nada propia de ella. «Es como si no fuera yo», le había dicho a su médico, y este casi se había impacientado, le había contestado que no tenía síntomas médicos, que dada su edad probablemente era algo hormonal y que se asegurara de hacer ejercicio y llevar una dieta sana, quizá incluso de buscarse una afición. Hasta pronunció la temida frase: «Dese unos buenos paseos». En todo lo que le dijo subyacía una idea: «Es usted una mujer de mediana edad, probablemente aún menopáusica. Es normal que se sienta rara». Francesca había intentado ser positiva, se había apuntado a un club de natación al aire libre (el frío le resultó espantoso), se dijo que estaba pasando por una etapa de inestabilidad y se esforzó por superarla. Daba largos paseos, tomaba suplementos alimenticios, baños calientes, escuchaba la música que le gustaba. Leía libros sobre psicología, replantó su jardín con la esperanza de que ver las cosas crecer y de que observar el paso de las estaciones le transmitiera algo de tranquilidad. Pero la sensación de desconexión y ligera infelicidad no se le terminaba de pasar.

El bueno de Bill no resultaba de demasiada ayuda. Parecía totalmente satisfecho con su vida y perplejo porque lo que le había bastado a Francesca durante tantos años le resultara ahora insuficiente. «¿Y si nos vamos de viaje? —había sugerido después de que Francesca hiciera un nuevo intento por explicarle cómo se sentía—. Dicen que Madeira está preciosa esta época del año». Pero Bill era parte del problema; Francesca no tenía ganas de visitar jardines ni de hacer senderismo por la montaña. Bill tenía muchas virtudes, pero no era capaz de disfrutar de momentos de sorpresa, de la alegría espontánea de los años jóvenes de Francesca, cuya ausencia esta echaba de menos igual que se extraña una extremidad amputada. De pronto, Bill le parecía mucho mayor que ella. «¿Eso es todo?», no hacía más que preguntarse. Y, a continuación: «¿Por qué necesito más?».

No quería molestar a Lila contándoselo. Saltaba a la vista que Dan y ella tenían problemas, y Lila estaba siempre desbordada y estresada, tratando de conciliar el trabajo con la crianza de una niña pequeña. Sus amigas tenían su vida y Francesca siempre había sido la persona a la que recurrir en busca de ayuda; se le hacía extraño pedirles algo que debería estar haciendo ella. Pero su infelicidad fue en aumento, lo mismo que sus esfuerzos por disimularla, hasta que empezó a costarle trabajo levantarse de la cama, fingir las sonrisas necesarias, sentir lo que se esperaba de ella que sintiera.

La Semana Insomne fue la gota que colmó el vaso. Francesca, quien toda su vida había tenido facilidad para dormir, llevaba ya meses en que, en cuanto ponía la cabeza en la almohada, su cerebro se revolucionaba igual que un motor descontrolado, zumbando y girando en un revoltijo de pensamientos atropellados. Pasaba horas en vela, cada vez más irritada por el sueño apacible de Bill a su lado, desesperada al pensar que la esperaba un nuevo día ensombrecido por el agotamiento y la impaciencia. Era como un círculo vicioso: cuanto menos dormía, más nerviosa le ponía la idea de irse a la cama. Todo culminó en una semana en que apenas pegó ojo.

Aquella semana casi no podía ni hablar, se encontraba ofuscada y enferma, sin energías para hacer aquellas cosas que habrían podido hacerla sentir mejor. Estaba enfadada con Bill y consigo misma por estar enfadada con Bill. Este parecía no saber cómo comportarse con la nueva Francesca; la trataba con pies de plomo y repetía frases hechas que la cabreaban aún más. No tenía a quién recurrir, no encontraba la manera de cambiar cómo se sentía respecto a todo. Entonces Gene le mandó una felicitación de cumpleaños. Gene, que a duras penas recordaba los cumpleaños de su hija, le mandó inesperadamente un mensaje de texto.

Hola, cariño! Me acabo de acordar de que hoy es tu día! Estoy rodando en Dublín, estos irlandeses están locos! Es una película de bajo presupuesto pero con mucho rollo, como dicen por aquí. Te mando mi cariño y espero que estés genial. Te lo mereces. Tu viejo amigo, Gene

«Tu viejo amigo». Así firmaba el hombre que le había roto el corazón y destruido su pequeña familia. El hombre que durante mucho tiempo Francesca no se creyó capaz de olvidar. Al principio casi le hizo gracia su total inconsciencia, su falta de autocrítica. Además, no era su cumpleaños; había sido la semana anterior. Pero el mensaje se le había quedado grabado, con la diversión y la energía que transmitía, un lugar distinto, quizá incluso una manera distinta de estar en el mundo. Francesca sintió la atracción de estar en otra parte igual que una cuerda atada a su cintura, apremiante e inevitable, que tiraba de ella durante todo el día.

Le dijo a Bill que se iba a visitar a Dorothy, su amiga del colegio, en Nottingham y Bill pareció casi aliviado, como si algo así fuera a servir para cambiar las cosas y, sobre todo, a absolverlo de la responsabilidad de hacerlo él. Mostró su apoyo cariñoso a la «pequeña escapada» de Francesca, le preparó un tentempié para el tren e insistió en llevarla a la estación. Francesca le había avisado de que quizá no lo llamaría —en casa de Dorothy había muy mala cobertura y además quería olvidarse de todo durante unos días— y Bill se lo había tomado bien. «Dime solo cuándo quieres que te recoja —dijo—. Y mándame un mensaje en cuanto llegues».

En aquel momento, Francesca estuvo a punto de cambiar de idea, pero estaba decidida, era como si una fuerza magnética tirara de ella en aquella nueva dirección. El cambio de rumbo era casi inevitable; no podía seguir donde estaba ni un minuto más.

En cuanto Bill se fue del aparcamiento de la estación, se sacó un billete a Heathrow.

Quedó con Gene en The Temple Bar, cerca de su hotel. Gene se había alegrado mucho cuando Francesca le mandó un mensaje diciendo que, casualidades de la vida, estaría en Dublín visitando a una amiga y que por qué no quedaban. Gene había sugerido el bar, que se había convertido en su lugar favorito en las tres semanas que llevaba rodando en la ciudad. Cuando llegó Francesca, el equipo seguía allí y le vino el súbito recuerdo de lo mucho que la irritaba eso en el pasado, la necesidad que tenía Bill de ser siempre el alma de la fiesta. Pero el sentimiento desapareció casi tan deprisa como había aparecido; la tranquilizó, ahora que tenía a Gene delante y se daba cuenta de lo disparatado de la idea, que hubiera allí otras personas que mitigaran la extrañeza que le producía volver a verlo.

Gene la había localizado casi enseguida entre el gentío de bebedores del pub, había abierto los brazos, ido hasta ella y le había dado un abrazo de oso. Siempre había sido un hombre muy táctil. A Francesca le resultó ahora totalmente ajeno y familiar a la vez. «¡Eh, chicos! —no dejaba de decir Gene—. ¡Es mi exmujer, Francie! ¡Mirad qué guapa es! ¡No me digáis que no fui afortunado casándome con esta chica!».

Francesca no recordaba cuándo fue la última vez que alguien la había llamado «chica», pero es lo bueno que tiene verte con alguien a quien conociste en tu juventud. Siempre habrá una parte de los dos que os recuerde solo de jóvenes. «Afortunado, pero no tan inteligente como para seguir casado conmigo», fue su ingeniosa respuesta a la pregunta de Gene.

Este se había llevado las manos al pecho. «¡Au! ¡Esta mujer me mata!». Pero lo dijo con cariño y enseguida había ido a pedirle algo de beber. Las miradas curiosas de sus colegas cesaron en cuanto comprendieron que no había allí conflicto alguno, solo dos viejos amigos disfrutando del momento.

Francesca había pasado dos horas sentada con el grupo. En su mayoría eran del equipo técnico: de iluminación, de sonido, jefes de iluminación y meritorios. Eran las personas con las que Gene se había sentido siempre más cómodo, en lugar de otros actores (competencia), directores y productores (siempre había tenido problemas con las figuras de autoridad). Empezó a relajarse, sentada en un reservado a su lado, escuchando la cháchara a su alrededor mientras no dejaban de llegar bebidas, la conversación fluía y se intercambiaban anécdotas sobre otros rodajes y actores que se portaban mal. Los chismes sobre cine son siempre los mejores chismes y Francesca agradeció no ser el centro de atención y estar tranquilamente instalada en otro mundo, disfrutando de unas vacaciones sola, libre de las exigencias o los juicios de terceras personas.

A las nueve tocó un grupo en directo y terminaron todos bailando al son de música de violín irlandesa. Gene la hizo dar vueltas y más vueltas hasta que estuvo mareada y muerta de risa. Sus manazas en la cintura, su sonrisa perenne, su alegre entusiasmo... Francesca se sintió otra vez joven, tonta, hicieron chistes sobre su vida juntos, convirtiendo lo que en otro tiempo había sido doloroso en entretenimiento. Francesca le había caído bien a aquellas personas, se dio cuenta mientras estaba sentada con ellos alrededor de la mesa bebiendo y riendo con las historias que les contó sobre Gene, sobre su vanidad, su falta de seriedad y su caos. Gene fue el que rio más alto y sin rencor de todo lo que dijo Francesca. Una de las cosas que siempre le habían gustado de él era su incapacidad para disimular lo que sentía y para albergar rencor. El pasado, pasado estaba, y lo único importante era que ahora estaban allí, dos personas que en otro tiempo se habían querido, disfrutando del momento.

Los miembros del equipo empezaron a retirarse a las once, cuando Francesca no estaba borracha, pero sí alegre, y Gene la llevó a dar un paseo por Dublín, parándose bajo las farolas para saludar a la gente que lo reconocía, bromear con ella o hacerse una foto. Gene siempre había sacado su energía de quienes lo rodeaban y Dublín casaba bien con él porque sus habitantes conectaban con quien era, con su vida, sus chistes, sus espontáneas muestras de afecto. Le dio a Francesca un sobre con dinero —ganado en el rodaje— que según él le debía. Francesca no quiso aceptarlo, pero Gene insistió. «Ahora mismo me va bien. Si no lo necesitas, abre una libreta de ahorros para la niña». Gene había intentado hablar de Lila, de la hija que había tenido, pero Francesca no había querido que le recordara esa parte de su vida juntos, así que había cambiado de tema. Por suerte, en solo cuestión de minutos, otro grupo de personas que salían de un pub había reconocido a Gene, se habían puesto a conversar con él y se le había olvidado. Quizá fue entonces cuando Francesca debería haberle quitado el brazo de su cintura, pero era agradable tenerlo cerca, recordar el fantasma de su juventud. Se sentía eufórica, aventurera. Lo siguiente fue sugerirle ir a su hotel a tomar una copa, con las risas de la noche todavía resonando en sus oídos. Y a esa copa le siguió otra. Lo de llevárselo a la cama no lo vivió como una decisión. Fue, sencillamente, lo que el cuerpo le pedía.

Francesca está en la cama del hotel en la luz gris de la mañana mirando la espalda ancha de Gene, su piel levemente flácida, las canas que asoman en su pelo teñido; oye sus ronquidos intermitentes y comprende, con total consternación, que ha cometido un gran error. Recuerda su razonamiento: «Si quisiera tener una aventura, ¿cuál sería la mejor persona que podría elegir?». La respuesta obvia había sido Gene, ¿quién si no iba a ofrecerle una noche o dos de diversión y romance para después irse sin mirar atrás? Gene le había parecido la opción más segura, el hombre-niño de su juventud, alguien que la haría sentir bella y lozana otra vez antes de seguir con su vida. Y así había ocurrido exactamente. El sexo había sido fantástico —Gene siempre había sido un amante alegre y complaciente— y Francesca recordaba el momento exacto en que había tenido la sensación de habitar de nuevo hasta el último centímetro de su ser, como si hubiera recuperado la persona que era antes. «Estoy aquí —había tenido ganas de gritar sorprendida—. Sigo aquí dentro».

Hasta que Gene lo estropeó todo.

Francesca había salido resacosa de la cama e ido sin hacer ruido al baño a lavarse los dientes y planear su huida. Se daría una ducha confiando en no despertar a Gene, le dejaría una nota y se iría a desayunar con la esperanza de no encontrarlo allí a la vuelta. Pero cuando abrió la puerta del baño, en lugar de dormido como un tronco (Gene era de los que caen en picado después del sexo y no amanecía hasta media mañana), lo vio sentado en la cama mirándola.

—Siempre me lo preguntaba —dijo—. Y ahora lo sé.

Tenía una gran sonrisa bobalicona en la cara y mirada tierna.

—¿Qué te preguntabas?

Francesca se había puesto un poco tensa. Una parte de ella quería pedirle a Gene que se fuera ya, pero, después de lo ocurrido, le parecía descortés.

—Si volveríamos a estar juntos. —Gene retiró las mantas esperando a que Francesca volviera a la cama—. Después de lo que hice, no me atrevía a tener esperanza. Pero cuando me mandaste ese mensaje fue como si se encendiera una lucecita, igual que un faro en la noche, y pensé: «Anda, mira. Todo va a salir bien».

Francesa se metió en la cama algo incómoda. Cuando se recostó en el cabecero, se aseguró de que su cuerpo no tocaba el de Gene.

—No sé si te entiendo.

—Tú y yo. El viejo equipo. Otra vez juntos. —La mirada de Gene se había ablandado; cogió la mano a Francesca con sus dos pezuñas y se la besó—. Fui un idiota, Francie. Era joven e impulsivo, y creo que nunca he podido sentar la cabeza con nadie porque seguía enamorado de ti. Lo he pensado durante años, cómo tiré por la borda lo mejor que me había pasado en la vida.

—No digas tonterías —había dicho Francesca riendo y retirando la mano—. Eras un espíritu libre. Siempre me lo decías.

—No, no. Ya sé que me consideras un payaso que no se toma nada en serio, pero nunca dejé de quererte. Cuando empezaste una relación con..., con el tipo ese, me hiciste polvo. De hecho, me volví un poco loco. Sabía que tú y yo estábamos destinados a estar juntos. No te llamé porque quería respetar tu decisión. Sabía que te había hecho mucho daño y también que no me merecía otra oportunidad. Pero cuando me dijiste que ibas a estar en Dublín, algo dentro de mí que estaba muerto cobró vida. Me…. Estoy feliz de que me des, de que nos des, otra oportunidad.

A Francesca empezó a entrarle el pánico.

—Gene, no te equivoques.

—¿Qué quieres decir, peque?

—Pues… que sigo con Bill.

Gene tardó un momento en asimilarlo.

—¿Sigues con Bill?

—Vine aquí porque… No sé, estaba perdida. Necesitaba sentir algo otra vez. Y ha sido precioso. Pero… se acabó. No vamos a seguir.

La expresión de Gene era de una sorpresa y un dolor tales que a Francesca se le había caído el alma a los pies.

—No… ¿Esto no ha significado nada para ti?

Francesca negó con la cabeza.

—No se me ocurrió ni por un momento que pudieras tener sentimientos por mí.

Siguió un largo silencio durante el cual Gene no dejó de mirarla a la cara, como buscando pruebas de que lo que había dicho no era cierto, que estaba bromeando.

—Pero… ¿y anoche? Estamos bien juntos, Francie. Es nuestro momento.

—No, no lo es.

Había visto la gradual aceptación en la cara de Gene y se había querido morir.

—Lo siento —dijo—. He sido una desconsiderada y he cometido una equivocación.

Gene no parecía comprender.

—¿Eso piensas de mí? ¿Que soy una equivocación?

Poco después, Gene se había marchado. Lo más doloroso fue que se había portado como un caballero. No había armado una pataleta, no le había gritado ni la había acusado de engañarlo. Se lo veía empequeñecido, como si Francesca lo hubiera dejado sin energía. Lo había mirado recoger su ropa desparramada por la habitación del hotel y ponérsela, y una parte de ella había tenido ganas de abrazarlo y decirle que lo sentía, pero otra solo quería que se marchara lo antes posible para empezar la horrible tarea de fingir que aquello no había ocurrido. Había creído que tal vez Gene intentaría darle un abrazo antes de irse, pero se había limitado a tenderle la mano desde la puerta y a tocarle un poco el brazo.

—Me ha encantado verte, Francie —había dicho tratando de sonreír—. Que seas feliz.

Y, cuando ya se alejaba por el pasillo del hotel, se había vuelto y Francie nunca lo había visto tan herido, tan vulnerable.

—Oye —dijo—, si algún día cambias de opinión...

Aquella fue su oportunidad de ser generosa. Podía haberle dicho: «Ya lo sé». A fin de cuentas, no habría significado nada, pero Francesca había negado despacio con la cabeza y había dicho con tranquilidad y firmeza:

—No lo haré.

Nunca volvió a hablar con Gene. Borró su número del teléfono y dedicó el día siguiente a comprar casi compulsivamente, en un intento por convencerse de que era la misma persona de dos días antes. Se gastó el dinero de Gene en dos jerséis para Bill de cachemir y cuello a la caja que de otro modo no podría permitirse y un vestidito para la niña de Lila. Tiró las bolsas y las etiquetas para que nadie supiera que eran de Irlanda y este acto de enmascaramiento la hizo sentir aún peor. Comió sola en el restaurante del hotel y pasó el resto de la tarde viendo la televisión. Para cuando cogió el vuelo de vuelta casi se había convencido a sí misma de que había estado sola todo el viaje, que simplemente había cambiado el destino. ¿Y qué tenía eso de malo?

Pero Francesca McKenzie era una maestra del pensamiento positivo. Durante aquellas últimas horas en Dublín, se dijo que en ocasiones es necesario equivocarse para convencerte de qué es lo correcto e importante en la vida. Se dijo que lo ocurrido no había hecho más que reforzar su amor por Bill. Sabía que nunca volvería a cometer una equivocación así. Sería la mejor de las esposas. Pasaría con aquel hombre tierno, amable y leal el resto de su vida.

Y cuando llegó a casa, durmió ocho horas del tirón.

36

Lila

Si tener a Bill viviendo con ellas cuando era un adulto plenamente funcional había sido difícil en ocasiones, después del infarto resulta mucho más duro de lo que había esperado Lila. Todo le pone nervioso: lo que come, el estado de la casa, su medicación y si la está tomando en el orden correcto (así es: Lila ha comprado un surtido de esos pastilleros semanales en la farmacia del barrio y Penelope los comprueba dos veces cada día). Bill no da guerra en el sentido de que pide poco y se esfuerza por ayudar con las tareas domésticas, pero Lila siente que una nube de inquietud se ha instalado sobre su casa igual que una niebla persistente. Si se ofrece a hacer cosas por Bill, este se niega en redondo e insiste en que puede solo, muchas gracias. Pero cuando Lila limpia la cocina, siempre llega él detrás a limpiarla otra vez, y si Lila le pide que pare y descanse, o bien se sienta con gesto incómodo, irradiando insatisfacción, o bien se pone a señalar que Lila se ha dejado algo sin lavar o que Truant ha metido alguna porquería en casa. Lila ha advertido a las chicas que Bill necesita paz y tranquilidad, pero es complicado controlar a una niña de ocho años aficionada a los vídeos de YouTube y a la música rap a todo volumen y a una adolescente convencida de que las puertas solo pueden cerrarse de golpe. Bill tolera estas incursiones en lo que claramente cree debería ser silencio con expresión dolorida y sugiriendo a Penelope subir a su habitación «a ver si así consigo oír mis pensamientos».

Penelope está igual de nerviosa, revolotea alrededor de Bill tratando de adelantarse a sus necesidades al tiempo que le pide constantemente perdón a Lila por estar en medio. Las chicas, después de dar una bienvenida sincera a Bill con cariñosos abrazos y besos, se han olvidado de todo y aceptan su presencia en la casa con el mismo desinterés benévolo de antes.

Lila sospecha cada vez más que echan de menos a Gene. No hablan de él, pero sabía convivir con ellas de una manera que parecía aceptar su caos y sus emociones repentinas y absorberlos. Y Lila odia reconocerlo, pero Gene además aportaba una alegría en la casa que desde la estancia de Bill en el hospital falta más que nunca. Eleanor tiene mucho trabajo y sin ella, sin Jensen y sin Gene, la energía positiva que traían consigo brilla por su ausencia.

Dan pasa casi todo el tiempo en el hospital. Al parecer Marja tiene que quedarse ingresada hasta que dé a luz. En las breves llamadas telefónicas que ha hecho a Lila para contárselo, sonaba más estresado que ella. Lila decide que bastante tiene con lo suyo como para encima compadecerse de la situación de Dan. Se limita a llamar a las niñas para que se pongan al teléfono e intenta no fijarse en que las conversaciones duran apenas unos minutos.

No puede culpar a Bill de nada de lo que ha ocurrido —ha estado a punto de morir—, pero conciliar las necesidades de tres generaciones muy distintas es agotador y, en cuestión de días, Lila empieza a perder fuerzas.

Jensen no ha contestado a su carta. Tampoco esperaba que lo hiciera. Le mandó un mensaje dándole las gracias por su amabilidad y por ayudar con el árbol, pero no se atreve a hacer nada más en consideración a su nueva novia. Decide que tiene que dejarlo estar. Poner a Jensen, igual que ha hecho con Gabriel Mallory, en el pasado. Pero resulta que saber que algo que ha ocurrido es culpa tuya y de nadie más no te hace más fácil superarlo.

Lila le ha prometido a Violet que hoy irá a buscarla al colegio. Últimamente las cosas en casa son tan caóticas que parece necesario imponer un poco de orden, un amago de rutina. Se asegura de que Penelope puede quedarse con Bill mientras ella se acerca andando al colegio y trata de recordar las cosas que ha prometido comprar en el camino de vuelta: un descalcificador (al parecer, Bill considera que, en su ausencia, el baño se ha deteriorado), caballa para una cena cardiosaludable (a las chicas les va a encantar) y el *Radio Times*, porque al parecer Bill se ha aficionado a ver la televisión durante el día (le gustan los *realities* de antigüedades y los concursos de cultura general, se indigna con los concursantes y critica su gramática). Mientras camina, Lila piensa en Jessie. No ha sabido nada de ella desde el día en la tienda de suministros de arte y espera que esté bien. Le gustaría mandarle un mensaje, pero sospecha que, después de las circunstancias de su encuentro, seguir en contacto se les hará raro. Es posible que Jessie quiera olvidarse de ella. Suspira al pensar en otra fuente de incomodidad más en la puerta del colegio y se irrita de nuevo por la facilidad de Gabriel Mallory para crear problemas a otras personas.

En el supermercado hay cola y Lila llega con algo de retraso al patio, que encuentra lleno ya de padres y niños. Se pone de puntillas y busca a Violet en la marea de plumas de colores y tarteras. Ve a dos niños de su clase y por fin a su hija, al fondo del patio, jugando en los toboganes, con el anorak turquesa y negro resaltando contra las barras de metal. Lila empieza a cruzar el patio mientras agita la mano y la llama por su nombre.

—Me sorprende que tengas la desfachatez de aparecer por aquí.

Lila tarda un segundo en darse cuenta de que las palabras van dirigidas a ella. Se da la vuelta y se encuentra a Philippa Graham con los labios apretados y el mentón adelantado.

—¿Perdón?

—En este colegio todos colaboramos. Menos tú. Tú no, tú vas por ahí pavoneándote como si fueras superior, sin importarte a quién perjudicas.

Lila se para y pestañea.

—¿De qué me estás hablando?

—Del vestuario. La única cosa que te pidieron que hicieras. Para la función de los niños. Si no podías encargarte, tendrías que haberlo dicho. Alguna nos habríamos ocupado, aunque la verdad es que casi todas colaboramos bastante ya…, aparte de hacer las actividades de lectura con los de primer curso.

«Joder. Los disfraces».

—Así que ahora la función va a ser una chapuza. Y solo porque a ti no te ha dado la gana de tomarte la molestia.

Lila abre la boca para hablar, aunque no tiene nada pertinente que decir, cuando las interrumpe una voz masculina.

—Déjala en paz, Philippa.

Lila se da media vuelta. Dan está detrás de ella. A su lado tiene a Hugo, con el abrigo abotonado hasta la barbilla y cogido de la mano.

—No sabes todo lo que ha tenido Lila encima últimamente. Su padre ha tenido un infarto grave. Lila ha estado cuidándolo en el hospital y a nuestras hijas en casa. Como comprenderás, organizar el vestuario para una función de la escuela primaria ha sido la menor de sus prioridades.

Philippa parece incómoda. Mira a Dan y a Lila alternativamente.

—Bueno, no lo sabía.

—Exacto. No lo sabías. No tienes por qué saber nada de la vida de los demás si no te lo cuentan. Así que, en lugar de atacar a Lila, habría estado bien que le preguntaras en qué podías ayudar. Pero bueno, entiendo que ya se está organizando.

—Bueno, algo he oído, sí.

Philippa es de esas mujeres que no soporta que nadie sugiera que ocurre algo en el colegio sin estar ella enterada.

—En ese caso, el ataque a mi exmujer es innecesario, ¿no te parece?

Dan está demacrado y ojeroso. Parece exhausto.

Philippa abre la boca y la cierra. Se vuelve en busca del apoyo de las otras madres, pero estas se han apresurado a alejarse. Suaviza el tono de voz.

—Solo digo que habría estado bien saber que Lila no podía ocuparse del vestuario. No creo que las alternativas propuestas...

—Es una producción de *Peter Pan* para la escuela primaria, por amor de Dios. No *Tío Vania* en el Old Vic. De verdad que dudo mucho de que a los padres les importe una mierda lo que llevan puesto sus hijos.

Claramente exasperado, Dan deja a Philippa con expresión sorprendida y toca a Lila en el brazo. Los dos se alejan un poco notando la mirada de Philippa fija en ellos.

—¿Qué tal está? —pregunta Dan.

Lila sigue atónita por la intervención y tarda un momento en reaccionar.

—Ah..., bien. A ver, bien del todo no. Pero recuperado de momento.

—Siento no haber podido ayudar con las chicas. Ha sido... —Dan menea la cabeza y da un largo suspiro antes de seguir—. Lo de la placenta. Tienen que mantener al bebé dentro un día después de otro para poder..., para que tenga posibilidades.

Lila lo mira fijamente, ve la tensión de su mandíbula al hablar, los ojos muy abiertos de Hugo pendientes de los dos.

—No sabía que fuera tan grave.

—Sí, bueno. Me parecía que ya tenías bastante.

Lila los mira a los dos. Al hombre al que una vez quiso y al hijo de su amante. Se apodera de ella una sensación extraña, inusual y que había medio olvidado. Piensa, sorprendida, que puede ser compasión. Entonces Hugo le tira a Dan de la manga.

—¿Vamos a casa?

Dan mira a Lila, quizá preparándose para su reacción a esa palabra, pero, cuando no se produce, asiente con la cabeza y aprieta los labios.

—Sí —dice—. Claro. —Esboza una sonrisa que no lo es en realidad y echa a andar—. Dale un abrazo a Bill de mi parte, ¿vale? —dice volviendo la cabeza antes de alejarse.

Lila asiente.

—Gracias —dice de pronto—. Por defenderme, me refiero.

Dan se encoge un poco de hombros en un gesto que podría significar mil cosas.

—Espero que... se pongan bien —dice Lila—. Ella y el niño.

Dan asiente de nuevo y cruza despacio con Hugo las verjas del colegio.

37

Bill aguantó doce días antes de volverse al chalet. Anunció sus planes un domingo por la mañana sin aspavientos. Violet estaba en pijama en el sofá jugando a un videojuego que parecía emitir pitidos o explosiones cada cinco segundos. Bill explicó que, aunque le encantaba vivir con Lila y las chicas, ahora mismo su prioridad era estar tranquilo en un espacio propio. «Penelope se va a quedar una temporada conmigo», dijo cuando Lila abrió la boca para protestar. La noticia despertó en Lila una curiosa mezcla de emociones: pena por no poder dar a Bill lo que necesitaba, pero también alivio, porque no podía darle lo que necesitaba; no sin encerrar a sus hijas en el cobertizo.

—Penelope me va a cuidar. Y creo que ya es hora de decidir lo que quiero hacer con el chalet. No puede seguir vacío para siempre.

Bill lo tenía todo pensado. Los amigos polacos de Jensen vendrían dentro de dos días y se llevarían sus cosas, de modo que él solo tendría que supervisar la mudanza. Penelope ya había limpiado a fondo y caldeado la casa. Seguiría visitándolas, le aseguró Bill a Lila. Quizá incluso les haría la cena algún día. Todo iría bien.

Solo que Lila no tenía esa impresión. Sentía que la estaban abandonando otra vez.

—Lo siento mucho —había dicho cogiéndole la mano a Bill—. Siento mucho que las cosas hayan salido así.

Sospechó que le estaba apretando la mano demasiado fuerte, pero podía evitarlo.

—No es culpa tuya, querida niña. —Bill había puesto la otra mano encima de la de Lila. A continuación enderezó la espalda—. Además, ya me encuentro mucho mejor. Hago mis ejercicios. Los médicos están muy satisfechos con mi evolución. Y Penelope es un ángel. Estará pendiente de mí.

Así que ha llegado el lunes por la mañana y Lila mira a tres polacos musculosos transportar una vez más el piano ayudados de plataformas con ruedas. (En esta ocasión, Penelope se ha llevado a Bill a la cocina presintiendo, con acierto, que ver su querido instrumento balancearse peligrosamente en las plataformas no será bueno para su tensión). Su armario ya está en el piso de abajo, su ropa y sus libros están en cajas y dentro del destartalado camión blanco. Hasta que no ve las pertenencias de Bill abandonar la casa, Lila no es consciente de todo lo que había ido llevando allí.

Lo ayuda a subirse al coche de Penelope cuando la pala trasera del camión se ha levantado con un gemido una última vez y, después de terminarse sus tazas de té, los polacos se preparan para irse.

—Luego me acerco a verte —le dice Lila a Bill con un abrazo—. Si necesitas cualquier cosa, lo que sea, me avisas.

—Estoy bien, cariño —dice Bill con una sonrisa tranquilizadora.

—Está todo controlado —añade Penelope en tono animado.

La frase se ha convertido en su mantra estas últimas semanas, pase lo que pase. «¡Está todo controlado! —dice apretando los dientes o con una sonrisa ligeramente desquiciada—. ¡Todo controlado!».

—Pero vais a venir a la función de Violet el viernes que viene, ¿verdad?

Violet llegó un día a casa con seis entradas. Al parecer, los padres divorciados reciben un trato especial y para la señora Tugendhat tener un abuelo hospitalizado da derecho a más privilegios aún. Lila confía en que eso quiera decir que le ha perdonado el desastre de los disfraces.

—No me lo perdería por nada —dice Bill con la expresión relajada de alguien que sabe ya no va a tener que ponerse los auriculares para cancelar el sonido de Public Enemy o de *Top Model*, además de los ladridos histéricos de un perro neurótico—. Ah, cariño, resulta que el banco del jardín no cabía en el camión, así que volverán a por él. Espero que no te importe.

Lila mira a Penelope sacar su Ford Fiesta rojo a la calle y circular a veinte kilómetros por hora hasta el desvío de la calle principal, a pesar de que el límite de velocidad es cincuenta y no se ve ningún coche. Bill estará a salvo con ella, piensa, y eso es lo importante.

Hasta que no entra en la casa no le da el bajón. En el recibidor, donde antes estaba el piano, hay ahora un rectángulo de polvo en la alfombra. Las librerías están menos llenas y la butaca reclinable que Bill se había llevado de su casa es ahora un hueco en el suelo del cuarto de estar. Truant pasea despacio husmeando suspicaz los trozos de suelo antes ocupados por esos objetos. En la cocina faltan libros de recetas y también utensilios de Bill, su radio marca Roberts, el frutero de porcelana azul que siempre procuraba tener lleno para ver si así animaba a las chicas a alimentarse mejor. Lila coloca un fajo de papeles y un par de frascos de detergente en los huecos para que no se vean tanto.

Eso no va a poder hacerlo en el cuarto de Bill. Allí solo queda una cama desnuda. Todos los enseres de la vida cotidiana de Bill, su alfombrilla, sus zapatillas, la colcha, el toallero de madera, sus montones de diccionarios, su máquina de hacer té de los años setenta y sus revistas viejas han desaparecido junto con el resto de los muebles. Lila se queda en el umbral y cruza los brazos mientras observa las muchas capas de ausencia en la habitación.

En esto consiste la vida a esta edad, piensa, en un millón de adioses y sin saber nunca si serán el último. Solo te queda asimilarlos, igual que pequeños shocks, y confiar en ser capaz de seguir adelante.

Lo único que Bill no se ha llevado es el retrato de Francesca, apoyado contra la chimenea que nunca han encendido. Lila le da la vuelta despacio y mira la cara de su madre dentro del marco ornado mientras intenta no pensar en el agujero que tiene donde antes alojaba el recuerdo de ella. Se repite la pregunta que se ha hecho mil veces desde que apareció la carta: «¿Por qué te dejaste seducir por él, mamá? ¿No te importó todo lo que destruías con eso?». Estudia la sonrisa de Francesca, esa expresión serena que ya nunca contestará su pregunta. Luego le da la vuelta, cierra la puerta del dormitorio y baja.

Celie va a recoger a Violet del colegio de camino a casa y Lila tiene que hacer la cena.

Jensen llega cuando está recogiendo la cocina. La cena ha sido silenciosa; claramente a las chicas les afecta saber que vuelven a estar las tres solas. Hace tiempo ya que no preguntan por Gene. Lila no sabe si, como ella, han asimilado la noción de que Gene es alguien de presencia siempre fugaz, un abuelo tan inconsistente como incondicional era Bill. Habían picoteado los espaguetis y, como tampoco Lila tenía apetito, les había dejado levantarse de la mesa en cuanto lo pidieron. Violet se ha retirado al cuarto de estar con Truant y Celie está encerrada en su habitación.

Lila acaba de meter los platos en el lavavajillas cuando unos golpes en la puerta la sobresaltan. Aparece la cara de Jensen detrás de las puertas acristaladas con las orejas rojas por el frío.

—Vengo a por el banco de Bill.

Lila deja los platos con el corazón acelerado y va a abrirle. Jensen entra acompañado de una ráfaga de aire gélido.

—Ah, sí, claro. No… No sabía que ibas a venir tú.

La repentina presencia de Jensen en su cocina la ha descolocado; es consciente de no ir maquillada, de llevar los vaqueros con salpicaduras de barro.

—Todavía están colocando cosas. Me pareció que sería más fácil si me lo llevaba yo en la camioneta.

Lila se quita los guantes de fregar tratando de no mirar a Jensen.

—Te ayudo —dice.

El banco resulta pesar mucho menos de lo que Lila había esperado. Entre ambos tardan dos minutos en cargarlo en la trasera de la camioneta. Jensen la cierra y el ruido resulta angustiosamente irrevocable. Lila cruza los brazos sobre el pecho mientras Jensen fija el banco con cinchas. Por un momento ninguno habla. Esta puede ser la última vez que vea a Jensen, piensa Lila, ahora que Bill no vive allí. Y algo en ella no soporta pensar que ya nunca podrá explicarse como es debido.

—¿Te apetece una taza de té? —suelta de pronto—. Me… Iba a hacerme una.

Jensen mira hacia la izquierda con las manos en los bolsillos. Entonces relaja un poco los hombros.

—Bueno —dice—. ¿Por qué no?

Entran en la casa por la parte de atrás y Lila tiene que ver por primera vez el jardín conmemorativo sin el banco. La sensación es que no es solo el banco lo que falta. Ahora parece un rincón vacío, ha dejado de ser el eje central del jardín.

—Creo que igual tengo que comprar otro banco —dice con voz algo temblorosa.

—Sí. —Jensen estudia el espacio—. Desde luego algo hay que poner.

Lila prepara el té en silencio y se sientan en la mesa de la cocina. Lila de espaldas al jardín, porque de repente no quiere mirarlo, como si el mobiliario que falta simbolizara ahora algo mucho más grande. Jensen se deja puesta la chaqueta, como preparado para irse lo antes posible. Quizá solo ha aceptado el té por educación. Ahora que lo tiene delante, a Lila le entra la timidez. Intenta pensar en cómo empezar la conversación, pero le parece presentir las respuestas que va a darle él y las palabras no salen de su boca.

Hace algunas preguntas sobre Bill, lo que sirve para distender un poco el ambiente. Le cuenta lo que ha pasado, le habla de Penelope, de las chicas y de los sentimientos encontrados que le produce su marcha. Jensen le dice que se pasará por el chalet un día y otro no, que ya iba mucho antes del infarto, así que a Bill no le extrañará, y Lila le agradece que sea tan diplomático.

—¿Y dónde está Gene?

—Se ha ido.

Lila le resume el incidente de la carta del ático. Quiere contarle más cosas, explicarle que siente que ha perdido a su madre además de a su padre, lo enfadada que está con los dos, pero teme sonar tonta y egoísta y además es probable que haya perdido su derecho a hablar de sus sentimientos con Jensen.

Se terminan el té. Siguen sentados en silencio, mirando a Truant ir de un lado a otro. A él tampoco le gustan los cambios.

—Recibí tu carta —dice Jensen.

Lila espera un instante antes de decir:

—Está cancelado. Todo el proyecto. Ya no voy a escribir el libro.

Jensen mira su taza vacía.

—Era una idea absurda. Quería decírtelo, y también disculparme en persona. He querido hacerlo muchas veces…, pero después de que tu novia…

Jensen levanta la vista.

—A ver, evidentemente tenía razón. No estoy tratando de defenderme. Pero me quedó claro lo que pensaba de mí, supuse que habíais hablado del tema y… No quiero hacer ni decir nada que te cause nuevos…

Las palabras se le atascan dentro de la boca.

—¿De qué novia hablas?

Lila pestañea.

—La del supermercado. —Cuando Jensen sigue con expresión desconcertada, añade—: La pelirroja.

Jensen hace una mueca.

—Te refieres a mi hermana.

Lila lo mira fijamente.

—Mi hermana. Nathalie. Te he hablado de ella. Estaba... Lo que pasó la preocupó un poco y estuvo un par de días haciéndome compañía. Para asegurarme de que estaba bien. Creo que se preocupan por mí desde lo de... ya sabes...

Lila quiere disculparse una vez más, declararse culpable de su dolor, pero en lo único que es capaz de pensar es: «No era su novia».

—Ah —dice y, a continuación, añade—: Ah.

Cuando levanta la vista, Jensen la está mirando.

—Pensabas que tenía novia.

—Bueno, sabía que no ibas a durar mucho tiempo soltero. —Lila sonríe—. Eres un partidazo.

—Un partidazo. —Jensen levanta las cejas.

De pronto en sus labios asoma una sonrisa y es lo más bonito que ha visto Lila en semanas. Y entonces abre la boca y las palabras le salen en tropel.

—Jensen, lo siento. La cagué muchísimo. Estaba aún demasiado tocada por lo de Dan y Marja y un montón de cosas más, y angustiada por el dinero y... no lo pensé bien. Sé que considerarlo siquiera estuvo fatal. Yo no..., no soy esa clase de persona. Ahora me doy cuenta de lo mal que estuvo. Lo veo clarísimo. Odio que pienses que soy esa clase de persona y lo único que puedo decirte es que me estoy esforzando todo lo que puedo por demostrarte que no lo soy. A ver, claramente lo fui en ese momento, pero no era yo. No era mi yo verdadero. Igual ahora mismo tampoco sé cuál es mi verdadero yo. Lo que sí tengo claro es que quiero que sea mejor. —De pronto se calla—. Ay, por Dios, ¿se entiende algo de lo que he dicho?

—¿Me dejas que lo psicoanalice?

—No.

—Vale. Pues se entiende perfectamente.

Lila lo mira.

—¿Vas a poder perdonarme? ¿Aunque sea un poco?

—Puedo perdonarte casi del todo —Jensen se pone a frotar una marca en la mesa—, excepto quizá lo de «su cuerpo me transmitía una reconfortante familiaridad».

—Tú fuiste el que dijo que eras fofisano.

—Sí, pero fofisano tiene un matiz sexy. Lo de «reconfortante familiaridad» es... —Hace una mueca— antilujuria.

—De eso nada. Ahí te equivocas.

—No me digas.

—A ver..., lo que pasó esa noche es la demostración de que no es verdad. Y, en cualquier caso, ya te expliqué que estaba disfrazando la realidad. De haber querido escribir sobre ti como eres de verdad habría dicho que había pasado la noche con un clon del supermodelo David Gandy.

Jensen ladea la cabeza.

—Muy bien traído.

—Y además, a mí un cuerpo fofisano me gusta. Me parece mucho más sexy que la tableta de chocolate.

—Vale, ahora lo has vuelto a estropear.

—Hablo en serio. No imagino nada peor que un hombre presumiendo de abdominales. Me haría sentir totalmente acomplejada.

—Pues no sé por qué. Tienes un cuerpo precioso.

Los dos se ruborizan.

Lila se mira las manos mientras ambos guardan silencio e intenta no recordar el tacto de esas manos en ella, en su habilidad, en su tranquilizadora firmeza. Jensen parece a punto de decir algo, pero cambia de opinión y siguen callados.

—Bueno. Pues gracias por dejarme pedirte perdón en persona —dice por fin Lila. Decide que no tiene sentido no ser sincera. Después de todo, ¿qué puede perder?—. La verdad es que echo de menos verte por aquí. Mucho.

Cuando Jensen no contesta, añade:

—No quiero presionarte ni nada de eso. Pero quería que lo supieras. Por si no volvemos a vernos.

—Tampoco te pongas melodramática.

—Oye, yo qué sé. Igual estás pensando en irte a vivir a Sudamérica.

—Para recuperarme de mi desengaño amoroso, ¿no?

—Vale, ahora ya me estás irritando.

Jensen sonríe. Mira su taza y a continuación a Lila.

—¿Te apetece que hagamos algo este sábado?

Lila tarda un instante en asegurarse de que ha oído bien.

—Sí —dice. Y, con una gran sonrisa, repite—: Sí. —Y a continuación deja de sonreír—. Ay, no puedo. Es la función de Violet en el colegio. ¿Qué tal el domingo?

—Tengo que volver a Winchester. Me quedan diez días de trabajo allí.

—¿Y el jueves?

—He quedado en ir a ver a mis padres.

Lila no puede dejar escapar esta oportunidad. No puede. Piensa.

—Entonces… ¿te apetecería venir a una especialmente caótica función escolar de *Peter Pan*? Igual luego podemos ir a comer algo. Si te preocupa que me abalance sobre ti, Bill puede ser tu carabina.

—¿Me garantizas que va a estar sentado entre los dos todo el tiempo?

—Y Penelope también. Tengo una muralla humana para prevenir tocamientos innecesarios.

—Entonces me parece perfecto —dice Jensen.

No la besa antes de irse, y, aunque Lila lo está deseando, entiende que entre ellos han pasado demasiadas cosas y tienen que proceder con mucho cuidado. Pero sí le toca un momento la mano y le dice que se alegra de que hayan hablado.

Lila se queda en el escalón de entrada, abrazándose para protegerse del frío y tratando de no sonreír como una tonta mientras ve a Jensen subirse a su camioneta. Ya sentado, levanta una mano a modo de despedida y Lila le devuelve el gesto. Espera a que arranque el motor. Entonces, Jensen baja de repente de la camioneta, recorre medio a la carrera el camino de acceso y le da un gran abrazo. Entonces le dice al oído, en una voz tan baja que es casi un murmullo:

—Yo también te he echado de menos, joder.

38

Eleanor está haciendo el equipaje con la velocidad y la hipereficiencia que la caracterizan: ropa enrollada dentro de fundas de plástico de tintorería y en perchas que después sacará y colgará allí donde vayan, dos pares de zapatos planos en fundas de calzado y un neceser pequeño, todo ello encajado en una única maleta con la precisión de un puzle japonés, además de dos maletines con ruedas llenos de maquillaje. Lila tardaría cuatro horas en hacer un equipaje que a Eleanor le lleva veinte minutos. «Años de práctica», dice siempre alegremente. A las cuatro y media de la madrugada siguiente, vuela a París para un rodaje de seis semanas de una película, y está llena de energía, concentrada y un pelín distante, como siempre antes de un viaje de trabajo.

—Pues me parece genial —dice mientras envuelve siete bragas y dos sujetadores en papel tisú.

—¿De verdad? ¿Para qué es el papel tisú?

—Es lencería cara. No quiero que esté en contacto con otras cosas. ¿Me traes una pasta de dientes del armarito del baño?

Lila va a buscar el dentífrico y se lo da. Es de la marca que anunciaba Gene no hace tanto tiempo. Esto la irrita un poco, es como si los tentáculos Gene hubieran alcanzado también a Eleanor.

—Le dije a Jensen que lo echaba de menos. Y le pedí perdón prácticamente de rodillas.

Eleanor hace una mueca.

—Bueno, pues algo es algo. Pero vas a tener que trabajártelo más. Es el momento de que empieces a tener relaciones adultas, de que seas más comunicativa. —Cierra la maleta con un gruñido y se pone recta—. Lo digo en serio. Es un hombre bueno, sincero. Así que tú también tienes que serlo.

—¿Le cuento lo que pasó con Gabriel Mallory? Igual debería.

Eleanor frunce el ceño y lleva su maleta hasta la puerta. Se para y piensa un momento.

—Pues no lo sé. Un error grave de juicio puede achacarse a la mala suerte. Pero dos... suena a imprudencia.

—En otras palabras, que la capulla soy yo.

—Pues igual sí. Creo que eso vas a tener que decidirlo tú sola. Pero oye, ¡es una gran noticia! ¡Ha vuelto a tu vida el único hombre decente de Londres!

—¡Y tú te vas a París!

—¡A ponerme morada de queso y a que coqueteen conmigo inapropiadamente franceses del equipo técnico!

—Un sueño hecho realidad, El. —Lila abraza fuerte a su amiga—. Ni se te ocurra marcarte un *Come, reza, ama* y no volver. Ya sabes que, cuando no estás, me equivoco muchísimo.

Es broma, pero siempre hay un fondo de temor. Lila no sabe muy bien qué sería de ella si no tuviera a Eleanor. La importancia cada vez mayor que cobran amistades así a medida que cumple años es algo que no deja de maravillarla.

—Algún día vas a tener que crecer, no sé si lo sabes.

—Cuando crezcas tú.

—Bien visto.

Cuando vuelve de estar con Eleanor, Lila encuentra a Jane en la puerta de la casa, con su larga melena gris alborotada por el viento racheado. Recibe a Lila con una sonrisa angelical. Viene, dice, a coger las cosas de Gene.

—¿Está contigo?

Lila abre la puerta principal y sujeta a Truant para que no salga.

—Ha estado. Pero Elijah, mi pareja, se está empezando a cansar de su energía, así que le he dicho que se busque otro alojamiento.

—Y vienes a pedirme que le deje volver aquí.

—No, no, Lila. Solo he venido a recoger dos cajas. Dice Gene que están marcadas. ¿Me acompañas al desván a buscarlas?

La serenidad de Jane podría venderse embotellada. Lila es incapaz de imaginarla reaccionando a las consecuencias de cualquier acontecimiento mundial con algo más que una inclinación de cabeza y una leve sonrisa. Se dedica a dar algo llamado masaje holístico, que al parecer trata las preocupaciones emocionales y espirituales del cliente y se concentra, explica, en controlarse para no absorber la energía de otras personas. «Me desbordaría», dice en el tono tranquilo propio de alguien a quien jamás le desborda nada.

Lila saca la escalerilla del desván, sube y echa un vistazo. Solo quedan dos cajas en las que está escrito GENE; debió de llevarse las otras cuando se fue. Las arrastra hasta la trampilla y se las da a Jane.

—Creo que no hay nada más —dice, y baja por la escalerilla.

Ayuda a Jane a llevar las cajas al coche y las meten en el maletero. Abultan más de lo que pesan. Y con eso, ya no queda rastro de ninguno de sus padres en la casa. Es casi como si no hubieran estado allí. Lila resiste el impulso de preguntar cómo está Gene, qué hace, pero tampoco hace falta, porque Jane le explica que lo han invitado a participar en una Comic-Con. Pronuncia las palabras despacio, deteniéndose en cada sílaba, como si hablara de algo extraño y exótico. Se ha reavivado el interés por el capitán Troy Strang y *Escuadrón Estelar Cero* —una plataforma de streaming ha anunciado que va a emitir las tres primeras temporadas— y dentro de dos semanas Gene irá a la Comic-Con para encontrarse con su público y firmar autógrafos. Al parecer, las colas dan la vuelta a la manzana. Lila se pregunta si eso es así o se trata de otra de las exageraciones de Gene. Y se pregunta también si de verdad va a haber un salón del cómic.

—Gracias, Lila. ¿Le doy un abrazo de tu parte? Me consta que le encantaría verte.

Lila cierra el maletero.

—No, pero gracias.

Jane se pone recta y la mira. Es una sensación algo incómoda, Lila se siente transparente. Jane sonríe.

—No seas tan dura con él. Te quiere. Y quería de verdad a tu madre.

—Pues bonita manera de demostrarlo.

—Lila, a todos nos gusta pensar que lo sabemos todo de nuestros padres, pero no es así. Tu padre aprendió muchas lecciones demasiado tarde. Desde luego demasiado tarde para lo nuestro, pero yo sigo teniéndole mucho cariño. Es una buena persona.

Lila reprime el impulso de poner los ojos en blanco.

—Puede. Pero no se merece vivir aquí, Jane. No con nosotras.

Jane se queda muy quieta un momento, pensando quizá.

—Una de las cosas que me encuentro a menudo en mi trabajo es el concepto de perdón. ¿Quieres repetir los errores de tus padres? ¿Aferrarte a tus agravios durante el resto de tu vida? ¿O quieres liberarte de esa carga?

—Jane, con todo el respeto...

—Por favor, no me digas lo de «con todo el respeto». Es lo que usan las personas cuando están susceptibles y a la defensiva.

—Bueno, igual es que mi padre me pone susceptible y a la defensiva. Tú no lo conoces como lo conozco yo.

—Querida niña, he vivido de forma intermitente con él durante quince años. Probablemente más tiempo del que has pasado tú nunca con él. Y te voy a decir una cosa: no sabes lo que pasó entre tu madre y él. Una infidelidad no planeada es algo que yo habría podido pasar por alto. Pero lo enamorado que estaba Gene de ella no. —Mientras Lila intenta encontrar sentido a lo que dice Jane, esta prosigue—: Tu madre no era una florecilla indefensa, ni era fácil obligarla a nada que no quisiera hacer. Tu madre era una mujer fuerte y dueña de sus actos. Tomaba sus propias decisiones. —Levanta un dedo largo y fuerte—. Y, antes de que digas nada, eso no la convierte en una mala persona. La vida es larga y complicada, Lila, y todos cometemos equivocaciones. Lo que importa es qué hacemos después. Pero considerar a tu madre y a tu padre los malos de la película aquí sería un error, y además tú serás la más perjudicada.

—Así que le perdonaste sin más. Por follarse a mi madre.

—Por supuesto. Decidí romper nuestra relación sentimental, pero siempre le tendré cariño y me alegro de haber compartido mi vida con él. ¿Tú no te has equivocado nunca?

Lila piensa en Jensen, en ese horrible capítulo que tiró a la basura. Jane parece percibir su vacilación.

—Pues si fue así, espero que te perdonaran. Espero que la otra persona comprendiera que eres humana. Puedes pasarte el resto de tu vida enfadada y resentida, Lila. Pero eso solo servirá para prolongar tu dolor. Piénsalo. Suelta ese peso. Por ti y por tus hijas.

Lila acepta el beso que le da Jane en la mejilla. Huele a lavanda y a pachuli.

—Me ha encantado verte, Lila. Dale un beso de mi parte a las niñas.

Lila espera a que Jane arranque el coche.

—No lo quiero viviendo aquí —le dice mientras Jane sale al camino—. Eso lo tengo claro.

Jane sonríe y dice adiós con un gesto alegre de la mano, de modo que Lila no sabe si la ha oído. Seguramente el gesto habría sido el mismo.

Cuando llama Anoushka, Lila está moviendo muebles. Ha decidido que necesita empezar de cero y que quizá cambiando el sofá y las butacas de sitio disimulará los huecos y la decoración parecerá intencionadamente minimalista, o al menos gustará más a la agencia inmobiliaria cuando la saque a la venta. Ha empujado y arrastrado muebles de un lado de la habitación al otro, ha sacado un jarrón y un florero de una de las cajas del garaje que nunca se llegaron a desembalar y los ha repartido de forma estratégica por las superficies de la cocina para tapar los vacíos que han dejado las cosas de Bill. Ha cambiado de sitio alfombras y cuadros. No deja de repetirse que una casa no es más que ladrillos y cemento. Creará un hogar nuevo allí donde terminen viviendo. Estarán bien solas.

Está tan concentrada en desplazar el mueble de la televisión a la pared opuesta que casi no oye la llamada y contesta jadeante y algo sudorosa.

—Querida, ¿puedes hablar?

—¡Anoushka! ¡Claro!

Lila se mira en el espejo de la pared y ve que tiene la cara tiznada de negro. Se la frota.

—Se me ha ocurrido una cosa. Acabo de reunirme con una clienta nueva, una actriz de mucho éxito. Quiere escribir sus memorias. Ahora mismo hay mucha demanda de memorias, sobre todo si son jugosas. Creo que va a ser una maravilla.

Anoushka no dice nada más.

—Creo que ya te expliqué por qué no puedo escribir sobre mi vida.

—No hablo de tu vida, querida, había pensado que le escribieras tú el libro.

—¿Cómo dices?

—Que lo escribas tú. Ella no es capaz de unir sujeto y predicado. Ella te cuenta las historias y tú las conviertes en un libro maravilloso. Sabemos lo bien que escribes y se te da genial contar anécdotas. Y creo que te lo pasarías bien, ¡es única presumiendo de contactos!

Cuando Lila no responde, Anoushka añade:

—No es muchísimo dinero, a ver, no tiene nada que ver con el adelanto del otro libro. Y no cobrarías derechos. Pero podemos usar el éxito de *La reconstrucción* para exigir que figures en los créditos. Hay personas a las que les gusta bastante eso, sobre todo si el autor tiene prestigio. Creo que podríamos negociar un pago único bastante decente.

—¿Escribiría las memorias de otra persona?

—Eso es. Te mantendría en activo hasta que decidas lo que quieres hacer y te dará trabajo unos meses. Y si sale bien, te encargarán más. Es una bonita manera de ganar dinero sin tener que usar tu vida privada. ¿Te propongo?

—¿Es maja?

—Querida, no necesita ser maja. Es la bomba. Tiene muchísimo material.

Lo que en el dialecto de Anoushka equivale decir que «la señora es una auténtica pesadilla».

—¿Quién es?

Anoushka nombra a una conocida actriz de culebrones, cuyas batallas con el alcohol y las relaciones tempestuosas han llenado páginas de la prensa sensacionalista. «No sabes qué correrías sexuales», dice Anoushka en un tono de voz que podría ser de escándalo o de admiración, a saber. Murmura algo sobre príncipes saudíes, no sé qué sobre una estrella de cine y es posible que pronuncie las palabras «conejillo de Indias».

—Pues… igual sí —dice Lila después de decidir que no quiere saber detalles sobre el conejillo—. Propón mi nombre y mientras me lo pienso.

—Fantástico. Voy a llamar a la agente.

Lila da vueltas a lo de escribir en nombre de otros mientras ordena la casa. Lee unas cuantas entrevistas de la actriz. El subtexto de todas es: «kamikaze total». Cuando llegan las niñas a casa, se lo cuenta y expresan un leve interés, pero sin desatender sus dispositivos electrónicos, como hacen casi siempre que Lila les habla de sus proyectos literarios. Pero cuando durante la cena les pregunta qué les parecería cambiar de casa, la reacción es inmediata y melodramática.

—¿Por qué? Yo no me quiero cambiar.

Violet abre mucho los ojos y suelta el iPad encima de la mesa.

—He pensado... pues que ahora que Bill ha vuelto a su casa y Gene... va a trabajar fuera, igual podríamos comprar una casa más pequeña. Sería más barata y más fácil de mantener. Aquí siempre se está estropeando todo.

—Pero ¿a dónde iríamos?

—Nos quedaríamos por esta zona, solo que en una casa más pequeña. Con tres dormitorios en vez de cinco. Igual algo más moderno.

Las chicas se miran y Lila no está muy segura de qué mensaje se han intercambiado.

—Podría ser un cambio agradable —se atreve a decir.

—A mí me gusta nuestra casa —dice Violet.

—No quiero vivir en otro sitio —añade Celie poniendo mala cara—. Este es nuestro hogar.

—No quiero más cambios —dice Violet—. Hemos tenido muchos.

Se le quiebra la voz y parece tan a punto de llorar que Lila recula, dice que no era más que una idea, abraza a su hija e insiste en que no pasa nada, que se quedan allí, que no va a haber más cambios.

Y cuando al día siguiente la llama Anoushka para decir que la actriz está encantada, que *La reconstrucción* es uno de los sus libros preferidos y que quiere reunirse con Lila la semana que viene, esta dice, con todo el entusiasmo que es capaz de reunir, que también está encantada.

Ahora mismo lo más importante es la estabilidad de las niñas. Da igual que la actriz no sea simpática. Y confía en haber oído mal lo de «conejillo de Indias».

39

Celie

Mamá ha estado por lo menos una hora metida en el baño arreglándose. Se ha hecho ondas con el rizador de pelo, como hacía antes cuando la iban a entrevistar por uno de sus libros, y lleva el traje de pantalón rosa que solo se pone en ocasiones especiales, sobre todo porque siempre se le llena de pelos de Truant. No tiene pinta de alguien que va a una función de la escuela primaria, de manera que, cuando menciona como quien no quiere la cosa que Jensen también va, Celie suma dos y dos. Después, cuando llega Jensen, con vaqueros elegantes y una camisa azul oscuro, mamá no deja de sonreírle con timidez y de mostrarse exageradamente alegre, pero fingiendo delante de Celie que no pasa nada. Como si pensara que Celie es ciega. Pero Jensen le cae bien. No se parece al hombre con el que salía la madre de Martin antes de tener al novio de ahora, ese al que se le notaba que no le gustaban los niños y se apropiaba del mando de la televisión para que Martin no pudiera ver sus programas.

Cada vez que Jensen dice algo gracioso mi madre se ríe con una risa falsa. Da bastante grima.

La respuesta de Martin no se hace esperar.

Mi madre ponía voz pija. Yo la llamaba Su Majestad cuando estaba él solo para ponerla nerviosa.

Van al colegio en la camioneta de Jensen. Tiene tres asientos delanteros, lo cual mola bastante, claro que es algo que Celie no piensa reconocer. Dice mamá que Bill irá directamente con Penelope. Cuando llegan al colegio, está ayudándolo a bajar del coche como si fuera inválido o algo así. Bill lleva un traje de tweed con chaleco a juego y Penelope se ha puesto una especie de chal de seda china y una peineta brillante gigante en el pelo. Es alucinante lo que se molestan en arreglarse las personas mayores.

Papá ha mandado un mensaje diciendo que va a la función, pero que se sentará con la madre de Marja, porque esta sigue ingresada y Hugo está «un poco sensible». Aún no ha comentado nada de los perfumes. Celie cree que está preocupado por el bebé y una parte de ella le está agradecida a su hermanastro por acaparar toda la atención. Sobre todo espera que sus padres no se pongan a discutir, como hicieron en la función de Navidad.

El colegio está ya lleno de gente y eso que Celie creía que llegaban temprano. Ve a dos de sus antiguas profesoras y se esconde para no tener que hablar con ellas. La gente se sirve vasos de vino de una mesa larga que hay al fondo y ocupa sus asientos. Los padres tienen cara de preferir estar en la oficina y las madres intentan que los niños pequeños se porten bien. En la mesa de los niños hay platos de papel con galletas de calabaza y chocolate. Celie coge dos y se las guarda en el bolsillo por si durante la función le entra hambre. Está un poco enfadada con su madre por obligarla a ir a la estúpida representación. Necesita terminar sus estudios de personajes para el Club de Animación y tardará horas en hacerlos; todas las manos que le salen tienen dedos que parecen salchichas. Ve a su padre en la mitad derecha de la zona de butacas. Cuando se levanta y la saluda con la mano, Celie se acerca a decirle hola con la esperanza de que su madre no la vea, porque Jensen y ella están buscando asiento con Bill y Penelope. Aunque su madre le dirá que no pasa nada porque se siente con su padre, Celie sabe que seguramente se sentiría rara y lo disimularía poniéndose superalegre y fingiendo que todo va bien, lo que en realidad empeora las cosas. Tanto sentimiento en todo lo relacionado con su familia a veces agota a Celie.

Se le hace raro llevar tanto sin ver a su padre, como si ya no fuera de la familia. Está mayor que la última vez que estuvo con él y le hace mucha falta un corte de pelo. La madre de Marja, que es bastante glamurosa para ser una señora mayor, con una melena rubia abundante como la de Marja, se levanta para darle un abrazo y Celie lo acepta, aunque le resulta un poco incómodo. No es su abuela ni nada suyo. Pero entonces cae en la cuenta de que Bill tampoco es su abuelo. Igual es que a partir de ahora su familia va a ser un grupo de personas sin parentesco real.

Papá parece agradecido por que Celie se haya dejado abrazar. No hace más que tocarle el hombro, decirle lo mucho que se alegra de verla y que siente no haber pasado más tiempo con ella. Celie no quiere decirle que ha estado encantada sin él.

Entonces papá le pregunta qué papel hace Violet y Celie dice que no lo sabe. Papá dice que Hugo tiene un papel protagonista y que está muy nervioso por si se le olvida el texto, como si a Celie eso le importara, aunque intenta parecer interesada porque papá está empeñado en que se comporte como si Hugo fuera su hermano. Lo que en realidad quiere Celie es volver a su asiento, le preocupa que mamá no le guarde sitio y tener que sentarse con gente que no conoce, así que dice que tiene que ir al baño, sale por la puerta del fondo y vuelve a entrar por el lado contrario para que su padre no se ofenda.

La señora Tugendhat, que está exactamente igual que cinco años antes, cuando Celie dejó el colegio, se acerca a decirle que no da crédito a lo mucho que ha crecido (¿por qué dicen siempre lo mismo las personas mayores?), y luego hace un aparte con su madre y le dice que su padre es maravilloso, que ha estado maravilloso y que todo va a salir de maravilla. Mamá mira a Bill y parece algo confusa. Celie los observa intentando deducir qué va a pasar, pero entonces llega alguien y le susurra algo a la señora Tugendhat, quien se disculpa y corre detrás del escenario.

Resulta que mamá sí que le ha guardado sitio, junto a ella, con Jensen al otro lado y Bill y Penelope a continuación. Están cuatro filas por detrás de papá y la madre de Marja, y Celie se agobia porque seguro que mamá los ve, aunque por lo menos Marja no está. Penelope está todo el rato pendiente de Bill, le pregunta si tiene frío o necesita más agua. Celie se da cuenta de que Bill se está irritando un poco, aunque le da palmaditas a Penelope en la mano y le dice que gracias y que no se preocupe tanto. Así que Penelope se dedica a señalar a los niños a los que ha dado clases de piano y a ponerse colorada como si le diera miedo parecer presumida o algo así.

Como vuelvan a pelearse mis padres me pego un tiro, escribe a Martin.

Bueno, al menos así te libras de ver una función infantil, contesta este.

Las sillas de madera son las mismas de cuando iba ella al colegio. Celie tiene un flashback de estar sentada en una con esa mezcla de aburrimiento y seguridad que la acompañó durante toda la escuela primaria, antes de que todo se estropeara, antes de quedarse sin amigas y de que sus padres se separaran.

Entonces ocurre. Oye a mamá decir: «Ay, no». Por un momento, Celie piensa que es algo que tiene que ver con papá y Marja y se le encoge el estómago, pero, cuando levanta la vista y la dirige hacia donde está mirando su madre, ve a Gene en el pasillo con su chaqueta de cuero y una camiseta de lo más mugrienta con el dibujo de un hombre fumando un porro. Y va hacia ellos. Mamá mira a Jensen y dice alguna cosa. Luego se levanta, lo que es complicado porque a estas alturas casi todo el mundo está ya sentado. Celie no le ha contado a mamá lo de Gene y el nudo en su estómago se aprieta aún más.

—Vete de aquí. Te dije que te fueras. No quiero arriesgarme a que le pase nada a Bill. ¿Es que no lo entiendes?

Celie está a solo cuatro asientos del final del pasillo y oye todo lo que dice su madre. Sospecha que los otros padres también, porque de pronto reina bastante silencio y la gente los mira. A su izquierda, Jensen está pendiente de mamá y Bill tiene la vista al frente, pero con una expresión tensa que dice que sabe que está allí Gene.

—Solo quiero hablar con él. —Gene siempre habla demasiado alto.

—De ninguna manera.

Escribe Celie a Martin: Ay, Dios, ha aparecido mi otro abuelo y se está peleando con mi madre. Ahora sí que me quiero morir.

—Cariño —dice Gene—, tiene que saber la verdad.

—De eso nada. No vas a hablar con él.

Todo el mundo los mira con la cabeza vuelta y un murmullo de conversación se extiende por las filas de asientos. Celie se encoge en su silla. ¿Por qué tiene que ser su familia la única que hace cosas así? ¿Por qué no puede tener una familia normal que va a los sitios y se lleva bien?

—Lila, cielo. Déjame hablar con él.

—Gene, te juro que, si no sales ahora mismo del colegio de mi hija, llamo a la policía para que te eche.

—Dos minutos. No pido más.

Mamá tiene la cara roja de furia. Le dice a Gene entre dientes:

—Vete de aquí, Gene. Voy a sentarme con Bill y tú tienes que marcharte.

En cuanto ha oído la palabra «policía», Jensen se ha puesto de pie y ha ido hacia Gene, lo que significa que cuatro personas más tienen que levantarse. Genial. Ahora hay más gente implicada. Desde las filas de detrás, alguien pregunta con tono de queja qué está pasando. Celie considera esconderse en los baños. Llega su madre, se sienta a su lado y se inclina hacia delante para disculparse con Bill.

—Ya le hemos dicho que se vaya. Lo siento mucho.

Bill no contesta.

Jensen está delante de Gene tapándole la vista. Gene le pone una mano en el brazo.

—Jensen, échame una mano. Quiero arreglar esto.

Celie los mira hablar en susurros. Jensen está escuchando a Gene y asiente con la cabeza. Gene no tiene pinta de irse a ninguna parte. «Por favor, márchate», piensa Celie con la sensación de que todo el auditorio está pendiente de su familia. Las personas de las filas delanteras han vuelto la cabeza para ver qué pasa.

Jensen vuelve a donde está mamá y una vez más cuatro personas se levantan y se sientan. Empiezan a parecer cabreadas. Mamá tiene la cara tensa y furiosa.

—¿Se va?

Jensen dice con tono tranquilo.

—Quiere decirle una cosa a Bill. Me ha pedido que se la diga yo.

—¿Cómo?

—No quieres que Bill hable con él. Pero ¿y si le paso el mensaje por teléfono? Creo que puede ser buena idea.

Mamá mira a Jensen sin dar crédito.

—Por el amor de Dios, ¿cómo?

—Tú... escucha lo que tiene que decir. Después se va, lo ha prometido.

Mamá mira a Bill y a continuación a Gene, quien espera en el pasillo observándolos. Mamá da la impresión de no saber qué hacer. Su expresión se ablanda un poco cuando le habla Jensen en voz baja.

—¿Lo pararás si ves que empeora las cosas? No quiero...

Jensen le coge una mano.

—Si es necesario, seré un traductor muy cuidadoso.

Mamá se lo piensa un poco más y a continuación suspira y se vuelve hacia Bill.

—¿Te importa oír lo que quiere decirte Gene? Dice que después se va.

Bill carraspea un rato, mira de reojo y dice:

—Bueno, pues que se dé prisa. No quiero que interrumpa la función de mi nieta.

Han empezado a llegar los miembros de la orquesta del colegio. Están los pequeñines de tres años con triángulos y panderetas y los más mayores, de seis, con guitarras y un clarinete, todos acompañados hasta las sillas de plástico rojo por profesores varios. Celie piensa que la función va a empezar en cualquier momento y que su familia seguirá en pleno numerito. Se encoge más en su asiento. Jensen le hace una señal con la cabeza a Gene y Celie ve a Gene teclear algo en su teléfono. Suena el teléfono de Jensen con tono de música disco, lo que provoca que los padres sentados cerca se giren y se revuelvan en sus asientos. Jensen levanta una mano a modo de disculpa. Se lleva el teléfono a la oreja y escucha. Luego se inclina hacia Bill.

—Quiere que te diga que ha sido todo un malentendido.

—No me interesa nada de lo que tenga que decir ese señor.

Bill tiene la vista al frente. Penelope le coge la mano con fuerza y le acaricia los nudillos con el pulgar.

Jensen mira a Bill y vuelve a pegarse el teléfono a la oreja.

—Dice que no le interesa… Vale…, sí. —Escucha y de nuevo se dirige a Bill—: Dice que tienes una idea equivocada de lo que pasó cuando Francesca y él estuvieron juntos. Cree que piensas que se acostaron. No fue así. Solo salieron por ahí.

—¿Cómo que si se acostaron?

¿De qué van? ¿Ahora se van a poner a hablar de sexo entre personas mayores? Solo de pensar en que personas mayores consideren tener relaciones sexuales Celie quiere vomitar. Se tapa la cara con las manos. No sabe qué más puede pasar.

Jensen sigue hablando en tono demasiado alto, aunque se ve que intenta que no sea así.

—Dice que ella solo buscaba divertirse. Sentirse joven otra vez. Estuvo con Gene y con el equipo de la película en un bar, bailaron y se lo pasaron bien, y al día siguiente ni la vio, cree que se fue de compras por Dublín. O a ver a una amiga. Nada más.

Bill se gira en su asiento.

—¿Y se puede saber entonces por qué me dijo que se había acostado con ella?

—No te lo dijo —interviene mamá al cabo de un momento—. La carta solo decía que había estado con él.

Bill mira a mamá.

—¿No se acostó con Francesca?

Jensen grita por el teléfono:

—Me pregunta Bill si seguro que no te acostaste con Francesca.

Todos miran a Gene en el pasillo, al final de la fila de padres. Gene niega con la cabeza y hace una mueca. Dice algo por el teléfono. Jensen escucha y habla:

—Dice que tu madre jamás habría mirado a otro hombre. Que todo esto no ha sido más que un triste malentendido.

Bill está atónito. Casi tanto como los padres sentados cerca de él, que no dan crédito.

—¿Estás segurísimo? —pregunta Bill.

Jensen dice al teléfono:

—Pregunta si estás seguro.

Jensen asiente a todo lo que dice Gene. Luego tapa el micrófono del teléfono con la mano.

—Dice: «Bill, colega, puede que las drogas me hayan afectado a la cabeza, pero que de algo así me acordaría». Perdón, Celie.

—¡Como si esa fuera la peor parte de esta conversación!

Bill parpadea.

—¿Está diciendo la verdad? —pregunta.

—¿Estás diciendo la verdad? —Jensen vuelve a asentir y se dirige a Bill—: Dice que palabra de honor. No quiere irse sin que lo sepas.

A Bill le ha pasado algo raro. Se está mirando las manos. Y está meneando la cabeza. Entonces mira a Penelope.

—Ay, Dios mío —dice—. Me siento bastante ridículo.

«Y yo enferma», piensa Celie.

—No tienes que sentirte ridículo —dice mamá con voz rara y un poco apagada—. Es un error comprensible.

Bill repite:

—No se acostó con él.

Penelope le sonríe con el empalago que acostumbra.

—Pues claro que no, cariño. Tenía que haber una explicación.

Mamá está mirando a Gene. Bill continúa en shock.

—Cielo santo —dice—. Cielo santo. Me parece que he montado un buen lío.

«No —le dicen—. En absoluto. Ningún lío».

Alguien ha apagado las luces del techo. El auditorio guarda silencio. Jensen sigue susurrando furioso como si pensara que nadie lo oye:

—Dice que siente el malentendido y que ahora se da cuenta de que te tenía que haber contado lo de la visita a Dublín, pero que tenía tan poca importancia que ni se le ocurrió.

Los músicos han cogido sus instrumentos. Delante de ellos está una profesora de música que Celie no reconoce con las manos levantadas como los directores de orquesta.

Bill mira a Gene.

—Dale las gracias. Gracias por aclarármelo. Es... de buena persona.

La gente ha empezado a impacientarse, a mandar callar a Bill, a decirle que por favor deje de hablar. Ahora mismo Celie tiene unas ochocientas razones para querer morirse. Jensen se sienta al lado de mamá y se inclina para seguir hablando con Bill.

—Dice que tú también eres buena persona y que cuando te apetezca dar un rulo, que lo llames.

—Por el amor del cielo. —Bill pone los ojos en blanco—. Este hombre es infinito.

Entonces empieza la música. Celie busca a Gene, pero se lo ha tragado la oscuridad. Y cuando se vuelve a mirar a su madre, Celie comprueba, con sorpresa, que parece a punto de llorar.

40

Lila

Durante los primeros minutos de la función, Lila no consigue concentrarse. Está intentando asimilar lo que acaba de pasar, la mentira que le ha contado Gene a Bill. No deja de recordar lo que le dijo Jane: «Una infidelidad no planeada es algo que yo habría podido pasar por alto. Pero lo enamorado que estaba Gene de ella no». Gene debe de tener un motivo ulterior para hacer lo que ha hecho, no deja de repetirse. Si no, no sería Gene.

Jensen, tal vez presintiendo su falta de atención, le susurra:

—¿Estás bien?

—Ha sido todo muy raro —susurra mamá—. Porque desde luego se acostó con mi madre.

Jensen la mira.

—¿Y por qué iba a mentir?

—No tengo ni idea.

Entonces alguien murmura «¿Le importa callarse?» con tono exasperado y Jensen se sienta recto. Violet ha salido al escenario. Violet, con un vestido plateado que no es de su talla y esa seguridad sobrenatural con la que parece haber nacido, se sitúa sin vacilar bajo los focos y empieza a leer de un largo pergamino. Los niños Darling están en sus camas y sus padres se disponen a salir.

Lila suspira, trata de sacarse de la cabeza lo ocurrido en los últimos minutos. Se arrellana en el duro asiento de madera, como ha hecho para docenas de funciones escolares antes, y se prepara para sentir una extraña mezcla de emoción y aburrimiento, esa que, como madre, quieres que dure cinco minutos y al mismo tiempo una vida entera. Mientras Violet describe la escena que se desarrolla sobre el escenario, Lila pasea la vista por el público. Dos filas por delante, a la izquierda, está Philippa Graham, al lado de un hombre de calva incipiente con traje de chaqueta que claramente ha ido desde la oficina. Tiene un vaso de vino debajo del asiento. También distingue a Gabriel Mallory en las primeras filas, sentado al lado de su madre. Se pasa una mano por la melena lacia, mira un momento su teléfono y acto seguido, consciente quizá de que lo están mirando, vuelve la cabeza. Lila se asegura de apartar la mirada. Cosa rara, ya casi no siente nada por él, salvo una vaga irritación al pensar que tendrá que aguantarlo en el patio durante unos cuantos años aún, igual que una mala digestión. A modo de recordatorio de su vanidad y su estupidez, quizá.

—¡Dice que tengo que crecer y yo no quiero, madre! —exclama Wendy en el escenario, rascándose la pierna distraída.

—Nadie quiere crecer, Wendy —dice la señora Darling con entonación impostada de ama de llaves de serie de época.

El público ríe.

Entonces, momentos después, por un agujero en el decorado, sale Peter Pan. Solo que no viste leotardos y camisa verdes. Lleva… un uniforme color vino con charreteras plateadas y lo que parece ser un anillo de Saturno en la parte izquierda del pecho. Se extiende entre el público un murmullo de sorpresa. El uniforme le resulta familiar. Lila lo mira intrigada. Hasta que comprende. Es el de *Escuadrón Estelar Cero*. El que llevaba su padre en la serie de televisión. Pocos minutos después aparecen los Niños Perdidos, también vestidos con trajes de *Escuadrón Estelar Cero*.

Cuando sale el capitán Garfio, resulta ser un alienígena con la cabeza cubierta de escamas y una trompa verde de elefante. Lila lo reconoce enseguida: era un alienígena de la televisión que la aterrorizaba de pequeña. Cuando empezó a salir, Francesca insistió en que dejara de ver la serie de su padre, culpándola de las pesadillas que tuvo Lila hasta casi los diez años. Todos los actores, se da cuenta ahora Lila, van vestidos de *Escuadrón Estelar Cero*. El guion está algo cambiado: el capitán Garfio es un villano interplanetario y el cocodrilo, un lagarto espacial. El barco es una nave espacial pirata y Nunca Jamás, un planeta. El decorado es una de esas fotografías antiguas de la superficie lunar, con cráteres y una bandera.

El público ríe mientras los Niños Perdidos, con sus uniformes extragrandes (quien los viera de cerca repararía en los imperdibles y las puntadas que los sujetan), combaten a los piratas del espacio. Campanilla es una astronauta voladora; su pelo, una colmena plateada que recuerda a la antigua enamorada de Troy Strang, Vuleva.

Hugo interpreta a Michael, el menor de los niños Darling. A Lila se le encoge un poco el corazón cada vez que lo ve, es como si fuera un símbolo de todo lo que ha perdido. Hugo no tiene texto, o si lo tiene, se le ha olvidado. Su papel parece consistir en ser conducido despacio de una escena a otra mientras los otros niños declaman su texto alrededor de él, con ocasionales apuntes de la señora Tugendhat a un lado. A veces alguien le susurra algo al oído, pero Hugo parece paralizado.

La función avanza: el País de Nunca Jamás, la muerte de Hook a manos del lagarto espacial (que despierta vítores en el público), un baile algo estrambótico con lo que debieron de ser indios americanos, pero que ahora es la tripulación de otra nave espacial (llevan uniformes de lúrex dorado con un claro aire setentero). Hay canciones: «Volarás, volarás» y «Por donde tú vayas», sacadas de la película, y el acompañamiento musical es anárquico y solo afina de vez en cuando; los pequeños músicos se revuelven en sus asientos y en ocasiones dejan de tocar para saludar a sus padres. Al lado de Lila, Jensen no deja de reír a carcajadas, al parecer disfrutando del caos en el escenario. Qué dispuesto se mostró a acompañarla y a participar del plan, no le importó adaptarse al mundo de Lila en lugar de esperar que esta orbitara alrededor del suyo. Lila se descubre mirándolo cada dos por tres, preguntándose cómo pudo encontrarlo en algún momento menos atractivo que Gabriel Mallory. Casi no puede estar sentada a su lado sin querer tocarlo y, en un momento determinado, le coge de la mano. Los dedos de Jensen se cierran alrededor de los suyos automáticamente y la mira un instante y sonríe, como si el gesto también lo hubiera sorprendido a él.

Lila oye cómo los padres murmuran de admiración o hablan en susurros, escucha las exclamaciones orgullosas de los abuelos cuando salen a escena sus nietos, los nombres dichos en voz baja, los teléfonos que sacan fotografías, y nota que en su interior algo se ablanda, una tensión persistente empieza a ceder y la sustituye una admiración por la impermanencia de las cosas y la constatación de que también eso puede ser reconfortante y al mismo tiempo doloroso. Lila mira a Violet salir una y otra vez al escenario para explicar lo que va a pasar o rellenar algún hueco en el relato, con voz clara y segura, y se pregunta en qué clase de mujer se convertirá. ¿Conservará ese aplomo? ¿O la vida se lo arrebatará y la encasillará en un papel que no ha elegido, como hace con tantas personas? «No cambies nunca, cariño —le dice en silencio—. Sigue siendo tú, con tus chistes de pedos y tus canciones rap políticamente incorrectas».

En la última escena, Wendy, de nuevo en camisón, le está contando a su madre sus aventuras.

—¡Mira qué bien pilota la nave espacial, madre! ¡Se va a otra galaxia!

Por una vez parece que Michael tiene que hablar. Se gira y mira al público. La niña que hace de Wendy se vuelve hacia Hugo:

—¡Cuéntale a madre la fabulosa aventura que hemos tenido, Michael!

La madre espera, atenta, con el padre a su lado atusándose cada dos por tres el bigote postizo que no hace más que torcérsele hacia la izquierda.

No pasa nada.

Wendy le da un codazo a Hugo. Quizá es la alusión a las madres lo que lo tiene así. O los focos, o tener que hablar delante de ciento cincuenta atentos padres. El caso es que Hugo mira al público y empieza a hacer un puchero. Lila ve que, bajo las luces brillantes, le rueda una lágrima por la cara.

El auditorio guarda esa clase de silencio que se impone cuando queda claro que hay un niño traumatizado en el escenario y nadie sabe qué hacer. El niñito está en el haz de luz, paralizado. Traga saliva. «Ay, no —piensa Lila—. Pobrecito». Entonces, de pronto Celie se pone de pie.

—¡Venga, Hugo! —grita—. ¡Tú puedes!

Empieza a aplaudir, roja de nervios. Hugo levanta la vista y la ve.

—¡Venga, Hugo! —repite Celie.

Lila ve a Dan en la penumbra, recorriendo la fila de butacas, mientras algunos padres se levantan y otros mueven las piernas para dejarlo pasar. Se agacha junto al escenario e intenta decirle algo al hijo de Marja sin que nadie lo oiga. Todas las miradas están fijas en este niño que esta noche, quizá también las últimas semanas, vive sobrepasado.

—¡Ánimo, Hugo! —dice Celie.

Mira nerviosa a Lila, claramente temiéndose que su comportamiento le parezca desleal. Y algo cede dentro de Lila.

Cuando quiere darse cuenta, se ha puesto de pie con su hija.

—¡Ánimo, Hugo! —dice, y empieza a aplaudir—. ¡Venga, tú puedes!

De pronto varios padres más se han puesto a silbar y a animar a Hugo. Un par de niños se acercan a él en el escenario, le dan aliento, le susurran, el elenco se solidariza con él. Wendy murmura algo al oído de Hugo. Este asiente y mira al público.

Se hace el silencio. Es como si todo el público contuviera la respiración. Hugo abre mucho los ojos y por un instante parece otra vez a punto de llorar. Entonces traga saliva y su vocecilla aguda e infantil rompe en silencio, algo trémula:

—Sabía... que Peter Pan nos salvaría.

Y de pronto Lila ha empezado a aplaudir, y a su lado Celie está aullando mientras da puñetazos al aire y Jensen también se levanta y se pone a gritar. Todo el público aplaude y vitorea de manera que el final de la obra no se oye. Lila nota los dedos de Jensen cerrarse alrededor de los suyos y le va a explotar el pecho. Tiene los ojos llenos de lágrimas y con la otra mano coge la de Celie, y las dos se miran y Lila asiente con la cabeza. «Bien hecho», le dice a su hija en silencio y, por una vez, Celie le devuelve la sonrisa.

Lila está a punto de salir a tomar un poco el aire cuando la señora Tugendhat la retiene con la cara roja y una mano en el pecho.

—Ay, Lila, qué noche. Qué trabajazo ha hecho su padre. Y cómo han disfrutado los niños ensayando con él.

Esta vez Lila no necesita preguntar a qué se refiere. Se siente de repente exhausta por los acontecimientos de la noche.

—Ha sido... una función preciosa, señora Tugendhat. Enhorabuena. Lo único que siento es no haber podido colaborar más.

La señora Tugendhat está claramente aliviada de que todo haya salido bien.

—No hay mal que por bien no venga, querida. Su padre es un profesor nato. A los niños les han entusiasmado los cambios en la obra. Les han encantado los trajes, ¡y eso que algunos tenían hasta polillas! Creo que es la mejor función que hemos hecho.

A Lila casi le da miedo preguntar.

—¿Desde cuándo ha estado ayudando?

—Pues desde hace cuatro o cinco semanas. Fue muy amable por su parte sugerirlo, Lila. Y que trajera el vestuario fue una bendición. Pero su interpretación y su entusiasmo es lo que lo ha hecho todo posible. ¡No todos los días tienes a un actor de Hollywood en la función del colegio! ¡Y con vestuario de Hollywood! Mis antiguos colegas del St. Mary's están verdes de envidia, ¡de verdad se lo digo!

La señora Tugendhat mira por encima de las cabezas de los padres hacia el fondo del escenario.

—Ahora tengo que ir a buscar al señor Darling. Parece que ha habido un pequeño accidente. Sobreexcitación, creo yo. O demasiado zumo de manzana. Perdóneme.

Después de la función, Bill está cansado de tantas emociones y es posible que siga digiriendo la información nueva, así que sale despacio con Penelope de la fila de asientos y, tras coger a Lila por los brazos, le dice que lo han pasado fenomenal, pero se van a casa.

—Por favor, dile a Violet que estoy orgullosísimo de ella. Ha estado impecable. ¡Impecable!

Lila lo abraza y aspira su olor de siempre, a tweed y a jabón.

—Se lo diré, Bill, le va a encantar que hayas venido.

A su alrededor, la gente se dirige al fondo de la sala para un último vaso de vino mientras sus hijos se cambian y comparten opiniones divertidas sobre la representación. Lila agradece tener allí a su familia. Por una vez no se siente un bicho raro que no encaja y está a salvo de personas como Philippa Graham y Gabriel Mallory. Ve a Dan con la madre de Marja y él también la ve y levanta una mano, quizá en agradecimiento o quizá solo a modo de saludo, Lila no está segura. Dan tiene aspecto, piensa de pronto, de alguien a quien ya no conoce. Entonces ve a Dan mirar a Jensen, ve cómo le cambia por un instante la expresión de la cara y se da cuenta de que es posible que, de ahora en adelante, ella no sea la única que tenga que adaptarse.

Jensen se ha ofrecido a acompañar a Bill y a Penelope al coche para asegurarse de que están bien y Lila anuncia que va a buscar a Violet entre bastidores. Pero Violet no es la única persona a la que quiere ver.

Como siempre, antes de verlo ya lo oye. Está detrás del escenario, empujando un decorado con algunos de los niños de siete y ocho años. Felicita a los niños que pasan y choca los cinco con algunos de ellos.

—¡Hamoud, fenómeno! ¡Vaya interpretación de guitarra nos has dado! —Se inclina para dar unas palmaditas en la espalda a un pequeño alienígena que pasa a su lado con un disfraz que le queda varias tallas grande y que va dejando un pequeño reguero de purpurina—. ¡Nancy! ¡Has sido una alienígena muy guay! ¡Seguro que tus padres ni te han reconocido!

Lila se para y lo observa, a este hombre que al parecer es capaz de ser para otros niños lo que nunca fue con ella. Tiene que hacerse a un lado para dejar pasar la nave espacial transportada por dos niños muy altos y un celador que jadean un poco por el esfuerzo. Y cuando terminan de pasar, se da cuenta de que Gene la está mirando, con expresión algo temerosa, como si no estuviera seguro de lo que va a ocurrir. Sonríe.

—Hola, cariño. Si buscas a Violet, se está cambiando.

Lila da un par de pasos hacia él.

—Le has mentido a Bill —dice.

—Qué va.

—Lo sé perfectamente. No eres tan buen actor.

Los dos se miran igual que dos boxeadores enfrentados por el título. Entonces Lila dice:

—Ha sido... muy bonito por tu parte.

Gene ladea la cabeza y se la rasca con la mano derecha. Parece relajarse un poco.

—Ya —dice—. Bueno, estaba enamorada de Bill. Así que me pareció lo correcto.

—¿Cuánto tiempo hace que ves a las niñas? No sé por qué, pero sospecho que has estado viniendo por aquí.

Gene hace una mueca.

—Todos los días. No te enfades con ellas. Es culpa mía. Solo… Sabía que estabas con muchas cosas. No quería que pensaran que las había abandonado. Pero debería habértelo dicho. Lo siento.

—No lo sientas.

Lila mira la cara arrugada y compungida de Gene. Su camiseta con la frase: «Lo siento, debía de estar colocado». Lo evidente que resulta que no sabe qué hacer con ninguna de sus extremidades.

—Por Dios, papá. —Levanta los brazos—. ¿Es que no puedes dejarme que te odie como cualquier persona normal?

Gene parece desanimarse.

—Ay, no me odies, Lila, cariño. Me estás matando.

Da un paso adelante y Lila nota sus enormes brazos rodeándola, la determinación de su abrazo. De pronto tiene la impresión de tener otra vez cuatro años, antes de saber que él se iba a marchar, antes de sentir que ya no podría confiar en nada. Se abraza a su padre, ajena a las personas que empujan cosas alrededor, a los chillidos de excitación de los niños que salen de los camerinos, a las apremiantes peticiones de papel de cocina por parte de la señora Tugendhat desde algún lugar lejano. Se abandona al pecho de su padre, lo abraza con la misma fuerza que la rodea él y se maravilla de que por fin, treinta y cinco años después, pueda confiar en su padre más de lo que nunca imaginó. Al cabo, se aparta y se seca la cara en un intento por sobreponerse.

—Bueno, ¿y qué eso de la Comic-Con?

A Gene se le ilumina la cara.

—Ah, sí. Me voy a sacar un dinerillo y, con un poco de suerte, me pondré otra vez de moda. La primera es en Seattle dentro quince días.

—¿En Seattle, Estados Unidos? ¿Te vuelves a América?

Se miran incómodos. Y es como dar marcha atrás. Lila siente de nuevo el hielo que la envuelve, el caparazón que se cierra.

—Bueno, sí. Me pagan bien.

—Ya.

Gene la mira.

—¡Ah, no! Solo voy una semana. Cuando vuelva..., voy a necesitar alojamiento. —Sigue hablando mientras Lila lo mira—. A ver, me gustaría seguir en contacto con todos..., con mi familia... Me sentiría de pena desapareciendo ahora que por fin conozco a todos.

Lila se asegura de haber oído bien.

—¿Vas a volver?

—Sí, claro. Las convenciones de admiradores son solo unas pocas veces al año. Voy a tener que buscar trabajo entre medias. A ser posible aquí.

Violet aparece entre los dos sonriendo y vestida de calle. Ha encontrado una bolsa de Walkers y tiene la boca llena de patatas con sabor a queso y cebolla.

—¡Buen trabajo, peque! —La voz de Gene ha recobrado su volumen y su seguridad habituales—. ¡Lo has clavado! ¡Como sigas así, vamos a tener que buscarte un agente!

Violet acepta los cumplidos sin dejar de masticar y le coge la mano a Gene con territorialidad desenvuelta. Ve a Lila y se vuelve de nuevo hacia Gene. Traga lo que tiene en la boca y dice:

—¿Vuelves a casa con nosotras?

Gene mira a Lila. Esta ve la expresión insegura de su padre, piensa en el alivio de Bill, en los dedos de Violet en su abuelo, en el caos familiar general.

—Sí —dice—. Gene se viene con nosotras.

Violet abraza a su abuelo.

—¡Bien! ¡Podemos ver el capítulo de *Escuadrón Estelar Cero* de cuando Vuleva y tú conocéis a los alienígenas sexis! Lo he encontrado en YouTube.

Gene mira a Lila.

—Bueno, ese igual no, cielo. Yo también lo he visto y no es estrictamente un episodio de *Escuadrón Estelar*.

Acto seguido cambia de tema y empieza a barrer la purpurina del suelo.

Son casi las ocho y media cuando salen al vestíbulo, donde una multitud de padres sigue esperando a sus hijos desperdigados y exhaustos mientras apuran los vasos de vino. El aire está lleno de felicitaciones, exclamaciones, de madres intentando localizar abrigos y mochilas, algún padre mirando la hora y diciendo que es tarde. Lila ve a Celie despedirse de Dan, que lleva a un agotado Hugo en brazos, y alarga el cuello intentando ver por encima de las cabezas dónde está Jensen. «Debe de seguir en el auditorio», les dice a Gene y a Violet, pero estos están absortos comentando que el señor Darling se ha hecho pis encima y Lila no está segura de que la hayan oído. Está a punto de entrar en el auditorio cuando oye un revuelo a su espalda, una especie de «¡Ahí va!» colectivo que le hace darse la vuelta.

Se abre paso entre la gente y se encuentra con Gabriel Mallory inclinado hacia delante y dentro de un semicírculo de personas. Se está limpiando vino tinto de la cara. A pocos metros delante de él, está Jessie, con vestido vaquero y botas naranja de tacón cubano.

—Eres un cretino —dice en el silencio perplejo. Se vuelve hacia la madre de Gabriel, que la está mirando horrorizada—. De verdad que odio culpar a otras mujeres por el pésimo comportamiento de los hombres, pero debería decirle un par de cosas a su hijo.

Jessie deja el vaso vacío y echa a andar entre la gente, al parecer ajena a las miradas conmocionadas de otros padres. Cuando llega a donde están las perchas, ve a Lila, que la mira boquiabierta. Hace un pequeño aspaviento, como si encontrarla allí fuera una agradable sorpresa.

—Qué bien que te veo. ¿Te apetece que quedemos algún día a tomar algo?

Lila cierra la boca.

—Sí, sí. Claro —dice asintiendo con la cabeza—. Sin duda.

Jessie sonríe y coge su abrigo de la percha.

—Genial. Te llamo.

Y desaparece entre bastidores.

41

Es rarísimo, Lila no puede dejar de sonreír. Es como si la alegría hubiera contagiado a su pequeña familia. Han vuelto a casa en la camioneta de Jensen, con Violet y Celie apretujadas entre los dos en el asiento delantero y Gene en la trasera abierta, encajado entre algo que hay debajo de una lona y haciendo muecas a las chicas por el espejo retrovisor, mientras todos rezan por no cruzarse con la policía. Las chicas no paran de cantar «¡Volarás, volaras!» en un poco habitual momento de armonía fraternal. Oírlas llena a Lila de felicidad, y se une a pesar de que solo se sabe la letra a medias. Intercambia miradas divertidas con Jensen, convencida de sonar como una tonta.

Cuando llegan a casa, Gene se va a recoger sus cosas de la de Jane, probablemente con la idea de instalarse antes de que Lila cambie de opinión. Se lleva a Celie y Lila los mira salir por la puerta principal charlando amigablemente sobre animación, mientras Violet se desploma en el sofá con un sándwich que le ha preparado. Se ha quedado sin energías, igual que una pila gastada, y mira sin ver la pantalla de televisión, con Truant a sus pies atento a posibles migas.

Lila le dice a Violet que lo ha hecho genial, que Bill ha dicho que ha estado impecable, que todos están orgullosos de ella, y

Violet asiente benévola con la cabeza, sin prestar demasiada atención. Necesitará media hora para descomprimir antes de irse a la cama y Lila la deja a ello y se va a la cocina. Cuando mira hacia el jardín, Jensen está metiendo algo abultado por la verja trasera. Lila sale por las puertas acristaladas y, cuando Jensen retira la lona, ve que es un banco de roble para dos personas modelo Lutyens, con reflejos plateados por el tiempo y algo maltrecho. Jensen lo coloca con cuidado donde antes estaba el banco de Bill y lo mueve hasta dejarlo bien centrado encima de la piedra arenisca.

—Te he traído un regalo —dice, y se aparta para que Lila lo vea.

Lila lo mira a él, el banco y cómo el jardín vuelve a tener un eje. Va hasta el banco y pasa la mano por el grano de la madera; nota la superficie gastada con la yema de los dedos.

—Unos clientes iban a tirarlo. Quieren decoración moderna. Pensé que quedaría bien aquí. Por lo menos hasta que encuentres otra cosa. Ya sé que está un poco hecho polvo.

Lila tarda un minuto en encontrar las palabras.

—Me encanta —dice—. No me gustan las cosas que parecen nuevas. Es perfecto. —Se sienta en el frío aire de la noche y Jensen hace lo mismo. Esto es lo que había debajo de la lona en la trasera de la camioneta. Lila no deja de acariciar el banco, la madera nudosa, la superficie desgastada por el tiempo. Niega con la cabeza con gesto incrédulo—. Siempre piensas en lo que necesito.

—Ya lo sé. Tengo que parar.

—Por favor, no lo hagas.

Siguen un rato sentados y Lila se siente cada vez más inmersa en una sensación que le resulta muy poco familiar: paz. Durante meses, años incluso, ha estado permanentemente a la defensiva, con la cabeza agachada y las manos encima de la cabeza esperando el próximo golpe. Los buenos momentos han sido relativos, inconsistentes, propensos a convertirse de forma abrupta en malos. Pero ahora, por primera vez desde que le alcanza la memoria, se encuentra… serena. Como si la calma le llegara hasta los huesos. Se reclina en el respaldo del banco, mira su jardín, la cocina iluminada al fondo del césped y suelta un largo suspiro.

—Esta noche me ha pasado una cosa rarísima. Estaba mirando a Dan durante la función y tuve la sensación de no conocerlo. Lo veía con el hijo de Marja, con su ropa, el pelo y su manera de hablar, y me resultaba increíble haber estado casada con él tanto tiempo. Me parecía… ajeno. Y pensé en todos los años que estuvimos juntos y me di cuenta de que, si soy sincera conmigo misma, durante gran parte de ellos no nos fue demasiado bien.

Mira a Jensen y sonríe melancólica.

—Estábamos siempre discutiendo, medio enfadados el uno con el otro —prosigue—, pero demasiado ocupados entre el trabajo y las niñas para pensar sobre ello. Porque se supone que hay que aguantar, ¿no? Se supone que debajo de todo lo malo hay amor y conexión. Igual que…, no sé, la hierba debajo de una roca, un poco aplastada, pero lista para crecer otra vez cuando no esté ya la roca. Y luego me dejó y yo estaba tan dolida y tan furiosa por lo que había hecho que no me paré a pensar si era o no lo correcto. Estaba demasiado convencida de tener la razón, de que nos había abandonado, de que éramos unas víctimas. De que había roto nuestra familia.

Niega con la cabeza antes de continuar.

—Y esta noche lo miraba y pensaba que igual la familia la rompimos entre los dos. Porque habíamos dejado de intentar ser pareja. O porque perdimos la curiosidad el uno por el otro. Dejamos de tratarnos bien. O quizá es que nunca estuvimos hechos el uno para el otro. Y no sé… Lo he mirado y me he sentido liberada. He sentido que podía perdonarlo porque lo más probable es que no fuera la persona indicada para mí. Y se me hace… raro.

—Pero ¿raro en el buen sentido?

Lila piensa.

—Puede ser. Aún no lo he procesado. —Estira los brazos por encima de la cabeza—. Si te digo la verdad, cada día me doy más cuenta de que no sé nada. Voy a cumplir cuarenta y tres años y no sé nada de nada.

—Pues ahí está la gracia —dice Jensen—. En ir aprendiendo.

—Mmm. —Lila lo mira de reojo—. Me preocupa que mi familia sea demasiado para ti. Somos muy intensos.

—Me gusta tu familia. No os guardáis nada. Mi familia desde fuera parece los Walton y por dentro son todo resentimiento e inseguridades.

—¿Lo dices en serio?

—Sí. Me gusta la locura que se puede ver desde fuera.

Y entonces llega el momento y Lila recuerda la decisión que tomó hace unos días, después de hablar con Eleanor. Lo que necesita confesar. Traga saliva.

—Tengo que contarte una cosa más. Después de... lo nuestro, cometí una gran equivocación. Sí, señor. Otra. Conocí a un tipo y pensé que había algo entre nosotros, pero me...

Jensen la interrumpe.

—Lila, no necesito saberlo todo. Los dos hemos vivido lo bastante como para saber que esas cosas pasan.

—Pero quiero que sepas dónde te estás metiendo.

Jensen hace una mueca.

—Bueno, me parece que ya tengo una idea bastante aproximada.

—¿Y aun así quieres seguir?

—Eso parece.

—Joder. Desde luego tu terapeuta tiene trabajo por delante.

—Eso dice también ella. —Jensen se vuelve a mirar a Lila y está serio—. Solo necesito saber una cosa...

Lila lo interrumpe. Con el corazón desbocado, le coge una mano y se acerca a él.

—Jensen, te juro que de verdad quiero hacer esto. Me siento muy afortunada por que me hayas dado otra oportunidad.

Cuando estoy contigo no hago más que pensar en cosas que podríamos hacer juntos y me hace ilusión, porque, si te soy sincera, siempre me he sentido sola. Creo que me he sentido sola toda mi vida. Y ahora ya sé que puedo estar sola, que me las arreglo perfectamente, de hecho, pero quiero… hacerlo todo contigo. Me haces sentir bien en todos los sentidos. Me haces sentir que ser yo está bien. De hecho…, creo que eres el mejor hombre que he conocido. Así que si tú quieres seguir con esto, yo también. Te lo aseguro.

Jensen la está mirando con atención. Abre la boca y la cierra.

—¿Me he pasado?

Jensen parpadea.

—No. A ver…, me ha encantado. Pero lo que te iba a preguntar era si íbamos a comer algo. Es que estoy muerto de hambre.

Lila se lo queda mirando.

—Ay, Dios mío. Vas a ser siempre así de irritante, ¿no?

—La verdad es que sí.

Y Jensen se echa a reír y después empieza a besarla, a estrecharla contra él, a ahogar la risa con sus besos, y Lila no puede evitarlo y se echa a reír también.

Epílogo

Como era de esperar, Gene triunfa en la Comic-Con de Seattle. El primer día se encontró, para su alegría, que lo habían emparejado con Vuleva, la cual al parecer sigue siendo un «un bellezón pero fría como el hielo». Se ha divorciado del jugador de los Chicago Bulls y vive en un rancho en Calabasas con una colección de animales de tres patas rescatados de albergues y no quiere una relación a tiempo completo, pero no le importa disfrutar un rato de la magia de Gene. Violet se queja a Lila de que el abuelo no quiere explicar cuál es «la magia de Gene». Lila le aconseja que no le dé demasiadas vueltas.

Gene pasa tres días participando en charlas, posando y firmando autógrafos, divirtiéndose con antiguos compañeros de reparto (a excepción del director, que por supuesto es un capullo), y vuelve a casa con desfase horario, un fuerte resfriado y treinta y cuatro mil dólares en la cuenta corriente, la mitad de los cuales transfiere enseguida a Lila.

—Cógelo, cariño. Sabes que, si me lo quedo yo, no durará mucho.

Ya ha accedido a colaborar en la siguiente función de teatro del colegio. Será una producción de *Sueño de una noche de verano*, y la señora Tugendhat y él ya han empezado a mantener acaloradas discusiones sobre hasta qué punto puede Gene reescribir el guion para que incluya alusiones a sustancias alucinógenas.

Su nuevo agente, un californiano ambiciosísimo de veintiocho años llamado Glenn, le ha contratado tres convenciones más, pero tanto él como sus pertenencias están ahora instalados en la que era la habitación de Bill. Lila disfruta cuando Gene vuelve a casa con su energía irrefrenable, sus chistes malos y la euforia con la que parece disfrutar de su compañía y de la de las niñas, y también disfruta cuando no está y se quedan las tres solas.

Y ya no lo pasa mal ni siquiera yendo al colegio. La mayor parte de los días, Gabriel manda a su madre, y Jessie también va más a menudo. Siempre es agradable tener a alguien con quien hablar en el patio.

Bill se va a ir a vivir con Penelope a su casa de tres dormitorios, solo seis números más abajo de la de Lila. Sabe que han ido bastante rápido, pero a estas alturas de la vida, dice Bill, ¿qué sentido tiene esperar? Manda a los polacos con el piano de vuelta a casa de Lila, puesto que Penelope tiene un Yamaha que es mucho mejor (además de uno de pared en el comedor). Lila observa la llegada del piano sobre las plataformas rodantes y piensa que los polacos tienen que estar bastante hartos de llevar el viejo Steinway de acá para allá y que es probable que no contesten al teléfono si los vuelven a llamar para otra mudanza.

Penelope prácticamente vibra de felicidad. Se ofrece a dar a Violet clases de piano gratis y cada vez que Lila pasa por el recibidor la bombardea emocionada con pequeñas novedades sobre la mudanza. ¡Bill le está haciendo puertas nuevas para los armarios! Son preciosas, ¡siempre había querido unas puertas así! Bill es el mejor cocinero del mundo, ¿eso lo sabían? Ha perdido por lo menos seis kilos desde que está él. Bill ha encontrado un afinador de piano buenísimo y está convencida de que el Yamaha nunca ha sonado mejor. Lila escucha, sonríe y deja que Penelope derrame su felicidad todo lo que quiera. Encontrar alguien tan abierta e inesperadamente feliz a los sesenta años resulta bastante adorable. Te demuestra que nunca hay que perder la esperanza.

Quizá gracias a la estabilidad romántica general de Bill, este y Gene parecen haber acordado una nueva relación diplomática que básicamente consiste en que Gene se mete con la dieta saludable de Bill («¡Más te valía haber comido dónuts, colega! ¡Ya te decía yo que tanta lenteja no podía ser buena!»), y Bill suspira con paciencia y en ocasiones contesta: «Si te cuidaras un poco más, Gene, igual atraías a una bonita joven, como he hecho yo», algo que siempre consigue poner a Penelope un poco agitada.

Los miércoles, Bill cocina para todos y es un acontecimiento caótico y siempre animado, una de las pocas noches en que se puede contar con que Gene volverá pronto del pub y Celie saldrá de su cuarto. Últimamente parece pasar más tiempo dibujando que escondida en su teléfono, así que Lila trata de no tomárselo como algo personal. Han hecho cuatro cenas ya y todos se portan bien, aunque Bill hace algún que otro comentario subrepticio sobre el grado de limpieza de las sartenes (hay que frotar la parte externa con el mismo vigor que la interna) y Gene se dedica a echarle kétchup a todo lo que ha cocinado Bill (es probable que para provocarlo, porque Lila no se cree que a alguien le guste el arroz con leche de coco con tomate) y a coquetear con Penelope un poco de más de lo normal en él.

Lila preside la mesa y disfruta de la comida que han cocinado para ella y de observar los hilos invisibles que unen los distintos lados de su familia, que al principio eran frágiles, pero que han ido ganando fuerza rápidamente hasta formar una enorme y suave red. A veces piensa en su madre y se pregunta qué habría dicho al ver aquello. Está segura de que sería algo tipo: «¿No es genial, Lils? ¿A que somos lo más moderno del mundo?».

Lila se ha reunido con Nella, la actriz cuyas memorias va a escribir, dos veces ya. En ambas ocasiones una reunión de dos horas se ha alargado un día entero, en parte porque la actriz habla tanto y cambia tanto de tema que a Lila le cuesta seguirla y tiene que asegurarse de rellenar los huecos de las anécdotas contadas a medias, pero también porque, para su sorpresa, le cae bien. Nella es glamurosa, malhablada y divertida, rompe a carcajadas cada dos por tres, es inmisericorde con sus enemigos y propensa a decir: «Que les den a todos, querida. Que les den a todos y cada uno». Este libro va a haber que editarlo mucho. Pero Lila está acostumbrada a tratar con actores, sale de cada reunión con Nella extrañamente revitalizada y hay algo en la robusta mentalidad de superviviente de esta mujer que le da energía. Hasta el momento ha intentado regalarle un abrigo de piel, una botella de tequila y una pulsera de piedras preciosas de un jeque saudí que resultó ser falsa. «Falsa, querida, ¿te lo puedes creer? Después de que le mandara una carpeta de desnudos míos a petición suya. La tercera vez que salí con él, le birlé un Rolex. Bah, ni se daría cuenta, tenía unos treinta. Y no era falso, te lo aseguro. Lo vendí en Bonhams y con lo que me dieron impermeabilicé el tejado».

Lila asegura a Anoushka que el libro va a salir genial y que estará encantada de escribir más libros ajenos. Y los conejillos de Indias siguen brillando por su ausencia. De momento.

Jensen se va a Winchester y se queda diez días. La llama dos veces al día. Después Lila decide que es probable que les viniera bien a los dos esta separación forzosa en un momento en que podía haberle entrado pánico al compromiso. Le había dicho muchas cosas para ser alguien con quien prácticamente no había tenido citas. Jensen le cuenta qué tal le ha ido el día, qué plantas ha puesto y dónde, qué herramientas se han estropeado y los cambios de opinión de los dueños (son buena gente, pero un poco veletas), y Lila lo escucha con atención asegurándose de concentrarse en la llamada y en nada más. Para ello a veces necesita encerrarse en el baño y mandar subrepticiamente a Violet mensajes de texto en el iPad con cosas como:

Voy en diez minutos

Ya sé que han pasado diez minutos. Vale, veinte

Saca a Truant al jardín. Si es sólido, cógelo con papel de cocina y tíralo por el váter. Si es líquido luego lo limpio yo

Sí que puedes, yo tengo una llamada

Cuando Jensen por fin volvió a casa, Lila dejó a Gene a cargo y se fue a pasar la noche con él en su apartamento —Jensen ha sido un encanto con su familia, pero no se le puede exigir a un hombre que aguante tanto caos—, después de rociarse entera con perfume y estrenar un vestido camisero que se compró con el dinero de la convención de Gene. El apartamento de Jensen resultó ser agradable: un poco rústico, con habitaciones espaciosas y un gran sofá color marrón. Ningún mueble crema. Jensen cocinó —nada complicado, algo con pollo, setas y arroz— y ambos reconocieron sentirse inesperadamente nerviosos, como si la tensión acumulada durante la separación amenazara ahora con estallar igual que un globo demasiado inflado.

Mientras cenaban, a Lila le fue entrando cada vez más timidez y le costaba mantener la conversación, preocupada por si la cita estaría a la altura de lo que había imaginado, por si estaba cometiendo una terrible equivocación. Quería acostarse con Jensen otra vez y la aterrorizaba lo que eso pudiera significar. Le dijo, sin venir a cuento, que había leído una estadística según la cual el sesenta por ciento de los segundos matrimonios fracasaban, sobre todo si una de las partes tenía hijos. Luego añadió, solo medio en broma: «La estadística no especificaba qué pasaba si además tienes dos padres excéntricos». A continuación: «No estoy diciendo que quiera que nos casemos». E inmediatamente después, por miedo a haber sonado fría: «A ver, no estoy diciendo que no seas la clase de persona que elegiría si quisiera casarme».

Llegado este punto, Jensen la había mirado con atención, había soltado los cubiertos y dicho:

—Vale, ya veo que vamos a tener que solucionar esto. —Había salido de la habitación, atenuado un poco las luces y vuelto minutos después solo con los bóxers puestos y anunciado, ante la mirada atónita de Lila—: Esto se está poniendo demasiado serio y solemne. Vamos a hacer una ronda de prueba, solo para divertirnos. Así nos la quitamos de en medio y podemos disfrutar de la siguiente.

Después había abierto los brazos y mirado a Lila con una gran sonrisa. Es posible que añadiera: «¡Tachán!», Lila no se acuerda. Por un momento se había quedado hipnotizada. Jensen parecía mucho más en forma que la última vez que lo había visto desnudo. Su cuerpo no tenía ya nada de fofisano.

Lila dejó su plato vacío en la mesa baja. Cuando recuperó el habla, dijo:

—Me fascina que estés tan seguro de que habrá próxima vez.

Jensen siguió sonriendo, sin dejar de mirarla a los ojos.

—Uy —dijo—, te aseguro que la habrá.

Y la hubo, desde luego. Pero la ronda de prueba, le informó más tarde Lila cuando estaban en la cama riéndose del alarde de Jensen y compartiendo un cuenco de crema de mango que se les había olvidado tomar de postre, había sido un comienzo de lo más prometedor.

Estella Esperanza por fin asesina a su marido en el capítulo treinta y siete. Le dispara en un parque de atracciones, y los gritos de los pasajeros de la noria y el interminable ratatatá de un barracón de tiro vecino amortiguan el ruido. El marido se vuelve, ve quién lo apunta con un arma y cae de rodillas llevándose las manos al pecho ensangrentado. Llegado este momento, los sentimientos de Estella cambian, y llora amargamente inclinada sobre su marido mientras este expira con mucho teatro. Una vez muerto, Estella Esperanza anuncia que todo lo que ha hecho ha sido una equivocación, que el deseo de venganza la tenía cegada y que su vida ya no tiene sentido.

Lila se queda un rato mirando la pantalla con el ceño fruncido y decide que no va a ver más episodios. La serie es una tontería. Igual empieza a leer un libro.

El retrato de Francesca vuelve a estar colgado en el cuarto de estar. Lila lo colocó encima del televisor cuando volvió Gene (este habría preferido los carteles de él mismo en sus distintos papeles que tiene enmarcados en su habitación: *El can parlanchín III*, *Profesor Terror* y *En tierra de vaqueros espaciales*). Lila tiene claro que ha llegado el momento de recuperar la presencia de Francesca en la casa, de recordar que fue, por encima de todo, la más cariñosa, atenta y entusiasta de las madres. Ha empezado otra vez a tener conversaciones con ella en su cabeza, le pide consejo y trata de imaginar cuál sería su respuesta. Lila ha resuelto no dar demasiadas vueltas a los posibles errores que pudiera cometer Francesca —después de todo, ¿quién es ella para juzgarla?— y centrarse en lo afortunados que han sido todos de tener a aquella mujer vibrante y afectuosa en su vida tanto tiempo.

Pasan tres días antes de que Lila se dé cuenta de que una de sus hijas —es de suponer que Celie— ha pintado con cuidado unas bragas azules sobre lo que Violet sigue llamando «el cucu de la abuela».

—¿Llevamos todo?

Lila ha llenado un gran capazo de playa y se está colgando las largas asas del hombro. Se enrolla una bufanda al cuello —hace un día frío y ventoso— y espera a que Violet coja su abrigo mientras no deja de quejarse de haber tenido que dejar su juego de ordenador justo cuando estaba a punto de alcanzar el «nivel jefe». Gene pasa la tarde fuera con Truant. Ha obligado al perro a quererlo, como no podía ser de otra manera, y le gusta llevárselo cuando sale. En ocasiones Truant vuelve oliendo sospechosamente a la moqueta del Red Lion, pero parece contento, de manera que Lila elige pensar que no se pasa la mayor parte de su neurótica vida encerrado en casa. Y se está ahorrando un dineral en vino para los vecinos.

Celie lleva ahora el pelo corto y se lo ha teñido de rosa chillón. Al principio Lila se quedó un poco en shock, pero le resulta agradable no ver la cara de su hija permanentemente ensombrecida por una cortina de pelo oscuro y admira en secreto la resuelta independencia que parece acompañar al nuevo look de Celie. Le acaba de decir que le queda fenomenal y da gracias a Dios de que Celie no vaya a un colegio donde les importen esas cosas.

Celie tiene un amigo nuevo, un chico callado y pelirrojo llamado Martin que se presenta a menudo en casa con una enorme carpeta llena de dibujos. Se sientan en el piso de arriba a dibujar o hacer fotogramas de animación *stop motion* en el ordenador del cuarto de estar. Cuando Lila le preguntó a Celie como quien no quiere la cosa si había algo entre Martin y ella, Celie la miró como quien mira a un dinosaurio y dijo: «Por Dios, mamá, que un chico y una chica pueden ser amigos». Lila sospecha que Martin no lo ve así, pero eso es algo que tendrán que solucionar entre los dos.

—Venga, Violet. Por favor. —Celie está en la puerta, impaciente por irse, es probable que porque, cuando antes salga, antes volverá.

—No me agobiéis —se queja Violet—. Sois unas pesadas.

El bebé de Dan ha nacido hace dos semanas, un niño al que han llamado Marius. Fue prematuro, nació con poco peso e ictericia y pasó los diez primeros días de su vida en una incubadora en la uci neonatal, mientras Marja y Dan hacían guardia al otro lado de la pantalla de metacrilato igual que un equipo de relevos ultrasincronizado. Ayer por fin le dieron el alta y lo mandaron a casa, diez días antes de Navidad. La voz de Dan, cuando llamó, rebosaba alivio: «Está comiendo bien. Ha ensuciado dos pañales bastante asquerosos y no nos ha dejado dormir en toda la noche, pero todo en su sitio».

Jessie vio a Marja en el supermercado hace cuatro días y le dijo a Lila que estaba hecha una pena, que parecía una versión exagerada de madre recién parida, pero con dosis extras de agotamiento, preocupación y grasa en el pelo.

—Dios, creo que no podría volver a pasar por eso, ¿tú?

—No —había contestado Lila—. Probablemente no.

Lila y las chicas salen de casa y echan a andar calle abajo. Hace viento y se abotonan los abrigos y se suben el cuello. Lila conoce lo suficiente cómo son estos primeros días en casa con un recién nacido que lo tiene todo calculado. En el capazo, además del carísimo bodi de la tienda francesa pija de Hampstead, lleva un paquete de galletas lujosas, un pastel de fruta y una caja de bombones. Las madres que acaban de dar a luz casi nunca reciben suficientes regalos. Darán los regalos, se quedarán a tomar una taza de té y a admirar el bebé, y después lavarán las tazas (los padres de un recién nacido ya tienen bastante que fregar) y se irán. Será todo un poco raro —es posible que sienta alguna que otra punzada de dolor y tristeza—, pero es importante hacerlo y que las chicas vean a sus padres hacerlo. Porque ahora todos forman parte de la misma familia con sus contornos desiguales, deshilachados y sus partes a medio construir o reconstruidas. Y lo serán durante décadas.

—¿Estás preparada, mamá?

Celie la observa. Su mirada encierra una leve pregunta, y Lila se da cuenta, un poco sorprendida, de que los ojos de su hija están a la misma altura que los suyos.

—Pues claro que sí, amor.

De pronto, Celie le coge el brazo a Lila. Esta toma aire, se recoloca el capazo y, con Violet dando saltitos delante, ponen rumbo a la casa de Dan.

Agradecimientos

La de escribir es una de las profesiones más solitarias, pero eso no quiere decir que no esté en deuda con un montón de personas. Todos los libros requieren un equipo de gente en cada esquina.

Gracias como siempre a mi agente, Sheila Crowley, y a mi editora, Louise Moore, por su fe y su apoyo constantes. Gracias a las personas de talento de Penguin Michael Joseph, que convirtieron un borrador en algo digno de ocupar una estantería, en especial a Maxine Hitchcock, Hazel Orme, Clare Parker, Ellie Hughes y Maddy Woodfield.

Gracias a mi editora en Estados Unidos, Pam Dorman de Pamela Dorman Books, y a Brian Tart y Marie Michels de Penguin Random House. Gracias también a Katharina Dornhofer, al doctor Marcus Gartner, Anne-Claire Kuhne y Nicola Bartels de Rowohlt, en Alemania. Os estoy muy agradecida por apoyarme siempre y lo mismo digo a mis editores de todo el mundo.

Gracias mil a todos en Curtis Brown, en especial a Katie McGowan, Tanja Goossens, y Aoife MacIntyre del departamento de Derechos, y a Nick Marston, Katie Battcock y Nick Fenwick de Derechos Audiovisuales. Gracias también a mi legendario representante en Los Ángeles, el señor Bob Bookman.

Y ya en Reino Unido, gracias a mi red de apoyo de escritores, pocas profesiones hay tan llenas de buenas personas. Gracias a Kate Weinberg, Maddy Wickham, Jenny Colgan, Lisa Jewell, Jodi Picoult y Lucy Ward. A la más joven de mis viejas amigas, Cathy Runciman, por sus muchos consejos, por lo general dados cuando una de las dos está buscando un perro en Hampstead Heath. Estoy agradecida también a Thea Sharrock, Caitlin Moran y John Niven por ayudarme en mis tareas de documentación psicológica (al menos así es como lo llamamos) y a Sarah Phelps y a Sarah Harvey, por su ayuda en nuestras aventuras del mundo de las adaptaciones a la pantalla.

Gracias a todos los que me ayudan en cosas prácticas para que yo pueda trabajar: mi amiga y asistente Jackie Shapley y Maria D Otero Menoya. Os estoy inmensamente agradecida. Lo mismo digo a Susy Wheeler, Isabelle Russo y Gaby Noble.

A mi familia, que no se parece en absoluto a la que sale en este libro, os quiero. A mi padre, Jim Moyes, y a mi padrastro, Brian Sanders, así como a mis tres maravillosos hijos, Saskia, Harry y Lu, que me están enseñando mucho más de lo que les enseñé yo a ellos. Y, por último, pero no por ello menos importante, a John, por su apoyo emocional, llevar las maletas, diseccionar las tramas y hacer las cenas. Sí, la mayoría de las veces lo que me pasa es que tengo hambre.

Por último, gracias a tres personas que han colaborado generosamente con oenegés a cambio de salir en este libro. Gracias a Jorg Roth y Tricia Philips por su donación a Park Lane Stables en Londres, una organización que ofrece equitación a personas con discapacidad y que hace poco salió a flote gracias al crowdfunding, y a Davinia Brotherton por su apoyo a The Speakers Trust, que ayuda a personas jóvenes a encontrar su propia voz.

Y gracias a todos los que habéis leído, cogido prestado o defendido mis libros de alguna manera, o que me seguís en redes sociales. No solo sois la razón de que hagamos lo que hacemos, además es que sin vosotros sería todo un poco ridículo.